Scarlet
스칼렛

Scarlet

스칼-렛

어제 내린 눈

어제 내린 눈

1판 1쇄 찍음 2012년 9월 26일
1판 1쇄 펴냄 2012년 10월 5일

지은이 | 이윤주
펴낸이 | 정 필
펴낸곳 | 도서출판 **뿔미디어**

편집장 | 이재권
편집디자인 | 이진선
관리, 영업 | 김기환, 임순옥

출판등록 | 2002년 9월 11일 (제1081-1-132호)
주소 | 부천시 원미구 상3동 533-3 아트프라자 503호 (우)420-861
전화 | 032)651-6513 / 팩스 032)651-6094
E-mail | scarlets2012@hanmail.net
카페 | http://cafe.daum.net/scarletR

값 9,000원

ISBN 978-89-6639-933-8 03810

이제 내린 눈

SCARLET ROMANCE STORY

이윤주 장편 소설

차 례

Prologue

미국 동북부는 11월로 들어서면서 본격적인 겨울이 시작된다. 그 중 뉴욕의 맨해튼은 섬 위에 도시가 만들어진 곳이라 다른 곳보다 체감온도가 낮고 겨울이 매섭다. 마천루 사이로 불어오는 바람이 유난히 차가운 것도 그 이유 때문인데, 몇 년 전부터는 기후 이상 현상으로 무자비한 폭설이 자주 발생해 아예 도시가 마비되기도 한 다. 덕분에 작년에는 공항이 폐쇄되어 휴가도 포기하고 꼼짝없이 도시에 갇혀 지냈다.

올해 겨울은 어떨까.

달콤한 휴가가 또다시 폭설에 파묻혀 사라지기 전에 따뜻한 남 부로 떠날 계획은 벌써 세워 놓았지만, 과연 심술 강한 뉴욕의 날 씨가 어떻게 변할지는 예상할 수 없다.

맨해튼 11월.

흐린 하늘이 다소 어둡지만 기온은 온화하다고 예보했다. 아침 7시 기상예보가 끝나자 평소와 동일하게 보고 있던 책을 덮고 책상 위에 있는 몇 권의 책을 쓸어 담듯 가방에 집어넣었다. 그리고 휴대폰과 태블릿, 자동차 키, 지갑 등을 챙기고 혹시 모를 추위를 대비해 두께감 있는 다운 점퍼를 손에 들고 집을 나섰다. 변덕스러운 날씨 탓에 뉴욕에 사는 사람들은 기상예보를 잘 믿지 않기 때문이다.

자동차가 보행 신호에 걸린 때를 이용해 휴대폰에 저장되어 있는 오늘 하루의 학업 스케줄을 확인했다. 늦은 오후까지 수업이 있는 날이다. 스터디가 도서관에서 진행될 테니 오늘은 하루 종일 학교에 머물게 될 것이다.

정문 가까이 왔을 때 달리던 앞차가 어느 순간 움직이지 않았다. 차량 사이를 걸어가는 학생들 때문이었다. 신호등이 빨간 불로 바뀌었지만 꼬리에 꼬리를 물고 걸어가는 학생들 사이를 비집고 차량을 움직일 수 없어 언제나처럼 모든 차량이 시간을 두고 기다려 주었다. 운전대를 잡은 손가락을 톡톡거리며 지루하게 시간을 보냈다. 집에서 나올 때보다 기온이 더 떨어진 모양이다. 차량 실내에 가벼운 냉기가 돌았다. 히터를 조금 더 올려 볼까, 하는 마음에 손을 뻗다가 눈에 익은 남자가 차량 앞을 지나가는 걸 보았다. 강의실까지는 거리가 있는 편이다. 태워 줄 생각에 자연스럽게 창문을 여는데 남자가 빠른 걸음으로 차량을 지나쳐 정문 앞에서 멈췄다. 교내로 들어가지 않고 발걸음을 멈춘 게 의아하다고 생각하는 순간, 문득 남자가 멈춘 곳은 한 여자 앞이라는 걸 알았다.

검정 원피스 위에 블랙 코트를 걸치고 긴 웨이브의 머리카락을 매끄럽게 어깨 아래로 내린 여자의 모습.

여자가 남자를 알아보고 상기된 표정을 지어 보였다. 그러나 그 앞에 멈춰 선 남자는 의아할 만큼 표정이 좋지 않았다. 굳은 얼굴을 감추지 않던 남자가 시간을 두고 힘주어 한 마디 했다.

"돌아가."

목소리는 들리지 않았다. 대신 돌아서는 남자의 어깨에 멘 가방이 찬바람을 일으키는 걸 보니 좋은 상황이 아니라고 짐작했다.

창문을 닫았다. 뒤에서 짧게 클랙슨을 울렸기 때문이다. 앞차와 거리가 벌어진 걸 모르고 계속 멈춰 서 있던 탓이다.

걸어가는 그를 지나쳤다. 사이드미러를 통해 교내로 사라지는 남자에게서 눈을 떼지 못하는 여자의 모습이 보였다. 아이비리그 대학 근처에서 저런 차림을 하고 있는 여성들은 두 부류다. 한국에서 온 관광객이거나 혹은 예비 유학생들. 관광 겸 남자를 찾아온 지인일까. 여자의 옆에 놓인 커다란 캐리어는 그렇다고 말해 주었지만 신고 있는 유난히 높은 힐을 보면 그것도 아닌 것 같다.

모르는 사람에 대해 뜻하지 않게 여러 가지 추측을 하는 그다. 그도 그것을 느꼈는지 가죽 핸들을 부드럽게 돌리며 심심한 한 마디를 내뱉고 말았다.

"싱겁긴."

여자와의 거리가 점점 멀어진다. 이제 사이드미러에도 모습이 보이지 않는다. 그는 교내 주차장으로 방향을 틀면서 문득 오늘 아침

날씨 예보를 짧게 떠올려 보았다.

점심은 강의 중간 카페테리아에서 간단하게 먹었다. 스터디를 위해 평소와 똑같이 삼삼오오 무리 지어 다니는 친구들과 함께 느긋하게 커피까지 마시고 도서관으로 걸음을 옮겼다. 건물을 오고 갈 때 느껴지는 쌀쌀함이 아침과 사뭇 달랐다. 그새 기온이 더 떨어진 모양이다.

수업 내내 의자에 걸쳐 놓았던 다운 점퍼를 입고 열람실로 들어가는데 아침에 보았던 남자가 있었다. 학교 내 도서관에서 아르바이트를 하는 그는 카트에 책을 실어 제자리에 갖다 놓는 작업 중이었다.

"갑자기 추워지네요."

카트 안에서 두꺼운 책들을 들어 올리던 남자가 부드러운 음성에 고개를 들었다. 평범한 인사였다면 바쁘다는 이유로 건성으로 대답했을지도 모른다. 그러나 한국말에는 본능적으로 몸이 먼저 반응한다. 남자가 고개를 들며 인사에 답했다.

"난 잘 모르지만 맨해튼의 겨울은 늘 그렇다더라."

"아직 있어요."

뜬금없는 말에 남자가 무슨 소리냐며 의문의 눈빛을 던졌다. 그때 누군가 두 사람 쪽을 향해 작은 목소리를 냈다.

―에이든.

두 남자가 동시에 소리가 난 곳을 향해 고개를 돌렸다.

―스터디 시작할 거야.

친구의 말에 에이든이 몸을 돌리며 남자에게 정확한 한국어로
다시 알려 주었다.

"여자요. 아직 정문 앞에 있어요."

1

스터디를 마쳤지만 박승모는 여전히 도서관을 오고 가며 반납된 책들을 제자리에 옮기느라 바빴다. 그는 정문으로 가지 않은 모양이다. 나갈 생각이 없어 보이기도 했다. 스터디를 마치고 친구들이 책상에서 일어설 때까지도 승모를 물끄러미 지켜보고 있던 그를 선일이 불렀다.

―에이든, 뭘 그렇게 봐?

그는 대답하지 않았다. 선일이 의자에 걸쳐 놓은 캐시미어 코트를 가볍게 들며 일어났다.

―기온이 엄청 떨어졌어. 더 추워지기 전에 먼저 간다. 내일 봐.

선일이 사라지자 그도 의자에 놓아 둔 다운 점퍼를 조용히 들었다. 자신이 신경 쓸 일이 아니었다. 기다리는 여자가 있다고 정확히 알려 주었으니 그걸로 됐다. 마침 주머니에 있는 폰이 다음 스케줄을 알려 주며 진동을 울리자 그도 그 일을 잊고 도서관을 나왔다.

오후 수업은 40분 더 늘어졌다. 교수와 학생 간의 설전이 벌어진 탓이다. 4학년이 되니 담당 교수와 지식을 경쟁하느라 뜻하지 않는 토론이 종종 발생하는데, 하필 그날이 오늘이었다. 토론이 길어지자 교수가 자리에 앉아 있던 학생들을 향해 본 수업은 끝났다며 토론에 관심 있는 사람들만 자발적으로 남아도 좋다는 허락을 했다. 그때 나갔어야 했다. 토론에 집중한 것도 아닌데 휴대폰을 쳐다보며 시간을 체크하다가 강의실을 나갈 타이밍을 놓치고 말았다. 교수는 강의실에 드문드문 앉아 있는 학생들을 전부 앞으로 모았다. 강의실을 나가지 않은 학생들은 전부 토론에 참가하겠다는 의미로 받아들인 것이다. 덕분에 뚜렷한 관심도 없는 문제에 대해 심각하게 고민하는 열정을 보여야 했다. 밀린 공부가 까마득한데 자신이 왜 그런 어리석은 실수를 했는지 도통 이해되지 않았다.

1시간 반을 소비하고 나서야 강의실을 나온 그는 주차장에 세워둔 차량까지 걸어가는 동안 옷을 뚫고 들어오는 한기에 몇 번이나 몸서리 쳤다. 그러면서도 의문을 풀지 못했다. 무엇을 체크하기 위해 시계를 확인하고 있었던 걸까. 시동을 켜고 차를 움직이면서도 제대로 된 이유를 찾지 못했다. 그러다가 자동차가 학교를 빠져나오는 순간 머리를 얻어맞은 것처럼 단박에 그 이유를 알아냈다.

그 여자.

아침에 봤던 그 여자 때문이었다. 어둠 속에서 큰 캐리어를 끌고 앞서 걷는 승모의 뒤를 따라 어깨를 잔뜩 웅크린 채 걷고 있는 여자를 다시 보게 되자 그는 자기도 모르게 그 사실을 알고 말았다.

어디서 나오는 길일까. 학교 근처 카페테리아는 이미 오후에 전부 문을 닫았고 분명 승모는 도서관이 문을 닫는 시간까지 일을 하고 있있는데. 그러다가 얼핏 여자의 얼굴을 보고 그는 자신도 모르게 가지런한 눈썹을 찌푸렸다. 하얗게 얼어 버린, 핏기 없는 얼굴이 한눈에 봐도 장시간 추위에 노출되어 있었다는 걸 알려 주었기 때문이다.

"지금까지 기다렸다고?"

설마 하면서도 그게 사실일 거라는 확신이 강하게 들기 시작했다. 그래도 그렇지 이 추위에 무작정 기다렸다니 이해되지 않았다. 지금까지 기다렸다면 11시간을 밖에 있었다는 말이다. 놀라움보다 이상하다 생각했다. 기다리는 사람이 있다는 것을 알면서도 도서관에서 이제 나온 승모와 언제 나올지 모르는 그를 묵묵히 기다린 여자, 둘 다 상식을 벗어난 사람처럼 보였다.

그는 자기도 모르게 그들 앞에 차량을 세웠다. 택시를 잡으려는 승모의 모습을 보았기 때문이다. 그가 창문을 내렸다.

"어디로 가요?"

그의 목소리에 코트 깃 사이로 얼굴을 잔뜩 숙이고 있던 여자가 먼저 고개를 들었다. 한국말 때문일 것이다. 여자는 추위에 지쳐 빨갛게 충혈된 눈으로 차량을 한 번 바라보더니 다시 코트 안으로 작은 얼굴을 숙여 감췄다. 그를 알아본 승모가 택시를 잡기 위해 올린 손을 내리고 뒤늦게 대답했다.

"늦게 가네."

"늘 그렇죠. 방향이 같으면 태워다 줄게요."

"고맙지만 거리가 멀어. 퀸즈Queens까지 갈 거야."

확실히 퀸즈도 어느 지역인가에 따라 먼 거리가 될 수 있다. 거기다 왕복이라면 제법 시간을 잡아먹을 것이다. 그러나 유학생들의 주거지역이란 한정되어 있으니 어딘지 대충 짐작되어 개의치 않았다.

"타요. 거기까지라면 택시비가 만만찮을 텐데."

그의 말에 여자가 다시금 고개를 들더니 승모를 쳐다보았다. 창백한 얼굴의 여자는 일 초라도 좋으니 얼른 따뜻한 차량에 탑승하고 싶다는 눈빛을 보냈다. 승모는 안 된다는 표정이었지만 곁에 있는 여자를 의식해서인지 쉽게 거절하지도 못했다. 차 안에서 대답을 기다리던 그도 뜻밖에 차량을 움직이지 않고 기다려 주었다. 고민을 거듭하던 승모가 뒤늦게 그에게 양해를 구하며 입을 열었다.

"미안하다. 짐이 많아."

차 트렁크를 열어 주었다. 승모가 커다란 캐리어를 트렁크 안에 넣고 여자를 먼저 차에 태웠다. 두 사람을 위해 히터를 최고로 높인 그가 퀸즈 쪽으로 방향을 틀었다.

"퀸즈 어디로 갈까요?"

"플러싱Flushing. 동네에 들어서면 자세한 위치를 알려 줄게."

플러싱은 뉴욕시 퀸즈의 동북쪽에 위치한 지역이다. 주 거주자는 한국인, 중국인, 인도계, 남미계 이민자 순으로, 제2의 코리아타운이라고 해도 과언이 아닐 만큼 유학생과 교포들이 많이 산다. 승모는 아마도 그의 뜻밖의 호의가 불편했던 모양이다. 그러나 배려를 해 주고 불편한 건 그도 마찬가지였다. 차에 탄 두 사람이 유난히 냉랭한 분위기를 유지했기 때문이다.

"오늘 밤은 재워 줄 수 있지만 그 이상은 곤란해. 내일 곧바로 돌아가."

묵묵히 입을 다물고 있던 승모가 여자에게 따끔하게 충고하자 여자가 짧게 대꾸했다.

"싫어."

"싫어도 할 수 없어. 무턱대고 찾아온다고 해결될 일 아니야. 돌아가."

"나한테 돌아가란 말밖에 할 말이 없니?"

여자가 실망한 얼굴을 감추지 못한 채 쏘아붙였지만 승모는 대꾸도 하지 않았다. 그 모습이 상처가 됐는지 여자는 추위에 언 입술을 꾹 다물고 창밖으로 고개를 돌렸다.

그 후 두 사람은 도착지까지 단 한 마디의 대화도 나누지 않았다. 차량은 승모의 설명대로 어느 허름한 작은 맨션 앞에 멈췄다.

"에이든, 도움 줘서 고맙다."

"편하게 이현이라고 불러도 돼요."

"사람들은 전부 널 에이든이라고 부르던데."

"개인적으로 한국 이름이 편해요."

승모가 알겠다며 고개를 까닥 움직였다.

"나중에 밥 한번 살게. 정크 푸드도 괜찮다면."

"나쁘지 않아요. 그럼."

간단한 눈인사로 인사를 대신한 뒤 남녀가 내렸다. 승모는 제자리에 서서 유턴해 돌아가는 이현의 차량을 지켜보았다. 사이드미러를 통해 멀어지는 그들을 보는 건 이현도 마찬가지였다.

플러싱을 벗어나 맨해튼으로 돌아오는 동안 이현은 조용히 운전만 했다. 넘쳐 나는 노란색 택시들이 손님을 태우기 위해 열심히 새치기를 해도 늘 그렇듯 느긋하게 기다려 주면서 낮은 속력으로 움직였다. 몇 번의 반복적인 신호를 받고 익숙한 네온사인 야경을 지나쳐 자신의 아파트 주차장에 도착했을 때, 그는 안전벨트를 풀지 않고 잠시 운전석에 가만히 앉아 있었다.

"이상해. 확실히."

무언가 평소답지 않다. 그의 한국 이름을 알려 주는 경우는 꽤 드문 일인데 어떻게 된 걸까. 이현은 비어 있는 뒷좌석을 바라보며 진심으로 이해 가지 않는 듯 자신에게 물었다.

"이 싱거운 행동은 대체 뭐람."

승모는 한눈에 보기에도 오래된 건물 안으로 불쑥 들어가 버렸다. 말없이 그를 따라 건물 4층에 올라간 여자는 방 하나와 작은 거실이 전부인 그의 숙소에 도착했다. 승모는 여자의 커다란 캐리어를 바닥에 내려놓기 무섭게 곧장 어디론가 전화를 걸었다. 연달아 반복해서 통화를 시도했으나 전화는 연결되지 않았다. 그가 불편한 표정을 내보였다.

"이럴 땐 꼭 전화를 안 받아."

그가 신경질 난 표정을 감추지 못하고 지체 없이 벗었던 신발을 다시 신기 시작했다.

"어디 가?"

"오늘은 여기서 자고 내일 아침 일찍 한국으로 돌아가."

"어디 가는데?"

"난 분명 말했다. 아침 일찍이야. 그 이상은 머물 생각 말고 돌아가. 알았어?"

냉정하게 경고를 날린 승모는 가타부타 설명도 없이 문을 닫고 나가 버렸다. 계단을 거칠게 내려가는 그의 발소리가 들렸다. 멍하니 닫힌 문을 바라보며 서 있던 여자가 낯선 집에 덩그러니 놓인 자신을 느끼고 힘없이 툭 한 마디 던졌다.

"바보."

그러나 말과 달리 얼굴은 한결 편해졌다. 여자는 승모가 돌아오면 어떤 말로 제대로 된 재회를 해야 할지 고민하며 조용히 집 안을 눈으로나마 둘러보았다.

하루 종일 비어 있어서인지 집 안은 따뜻한 온기가 없었다. 바닥에 서 있자니 스타킹 한 겹만 신고 있는 발아래로 서늘한 감촉이 타고 올라왔다. 주변을 살펴 구석에 놓인 라디에이터를 켰다. 한국에서는 이제 쉽게 볼 수 없는 라디에이터였다.

코드를 꽂고 전원을 켠 후 한참을 기다리자 라디에이터에서 열기가 솟았다. 여자는 온기가 반가워 얼른 앞으로 다가가 앉았다. 추위에 굳은 발목을 만지작거리며 책상과 낡은 침대가 놓인 거실을 눈으로 천천히 훑었다. 책상 옆 종이 박스 위에 쌓여 있는 이름 모를 두꺼운 책들과 삐죽 열린 옷장 문 사이로 보이는 몇 개의 옷가지들이 보였다. 협소한 방만큼이나 거실은 탁자 하나 없이 단출

했다.

여자의 입에서 안도의 숨소리가 가늘게 새어 나왔다. 그를 만났다. 12시간 이상의 긴 비행을 잘 견딘 보람이 있었다. 다행이고 다행이었다. 라디에이터에서 나오는 열기가 서서히 퍼지는 속도만큼 밖에서 내내 그를 기다리며 서 있던 그녀의 몸에도 이제 조금 피가 돌았다. 추위를 감내한 만큼 결과가 좋아 기쁘기도 했지만 무엇보다 변하지 않은 그의 얼굴이 반갑고 고마웠다.

그녀가 사랑하는 그.

"드디어 만났어."

여자는 지친 몸을 벽에 기대며 굳은 얼굴로 조금 웃었다.

다음 날, 승모는 늦은 저녁이 돼서야 집으로 돌아왔다. 그녀는 갔을 것이다. 그렇게 확정 짓고 평소처럼 하루를 보냈다. 잠긴 문을 열고 들어오자 현관에 룸메이트의 신발이 보였다. 그녀의 검정색 힐은 보이지 않았다.

간 모양이다. 갔다. 한국으로.

갑자기 나타난 그녀의 모습에 너무 놀라 다른 말을 할 수도 없었지만 일부러 외면하는 것도 힘들었다. 그런데 스스로 돌아갔다면 그것만큼 고마운 것도 없었다.

사라진 그녀의 존재를 확인할 필요도 없이 승모는 겉옷을 벗어 침대에 툭 던졌다. 피곤한 하루하루다. 물가 높은 뉴욕의 유학 생활이 녹록할 리 없다는 건 알고 있었지만 감수해야 할 불편이 생각보다 많아 고생이 극심했다. 매일 밤 12시가 넘은 시간에 집으로 돌아와 그때부터 공부를 해야 하는 생활이 일주일이 되고 한 달이 넘자 체력도 점점 바닥이 나고 있었다. 그래도 의지를 다잡으며 책상에 힘겹게 앉는데 문득 이곳에 없어야 할 그녀의 캐리어가 침대 뒤편에 쓰러져 있는 게 보였다. 승모는 본능적으로 자리에서 벌떡 일어났다.

"가지 않았다고?"

그는 재빨리 화장실과 주변을 살피며 그녀를 찾았다. 짐은 있는데 그녀가 없다. 분명 그녀의 짐이 여기 있는데 그녀만 보이지 않는다. 현관문은 잠겨 있었다. 그렇다면 안에 사람이 있다는 얘기다. 그는 이 집에서 유일하게 있는 방으로 걸어가 닫힌 문을 다급하게 두드렸다. 한참 뒤에 닫힌 문 안에서 한 남자가 잠들어 있던 얼굴을 내밀었다. 밤새 일을 하고 늦은 아침에 들어오는 집주인을 보며 승모는 미안하다는 말을 시작으로 말문을 열었다.

—죄송합니다. 급한 일이라서요.

—늦은 시간에 무슨 일이야?

—어젯밤에 몇 번이나 전화를 했었는데 연결이 안 됐어요. 묻고 싶은 말이 있어서요. 그러니까 어제 한국에서……

다소 빠른 말투로 설명하는 승모의 영어를 집주인 남자는 이해하지 못했다. 몇 번이나 설명한 끝에 겨우 말을 이해한 남자가 시큰둥하게 대꾸했다.

—아아. 여자 말이야?

남자는 승모를 향해 언짢은 표정을 지어 보였다.

—아침에 일 마치고 들어왔더니 욕실에서 물소리가 나더라구.

넌 학교에 있을 시간인데 집에 누가 있다는 건 이상하잖아. 그래서 누구냐고 물으면서 노크를 했는데 대답이 없길래 강제로 문을 열었지. 근데 웬걸. 어떤 여자가 씻고 있는 거야. 네가 여자를 데려왔다고 생각했지만 좀 의외였어. 넌 나처럼 놀진 않잖아.

가끔 술에 취하면 비좁은 방에 여자친구를 데리고 와 사랑을 나누는 자신과는 다르지 않냐는 얘기였다. 싼 방세가 아니라면 당장 뛰쳐나갔겠지만 승모에겐 그것조차 여의치 않은, 경제적인 문제가 있었다. 승모는 불안감에 재빠르게 되물었다.

—여자에게 영어로 말했나요?

—물론이지. 아, 놀라서 중국어를 한 것 같기도 하다.

육중한 체구의 남자가 갑자기 터트린 중국어라니, 그녀는 심하게 놀랐을 것이다.

—내가 어제 보낸 메시지 확인 안 했어요?

—메시지를 보냈어? 왜?

승모는 더 이상 말을 하지 않고 벗었던 겉옷을 다시 집어 들었다. 집주인과 연락이 되지 않아 집을 나가서도 열 번이나 넘게 전화와 메시지를 했는데, 보지 않은 게 아니라 승모의 연락이라 신경 쓰지 않은 게 분명했다. 화가 나 뒤돌아서는 그에게 남자가 별것도 아닌 일로 자고 있던 자신을 깨웠다며 한 마디 했다.

—미스터 박, 양해도 없이 여자 데리고 오는 거 매너 아니야. 그동안 세입자들 중에서 이렇게 행동하는 사람은 없었어. 앞으론 그러지 마. 알겠어?

등을 돌리고 서 있는 승모가 대꾸도 하기 전에 방문은 세게 닫혔다.

1베드 룸에 두 명의 룸메이트.

한 명은 방을 쓰고, 한 명은 거실을 쓰는 형태의 주거지에서 이곳 세입자는 다름 아닌 승모였다. 식당에서 근무하는 집주인은 외박이 잦았다. 사생활이니 그가 신경 쓸 일은 아니었지만 서로의 생활 패턴이 다른 것이 학생인 승모에게는 꽤나 불편했다. 승모는 천천히 주먹을 쥐었다. 집주인의 행태에 화가 나서가 아니다. 어차피 아쉬운 사람이 견뎌야 할 문제다. 그가 화가 난 것은 지금의 척박한 상황을 그녀에게 적나라하게 보여 줬다는 것 때문이었다.

승모는 구겨진 자존심을 억지로 감추며 낡은 문을 열고 서둘러 밖으로 달려 나갔다.

아파트 근처 옆 골목을 구석구석 찾아다녔지만 여자는 보이지 않았다. 아무리 한국 교포와 유학생이 많고 치안이 안정된 뉴욕이라고 해도 늦은 시각에 여자 혼자 다니는 건 범죄의 타깃이 된다. 룸메이트가 한국인이 아닌 것처럼 이곳에 사는 인종만 해도 수십이다. 승모는 초조한 마음에 찬바람을 가르며 달렸다.

그때였다. 아직 불이 꺼지지 않은 한인교회 앞을 지나칠 때 그를 알아보고 빠르게 달려 나오는 사람이 있었다.

"승모!"

여자였다.

"윤도채!"

승모가 자신에게 달려오는 도채에게 달려가 그녀를 와락 안았다. 도채도 그의 가슴을 붙잡고 떨어질 줄 몰랐다.

다시 돌아올 거라고 생각했던 승모는 오지 않고, 거대한 몸집의 낯선 남자가 대신 집에 나타났다. 갑자기 나타난 남자는 잠긴 화장실 문을 억지로 열며 알 수 없는 말로 그녀를 다그쳤다. 서슴없고 거친 행동에 놀란 건 당연했다. 다른 사람이 함께 산다는 걸 전혀 눈치채지 못했기 때문이다. 방에 있어야 할 책상과 침대가 거실에 있는 걸 봤을 때 분명 이상하다고 생각했지만 그뿐이었다. 아마도 승모를 만났다는 생각에 긴장을 푼 탓일 것이다. 취향조차 다른 두 남자의 짐이 섞여 있는 걸 보고서도 전혀 눈치채지 못하다니 평소의 그녀답지 못했다.

도채는 라디에이터의 따뜻함에 잠깐 잠이 들긴 했지만 아침까지 자지 않고 그를 기다렸다. 승모는 끝내 나타나지 않았다. 집주인의 등장에 코트도 챙겨 입지 못하고 달려 나올 만큼 놀란 도채를 그는 돌아갔을 거라는 생각 하나만으로 밤새 그대로 방치했던 것이다. 그럴 수밖에 없는 승모의 입장을 모르는 건 아니지만 도채는 솔직히 또 한 번 상처받았다. 그런 그녀에게 승모는 서둘러 자신의 겉옷을 벗어 입혔다. 미안하단 말은 하지 않았다. 어제, 그리고 오늘까지 이틀 동안 맹렬한 추위 속에서 지치고 힘들어하는 도채를 보고서도 따뜻한 말을 해 줄 수는 없었다. 그 이유를 그녀도 알고 있는지 도채는 묵묵히 아무것도 묻지 않았다.

두 사람은 한동안 그렇게 길가에 서 있었다. 찬바람이 날카로웠다. 집으로 다시 돌아갈 수는 없었다. 편한 잠자리도 아닐 뿐더러 그녀와 함께 비좁은 거실에서 잘 수는 없었다. 승모는 눈앞의 도채를 보며 뾰족한 수가 생각나지 않아 한참을 고민했다.

밤이 깊어 가는 시각. 이미 시간은 12시를 넘어가고 있었다. 승모는 집으로 돌아가 도채의 캐리어를 가져온 뒤, 하는 수 없다는 듯 그녀의 손을 잡아 쥐었다.

"가자."

띠리링.

조용한 정적을 깨트리며 나직한 벨이 공간을 울렸다. 로비의 데스크에서 온 인터폰이었다.

—손님이 찾아왔습니다.

45층에 사는 사람을 만나기 위해 늦은 밤 불쑥 찾아오는 손님이 불편한 건 지배인도 마찬가지였다. 지배인은 혹시 자고 있는 이현을 깨운 건 아닌가 싶어 조심스러운 목소리를 냈다.

—이 시간에요? 누군데요?

—박이라고 합니다.

—박?

한국 이름에 익숙하지 않은 지배인의 말을 이현이 눈치껏 알아듣고 되물었다.

—풀 네임이 어떻게 되는지 물어봐 줘요.

성 하나만 말하면 누군지 알 수 없다. 되묻는 이현의 말에 수화기 너머 지배인의 질문이 이어졌고, 뒤따라 남자 목소리가 들렸다. 지배인은 그의 이름이 박승모라고 알려 주었다. 이현은 의외의 이름에 손에 든 전화기를 멀뚱히 내려 보았다. 이 늦은 시간에 박승모의 방문을 받을 만큼 친분이 있던가를 떠올려 보기 위해서였다.

―그가 날 찾아왔어요?

―그렇습니다.

―이상하군요. 우린 이 시각에 만날 만큼 친분 관계가 있는 게
아닌데.

―그럼 돌려보내겠습니다.

눈치 빠른 지배인이 서둘러 말하자 이현은 잠시 고민했다. 밤 12
시가 넘은 시간이다. 자고 있진 않았지만 누군가를 만나기에도 편
한 시간은 아니었다. 책을 보고 있던 그의 매끈한 미간에 잠깐 고
민하는 흔적이 생겼다 사라졌다.

―올라오라고 해요.

―어디로 안내할까요?

―상층 로비요. 나도 곧 내려가죠.

전화기를 내려놓으며 고개를 갸웃했다. 자신을 찾아왔다는 것도
이상했지만 자신의 거취를 알고 있다는 것도 이상했다.

―정말 이상하군.

옷을 챙겨 입으며 이현은 다시 한 번 중얼거렸다.

상층에 위치한 로비로 내려가자 승모가 있었다. 이현은 자신을
기다리고 있는 승모를 보고서 적당한 거리에서 멈춰 섰다. 그는 혼
자가 아니었다. 방문객이 둘이라는 말은 지배인이 해 주지 않았다.

"아침 일찍 떠나라고 했는데 왜 가지 않은 거야?"

나란히 소파에 앉은 채로 승모가 질문했지만 도채는 대답하지
않았다.

"집주인은 언제나 아침 10시경에 들어와. 마주친 건 어쩔 수 없지만 설령 봤다 해도 사정을 얘기하면 될 텐데 집은 왜 나간 거야?"

"그 남자가 화를 냈어."

"낯선 여자가 화장실에 있어서 놀랐대. 네게 누구냐고 물었다던데 설명하지 그랬어?"

"그런 말은 하지 않았어."

"분명 말했다고 했어. 그 정도 영어도 못 알아듣니?"

"영어 아니었어!"

상층 로비는 팬트 하우스에 사는 그를 위한 단독 공간이다. 텅비어 있는 로비 안에서 그들의 대화는 너무나도 또렷하게 잘 들렸다. 도채는 어떻게 자신에게 화를 낼 수 있는지 이해되지 않는다며 승모에게 쏘아붙였다.

"널 찾아 여기까지 온 내게 기껏 그런 말밖에 못 해?"

"그럼 대책도 없이 여길 온 너를 내가 환영할 거라고 생각했어?"

섭섭함을 토로하는 그녀에게 지지 않고 차갑게 말하는 승모의 태도에 도채는 기가 한풀 꺾인 듯했다. 그녀가 방금 전과 달리 목소리에 힘을 뺀 채 말했다.

"대책 없이 움직이지 않아. 집 구했어."

"어디에?"

"구했는데 사라졌어. 찾아갔는데 없는 주소래. 돈도 선급했는데 사기당한 것 같아."

도채의 말에 기어코 승모의 입에서 질책이 터지려는 순간이었다.

"너……!"

"많이 선급했어요?"

이현이 그들 뒤에서 물었다. 승모가 그를 보고 급히 화난 표정을 감추며 자리에서 일어났다. 소파에 앉아 있던 도채는 화가 났는지 고개를 들지도 않았다.

"미안하다. 늦은 시간에 찾아와서."

승모는 서둘러 정중하게 사과했다.

"사정이 생겨서 염치없지만 부탁 좀 하려고."

그의 사과에 소파에 앉아 있던 도채의 얼굴이 약간 굳었다. 부탁이라니? 도채는 전혀 몰랐다는 얼굴로 승모를 쳐다보았다. 승모는 무시했고, 이현은 두 사람 앞에 있는 자리에 앉았다.

"의외네요. 내가 여기 사는 걸 알고 있었군요."

"한국 유학생들 사이에서 넌 무척 유명하니까."

이현은 평소와 달리 표정을 무표정하게 바꿨다. 유명세야 어쩔 수 없는 일이라지만 그렇다고 거주지까지 알려져 있는 건 별로 유쾌한 일이 아니기 때문이다. 굳어진 표정은 다시 부드러워지지 못하고 딱딱한 음성이 되어 흘러나왔다.

"부탁할 일이란 건?"

"돈을 빌릴 수 있을까 해서."

승모는 창피한 마음을 꾹 감추며 대답했다.

"부끄럽게도 내가 지금 당장 쓸 수 있는 현금이 수중에 없어. 주변에 현금을 빌려 줄 수 있는 여건이 되는 유학생도 없고, 싼 민박

집을 이용하고 싶은데 오늘은 날이 아닌지 찾아가는 곳마다 렌트할 방이 전부 찼더라. 아르바이트 주급비를 받으면 바로 갚을 테니 도움 좀 구하고 싶다."

승모의 굵은 목젖이 어색함을 참으며 위로 한 번 올라갔다 내려왔다.

"어떻게 좀 안 될까?"

이현은 낯선 겉옷을 입고 있는 도채를 보았다. 어제 그녀가 입고 있던 블랙 코트가 아니었다. 옷을 갈아입었다고 생각하면 그만인데 입고 있는 옷이 여자 옷이 아니다. 곁에 서 있는 승모는 얇은 니트 하나만 입고 애써 추위를 견디고 있었다. 이 밤에 자신이 입고 있던 옷을 여자에게 입혔다는 건 무슨 일이 발생했다는 얘기라고 봐도 좋을까. 소파 옆에 놓인 도채의 커다란 캐리어가 그렇게 생각해도 좋다고 말해 주는 듯했다.

"플러싱 숙소는요?"

이현의 질문에 승모는 선뜻 대답을 하지 못하다가 체념한 듯 대답했다.

"1베드 룸이야. 월세로 거실을 빌려서 쓰고 있어. 룸메이트가 중국 남자라 여자가 자기엔 많이 불편해."

상황이 좋지 않다는 짐작이 맞았다. 이현은 덤덤하게 물었다.

"그렇군요. 얼마가 필요해요?"

"호텔 숙박을 해야 하니까 200달러 정도 빌려 주면 좋겠다."

"부족할 텐데요. 맨해튼 호텔 1박 룸 값은 기본이 500달러예요."

"싼 곳을 찾아보려구."

"이 늦은 시간에요?"

"갚을 수 있는 능력이 그것밖에 안 돼."

승모의 말에 이현은 아무 말 없이 앉아 있는 도채에게 시선을 돌렸다. 첫날보다 더 지친 모습이다. 그리고 여전히 신고 있는 높은 힐.

이곳 사람들이 파티나 모임에 나갈 때나 신는 하이힐을 신고 넓은 맨해튼에서 싼 호텔을 찾아다니는 건 어리석은 행동이다. 하지만 넉넉한 돈을 빌려 준다고 해도 박승모는 거절할 것이다. 말 그대로 그럴 형편이 아니니까 여자를 끌고 맨해튼의 밤길을 헤맸겠지. 이현이 선뜻 물었다.

"아파트에서 묵는 건 어때요? 혼자 쓰는 호텔보다 못하지만 공간은 제법 넉넉한데요."

이현이 묻자 도채가 처음으로 그를 향해 시선을 보냈다. 눈이 마주친 이현이 잔잔한 목소리로 도채에게 제의했다.

"하루 정도 지내기는 나쁘지 않을 거예요. 바로 이 건물이니까 멀리 갈 필요도 없구요."

이현의 뜻밖의 말에 승모가 조금 놀란 표정을 지었다.

"그렇게까지 폐를 끼칠 생각은 없는데."

"오해 마요. 내 집이 아니라 게스트 하우스를 얘기하는 거니까. 어차피 비어 있구요. 내 생각이지만 추운 날씨에 힐을 신고 다니는 건 꽤 불편하지 않을까 싶네요. 괜찮아요, 발?"

이현이 도채의 발을 가리켜 보였다. 그의 말에 도채가 자신의 발을 내려다보았다. 다리가 결리고 아프더니 이젠 감각도 없다. 구두를 신고 있는 중에는 몇 번이나 쥐가 났었다. 애써 괜찮은 척했지만 언 발을 딱딱한 구두 안에 오랜 시간 구겨 넣고 있는 건 확실히 고역이었다. 추운 걸 질색하는 놈이 그녀의 고집 때문에 고생만 잔뜩 하고 있는 꼴이다. 도채는 물끄러미 자신의 발을 내려 보다가 고개를 들었다. 승모를 만나기 위해 왔지, 고생하려고 뉴욕에 온 것은 아니었다. 문득 그런 자신이 조금은 서글퍼져 도채는 낯선 이현에게 묻고 말았다.

"정말 신세 져도 돼요?"

그녀의 질문에 승모가 당황했다.

"가만있어. 여긴 우리가 신세 질 수 있는 곳이 아니야."

승모가 도채를 재빨리 제지했다.

"왜? 빈 게스트 하우스가 있다고 하잖아."

"그런 상황이 아니래두."

"하루 정도는 괜찮다잖아. 괜찮은 거죠?"

"괜찮습니다."

이현이 물론이라며 허락하자 도채는 뭔가를 결심한 듯 지체 없이 자리에서 벌떡 일어섰다.

"그럼 그렇게 할게요. 어디로 가면 될까요? 위층이면 엘리베이터를 타고 가는 건가요?"

"너 왜 그래? 가만있으라니까."

캐리어를 들고 자리에서 일어선 도채를 승모가 붙잡으며 제지했다. 선뜻 방을 내어 준다고는 했으나 호의를 덥석 받을 만한 관계가 아니었다. 사정 때문에 돈을 빌리러 왔지만 그건 정말 어쩔 수 없는 상황이기 때문이었다. 속사정을 모르는 그녀에게 뭐라 할 수는 없었으나 이런 행동은 그에게는 지나친 부담이었다.

"여기 머무는 건 안 돼. 어차피 하루뿐이니 오늘 호텔에서 자고 내일 바로 돌아가."

"싫어."

"싫다고만 하면 다야? 너희 집에 바로 연락해서 일 커지기 전에 돌아가!"

집에 연락하겠다는 말에 도채가 그의 팔을 확 뿌리쳤다. 할 테면 해 보라는 당당한 얼굴이었다.

"마음대로 해. 돌아갈 티켓 따윈 없으니까."

"뭐?"

"티켓 같은 거 없다구. 이곳에 올 때 편도만 끊어서 왔어. 사기까지 당해서 수중에 현금 하나도 없으니 나 못 돌아가."

"너 정말! 이렇게 대책 없이 굴래?"

승모가 버럭 소리를 지르자 도채가 그를 피해 곧장 로비를 가로질러 저만큼 걸어가 버렸다. 그의 말을 듣지 않겠다는 무언의 시위였다. 뒤도 안 돌아보고 저 멀리 사라져 버리는 그녀를 보며 승모가 당혹스러운 얼굴을 감추지 못했다.

"저 바보가! 대체 어딜 가는 거야?"

승모가 소리치자 이현이 자리에서 일어서 바닥에 놓인 그녀의 캐리어를 대신 들었다. 덧붙이는 말 없이 도채의 캐리어를 든 모습에서 이미 그녀의 잠자리는 정해진 것처럼 보였다. 문득 이현의 표정에선 느닷없이 방문한 사람들의 황당한 행동을 더 이상 볼 생각이 없다는 의지가 엿보였던 것도 같다. 승모는 터져 나오는 한숨을 애써 삼키며 서둘러 사과했다.

"정말 미안하게 됐다. 이 밤에 남의 집에 와서 무슨 실례를 범하고 있는 건지."

"괜찮아요. 하루 정도는 나도 부담되지 않으니까."

"고맙다. 너랑 나는 겨우 도서관에서 오고 가며 얼굴 몇 번 본 게 단데……."

"기사 불러 줄게요. 그 차림으로 돌아가다간 큰일 날 거예요."

얇은 니트 하나 걸친 승모의 차림을 걱정하는 이현에게 그는 고개를 저어 보였다. 더 이상의 폐를 끼치고 싶지 않다는 얼굴이었다. 솔직히 이건 폐를 넘어서 자존심 문제기도 했다. 친하지도 않은 사람에게 돈을 빌리러 온 것 자체가 사실 그에겐 말 못 할 상처였다. 승모는 저 멀리 거리를 둔 채 자신을 보고 있는 도채를 보며참았던 한숨을 끝내 허공에 터트리고 말았다.

"……바보 같아. 이미 다 끝났는데 여기까지 쫓아오면 어쩌자는 거야?"

뜻 모를 말을 중얼거리는 그의 표정은 복잡했다. 복잡하고 곤혹스러워 보였다. 이현은 승모의 말을 정확히 들었지만 모르는 척 조용히 외면해 주었다.

승모는 기사를 불러 주겠다는 그의 호의를 거절하고 사라졌다. 멀리서 두 사람을 빤히 지켜보던 도채는 그가 사라지자 얼굴에서 힘을 빼고 이현이 있는 쪽으로 천천히 걸어왔다.

"캐리어, 이리 주세요."

방금 전의 뻔뻔함은 연기였는지 금세 미안한 얼굴로 그녀가 손을 내밀었다.

"가벼운데요. 그냥 내가 들게요."

캐리어는 큰 크기에 비해 정말 가벼웠다. 이현이 괜찮다며 그녀를 제지하자 도채는 뻗은 손을 슬그머니 내렸다.

"고맙습니다."

"걱정 말아요. 어떤 사정이 있는지는 모르지만 집에 연락한다는 건 거짓말일 거예요."

"아뇨. 승모는 한다면 해요."

도채는 이현에게 그가 어떤 사람인지 정확하게 알려 주었다. 그러다가 갑자기 자신이 입고 있는 옷을 보더니 퍼뜩 승모가 사라진 곳을 되돌아보았다.

"이 바보! 추운데 옷도 안 입고 그냥 간 거야?"

자신이 입고 있는 옷의 끝자락을 움켜쥐며 그녀는 정말 속상하다는 얼굴을 했다. 그 모습을 보니 이현의 호의를 선뜻 받아들인 도채의 마음이 뭔지 알 수 있을 것 같았다. 가난한 연인을 위해 호텔을 선택하지 않은 것이다. 주급 생활을 하는 그에게 돈을 빌리면 그것이 얼마나 큰 타격이 되는지 알고 있으니까 말이다. 그렇다면 남자는 여자의 마음을 오해한 채 다분히 철이 없다고만 생각하고 돌아간 건가.

묘한 커플이다. 서로를 생각하는 마음은 제3자가 봐도 확실히 깊은 것이 분명한데 오해할 수밖에 없는 상황이 생겨 서로에게 계속 상처가 되나 보다. 하긴, 남자의 입장에선 돈이 없는 모습을 여자친구에게 적나라하게 보이고 말았으니 화가 날 수밖에 없다. 남자는 그런 모습을 세상 누구에게도 쉽게 보여 줄 수 없게끔 만들어진 피조물이니까. 하물며 그 상대가 다름 아닌 여성이라면 상처는 더욱 클 것이다.

"게스트 룸은 상층이에요. 이쪽으로."

이현이 그녀를 안내했다. 엘리베이터를 타고 올라가는 도중에 그는 누군가에게 전화를 했다. 영어를 하는 그의 목소리는 온화하고 부드러웠다. 전화를 끊은 그가 그녀에게 물었다. 질문은 방금 전과 달리 한국말이었다.

"아까 집을 구하기 위해 돈을 선급했다고 했죠? 얼마나 선급한 거예요?"

"세 달 치 선급했어요."

"큰돈을 잃어버렸겠군요. 유학생들에게 종종 일어나는 일이지만 안타깝네요. 뉴욕은 처음인가요?"

"미국이 처음이에요."

엘리베이터 문이 열리자 중년의 남자가 문 앞에서 기다리고 있다가 이현의 손에 든 짐을 대신 받아 들었다.

─따뜻한 방으로.

─알겠습니다.

조용히 서 있는 그녀에게 중년의 남자가 자신을 따라오라는 듯 손짓을 했다.

"불편한 게 있으면 저 사람에게 말하도록 해요. 조치를 취해 줄 거예요. 나는 할 일이 있어서 가 봐야겠어요."

"고맙습니다."

고개를 숙이고 정중하게 인사하는 그녀의 모습에 이현은 괜찮다
며 빙그레 웃어 보였다.

"편히 쉬어요."

돌아서는 이현의 등 뒤로 그녀의 구두 소리가 또각, 하고 들렸
다. 넓은 공간을 울리는 낯선 방문객의 발소리. 이현은 자신의 팬
트 하우스로 돌아가기 위해 탄 엘리베이터의 문이 닫힐 때까지 자
기도 모르게 그녀의 발소리를 가만히 듣고 서 있었다.

2

어제가 한파와 같은 날씨였다면 오늘은 꽤나 기온이 올라 따뜻했다. 추위에 민감한 이현이 평소보다 더 많은 옷을 껴입고 등교했다가 순식간에 오른 기온 앞에서 입은 옷들을 하나씩 벗기 시작했다.

"부스럭거리려면 다른 데로 가."

학교 내 단골 카페에 앉아 전공서적을 뚫어지게 보던 선일이 고개도 들지 않고 말했다. 옷을 벗던 이현이 예민하게 군다며 되받아쳤다.

"사람 많은 카페에 앉아서 그런 말 하는 게 더 이상하다."

"봄 날씨처럼 포근한 날에 얼어 죽을까 봐 파카까지 입고 온 녀석한테 그런 말 듣고 싶지 않아. 사내 녀석이 추위를 그렇게 타서 어떡할래?"

"추위를 잘 타는 체질로 태어났는데 어떡하겠어."

"올해는 작년보다 더 추울 거라는데 잘하면 얼어 죽겠다?"

"그래서 시험 끝나면 바로 떠나려고 계획 짜 놨어. 작년에 폭설 때문에 꼼짝없이 뉴욕에 갇혀 있었잖아. 미리 도망칠 거야."

"확실히 졸업을 앞두고 좋은 인턴 자리를 차지하기 위해 치열하게 경쟁하는 일반 대학생들과는 다르군. 팔자 좋아."

"재단 이사장을 어머니로 두고 공부하는 너보다는 편하지 못한 신세지."

이현이 되받아치자 선일이 여전히 고개를 들지 않은 채 우스운 소리라며 말을 정정했다.

"잊었나 본데, 여긴 하이스쿨이 아니야. 다른 곳도 아닌, 대학이란 곳에서 그런 게 먹힐 것 같아?"

"이 나라의 대학이란 곳이 바로 그런 데 아니야? 겉으로는 공정 운운하지만 실제적으로 학연의 끈이 깊고 돈독한 곳."

이현의 말에 선일이 처음으로 책에서 눈을 떼고 고개를 들었다.

"오늘 좀 까칠하다?"

"까칠한 건 너고 내 말은 바른 소리겠지. 커피 식는다. 마시면서 해. 아무리 책에 얼굴 박고 감춰도 네 애인 보고 싶어서 미치겠다는 거 다 보여."

"티 나?"

"엄청. 시비 거는 것도 너무 티 나서 상대해 주고 싶지도 않아."

"보고 싶어 죽을 것처럼 보여?"

"아니. 이미 죽은 것처럼 생기 없어 보여."

그 말에 선일의 얼굴이 묘하게 굳었다.

"그래서 요즘 누가 성질 건드려도 너그럽게 넘어가게 되는 거였군. 이미 죽어서."

선일은 눈앞의 커피를 한 모금 마시더니 다시 책으로 시선을 내렸다. 사연이 있어 여자친구와 떨어져 있는 상태라서 정열을 모두 공부로 소진 중이었다. 흔들림 없이 공부에 매진하는 모습은, 그래서 이제 생소한 광경도 아니지만 종종 무리하고 있는 건 아닌지 걱정스럽기도 하다.

"방학 때도 아버지 지도하에 개인수업 하지? 시간 낼 수 없다는 건 알지만 한국에 한 번 갔다 와. 상사병 걸린 네가 그사이 말라 죽어 버릴까 봐 염려된다."

"말처럼 쉽다면 벌써 모든 거 다 팽개치고 갔다. 몇 번을 말해도 이해 못 하는 걸 보니 넌 오늘도 누군가와 운명적 만남을 하지 못한 모양이다? 애송이 녀석."

사랑의 선두자는 오늘도 인생의 선배처럼 이현을 우스워했다.

"그런가. 하긴, 말은 그렇게 해도 너 묘하게 평온해 보이는 거 보기 좋아. 단지 사랑에 집중하고 있을 뿐인데 지금 이 정도라니, 너의 그녀와 함께 있다면 얼마나 더 성장할지 생각만 해도 부럽다."

이현의 말에 선일이 책을 덮으며 자세를 고쳐 앉았다. 책을 보느라 굽혔던 어깨를 펴자 매끈한 미남의 얼굴이 보기 좋게 드러났다.

"그거 알아? 세상에서 제일 흔한 게 사랑인데 실제로 그 사랑을 경험하는 사람은 많지 않다는 아이러니."

"어쩐지 목소리가 강의할 기세다?"

"정이현이 앞으로 어떤 사랑을 하게 될지는 모르겠지만, 부탁인데 부디 장거리 연애는 하지 마라. 사람 피 말라."

그 말에 이현이 조금 길게 웃었다. 애써 꿋꿋이 버티고 있지만 속마음은 말할 수 없는 그리움뿐이라는 걸 느꼈기 때문이다.

"충고 새기마."

"저녁때 루치아나 파티 참석할 거야? 나 요즘 스트레스가 심해서 잠깐 들를까 하는데."

선일의 물음에 이현은 가볍게 고개를 저었다.

"저녁 내내 학교에 있어야 해. 어젠 잘 갔어요?"

얘기하던 이현이 누군가를 향해 물었다. 어느새 승모가 테이블 앞으로 와 있었다.

"어제는 신세 져서 미안했다. 번거롭겠지만 짐은 저녁때 찾으러 갈게. 내가 오후까지 학교에 있어야 해서."

"그렇게 해요. 그런데 사정을 좀 봐줘야 하지 않을까요?"

"무슨 말이야?"

"아침에 돈을 빌려 갔어요. 개인 신용카드가 정지됐다네요. 무슨 소리냐고 물으니 집에서 정지시킨 것 같다고 하던데요."

승모의 얼굴이 일순 굳었다. 앞으로 일어날 일들이 눈앞에 보이는 듯 그의 얼굴이 한순간 어두워졌다.

"기어코 그쪽에서도 알아차린 모양이군."

그가 골치 아픈 얼굴로 주머니에서 지갑을 꺼냈다.

"돈 얼마 빌렸어? 갚을게."

"얼마 안 돼요. 그 정도 도움은 줄 수 있어요."

"이건 날 도우는 게 아니야. 그 애와 나는……."

말을 하려던 승모가 입을 다물었다. 지극히 개인적인 사생활이었다. 그걸 말할 만큼 편한 사이도 아니고, 구구절절 얘기하기에는 사정도 길었다.

"어쨌든 미안하다. 저녁에 데리러 갈게. 아파트 입구에 내가 방문한다고 얘기해 주면 좋겠다."

"그래요. 미리 얘기해 놓을 게요."

승모가 가자 아무 말 없이 커피를 마시던 선일이 저 멀리 걸어가는 승모의 뒷모습을 보며 물었다.

"누구야?"

"이 학교 학생."

"처음 보는 앤데 저런 애를 알아?"

"애 아니야. 우리보다 나이 많아."

"또 도움을 요청하려고 널 찾아온 거야?"

"처음인데 저 사람은."

"너 요즘도 순진하게 한국 유학생들한테 휘둘리며 사냐?"

"바보도 아니고 내가 왜?"

"누군 바보라서 당해? 뒤에서 욕이나 하고 떠드는 것들이 필요할 땐 꼭 찾아와서 도와 달라고 대놓고 부탁하니 알고도 당하는 거지."

선일이 책을 들고 일어났다.

"어디 가? 커피는 가지고 가."

"버려. 입맛 떨어졌어."

커피도 놔두고 빠르게 가 버리는 선일을 보며 이현이 왜 저러나 싶은 얼굴을 했다. 이현은 남은 커피를 물끄러미 바라보았다. 항상 마시던 커피가 갑자기 맛이 없을 리 없는데, 기분이 상한 모양이다. 이현이 보고 있던 태블릿을 끄고 백팩을 어깨에 둘러멨다. 그리고 카페를 나올 때는 선일의 말대로 테이블 위의 커피를 쓰레기통에 가차 없이 버렸다. 자신이 마시던 것까지 전부.

"딱히 틀린 말은 아니니까."

오후 수업은 지루했다. 열정만큼은 대단한 교수가 분명한데 특별한 임팩트 없는 심심한 강의는 본능적으로 지루함을 유발시켰다. 나오는 하품을 억지로 참으며 집중하는 학생들 틈에서 이현도 묵묵히 두 시간을 보냈다. 종이 울리자 1초도 지체하지 않고 의자를 박차고 일어나는 학생들 사이의 그를 향해 앞에 앉아 있던 루치아나가 기다렸다는 듯 말을 걸었다.

―에이든.

한겨울 날씨에도 아랑곳없이 글래머스한 몸매를 드러낸 루치아나가 친근하게 이현의 영어 이름을 불렀다. 선한 눈동자가 자신을 부르는 여자에게 향했다. 반듯한 이마 아래 곧은 콧날이 깔끔하게 자리 잡은 그의 시선을 받자 루치아나가 절로 미소를 머금었다.

―오늘 파티에 참석 못 한다고 했다며? 마커스가 그러더라.

마커스는 선일의 영어 이름이다.

―약속 있어?

화려한 외모와 달리 목소리에는 여고생처럼 생기발랄한 명랑함이 가득 찬 루치아나가 장난스럽게 물었다.

—아니.

—그런데 왜?

—밀린 공부 하려고.

—그럴 줄 알았어, 공부벌레. 비즈니스 시작해서 바쁜 거 알지만 한 치의 오차도 없는 대답이야.

—정기 모임 때는 나갈 거야.

—벌금 내기 싫어서?

—빙고.

루치아나가 성실한 구두쇠라며 눈을 흘겼다.

—오늘도 N대학에서 널 보러 오는 내 친구들은 물먹겠구나. 준비해 놓은 술이 부족하기 전에 주문하러 가야겠다. 너도 갑자기 폭음하고 싶은 기분이지, 엘리?

루치아나가 옆에 앉은 여학생의 어깨에 팔을 올리며 의견을 물었다. 처음 보는 여학생은 이현과 시선이 마주치자 무슨 소리냐며 루치아나의 팔을 얼른 거둬 냈다.

—내, 내가 왜?

루치아나가 웃음을 터트렸다.

—너무 걱정 마, 엘리. 올해 마지막 정기 모임 주최자는 에이든이니까 그때 얼굴 보면 된다구. 안 그래?

—놀리지 마. 너희 사교 모임은 아무나 참석할 수 없다는 거 알고 있어.

—주최자가 초대한다면 참석 가능해. 그렇지, 에이든?

—그렇게 말하니까 마치 대단한 모임이라도 하는 것 같네. 만나

면 기껏 술이나 잔뜩 먹고 고성이나 지르는 게 단데.

이현은 단순한 친목 모임을 거창하게 포장하는 루치아나의 말을 정정하며 엘리에게 인사했다.

―마크 교수 강의를 듣는구나. 앞으로 자주 보자.

악수를 청하며 그가 인사했다. 엘리가 그의 손을 잡고 부끄러워했다.

―그, 그래. 만나서 반가워.

―다음 스케줄이 있어서 많은 대화는 못 하지만 나도 이 강의를 들으니까 종종 인사하자. 그럼.

그가 루치아나에게도 마찬가지로 인사하고 강의실을 나갔다. 엘리가 멀어지는 그를 보며 중얼거렸다.

―강의를 듣는구나, 라니. 무수한 경쟁자들을 물리치면서 1년 넘게 옆에 앉아 있었는데 저렇게 무심할 수가.

엘리의 실망스런 말투에 루치아나가 어깨를 퍽 쳤다.

―그러게 에이든은 공략하기 어렵다고 얘기했잖아. 웬만해선 저 남자의 관심을 끌기 어렵다니까.

―그래도 설마 싶었지. 저 정도일 줄 알았나?

―메이퀸인 내 파티의 초대도 정중하게 거절하는 애야. 보고도 못 믿겠니?

―보고도 못 믿겠어. 남자들의 우상인 메이퀸의 초대도 싫어한다면 대체 어떤 스타일의 여자를 좋아하는 거니? 어렵다, 정말.

―궁금하다면 오늘 파티에 꼭 참석해. 에이든을 차지하기 위해 뭉친 여성 모임이 있으니 가서 원하는 정보를 캐내 보라구.

파티 생각에 힘이 넘치는 루치아나가 엘리를 잡아끌며 명랑하게 소리쳤다.

아파트 입구에 승모가 서 있었다. 로비로 들어서던 이현을 보고 그가 눈빛으로나마 아는 척을 했다. 그 모습이 의아해 이현이 다가 갔다.

"전화는 미리 넣어 놨는데요."

왜 아직 여기 서 있는지 궁금해 묻자 승모는 피곤한 얼굴로 무덤 덤하게 대꾸했다.

"알아. 지금 게스트 하우스에 아무도 없다길래 기다리고 있는 거야."

"위에 없어요?"

"외출한 모양인지 없어."

"그래요?"

그리고는 둘 다 침묵했다. 나눌 대화가 없었다. 여자가 올 때까 지 함께 기다려 주는 건 너무 과한 배려고, 혼자 모르는 척 팬트 하우스로 올라가 버리자니 그건 상대에 대한 예의가 아니라고 느껴 졌다. 이현은 승모에게 함께 올라가자고 했다.

"저녁 전이죠? 잠깐 올라와요. 여자친구가 돌아오면 연락하라고 할게요."

주거지에 외부인이 방문한 건 승모가 처음이었다. 그의 가족과 친분 깊은 선일과 친목 모임의 친한 친구들을 제외하고 말이다. 외 부인은 보통 갤러리 룸이나 중간 로비에서 만날 뿐이다. 그것도 대 학 생활이 바빠 따로 개인적인 손님을 만나는 일은 많지 않았다.

늦은 수업으로 아직 저녁을 먹지 못한 이현이 다이닝 룸으로 승모를 안내했다. 이현이 집으로 돌아올 타이밍에 맞춰 준비된 저녁 음식을 사이에 두고 두 사람은 마주 보며 식탁에 앉았다. 화려한 듯 잘 차려진 음식을 앞에 두고 승모가 물었다.

"손님이 오나?"

"아뇨. 왜요?"

"혼자서 먹는 것치곤 꽤 푸짐한 것 같아서."

"그런가요?"

"부러운 생활이네."

"와인?"

"리포트 써야 해."

"소프트해요."

"할 일이 많아. 술 마실 여유가 없다, 내겐."

이현은 내밀었던 손을 그대로 테이블 위에 내려놓았다. 술은 자신도 마시지 않는다. 단지 자신의 입맛에 맞춰서 나오는 음식은 담백함이 지나쳐 타인에게 느끼하게 느껴질 수 있기에 배려의 마음으로 권유한 것이다. 소프트한 와인은 소화력을 도와준다는 말을 할 참이었는데 단칼에 거절당하자 이현은 그냥 두었다. 그래야 하는 게 맞다고 생각했다. 직설적인 한국 사람들은 가끔 배려를 이상하게 받아들여 상대를 아연하게 만들 때가 종종 있으니까. 방금 승모가 그에게 말했듯이 혼자 먹는 식사치곤 과하다는 뉘앙스의 말처럼 말이다.

식사를 하는 중에 다행히 그녀가 돌아왔다는 연락이 왔다. 이현은 그녀를 게스트 하우스가 아닌 자신의 팬트 하우스의 다이닝 룸으로 안내해 달라고 전했다. 곧이어 지배인을 따라 도채가 그들 앞에 나타났다. 승모와 이현의 시선이 동시에 그녀의 손으로 향했다.

"손이 왜 그래?"

승모가 붕대 감긴 그녀의 손을 보며 의아해 물었다. 도채는 대답하지 않았다.

"왜 그러냐고 묻잖아."

"서빙하다가 돌솥비빔밥에 데었어."

"뭐라고?"

"너무 뜨거워서 손님 앞에서 그릇을 떨어트렸어. 배상하지 않아도 좋으니 나오지 말래."

"대체 그게 무슨 말이야? 그릇을 떨어트리다니? 외출한 이유가 아르바이트를 하려고 했던 거란 말이야? 그런 거야?"

"그래."

"그래라니!"

승모의 얼굴이 기가 막히다는 듯 하얗게 질렸다.

"네가 지금 여기 아르바이트하러 왔어? 이 먼 나라에 겨우 아르바이트하러 온 거야?"

소리치는 승모를 보는 도채는 꽤나 피곤해 보였다. 그녀는 딱히 할 말이 없다는 듯 침묵하다가 천천히 대꾸했다.

"그 질문 좀 이상하네. 내가 이곳에 아르바이트하러 온 게 아니라는 걸 정말 몰라? 난 널 만나러 왔어. 메일에도 썼잖아."

"메일 따위! 난 한 번도 읽은 적 없어!"

도채의 얼굴이 싸늘해졌다. 그녀는 승모의 말에 생각보다 꽤 분노해 파르르 몸을 떨었다. 일촉즉발 무슨 일이 일어날 것 같았다. 곤란한 사람들이었다. 조용함을 즐기는 이현이 두 사람을 지켜보다가 어쩔 수 없이 앞으로 나섰다.

"이쪽으로 앉아요. 앉아서 얘기해요."

의자를 빼 주고 도채를 억지로 앉혔다. 서로를 마주 보고 앉은 두 사람 사이에 이현이 앉았다. 승모는 짜증을 드러낸 채 그녀를 노려보았다. 도채는 붕대 감긴 손의 욱신거림을 참으며 그 시선을 묵묵히 받았다.

먼저 입을 연 건 의외로 도채였다.

"나, 충분히 기다렸다고 생각해. 더 기다려야 하니?"

"기다리라고 말한 적 없어."

승모가 싸늘한 목소리로 대꾸했다.

"얼마나 더 기다릴까?"

"기다리지 마. 평생을 기다려도 너한테는 안 가."

"나한테 하고 싶은 말은 그것 외에 더 없어?"

"우리 사이에 남아 있는 말이 있을 거라고 생각해? 넌 내가 너와 무슨 사이라도 되는 줄 아나 보다?"

그 순간이었다. 도채가 테이블 위에 놓인 잔을 들어 그를 향해 와인을 확 뿌렸다. 인내심이 바닥난 승모가 자리에서 벌떡 일어서며 도채를 향해 손을 올렸다.

"그만!"

자리에서 급히 일어난 이현이 소리쳤다. 한순간 두 남자가 대치

하는 상황이 벌어졌다.

"진정해요. 여자예요. 손 내려요, 당장."

도채를 등 뒤에 두고 선 이현이 승모를 막으며 이성을 찾으라고 재촉했다. 승모는 큰 키로 도채를 가려 버린 눈앞의 이현을 보며 얼굴을 부르르 떨었다. 참아야 했지만 쉽게 진정되지 않았다. 승모는 이현의 뒤에 서 있는 도채를 향해 진저리 쳤다.

"넌 정말 구제 불능이야."

그가 더 이상은 참지 못하고 자리를 박차고 나갔다. 나가는 그를 힘주어 노려보던 도채도 그가 사라질 때까지 화난 표정을 풀지 않았다. 그러나 그가 완전히 사라지자 서서히 붉어지는 두 눈을 감추지 못하고 고개를 떨구었다. 음식을 내오던 도우미 산드라가 놀라 이현을 쳐다보았다. 이현이 괜찮다는 손짓으로 조용히 접시를 내려놓고 사라지라는 눈치를 줄 때였다. 고개 숙인 도채가 작은 목소리로 말했다.

"……부탁해요. 방세는 꼭 낼게요."

그녀가 고개를 들며 이현에게 물었다.

"게스트 하우스에 좀 더 머물 순 없나요?"

도우미가 이게 무슨 소리냐며 이현을 쳐다보았다. 한국말을 알아듣지 못하는 그녀였지만 돌아가는 상황이 이상하다고 느낀 모양이다. 눈빛으로나마 무슨 일이냐고 묻는 산드라에게 이현은 곤란한 얼굴로 글쎄, 라며 어색하게 웃어 보이기만 했다.

식사를 다 하진 못했다. 도채가 승모에게 뿌린 와인 때문에 엉망이 된 식탁 위에서 식사를 계속하기는 어려웠다. 하는 수 없이 또 다른 다이닝 룸으로 장소를 옮긴 두 사람은 산드라가 갖다 준 차를 마시는 걸로 식사를 대신했다.

"마셔요."

이현은 찻잔을 그녀 앞으로 좀 더 밀어 주었다.

"손은 좀 어때요?"

"괜찮아요. 조금 덴 것뿐이에요."

"아침에 돈을 빌려 간 건 아르바이트할 곳을 찾기 위해서였나요?"

"말했듯이 카드가 정지돼서요. 월세를 사기당해 당장 쓸 돈도 없구요."

"그래도 무작정 밖으로 나가다니 놀랐어요. 초행이잖아요. 아무리 맨해튼이라도 여자 혼자서 다니기엔 위험할 수 있어요."

"무서울 것 없어요. 난 그를 위해 용기를 내지 않은 적이 단 한 번도 없으니까."

무슨 말인지 몰랐다. 이현은 잘못 들었다고 생각했다. 도채는 뜨거운 홍차를 조심히 들어 몇 번 입으로 불더니 호록, 하고 마셨다. 멋을 내느라 평범한 잔의 두 배 크기로 만들어진 고급 찻잔이 손을 다친 그녀가 한 손으로 들기엔 버거워 보였다. 이현이 잔을 바꿔 올까 생각하는데 그녀의 목소리가 들렸다.

"저기요."

그녀의 손을 바라보느라 시선을 내리고 있던 이현이 말하라며 그녀를 똑바로 바라보았다.

"한 달에 얼마를 내면 게스트 하우스에 머물 수 있을까요?"

"네?"

"그러니까 어제 내가 묵었던 곳이요. 얼마를 내야 할까요?"

얼마를 내야 하는지는 모른다. 단 한 번도 그런 걸 고민해 본 적 없으니까. 보통 얼마를 내고 얼마를 받을까. 게스트 하우스는 말 그대로 집으로 초대한 손님의 편의를 봐주기 위해 만든 공간일 뿐이라 숙박비가 얼만지 물어도 답해 줄 것이 없다. 이현은 생애 처음 받는 질문을 듣고서 쉽게 대답하지 못했다.

"글쎄요. 얼마를 받아야 하나."

면밀히 계산을 해 본다면 적정 금액을 못 만들 것도 없지만, 금액을 제시한다고 해도 아마 그녀는 그만큼의 돈을 지불할 능력이 없을 것이다. 지금까지 지켜본 상황이 그녀의 주머니 사정을 말해 주고 있으니까.

이현은 그녀의 다친 손을 보며 지불 능력이 없지 않냐는 눈빛을 설핏 내비쳤다.

"미국은 월세가 선불입니다만."

이현의 말에 도채는 들고 있던 찻잔을 내려놓았다. 그녀가 시선을 내린 채 검지로 찻잔을 반복적으로 두들겼다. 뭔가 고민하는 모습이었다.

"혹시 가까운 곳에 명품 중고가게가 있을까요?"

아리송한 말이었다. 월세와 명품 중고가게가 연관이 있던가. 이현은 질문의 의도를 파악하지 못했다.

"그건 왜요?"

"가져온 짐 중에 팔면 돈이 될 만한 물건이 제법 있어요. 급한 대로 현금을 만들 수 있을 것 같아서요."

"그런 방법도 있군요."

"그래서 말인데요. 월세를 지급하면 바로 입주할 수 있나요?"

도채의 질문에 이현은 또다시 선뜻 대답하지 못했다. 어떡해야 하나. 장기적인 거주는 좀 곤란하니 이즈음에서 그냥 나가 달라고 할까. 아니면 박승모에게 연락을 해 이 여성을 당장 데려가 달라고 해야 하나. 배려가 점점 부담으로 다가온다. 이현은 소파에 몸을 그대로 기대 버렸다. 그러고 보니 자신은 박승모의 휴대폰 번호조차 모르고 있었다.

"미국엔 얼마나 머물 예정이에요?"

"영원히요."

당당하게 대꾸하는 도채를 보며 이현은 태연히 고개를 끄덕여 주었다. 영원히는 거짓말이다. 관광비자가 영원히 나올 리는 만무하니까. 이현은 처음으로 그녀가 거짓말을 상당히 잘하는 여성이라는 걸 알았다. 그것도 아주 태연하게. 그런데도 왜 그런 허락을 해 버린 걸까. 이현은 확실히 자신이 평소답지 않게 자꾸 이상한 행동을 한다는 것을 느끼면서도 스스로 제지하지 못했다.

"세입자를 들이는 건 처음입니다."

이현은 특유의 부드러운 목소리로 입주 허락 의사를 밝혔다.

"그것도 게스트 하우스를 월세 놓는 건 이 지역에서 내가 최초일 거예요."

"나도 이런 적은 처음이에요. 무작정 부탁하는 거요."

"다행이네요. 서로 서툰 관계라서. 계약은 한 달만 할 겁니다.

그사이 세입자의 마음이 바뀔 수 있고, 나도 사정이 생겨 월세를 놓을 수 없는 상황이 생길 수도 있으니까요. 어때요?"

"좋아요."

"짐은 이미 룸에 있으니 옮길 것은 없겠네요. 그렇죠?"

"네."

"입주해요. 더 궁금한 거 있어요?"

"아뇨."

"그럼 구두계약 성립한 걸로 하죠. 난 할 일이 있어서 그만 들어가 봐야 할 것 같은데 설명해 줘야 할 다른 게 있을까요?"

"없어요. 충분해요. 대신 마지막으로 부탁할 건 하나 있어요."

"어떤 거요?"

"나, 돈 좀 더 빌려 주면 안 될까요?"

이현의 부드러운 눈동자가 조금 커졌다.

"돈?"

"물건이 팔리면 바로 갚을게요. 당장 생활비가 필요해서요."

도채는 그 말을 하면서 꽤나 당당했다. 누군가에게 돈을 빌려 준 적도 없지만 커플에게 번갈아 돈을 빌려 달라는 소리를 듣는 기분을 뭐라고 설명해야 할까. 이현은 박승모에게 물었던 말을 그대로 도채에게 했다.

"얼마나 필요해요?"

"한국 돈으로 오백만 원이면 달러로 얼마 정도 될까요?"

도채의 말에 이현이 조금 어색하게 웃었다. 배포가 큰 건지, 아니면 자신이 그런 아량을 보일 사람이라고 생각한 건지, 처음 보는 그에게 밑도 끝도 없이 오백만 원이라는 돈을 빌려 달라는 걸 어떻게 받아들여야 하는 건지 잠시 고민했다. 혹 박승모처럼 그녀도 이현의 신분을 알고 떠보는 걸까. 과거에도 몇 번 겪었던 상황이지만, 막상 이런 일을 당할 때의 기분은 정확히 뭐라고 표현해야 할지 잘 모르겠다.

자신의 호의를 역으로 이용해 돈을 빌려 달라는 사람들. 같은 한국인이라는 이유로 밑도 끝도 없이 배려를 요구하는 사람들. 선일이 곁에 있었다면 욕을 뱉고도 남았을 거다. 태도의 문제를 이유로 들면서 말이다. 확실히 눈앞의 여자는 미안해하는 표정이 별로 없었다.

"난 학생이에요. 그 정도 현금이라면 나도 은행을 가야 해요."

"바로 빌려 줄 수 있는 건 얼마예요?"

도채가 다시 물었다. 이현은 주머니의 지갑을 열어 현금을 확인했다.

"500달러 정도?"

도채는 많이 부족하지만 당장은 그 정도라도 만족이라며 입을 열었다.

"혹시 괜찮으면 그거라도 빌려 줄 수 있나요?"

손 위에 볼펜이 동그란 원을 그리며 빙글빙글 돌아간다. 십 분. 이십 분. 삼십 분. 쉬지 않고 돌아가는 그의 볼펜을 보며 선일이 진심으로 원망을 토로했다.

"그만 돌려. 가뜩이나 머리 아파 죽겠는데."

"확실히 이상하단 말이야."

"이럴 줄 알았으면 어제 루치아나 파티 가는 게 아니었는데."

"무슨 생각으로 나한테 그런 말을 한 거지?"

"너 그거 알아? 저녁에 파티에 잠깐 들렀는데 갑자기 정원에서 웬 여자들이 무리 지어 나한테 무작위로 달려드는 거야. 그러더니 너에 대한 질문들을 마구 쏟아 내던데, 걔네들 누군지 아냐? 무슨 회원들이라던데 우리 모임에 그런 사조직이 있었나?"

"돈을 꿔 달라니 뻔뻔하다고 해야 하나? 아니면 세상물정 모르는 순진한 여성이라고 생각해야 하나?"

"루치아나도 한물갔어. 어울리는 애들이 영 아니야."

각자 다른 말을 하면서도 두 사람은 잘도 대화했다. 이현이 열심히 돌리던 볼펜을 내려놓더니 선일에게 진중히 물었다.

"근처에 명품 중고가게 어디 있는지 알아?"

"몰라. 뜬금없이 거긴 왜?"

"그걸 모르겠어. 명품을 팔아서 돈을 만들겠대. 돈을 빌려서 명품을 사고, 다시 그걸 되파는 건가?"

두통에 신경질이 잔뜩 난 선일이 선하지 않은 눈빛으로 이현을 쳐다보았다. 평소의 눈매에 짜증이 조금 섞였을 뿐이지만, 모르는 사람이 봤다면 언성이 오가기 전 감정을 폭발하는 모습으로 오해하고 남을 만큼 매서운 눈빛이었다.

"뭘 다시 판다고? 도서관에서 공부하다가 꽃뱀이라도 만난 거냐?"

"꽃뱀? 그런가? 하지만 박승모가 꽃뱀에게 물릴 만큼 어리석은 남자는 아닐 텐데."

"대체 뭐라고 말하는 건지 하나도 모르겠다."

손을 들어 한쪽 이마를 짓누르던 선일이 바지 주머니에서 휴대폰을 꺼냈다. 구원을 요청하듯 운전기사를 부르는 목소리가 제법 심각했다. 그 모습을 지켜보던 이현도 진지하게 혼잣말을 했다.

"정말 은행을 가야 하나."

얼마 되지 않아 선일의 개인기사가 자가용을 가지고 그들 앞에 도착하자 선일이 무거운 머리를 붙잡고 일어나 차에 올랐다.

"먼저 간다. 머리가 아파서 오늘은 아무것도 못 하겠어."

"잠깐. 나도 같이 가."

이현이 갑자기 짐을 챙겨 선일을 따라 차에 올랐다.

"너는 왜?"

"일이 있어."

무슨 일이길래 허락도 없이 남의 차에 올라타냐, 라는 질책의 눈빛이 곧바로 이현의 얼굴에 쏟아졌다.

"좀 타자. 같은 방향이잖아."

"내가 어디로 가는 줄 알고?"

"집으로 가는 거 아니었어?"

"당연히 집으로 가지. 그런데 넌 아직 수업 남아 있잖아."

"맞아."

"맞는데 내 차를 타고 가겠다고?"

의아하다는 눈길을 거두지 않는 선일을 향해 이현이 한 마디 보탰다.

"은행 가야 해. 그래서 그래."

입학 후로 수업에 빠지는 걸 본 적 없는데 고작 은행에 가기 위해 수업을 빠지겠다니 나사 빠진 모범생이라고 욕을 할 뻔했다.

"학교 내에 설치되어 있는 ATM 위치를 모르는 것도 아닐 텐데, 조퇴 사유를 고작 은행에 가기 위한 거라고 핑계를 대다니 한순간 친구임이 창피하게 느껴진다."

선일이 아둔하다며 한 소리 하자 이번엔 이현도 지지 않고 비웃었다.

"그러는 너도 자신과의 맹세를 어기고 두통에 시달릴 만큼 술을 마시는 한심한 행동을 했잖아."

선일이 어이없는 표정으로 이현을 쳐다봤다.

"너 정말 내 베스트 프랜드 맞냐?"

"숙취 때문에 머리 아픈 거 아니었어?"

"마시지도 않은 술 냄새가 네 후각에는 맡아지나 보지?"

"파티에 갔다 온 후 머리가 아프다니까 당연히 그렇게 생각했지."

"공부하느라 잠 못 잔 게 일주일이 넘어서 두통 온 거다. 누구처럼 명품 중고 팔 생각에 머리 아픈 게 아니고. 이런 눈치 없는 녀석들이 학벌 타이틀 하나 달고 사회에 나가 한자리씩 차지하니 나라가 이 모양이지."

선일이 한심한 눈으로 이현을 한 번 쳐다보더니 차를 출발시켰다. 그 뒤 몇 마디 잔소리를 더 했지만 이미 이현은 다른 생각에 골몰하느라 아무 소리도 듣지 못했다.

3

"기다렸어요."

도채는 이현을 보자 반가워하기까지 했다.

"나를요?"

조금 놀란 이현이 의아해 되묻자 그녀가 기다린 이유를 분명히
알려 주었다.

"돈 때문에요."

이현이 어색하게 웃었다. 당연하다. 어제 그는 돈을 빌려 주지
않았으니까. 조금은 다른 이유가 있었을 거라고 생각한 것이 쑥스
러워 이현은 옅은 웃음을 그저 머금었다.

"그렇잖아도 지금 은행에 갈 생각이었어요. 함께 나가요. 가는
길에 물건을 팔 수 있는 중고가게를 알려 줄게요."

그의 말에 도채는 방에 들어가 두 개의 가방을 꺼내 들고 따라나

섰다. 이현은 그사이 지배인을 통해 맨해튼 안에 있는 중고명품 가게의 위치를 알아냈다. 걸어서 움직여도 무방할 만큼 가까운 거리였지만 이현은 굳이 자동차를 끌고 집을 나섰다. 여전히 구두를 신고 따라나선 도채를 위해서였다.

처음 찾아간 가게는 중고명품을 팔지만 구매는 하지 않는다고 했다. 두 사람은 하는 수 없이 가게 점원에게 근처에 중고명품을 구매하는 곳을 물어 다른 가게를 찾아갔다.

"뭐라는 거예요?"

두 개의 가방을 꼼꼼히 살피던 점원이 가격을 제시하자 도채가 빠른 발음의 영어를 못 알아듣고 이현을 쳐다보았다.

"두 개 합쳐서 천 달러 쳐 준대요."

"천 달러? 그것밖에 안 돼요? 이 가방 한 개에 몇 백만 원 하는 건데요?"

"그 이상은 안 된대요. 팔 생각이 없으면 그만 가게 문을 닫고 싶다는군요."

구입한 지 1년 조금 넘은 가방이었다. 한국에서 팔면 적어도 목돈을 얻을 텐데 아쉬웠다. 도채는 손에 찬 시계를 풀었다.

"이것도 팔아 주세요."

이현이 시계를 받다가 주춤했다. 로고를 보니 고가품이었다.

"오늘은 가방만 팔아요."

"천 달러로는 몇 달 치 월세도 안 될 거예요. 팔아 주세요."

"월세는 천천히 받을게요. 시계의 값어치를 아는 가게가 아니에요. 돌아가는 길에 은행에 들러 돈을 빌려 줄 테니까 넣어 둬요."

이현은 시계를 그녀의 손에 다시 쥐여 주었다.

"같은 명품이라도 손님이 누군지에 따라 제시하는 금액이 달라져요. 그래도 팔고 싶다면 내가 아는 곳을 통해 시세에 맞춰 처분해 줄 테니 오늘은 그냥 가요."

이현은 도채 대신 거래 영수증에 사인을 했다. 점원으로부터 받은 돈을 일일이 세고 정확하게 거래를 마무리 짓는 그를 보며 도채는 말없이 시계를 다시 손에 찼다.

은행에 들러 돈을 찾으려는 그를 제지한 건 의외로 그녀였다. 도채는 천 달러의 돈이 생겼으니 돈을 빌리는 건 그만두겠다고 했다. 대신 고마움을 표시하고 싶다며 식사를 사겠다고 했다.

"나, 계속 굶었거든요."

굶다니. 집에 있는 도우미들이 게스트 하우스의 그녀에게 식사를 제공하지 않았을 리 없는데 굶었다는 말이 무슨 말인지 이현은 이해하지 못했다. 이유를 물으려는데 그녀가 먼저 설명해 주었다.

"음식이 입에 안 맞아서요. 너무 달고 느끼하고. 그래서 못 먹었어요."

생각하지 못한 대답이었다. 전형적인 미국 식사는 이방인의 입에 절대적으로 맞지 않다. 그렇다면 아침부터 종일 굶었다는 말이다. 이현은 그녀를 위해 적당한 음식을 해 줄 것을 미리 말해 놓지 않은 게 조금 미안했다.

"그럼 한식이 좋겠네요. 근처에 코리아타운이 있으니 그쪽으로 가요."

엠파이어 스테이트 빌딩을 끼고 돌아서 32번가로 차를 돌렸다.

이스트 빌리지에도 한국 음식 레스토랑이 있지만, 그곳은 대부분 미국식으로 변형된 퓨전이었다. 갓 미국에 도착한 사람에겐 퓨전식보다는 코리아타운에 있는 전형적인 한국 음식이 더 나을 것이다. 그것조차 입에 맞지 않는다고 여행 중인 대부분의 한국 사람들은 말하지만, 그나마 그게 제일 안정적인 선택이라고 생각되었다.

도채는 길가에 즐비해 있는 식당을 둘러보더니 따뜻한 설렁탕을 메뉴로 선택했다. 두 사람은 가게 안으로 들어가 김이 넘쳐 나는 방대한 국 한 그릇을 각각 앞에 두고 먹기 시작했다. 도채는 뚝배기 국물에 밥 한 공기를 그대로 말고서 말 한 마디 없이 식사를 뚝딱 마쳤다. 오밀조밀 작은 입으로 거침없이 음식을 씹어 먹는 모습은 씩씩해 보이기도 했다. 뭐랄까. 항상 큰 서양 여자만을 봐 온 이현에게 동양 여자의 모습은 확실히 동질감을 주었다. 원래 알고 있던 사람을 보는 느낌이랄까. 정겹고 그립고 예전부터 알고 있던 사람이라는 느낌. 도채를 보고 있노라니 문득 그런 느낌이 들었다. 그때 국물까지 완벽하게 마신 도채가 숟가락을 내려놓으며 처음으로 편안한 얼굴을 했다.

"잘 먹었다."

굳지 않은 얼굴을 본 건 처음이었다. 포만감이 기분 좋은지 도채는 그를 향해 안정감 있는 미소까지 지어 보였다. 의외였다. 딱딱한 표정만 일관하던 그녀에게서 웃는 모습은 꽤나 낯설면서 무척 보기 좋아 보였다.

"제대로 식사를 한 건 처음이에요. 그동안 계속 못 먹었거든요."

첫날 학교 앞에 서 있던 모습, 아르바이트를 갔던 모습, 그러고 보니 그동안 식사할 여유는 이현이 봐도 없었을 것 같다.

"계속 이 상태였어요?"

"선불을 치른 숙소에서 식사도 제공한다고 해서 마음 놓고 있었다가 갑자기 갈 곳이 없어졌으니까요."

"그 후로는 박승모와 함께 있지 않았나요?"

그와 함께 있던 날은 식사를 못 할 이유가 없지 않냐는 뜻이었다. 도채는 조심스레 고개를 저었다.

"사정이 있어서요."

"그 사정이란 것 때문에 그는 당신에게 밥도 사 주지 않았군요."

정곡을 찌르는 말이다. 무슨 사정이 있어 승모는 밥 한 끼 챙겨 주지 않는 걸까. 도채가 흐릿한 웃음을 지었다.

"나는 원래 그가 원하지 않는 일만 해요. 우린 늘 그래 왔어요. 새삼스러울 건 없어요."

말은 그렇게 했지만 표정은 쓸쓸함을 감추지 못했다. 이현은 그녀의 쓸쓸함을 조용히 지켜보았다.

식사를 마친 두 사람은 자연스럽게 카페로 자리를 옮겼다. 이번엔 대접을 받은 이현이 후식을 사겠다며 그녀를 이끌었다.

맨해튼의 특성상 거리에 주차를 오래할 수 없는 관계로 차를 이동시켜야 하기도 했고, 그동안 제대로 먹지 않은 그녀를 위해 안정감 있게 달콤한 후식을 먹여야겠다는 생각에서였다. 이현은 거리에 넘쳐 나는 카페를 놔두고 빌딩 사이 골목을 지나 한적한 단골 가게 앞에 차를 세웠다.

"도로변 카페들은 사람들이 많아서 대부분 시끄러워요. 여긴 작지만 대부분의 메뉴가 맛있구요. 마시고 싶은 것을 골라 봐요."

"그냥 커피 마실게요."

이현이 두 잔의 커피를 가지고 자리에 돌아왔다. 테이블 위에 커피 잔을 내려놓자 잠시 어색한 침묵이 흘렀다.

"나요."

도채가 입을 열었다.

"궁금했어요. 그와 당신이 어떤 사인지."

도채는 뜨거운 김을 토해 내는 머그잔을 내려 보며 낮은 목소리로 물었다.

"당신은 그의 후배인가요?"

"후배는 박승모죠. 아, 형이라고 해야 하나?"

"그가 후배라구요?"

"내가 4학년, 그가 1학년이니까요."

"그럴 리가. 그는 한국에서 대학을 다녔어요. 편입생으로 입학한다면 2학년이어야 하는데요."

"아뇨. 그는 1학년이 맞아요. 몰랐나요?"

"몰랐어요."

"그것도 역시 사정이란 것 때문에?"

도채는 대답하지 않았다. 아니, 대답하지 않은 게 아니라 아는 게 없는 듯했다.

한국에서 학교를 다녔다 해도 편입할 대학의 방침에 따라 한국 학교에서 이수한 학점을 평가 받은 후 그걸 토대로 학년이 정해진다. 학부마다 정해 놓은 커리큘럼에 따라서는 1학년 수업을 다시 들어야 하는 일도 생기기 때문에 실제적으로 학년은 중요하지 않다. 대신 학교를 졸업하기 위해서 얼마나 많은 학점을 따야 하고, 얼마나 많은 수업을 들어야 하는지가 편입생에게는 더 큰 문제일 뿐이다. 도채는 그걸 모르는 듯했지만 그 사실보다 그에 대한 정보를 아무것도 모른다는 것에 대해서 더 우울해하는 것 같았다.

"그에 대해 모르는 게 많군요."

"떨어져 있는 시간이 좀 있었어요. 그를 찾는 데도 시간이 좀 걸렸고."

"궁금하네요. 그 사정이란 게 어떤 건지."

그동안 궁금했던 마음을 조금 내비쳤다. 스스로 생각해도 이유 없는 호기심이었다. 타인의 일에 관심을 두는 타입이 아닌데 이상하게 이 여자와 함께 있으면 있을수록 쓸데없는 호기심이 자꾸 생기니 묻고 나서도 스스로 조금 뜨악했다.

"들으면 시시해서 웃을 거예요. 모두 그러니까요."

도채는 대수롭지 않게 대답했지만 이현은 발동된 호기심을 참기 어려웠다.

"말해 봐요. 들어 줄 용의가 있어요."

"아뇨. 별로 할 얘기도 없는 걸요. 그냥 그렇고 그런 뻔한 얘기예요. 아참, 이런 걸 질문해도 되나 모르겠지만 혹시 승모에게 여자친구가 있나요?"

눈동자에 기대감을 품고 묻는 도채에게 이현은 '여자친구는 당신 아니에요?' 라고 물을 뻔했다. 그러나 그전에 박승모의 사생활을 묻는 그녀에게 '우린 친구가 아닙니다.' 라고 말하고 싶었다.

"박승모의 사생활이라. 그런 건 잘 모르는데."

이현은 대답을 하면서도 이번엔 정말 고민했다. 아무 관계도 아닌 사람의 여자와 나란히 앉아 차를 마시고 있는 자신은 대체 뭘까. 선일이 있었다면 한 마디 했을 것이다.

—작업이지.

작업인가. 이현은 말끔한 얼굴을 들어 눈앞의 도채를 다시 바라보았다. 어쩌면 작업일지도 모르겠다. 처음부터 이 여자는 눈길을 끌었다. 말로는 설명할 수 없을 만큼 아주 자연스럽게 시야에 들어와 운전 중인 그에게 아침 일기예보를 기억하게 만들고, 수업 내내 시계를 주시하게 만들었다. 추운 날씨에 무방비로 서 있는 여자가 걱정되는 마음 때문에. 높은 힐을 신고 있는 그녀가 어쩐지 불편해 보여서.

"그에게 여자가 없었으면 좋겠어요."

도채의 목소리가 그의 생각을 부숴 버렸다. 이현은 그녀를 보던 시선을 거두고 테이블 위의 머그잔을 내려 보았다.

"그는 돌아가길 원하던데요."

목소리 톤이 평소보다 조금 강하게 나왔다.

"나는 머물 생각이에요."

그녀의 목소리는 반대로 다부졌다. 이현은 블랙커피를 조용히 목 안으로 넘겼다.

"이곳 생활비는 무척 비싸요. 손도 다쳤는데 아르바이트를 하지 못하면 가방을 판 돈도 금방 떨어질 겁니다. 경제적인 문제가 해결되지 않으면 머물기 힘들 거예요."

"아는 사람은 있어요. 도움을 요청하면 도와주겠다는 사람도 많을 거예요."

"지인이 있나요?"

"친척이 있어요. 하지만 연락하면 곤란해져요. 그래서 문제죠."

그러고 보니 처음 승모가 도채에게 했던 말 중에 집에 연락하겠다는 말이 기억났다. 집에 연락을 하겠다며 협박하는 남자와 그걸 우스워하며 두려워하지 않는 여자. 어떤 상황일까.

이현은 몇 개의 상황을 마음대로 상상해 보았다. 집안의 반대를 피해 도피 중인 연인인가? 그런데 게스트 하우스에서 머물겠다고 고집을 피우는 도채를 보고 박승모는 뭐라고 했지? 이미 끝난 사인데 찾아오면 어쩌자는 거야, 라며 곤혹스러워했다. 그럼 이제 연인은 아니라는 말인데, 그게 맞을까. 이런저런 상황을 유추하는데 도채가 다시 질문을 시작했다.

"자꾸 부탁해서 미안하지만 영어를 못해도 일할 수 있는 곳이 없을까요?"

"영어는 어느 정도 구사할 수 있는데요?"

"전혀요. 회화 정도는 가능할 줄 알았는데 막상 부딪히니 입이 안 떨어져요. 생각보다 말도 너무 빠르고."

"실례지만 한국에서 하는 일이?"

"없어요. 일 그만두고 왔어요."

나이는 묻지 않았다.

"관광비자로 입국했죠?"

"네."

"관광객이 아르바이트를 하는 건 불법이에요. 경찰에 잡히면 즉시 강제출국이구요. 관광객을 써 주는 곳이 있지만 잘못하다간 피해를 보는 일이 생길지 몰라요. 거기다 손도 다쳤는데 일자리를 찾긴 쉽지 않을 거예요. 관광객 신분으로 아르바이트를 한다는 건 개인적으로 추천하고 싶지 않군요."

"하지만 나는 관광객 신분으로도 아르바이트 자리를 구했는걸요. 물론 바로 잘리긴 했지만."

"그런 곳은 일을 해도 임금을 제대로 주지 않을 가능성이 많아요. 당일 날 바로 일을 구한 건 운이 좋았다고 보면 되구요."

몰랐던 사실이다. 도채는 정말 그런 사실을 모르고 있었다. 유학생들 대부분이 아르바이트를 하길래 관광객도 괜찮을 거라고 생각했던 자신이 정말 무지하게 느껴졌다. 도채는 다친 손을 내려 보았다.

"정지된 카드는 곧 풀릴 거예요. 내가 미국으로 출국한 걸 지금쯤이면 집에서도 알았을 테니까요. 아무도 없는 곳에 돈도 없이 혼자 지내게 할 만큼 가족들이 답답한 사람들은 아니에요."

"카드가 풀리지 않으면요?"

이현의 말에 도채가 뭐라 말하려고 하다가 잠깐 입을 다물었다.

"이곳에 머물기 위해서 어떻게 해야 하는지 방법을 찾아봐야죠. 이대로 버틸 수는 없으니까요."

도채는 커피를 거의 다 남겼다. 혀끝에 닿는 쓴맛이 입에 맞지 않는다고 했다. 맨해튼의 커피도 마시지 못하는 사람이 얼마나 버틸 수 있을까. 도채는 말하지 않았지만 스스로에게 그렇게 반문하고 있었다.

 괜찮을 거라 생각했던 손에 문제가 생겼다. 덴 곳이 점점 부풀어
오르더니 급기야 물집이 감아 놓았던 붕대와 맞붙어 터져 버렸다.
세수를 하건 옷을 입건 손을 조금만 움직여도 쓰라리고 아팠다. 응
급조치로 음식점에서 감아 준 붕대를 그동안 바꾸지 않은 것이 문
제인 듯싶었다.
 "이것도 습관인 걸까? 언제나 안의 상처는 보지 못하고 꼭 눈에
보여야만 상처받은 줄 아는 거."
 붕대에 감겨 있어 아픈 걸 몰랐는데 붕대가 사라진 손등은 생각
보다 심각했다. 손바닥을 관찰하던 도채가 고민 끝에 게스트 룸을
나가길 결정한 건 그 때문이었다.
 도채는 다음 날 아침 이현의 게스트 하우스를 나왔다.
 ―호텔을 찾고 있어요.
 입구 쪽으로 걸어 나가던 도채는 로비에 데스크가 있는 것을 보
고 다시 돌아와 지배인에게 물었다. 게스트 하우스 룸에 손님이 머
물고 있다는 걸 알고 있는 지배인이 눈인사를 해 주며 친절하게 대
답해 주었다.
 ―어떤 호텔을 찾으십니까?
 ―어디든 좋아요.
 ―호텔 유형이 전부 다릅니다. 원하는 곳을 말씀하시면 안내해
드리도록 하죠.
 도채는 선뜻 대답하지 못했다. 어떤 호텔인지는 중요하지 않았기

때문이다.

　—스파 서비스가 좋은 곳을 추천해 드릴까요? 아니면 야경이 멋
진 곳은 어떠세요?

　지배인은 맨해튼의 야경이 최고인 곳을 알려 주겠다며 주변 지
역의 관광지도를 꺼내 한 군데를 손으로 가리켜 보였다. 도채는 그
런 지배인을 보며 '이름만 대면 누구든 쉽게 찾아올 수 있는 유명
한 호텔을 안내해 주면 좋겠는데요.'를 반복해서 설명했다. 그러나
결국 서로의 영어를 알아듣지 못한 채로 그녀는 지배인이 건네준
안내 지도를 말없이 받는 걸로 대화를 마무리 졌다.

　밖으로 나와 주변을 훑어보았다. 그리고 제일 눈에 띄는 호텔로
들어가 어설픈 영어로 룸을 잡고, 그녀가 알고 있는 유일한 번호로
전화를 걸었다. 다행히 길지 않은 몇 번의 연결음 뒤에 상대방이
전화를 받았다.

　—Hello.

　"나야."

　그녀의 목소리에 상대가 한참 동안 말을 하지 않았다. 누군지 알
아챈 모양이었다. 전화를 끊어도 할 말은 없다. 도채는 상대방의
의견을 존중하겠다는 의미로 인내심을 가지고 대답을 기다렸다. 다
행히 상대방은 전화를 끊지 않았다.

　"정말 왔네."

　상대가 한국어로 말을 바꾸며 대꾸했다.

　"반드시 온다고 했잖아."

　"호텔 번호군. 어디 호텔?"

"몰라. 맨해튼의 어디쯤이겠지. 잠깐 만나."

"만나길 원해?"

"정보가 필요해."

"학교 정도는 알려 줬잖아."

"찾아갔어. 그런데 만나 주질 않아."

"저런."

"그러니까 도움을 줘. 네가 와 준다면 호텔에서 기다리고. 하지만 다시 엮이고 싶지 않다면 지금 바로 전화를 끊어도 좋아."

선택권을 주자 상대방이 고민하는지 바로 대답하지 않았다. 하긴, 그는 이번 일로 인해 가족들에게 곤혹을 치렀으니 쉽게 대답하긴 힘들 것이다.

"지금은 안 되고, 저녁때라도 괜찮다면 기다리든가."

"기다릴게."

전화를 끊고 한동안 자리에 가만히 앉아 있었다. 한시름을 놓지 않았다면 거짓말이다. 도채는 아무도 모르게 숨겨 두었던 한숨을 그제야 길게 내뱉었다.

"진짜 엉망이다."

늦은 저녁 나타난 태성은 전화 통화를 할 때와 달리 도채를 보자 두 팔을 벌려 반갑게 그녀를 안으려고 했다.

"반갑게 인사하진 말자. 좋은 사이도 아닌데."

도채가 다가오지 말라며 경고조로 말하자 태성이 까칠하게 군다며 장난을 쳤다.

"여기까지 불러 놓고 모르는 척하겠다고? 그만 화해하자, 좀."

능글거리며 웃는 모습이 그사이 벌어진 관계를 복구하고 싶은 것처럼 보였다. 그러나 도채는 태성으로부터 멀찍이 떨어져 주변부터 살폈다.

"혼자 온 거야? 나 만난다고 누구한테 말하진 않았지?"

"당연하지. 아무리 그래도 두 번씩이나 배신할까. 언제 왔어? 숙소는 여기로 정한 거야?"

"아니야. 오늘 투숙했어. 네가 찾아오기 편하라고 일부러 제일 눈에 띄는 호텔에 체크인한 거야. 이제 만났으니 체크아웃할 거고."

"더 좋은 데로 옮기려고?"

"그럴 여유 없어."

"없다니?"

"돈 없다고. 현지 숙소 구하면서 다 썼어. 그것도 사기당했고."

도채의 말에 태성이 혀를 찼다.

"앞뒤 좀 봐 가면서 행동해라, 제발. 나랑 연락 안 됐으면 어쩔 뻔했어?"

"원래 계획엔 너랑 연락하는 게 있지 않았으니까 상관없어. 급한 김에 가지고 온 가방 팔았고 당장은 그걸로 생활할 거야."

웃을 줄 알았던 태성은 웃지 않았다.

"전화한 이유를 알겠군. 그런 상태라면 여기서 버티기 힘들지. 뭐가 필요해? 뭘 알고 싶어?"

"몰라. 그냥 아무거나 다."

도채는 처음으로 힘이 빠진 목소리로 중얼거렸다.

"아니, 사실은 잘 모르겠어. 생각했던 것과 상황이 너무 달라서 뭘 어떻게 해야 할지."

평소와 달리 혼란스러워하는 말투에 태성이 장난기 어린 얼굴을 집어 던졌다.

"박승모는 네가 온 걸 알고 있어?"

"알아. 학교로 찾아가서 만났어. 일단 갈 곳이 없다고 하니까 자기 집에서 하룻밤 재워 줬는데 자긴 나가 버리더라. 날 보더니 처음 하는 말이 당장 돌아가래."

무언가 말로는 표현할 수 없는 상처를 받은 것처럼 도채는 답지 않게 얼굴에 그늘을 드리웠다.

"놈도 참 대단하다. 여기까지 찾아온 널 보고 고작 돌아가라니. 하기사, 그러니까 아직까지 둘 다 이 모양이지. 손은 왜 그래?"

"돈이 없으니까 마음이 급해져서 쓸데없는 짓을 좀 했어. 음식점에서 아르바이트하다가 데였는데 진물이 계속 나."

태성이 기가 막히다는 얼굴을 했다.

"잘하십니다, 아주. 큰아버지도 네가 여기 온 거 아셔?"

"아니. 말없이 왔어. 하지만 지금쯤이면 눈치채셨겠지."

"그럼 곧 내게도 연락이 오겠네. 혹시 너한테 연락 오면 바로 한국에 알려 달라는 그런 전화."

"그러니까 네가 좀 도와. 일부러 신용카드 한 장 가져오지 않아서 꼼짝도 못 하고 있어."

"카드는 또 왜 안 가지고 왔어? 그건 여행자한테 필수라는 거 몰라?"

"돈이 없다고 하면 억지로라도 승모랑 함께 지낼 수 있을 줄 알았지. 이렇게 계속 모른 체할 줄은 누가 알았나."

카드는 애초에 가지고 오지 않았다. 그래서 이현에게 어쩔수 없이 돈을 빌리는 사태까지 온 것이다. 예상한 모든 것이 어긋나 버렸다. 승모의 냉정한 태도엔 조금 기가 죽은 것도 사실이다. 도채는 애써 담담한 표정을 지었지만 속상함을 감추지는 못했다.

"카드 정도야 어디다 숨겨 놓고 그냥 없다고 하면 되지, 그 정도 융통성도 없냐?"

"승모는 날 믿지 않아. 아마 없다고 하면 가방을 뒤졌을걸? 그러니까 훈계는 그만하고 돈이나 빌려 줘."

"이렇게까지 해야 하냐? 놈이 싫대잖아."

그의 말에 도채의 얼굴이 싸늘하게 변했다.

"평범하게 잘 사귀고 있는데 옆에서 입방정 떤 너 때문에 일이 이렇게 됐어. 내가 누구 때문에 여기까지 오게 된 건지 다시 상기시켜 줘야 협조할래?"

원망의 대상이 눈앞의 태성은 아니었지만 고생한 며칠을 생각하니 괜히 미워 날카롭게 응수하고 말았다. 태성이 신경질적으로 변한 도채를 보고 황급히 먼저 미안하다며 두 손을 들었다. 자신이 잘못한 건 돌이킬 수 없는 사실이 맞았다. 태성이 그녀에게 자신 소유의 골드 카드를 내밀었다.

"내 카드야. 일단 급한 대로 써."

"카드는 안 돼. 멀쩡한 네가 집 놔두고 호텔 체크인해 봐. 네가 아니라 내가 사용한 걸 집에서 바로 알게 될 거야. 넌 내가 원하는 게 뭔지 아직도 그렇게 모르겠니?"

"내가 모르겠냐? 핏줄이 어디 가? 어른들 머리 쓰는 방법이야 뱃속에서부터 습득했는데 당연히 잘 알지."

태성이 주머니 안에 두둑한 지갑을 꺼내 보였다.

"그럴 줄 알고 은행에 들렀다 왔다. 카드는 급할 때를 대비해 여분으로 가지고 있도록 해. 자, 그럼 자세한 대화는 저녁 먹으면서 천천히 얘기해 볼까?"

태성이 완벽한 협조를 하겠다고 나서며 도채를 잡아끌었다.

"뭐 먹고 싶어, 사촌?"

저녁 먹는 내내 도채의 눈치를 살피던 태성이 기어코 식사 중간에 궁금했던 문제를 언급하고 말았다.

"난 박승모가 널 피하는 이유가 큰아버지로부터 돈을 받았기 때문이라고 생각해."

재빠르고 짧게 포인트를 집어 말한 태성은 입에 넣은 스테이크를 우적 씹다가 급히 물을 꿀꺽 삼켰다. 도채가 노려보았기 때문이다.

"그러니까 내 말은 꼭 그럴 거라는 게 아니라 느낌이 약간, 아주 약간 그렇다는 거야. 갑자기 미국으로 유학 왔다는 건 그만한 자본이 생겼다는 거잖아. 근데 아무리 생각해도 녀석의 재정 상태로는 여기까지 올 여유가 없거든."

"승모는 돈 받지 않았어."

도채는 딱 잘라 말했다.

"그렇게 믿고 싶겠지."

"사실이야. 돈을 받았다면 지금처럼 살 리 없어. 살고 있는 집에 가 봐서 알아."

"어떤데?"

"작은 방 하나에 거실이 있는 집이었어. 승모는 방도 아닌 거실에서 살아."

"남학생들은 경비 절약하려고 협소한 방에 두세 명씩 같이 살기도 해. 내가 말하는 건 그 가난한 녀석이 무슨 재주로 사립 대학교 학비를 충당하고 있는지 생각해 보라는 거야."

"장학금 받겠지."

"경제적으로 여유로운 집안의 자식으로, 가족의 전폭적인 지지를 받으며 공부만 열중하는 현지 애들도 잘 못 받는 장학금을 아르바이트하면서 시간 쪼개서 공부하는 애가 어떻게? 너, 여기 상황 너무 모른다. 그 학교 대학생들 하루에 겨우 두세 시간 자면서 공부만 해."

"승모는 그렇게 안 해도 머리 좋아. 똑똑하거든."

"지금이 80년대냐? 예전엔 헝그리 정신으로 없는 길도 만들어 성공했다지만 지금은 열정보다 돈이 사람을 성공시키는 시대야. 유학도 돈이 뒷받침되어야 가능하다 이 말이야."

"살인적인 학비에 허덕이는 건 미국인들도 마찬가지 아냐? 그래도 다들 어떻게 해서든 학교 다녀. 승모도 여기 사니 그런 방법 정도는 알고 있겠지. 얘기 이상한 데로 빼지 마."

도채가 손에 쥔 나이프를 바짝 들었다. 그 모습이 그만 얘기하라는 의미 같아 태성은 화제를 냉큼 돌렸다.

"여긴 언제까지 있을 거야? 회사 휴가 길게 못 냈을 텐데."

"사표 썼어."

"야!"

주변 사람들이 쳐다보았다. 태성이 재빨리 고개를 숙이며 눈을 부라렸다.

"미쳤어, 너?"

"왜?"

"정도가 지나치잖아."

"뭐가?"

"너 싫다잖아. 네가 징글징글하대잖아. 너 싫다고 미국으로 도망친 남자를 위해 사표 쓴 여자가 지금 제정신이야?"

"우린 헤어진 거 아냐. 난 그런 말 듣지 못했는걸."

"누가 헤어지는데 변호사 사서 서류에 사인하고 공증받고 우리 이제 헤어집시다, 하고 정중하게 절차 밟냐? 부부가 이혼해? 너희가 결혼했어? 남녀가 헤어지는 건 그때 상황에 맞춰 적당히 눈치껏 알아서 헤어지고 끝내는 거야. 별거 있는 줄 알아?"

"별거 없으니까 예의라도 지키라는 거야. 하루를 사귀든 한 달을 사귀든 상대가 싫어졌으면 그렇다고 얘기하면 누가 뭐래? 마음 아파도 상대가 싫다고 말하면 나도 슬프지만 돌아설 수 있어."

"그럼 이제 돌아서. 돌아서고 놔. 뭐가 문제야?"

"그런 말 안 했다니까? 아무 말 없었다니까?"

"이 맹추야. 싫으니까 안 하지! 싫으니까 말 안 하고 잠수 타고 사라진 거야! 아직도 모르겠냐? 요즘은 연인끼리 문자로 이별 통보

해. 스마트폰으로 실시간 대화하는 채팅 있지? 요즘은 거기에 '헤어지자.' 한 마디 보내는 사람도 많아. 네가 생각하는 것보다 헤어지는 방법, 최악인 거 많다구. 휴대폰 번호 바꾸고 단골집 몇 달 안 가고 조용히 자기 할 일 하면서 시간 죽이고 있으면 상대방도 대충 마음 접고 새사람 만나고 그래. 그게 트랜드야. 그걸 몰라?"

"네 얘기니?"

태성이 밥맛 떨어지는 얼굴로 포크를 소리 나게 테이블 위에 놓았다.

"이러니 차이지. 이렇게 말귀를 못 알아들으니 차이고도 남지."

"말 다했어?"

도채의 말에 태성이 또 말실수를 했나 싶어 움찔했다. 그래도 사과하진 않았다.

"진심 어린 충고인데, 왜?"

"진심 어린 충고 받았으니 이제 나도 좀 말할까? 어제까지 연인 사이였던 남자가 누군가를 만난 후 갑자기 사라져 버렸어. 처음에는 느닷없이 연락이 안 되는 그를 보고 어디 아픈가, 무슨 일이 생겼나 걱정하며 밤을 꼴딱꼴딱 새웠지. 연락 두절이 길어지자 믿을 수 없지만 네 말대로 말도 안 되는 최악의 이별 통보를 받았구나 생각했어. 그런데 알고 보니 내가 그를 열렬히 좋아하는 걸 알게 된 앞잡이 한 놈이 집안 최고 어른께 헛소리를 한 모양이더라. 어른은 그를 찾아갔고, 그는 갑자기 사라졌어. 나 또한 그를 만나서 무슨 얘기를 했는지 알아보는 중에 그가 미국에 갔다는 걸 알았지. 평소에 그가 원하던 대학에 말이야. 네 말대로 가난한 그가 갑자기 미국 대학에 다닌다고 쳐. 그런데 자의로 왔다기엔 시기가 너무 공교롭지 않니? 앞잡이 생각은 어때?"

앞잡이 태성이 동의했다.

"나도 그렇다고 얘기했잖아. 돈 받은 것 같다구."

"그가 여기까지 온 건 자의가 아니야. 승모가 가난해서 나랑 사귀는 게 안 된다면 부자가 될 때까지 기다릴 거야."

"큰아버지가 준 돈으로 공부한 뒤 부자 돼서 뭐하게?"

"가난하다고 무시해서 악착같이 공부해 부자가 되면 그만이지 또 다른 조건을 갖춰야 해?"

맞는 말이지만 미래지향적으로 들리진 않았다. 남자는 가진 게 없어도 자존심이라는 거에 목숨 거는 존재들이다. 유난히 자존심이 센 박승모는 이미 그 자존심에 상처를 받아 등을 돌린 상태다. 아무리 도채가 지극정성, 진심이라고 해도 박승모의 상처를 제대로 다독여 주기엔 역부족이라는 생각이 들었다.

태성은 의자에 앉은 채 팔짱을 꼈다.

"그래서 네가 여기 온 정확한 이유가 뭐야? 뭘 어쩌고 싶다는 건데? 싫다는 남자 다리 잡고 다시 만나 달라고 애걸이라도 할 셈이야?"

"여긴 특급호텔이라더니 음식이 겨우 이 정도니? 맛이 왜 이래?"

"묻는 말은 무시하고 딴소리만 하네. 알았다, 알았어. 일단 먹자. 먹고 나서 앞으로의 행보를 머리 싸매고 함께 생각해 보도록 하자."

태성은 다람쥐 쳇바퀴처럼 제자리만 도는 도채가 안타까울 뿐이라 그냥저냥 넘어가자고 했지만 그가 돌아간 후 도채는 호텔방에 한참을 서 있었다.

여기 온 이유. 단 하나의 이유.

"내가 왜 왔겠어? 돈을 받지 않았길 바라는 마음으로 왔지."

도채는 혼자 있는 룸 안에서 낮은 목소리를 허공에 흘려보냈다.

"난 여자잖아. 남자가 아닌 여자. 다른 평범한 여자들처럼 사랑하는 남자가 돈 말고 날 선택해 주길 바라는 마음으로 온 거야. 그거 말고 다른 게 있을 것 같아?"

도채는 차가운 유리 창문에 손바닥을 댔다.

"……남자들의 세계에선 여자들의 그런 마음이 그렇게 큰 욕심인 거니?"

그런데 넌 그런 마음도 몰라주고 돌아가라고만 하니 어떡하면 좋을까. 도채는 가만히 눈을 감았다. 반드시 만나서 해 주고 싶은 말이 있다. 진심으로 해 줘야 하는 말. 그런데 한 마디 말 정도는 할 말이 남아 있을 거라고 생각했는데 승모는 너무 냉정했다.

차가운 승모의 얼굴이 주는 이질감에 또다시 상처받았다. 문득 후끈거릴 만큼 난방이 잘되는 호텔도 유리 창문만큼은 온기가 하나도 없다는 사실이 복구될 수 없는 그들의 관계를 예견해 주는 것 같아 도채는 감은 눈을 다시 뜨지 못했다.

아침에 나간 도채는 하루가 지나도 돌아오지 않았다.

어제저녁 지배인이 그녀가 돌아오지 않았다는 말을 해 줬을 때만 해도 이현은 일일이 보고하지 않아도 된다고 말했다. 그러나 다음 날도 그녀가 오지 않았다는 말에는 신경이 쓰이기 시작했다. 짐은 그대로였다. 그는 그녀가 머물렀던 방을 점검한 후 학교 사무실에 전화해 곧바로 승모에게 연락을 취했다. 그의 연락을 받고 놀라서 달려온 승모가 헐떡이는 숨을 참지 못한 채 빈방을 멍하니 바라보았다.

"짐은 그대로예요. 지배인 말로는 어제 아침에 나갔다고 해요. 어디로 갔는지는 정확히 모르구요. 어떤 호텔을 찾았다고 하는데 그녀의 발음은 쉽게 알아들을 수 없었다는군요."

"왜 내보내지 않은 거야?"

"수중에 돈이 없는데 무턱대고 쫓아낸다고 해결될 문제는 아니었어요."

곤란한 건 이현도 마찬가지였다. 도움을 주기 위해 배려한 일이 결국 좋지 않은 결과로 이어졌으니 그의 입장도 난처했다.

"대체 어딜 간 거지? 길을 잃었다면 경찰로부터 연락이 왔을 텐데 그런 건 없었지?"

"우리 쪽엔 없었어요. 당신한테는요?"

승모는 대답하지 않았다. 아니 할 수 없었다. 그녀는 자신의 휴대폰 번호를 모르고 있었다. 그가 빠르게 몸을 돌려 달려 나갔다.

"어디로 가요?"

"근처 호텔부터 찾아보려고! 문제가 생겼다면 날 찾아왔을 텐데 오지 않았어. 영어를 잘 못하니 문제를 일으키진 않겠지만 혼자 오해해서 무슨 일이 생겼을지도 몰라!"

"어디 있는지 알고 찾는 거예요?"

이현이 물었지만 승모는 대답도 하지 않고 달려가기 시작했다.

다급하게 움직이는 승모를 따라 이현도 내달렸다.

"내 차를 이용해요. 차도 없이 뭘 어쩌려구."

"아니야. 넌 차로 이동하면서 근처 호텔을 확인해 줘."

"수중에 돈이 없는 그녀가 호텔을 이용할 리 없잖아요."

"가방을 팔았다고 했지? 그렇다면 반드시 호텔을 이용할 거야. 지리도 모르고 민박집이 어디 있는지 알지도 못하니까. 난 그녀가 갈만한 곳이 있는지 알아볼게. 먼저 찾는 사람이 연락하기로 하자."

연락처를 교환하고 급하게 사람들 사이를 비집고 달려가는 그를 보며 이현도 정신을 차리고 주변 호텔에 전화부터 걸었다. 그러나 우습게도 자신은 그녀의 이름조차 모른다는 걸 아는 데 시간은 오래 걸리지 않았다. 도채의 얼굴을 기억하는 지배인이 근처 호텔에 직접 전화를 걸어 인상착의를 설명하기로 하고 이현은 차를 가지고 근처의 제일 유명한 호텔들부터 뒤지기 시작했다.

도채를 발견한 건 유명 호텔 로비에서였다. 그녀는 혼자가 아니었다.

"다음에 만날 때는 더 준비해 올게."

한 남자가 그녀 옆에 찰싹 붙어서 묵직한 돈뭉치를 손에 쥐여 주었다.

"이제 우리 이걸로 화해한 거다?"

"반만 용서한 거야."

"돈 필요해서 판 가방도 전부 내가 다시 사 준다니까? 원하면 원조도 계속하겠다구. 그러니까 다시 만나. 나쁠 거 없잖아?"

태성이 그녀의 손을 붙잡아 새끼손가락을 걸었다.

"화해한 거지?"

"부탁한 거나 잘 알아봐 줘."

"당연하지. 나만 믿고 기다려. 이 오라버니가 다 알아서 해 줄 테니 동생은 언제나처럼 그냥 믿기만 해."

내켜하지 않지만 그렇다고 손을 쳐 내지 않는 도채를 태성은 가볍게 안아 주었다. 이현은 시선을 떼지 못했다. 이건 또 무슨 상황인지 멍해졌다.

'원조를 계속하겠으니 다시 만나자?'

태성이 신나게 손을 흔들고 사라질 때까지 묵묵히 지켜보던 이현이 받은 돈을 챙겨 주머니에 넣는 그녀를 향해 성큼성큼 걸어갔다. 아무것도 모르던 도채가 뒤로 돌아설 때였다. 이현이 그녀의 팔목을 확 잡았다. 갑작스럽게 손목을 잡힌 그녀가 놀라서 눈을 동그랗게 뜰 때 이현은 반대편 손에 쥔 휴대폰에 대고 말했다.

"찾았어요, 여자."

갑자기 나타난 이현을 보고 도채는 꽤 놀란 것 같았다. 그것도 등 뒤에 바짝 붙어 서 있었다는 사실을 알고 나서는 신기해하기까지 했다.

"……어?"

"찾고 있었어요."

"누구를요?"

"당신이요."

"나를요? 왜요?"

이현은 헐레벌떡 달려오는 승모를 가리켜 보였다. 그녀가 방금 전보다 더 놀라는 표정을 지었다.

"승모까지?"

"너 여기서 뭐하는 거야? 호텔에서 뭐하고 있는 거냐구!"

승모는 숨도 고르지 않고 다짜고짜 그녀에게 윽박지르듯 물었다.

"갑자기 무슨 말이야? 호텔에서 할 게 뭐가 있어? 당연히 숙박 하러……."

"잤다고?"

"그래."

"하! 그래? 호텔에서 잤단 말이지? 그럴 줄 알았다. 역시 내 예상이 틀리지 않았어."

아무것도 모르는 도채의 얼굴은 승모에게 화를 불러일으키기 충분한 상황이었다. 목까지 차오른 숨을 내뱉던 승모는 한순간 맥이 빠진 기색을 보였다.

"그래. 네가 누군지 잠시 잊었던 내가 바보다. 네가 돈이 없을 리 없지."

"뭐?"

영문을 모르는 도채가 무슨 말이냐며 재차 물었지만 화가 난 승모는 다짜고짜 품 안에서 작은 봉투 하나를 꺼내 그녀의 가슴팍에 거칠게 내밀었다.

"받아."

"이게 뭐야?"

"돈이 없다고? 그런 애가 호텔에서 잠을 자?"

"뭐냐구, 이게."

"돈 없다길래 없는 돈 빌려 가며 한국행 티켓 사 왔다. 돈이 없어? 연기는 잘했다만 이젠 안 속아. 네가 여기서 어떻게 되더라도 신경 쓰지 않을 테니 이제 가든 말든 알아서 해!"

돌아서는 승모를 멍하니 보던 도채가 달려가 그의 팔을 잡았다.

"지금 뭐하자는 거야?"

"보고도 몰라? 네가 없어진 줄 알고 찾아다닌 거잖아!"

"나를?"

자신을 왜 찾는지 도통 이해할 수 없었지만 수 초 사이 그게 무슨 뜻인지 빠르게 파악하는 그녀였다. 도채는 한순간 갑자기 벌어진 상황에 의아해하던 얼굴을 버리고 순식간에 기쁜 표정을 지었다.

"날 찾았다니 몰랐어. 그런데도 우리 집에 연락하진 않았나 보네. 고마워. 화가 났는데도 내 입장을 생각해 줘서. 이런 배려, 정말 싫은 여자한테는 못 하잖아."

도채가 승모의 행동을 일말의 희망으로 해석하자 승모가 웃기지 말라는 듯 그녀가 잡은 팔을 확 뿌리쳤다.

"착각하지 마. 너랑은 그 어떤 일로도 연관되고 싶지 않다는 의미니까."

등을 돌리고 누구보다 빠르게 시야에서 사라지는 그를 보는 도채의 눈빛이 상처받은 것처럼 흔들거렸다. 그녀가 자리에서 멈춰 선 채 움직이지 않았다. 성큼성큼 걸어서 사라지는 승모의 등을 바라보는 그녀의 모습이 어쩐지 익숙해 보였고, 익숙하게 상처받는 것처럼 보였다. 그녀는 승모를 보고 이현은 그녀를 바라보았다. 얽히는 시선 속에 자리 잡기 시작한 건 무엇일까. 이현이 걸어가 그녀 옆에 가만히 섰다. 말없이 묵묵히 옆에 다가와 준 그의 행동이 어쩐지 그녀를 위로하려는 뜻인 것 같았다.

"날 찾고 있었나 봐요."

도채는 승모가 준 봉투를 행여 구겨질까 조심스레 접어 주머니에 넣으며 애써 말을 꺼냈다.

"많이 찾았어요."

그는 기다렸다는 듯 대답해 주었다.

"어린아이도 아닌데 뭘요."

"그래도 메모 정도는 남기고 가야 걱정하지 않죠."

"걱정할 사람이 있기나 하나요."

승모를 지칭한다는 걸 모르지 않았다. 씁쓸한 표정을 굳이 감추지 않는 도채의 작은 어깨를 바라보며 이현이 물었다.

"옷이 얇네요. 코트 없어요?"

얇은 옷 한 겹만 입고 있는 그녀의 어깨가 서양인들 사이에서 유난히 왜소해 보여 챙겨 주고 싶은 마음에 물었다.

"룸에 있어요. 금방 가져올게요."

그녀가 룸으로 올라가 코트를 가지고 내려왔다. 그리고 이현에게 뭔가를 내밀었다.

"월세예요. 선불이라고 했죠? 한 달 치 미리 낼게요."

지폐 뭉치를 내미는 그녀의 손을 보며 이현은 아까 보았던 낯선 남자를 떠올렸다.

"또 가방을 팔았나요?"

"아뇨."

"그런데 하루 사이에 많은 돈이 생겼군요."

"그러게요. 도움 받을 곳이 생겼으니 월세는 밀리지 않을 거예요. 다행이죠?"

다행일까. 이현은 받은 돈을 주머니에 넣지 않았다. 대신 현금 뭉치를 주고 간 남자를 떠올리며 당장 그를 따라가 면상에 돈을 던져 버리고 싶은 충동을 꾹 참았다.

"늘 나쁜 모습만 보여 줘서 조금 창피하네요."

"창피하다뇨?"

"우리들 말이에요. 처음 본 날도 그렇고 오늘도 그렇고."

도채의 말에 이현은 별다른 생각 없이 대꾸했다.

"연인들이 다 그렇죠."

단순한 대답이었다. 그런데 코트를 걸치던 도채가 손을 멈추고 이현을 빤히 쳐다보았다. 그녀의 얼굴이 진심으로 묘했다.

"왜 쳐다봐요?"

"알고 있을 거라 생각했어요."

"뭐를요?"

"우리 사이요. 승모와 나. 연인이 아니라는 거. 그런데 그런 단어를 써 주다니…… 고마워요."

고맙다니. 이현은 솔직히 당황했다. 고마워할 일인가. 적당한 예의를 섞어 뱉어 낸 의미 없는 단순한 말 한 마디가.

"우리는 항상 이래요. 화내고 싸우고 정작 풀지를 못한 채 헤어지죠. 그래서 풀어야 할 오해와 상처가 점점 많아지기만 해요. 모든 걸 풀기 위해 내가 여기까지 왔는데, 만난 장소만 변했을 뿐 역시 바뀐 게 아무것도 없네요. 기대하진 않았지만 막상 저런 모습을 다시 보니 사실 힘이 빠져요."

코트를 다 입은 도채가 이현을 향해 고개를 들었다. 키가 큰 그를 올려다보는 그녀의 눈매가 쑥스럽게 잔잔해졌다.

"눈치채고 있었죠? 짝사랑이라는 거."

당당하게 말하는 그녀를 이현은 멍하니 내려 보았다.

"짝사랑?"

"그래요. 나는 혼자 그를 사랑해요."

로비를 오고 가는 수많은 사람들의 발소리와 소음이 한순간 들리지 않았다. 이 여자는 사랑을 고백할 때 이런 표정을 짓는구나 싶었다. 작은 얼굴을 들고 '사랑'이란 단어를 강조하며 박승모가 내가 사랑하는 남자다, 라고 당당히 말하는 여자의 모습.

이현은 낯선 경험에 아무 말도 하지 못했다. 여자가 남자를 향해 사랑한다고 고백했기 때문에? 아니면 짝사랑이라서 놀랍기 때문에?

"믿지 않는 얼굴이네요."

대꾸 없는 그가 믿지 않는다고 생각했는지 도채가 물었다. 그러나 이현은 생소한 무언가가 알 듯 모를 듯 자신의 가슴을 스치는 느낌에 대답을 하지 못했을 뿐이었다. 안도감이라고 해도 될까. 그것은 낯선 느낌이라 그도 잘 알 수 없었다.

아무 말도 하지 못하는 그에게 도채가 말을 이었다.

"괜찮아요. 다들 그렇게 생각해요. 내 말을 믿지 않아요. 난 진심이고 진지한데 설마 네가 정말이겠냐, 라고 치부해 버리죠. 이런 거 잘 모르죠? 짝사랑."

"해 본 적 없으니까요."

"그럴 거라 생각했어요. 보통 사람들은 잘 몰라요. 아니, 알 필요가 없죠. 혼자 하는 사랑을."

도채는 자신의 처지가 처량하다고 체념한 얼굴을 했다.

"난 부러워요. 짝사랑을 모르는 사람들이요. 세상에서 제일 부러운 거 있죠? 다들 아무렇지도 않게 하는 사랑이 나는 왜 이렇게 힘든지 모르겠어요."

이현을 비롯해 주변에 앉아 있는 연인들을 쳐다보는 그녀의 눈빛은 노골적인 부러움을 띠었다. 그 모습을 보며 이현은 도채가 월세라며 내놓은 돈을 아직 들고 있는 자신의 손을 보았다. 그가 말없이 돈을 주머니에 넣으며 물었다.

"계속 여기 있을 거 아니죠? 체크아웃 도와줄까요?"

도채가 대답 대신 고개를 끄덕이며 그에게 룸 카드키를 건넸다.

"발음만 아니면 문제없는데. 부탁해요."

스치듯 부딪힌 그녀의 손은 짝사랑의 상처 때문인지 실내에서도 차가웠다. 이현은 체크아웃을 하며 그녀에게 말했다.

"나도 부탁 하나 해도 될까요? 집주인으로서 말이에요."

"물론이에요."

"월세 사는 동안 앞으로 어딜 가든 반드시 메모는 남겨 줘요. 그게 내 부탁입니다."

도채가 이곳에 온 지 닷새째 되는 날은 금요일이었다.

금요일. 이현에게 금요일은 주중에 못 잔 잠을 몰아서 자는 날이다. 학교 수업을 마친 금요일 밤은 종종 친구들과 파티에 가거나 가볍게 만나 놀았지만 근래에 그런 적은 없다. 졸업을 앞두고 시작한 개인적인 비즈니스가 있기 때문이다. 이현은 간단한 세면도구와 정장, 그리고 묵직한 서류 파일을 챙기고 집을 나섰다.

—늦어도 일요일 저녁엔 돌아와요.

지배인에게 말하며 그가 한 마디 덧붙였다.

—게스트 하우스 손님은 당분간 머물 거예요. 다른 건 상관없는데 식사는 신경 써 주도록 해요. 식사 전 그녀에게 먹고 싶은 음식이 뭔지 물어보고 원하는 걸 해 주세요.

—한국 음식 재료를 준비하라고 일러두겠습니다.

—좋은 생각이에요. 그리고 혹시 그녀가 외출을 하면 어딜 가는지 넌지시 물어보세요. 좋은 관광지를 알려 주겠다고 하면서요.

—이미 손님을 위해 운전기사를 준비해 뒀습니다. 언제나 게스트 하우스에 머무는 손님들을 위해 그랬듯이요.

—아뇨. 그런 의미가 아니라 지난번처럼 갑자기 사라질 걸 대비해 말하는 거예요. 찾으러 다닐 때 걱정을 덜하고 싶으니까.

지배인이 며칠 전 일을 떠올리고 무슨 의미인지 알겠다며 깍듯이 인사했다.

—그날은 정말 깜짝 놀랐죠. 알겠습니다.

—부탁해요. 갑니다.

그렇게 말하며 집을 나간 이현은 일요일이 지나도 집에 돌아오지 못했다. 주말이 지나고 월요일 아침 6시. 이현이 선일에게 전화를 걸었다. 그때 선일은 런닝머신 위에 붙여져 있는 여자친구의 사진을 향해 굿모닝 키스를 하던 중이었다.

"운동 중이야?"

"아니. 준비 중. 아직 도착 못 했어?"

"비행이 지연됐어. 바로 학교로 갈 거야. 우리 집에 들러서 옷 좀 갔다 줘. 정장 입고 움직이려니 불편해. 따로 필요한 건 메시지로 넣을게."

"알았어."

전화를 끊자 바로 메시지가 들어왔다. 내용을 확인한 선일이 런닝머신 위로 올라섰다. 간단하고 군더더기 없는 짧은 통화는 서로의 스타일이다. 언뜻 할 얘기만 하는 모습이 정이 없어 보일지 모르지만 선일이 일어나 샤워를 마치고 운동을 하는 시간에 맞춰 전화를 할 만큼 두 사람은 서로에게 최고의 베스트 프랜드였다. 그런 관계이기 때문에 머신 위를 걷던 선일이 툭 내뱉었다.

"목소리에 날이 섰네. 일이 잘 안 됐나 보군."

평소와 동일하게 운동을 한 뒤 집에서 조금 일찍 나왔다. 도로를 사이에 두고 마주 보는 건물에 거주하는 선일은 넓은 리빙 룸을 두 개나 지나서야 온전한 이현의 거주지로 들어갈 수 있었다. 화려한 다이닝 룸과 유난히 고풍스러운 침실을 제외하면 깔끔하고 모던한 전체적인 집 안 분위기는 이현을 닮았다. 선일은 주저 없이 이현의 드레스 룸으로 들어가 옷을 챙겨 가지고 나왔다.

고층 거주자를 위한 개인용 엘리베이터를 타고 1층을 눌렀다. 그때까지는 아무 일도 없었다. 엘리베이터가 두 층 아래 게스트 하우스에 멈추기 전까지는.

엘리베이터는 43층에서 곧바로 멈췄다. 아무 생각 없이 등을 기대고 서 있던 선일의 앞으로 처음 보는 여자가 엘리베이터를 탔다. 선일은 자기도 모르게 엘리베이터가 멈춘 층수를 확인했다. 게스트 하우스에서 사람이 타다니 이상했다. 이현의 부모님은 장기적으로 집을 비운 터라 현재 외부 손님이 없을 텐데 누군가 싶었다. 도채는 버튼을 누르려다가 1층이 이미 눌러진 것을 보고 옆으로 살짝 비켜섰다. 두꺼운 책을 어깨 위로 들어 올린 큰 키의 남자가 자신을 보는 것 같다고 느껴져 좀 더 몸을 옆으로 붙이고 앞만 응시했다. 선일이 여자의 존재에 대해 의구심을 가지기 시작했을 때 그녀는 그사이 먼저 1층에서 내려 데스크 앞을 지나갔다. 지배인이 그녀를 보고 먼저 인사해 왔다.

―굿모닝. 미스……?

―윤도채예요, 도채. 아, 발음이 어렵죠?

―괜찮습니다. 나가시는 거라면 안내를 해 드릴까요?

―아니에요. 괜찮아요.

지배인이 아주 정확한 발음으로 천천히 말을 해 줬기 때문인지 도채는 자신이 생각해도 기특할 만큼 제대로 대답을 했다. 그런 그녀가 문득 걸어가다가 이현이 했던 말을 떠올리고 데스크로 다시 돌아왔다.

―난 그냥 나가는 거예요. 그러니까, 내가 말하고 싶은 건 그가

걱정할까 봐요. 그 사람이요. 무슨 말인지 이해해요?

도채가 이현을 지칭하며 뭔가를 더 말하려다가 우뚝 입을 다물었다.

"가만. 그 사람 이름이 뭐지?"

도채는 말똥거리는 눈으로 지배인을 쳐다보았다. 지배인 역시 그녀의 다음 말을 기다리느라 두 눈을 껌벅거리고 있었다.

"그냥 한국말로 메모를 남겨야 하나."

메모를 남기면 걱정하지 않을 거라는 이현의 말이 떠올랐다. 그 말을 지켜 주고 싶은데 아직 그의 이름조차 모르고 있었다. 도채가 더 이상 말을 못 하고 서 있자 지배인이 갑자기 노 프라브럼을 연발했다. 마치 놀라운 통찰력으로 그녀의 말을 알아들은 것처럼 오케이를 연발했다. 믿을 수 없었지만 문제없다는 말을 연발하는 그를 보며 도채는 어색하게 고개를 끄덕인 채 건물을 나왔다. 덕분에 아까부터 뒤에서 느긋하게 자신을 응시하고 있는 선일에 대한 존재는 까맣게 잊어버리고 말았다.

학교에서 만난 이현은 피곤해 보였다.

"일은 잘됐어?"

선일이 챙겨 온 옷을 건네주며 묻자 이현이 반듯한 미간을 슬쩍 구겼다.

"만족스럽지 않아."

"내 생각대로야?"

"그래. 학생이라고 무시하는 경향이 있었어. 근데 가져온 옷이 뭐 이렇게 많아? 티랑 청바지만 가져오면 될 텐데."

네이비 니트티와 그 안에 레이어드해 입을 옐로우 티셔츠. 그리고 다크한 청바지와 겉에 걸칠 숏 재킷과 반코트. 거기다 롱 머플러까지 선일은 완벽한 풀 코디를 해 왔다.

"평소 네가 입는 스타일대로 대충 가져왔어. 근데 너 드레스 룸 보니까 옷이 전부 너무 클래식하더라. 깔끔하고 댄디한 스타일도 좋지만 애인 생기기 전에 머스트 헤브 아이템 정도는 사 놔야 하는 거 아니야?"

"그때 가서 나중에."

이현이 입고 있던 재킷과 화이트 와이셔츠를 벗자 비율 좋은 상체가 나타났다. 구김 없는 바지까지 벗자 단단한 잔 근육이 한눈에 들어와 오호, 하고 입소리가 절로 났다. 운동을 많이 하지 못한다는 걸 알고 있는데 언제 저렇게 몸매를 가꿨는지 모를 일이다.

"추운데 파카도 가져오지. 코트는 별론데."

나왔던 입소리가 다시 들어갔다. 선일이 쯧, 하고 혀를 찼다.

"애늙은이 자식."

세련된 패셔니스타인 선일은 내추럴한 이현을 버려두고 먼저 나가 버렸다. 그 뒤를 따라 언제나처럼 베이직한 옷차림으로 바꿔 입은 이현이 밴딩머신으로 가서 생수를 하나 사더니 약을 하나 꺼내 먹었다. 표시된 성분을 보니 두통약이었다.

"머리 아파?"

"조금."

"회의 때문에 신경 쓰느라 급격한 피로가 온 모양이다. 강행군이

긴 했어."

"그런 거라면 다행이지만."

"일 때문이 아니야?"

"일보다는 어떤 한 사람 때문에. 어쨌든 계약은 서두를 필요 없을 것 같아."

어떤 사람이라는 말에 선일은 게스트 하우스에서 엘리베이터를 타던 여자를 떠올렸다.

"그래. 사업 내용이 마음에 든다면 그쪽에서 먼저 우릴 찾아왔어야 해. 그걸 알면서 섣부른 마음에 간 건 이쪽이지. 고생했다. 이번 건은 시간을 두고 천천히 진행하도록 하자."

고생했다며 이현을 위로하는 선일이 식사를 제의했다.

"나머지 얘긴 저녁때 하고 오랜만에 식사 어때?"

"좋아. 눈 좀 붙이고 있을 테니까 너무 늦게 오진 마."

"7시에 아파트로 갈게. 이따 보자."

선일은 게스트 하우스에서 본 여자에 대한 질문은 하지 않았다. 성인이고 지극히 개인적인 사생활이니까. 대신 학업과 사업을 병행하느라 벅찬데 거기다 여자 문제까지 생겼다니 지극히 안쓰러울 뿐이다. 선일은 힘내라는 듯 이현의 머리카락을 잔뜩 흐트러뜨린 후가 버렸다.

4

이현이 아파트로 돌아오자 지배인이 기다렸다는 듯 도채에 대한 얘기를 해 주었다.

―그러니까 걱정할까 봐 얘기하고 간다, 그렇게 말했다는 거죠?

―맞습니다. 걱정이요. 그렇게 말했습니다.

―내가 걱정하는 걸 아는군요.

이현의 입가에 은은한 미소가 지어졌다.

―좋네요.

좋다. 어쩐지 두통이 가시는 것 같다. 출장 간 내내 그의 머릿속에 자리 잡고 있던 그녀 때문에 영 집중할 수 없었는데 그 말을 들으니 기분이 한결 나아지는 듯했다. 이현은 지배인의 말이 만족스럽다는 듯 올라탄 엘리베이터 문이 닫히기 전에 엄지손가락을 들어 보여 주었다.

두 시간 정도 눈을 붙이고 일어나 거실로 나오자 선일이 벌써 도착해 자리에 앉아 있었다. 평소 생활 습관을 봤을 때 약속 시간보다 빨리 온 건 상당히 이상한 일이었다.

"웬일이야?"

"뭐가?"

"바로 앞에 살면서도 몇 번씩 독촉해야 겨우 약속 지키는 사람이 왜 벌써 와 있어?"

"일찍 와도 난리군. 그동안 공부하느라 바빠서 못 본 밀린 서류 보려고 왔다. 그래도 명색이 투자자인데 너 나를 너무 동급으로 취급해."

"동성하고의 식사는 끔찍해서 차라리 굶고 만다는 녀석이 먼저 와 있으니까 하는 말이지."

"내 여자가 아닌 다른 사람과의 동석은 시간 낭비라고 생각할 뿐이야. 식사나 하자. 배고파."

보고 있던 서류 파일을 들고 선일이 자리에서 일어섰다. 그와 함께 걸어가던 이현이 문득 벽시계를 보고 걸음을 멈췄다.

"손님 초대할까?"

"누구?"

"여자."

역시 뭔가 있군. 선일은 모르는 척 대답했다.

"집주인이 초대한다는데 손님이 할 말 있나? 초대해."

그 말과 함께 아주 재빠른 속도로 도채가 초대되었다. 식탁을 마주하고 세 명이 한자리에 모였다.

"인사해요. 친구 하선일이라고 해요. 미국 이름은 마커스."

이현이 자리에서 일어나 깍듯하게 친구를 소개했다. 도채가 인사를 위해 고개를 가볍게 숙였다 들었다. 그럴 리 없는데 어디선가 본 얼굴이다. 눈길을 사로잡는 매력적인 얼굴이라 쉽게 잊혀지지 않는데 대체 어디서 봤더라. 풍기는 이미지가 몹시 강하면서도 사람의 시선을 끄는 미남이다. 문득 도채는 뒤늦게 그와 엘리베이터를 함께 탔던 것을 기억해 냈다. 자신을 훑어보는 시선이 묘하게 끈적거려 좀 이상하다 싶었는데 하필 이현의 친구라니 도채는 기분이 언짢았다.

"이름이 뭐예요?"

"송은숙이요."

의도적인 건 아니었다. 다시 볼 사람이라고 생각하지 않아서 엉뚱한 이름이 튀어나왔을 뿐이다. 그런데 그 말을 들은 선일의 눈이 묘하게 가늘어졌다. 그럴 리가 없을 텐데, 라는 의미심장한 눈빛이었다. 그러나 그 뜻을 알 리 없는 이현은 도채에게 손부터 내밀었다.

"그런 이름이었군요. 그러고 보니 우린 아직까지 통성명도 하지 않았네요. 에이든이라고 해요. 한국 이름은 정이현입니다."

외모만으로도 상반되는 사람들이었다. 두 명 중에 누가 더 미남이냐고 묻는다면 누구를 선택해야 할지 고민될 만큼 차별성이 드러나는 모습의 소유자들이다. 몹시 잘생겼지만 묘하게 반항아적인 기질을 뿜어내는 선일과 반듯하고 깔끔한 이미지로 부드러운 젠틀맨의 느낌을 주는 이현.

식사하는 내내 두 명이나 되는 미남의 시선을 받고 있자니 자리가 썩 편하지 않았다. 더구나 지척에 앉아 유독 자신을 뚫어지게 바라보는 선일의 눈길은 불편하기까지 했다. 평소 누구 앞에서 기가 죽는 스타일이 아닌데도 도채는 처음부터 편한 식사 자리가 아니라는 느낌을 잔뜩 받았다.

이현은 줄곧 편안하고 부드러운 분위기를 유지시키면서 도채가 중간중간 찾는 것이 무언지 먼저 파악하고 필요한 걸 챙겨 주었다. 예를 들어 샐러드를 어느 정도 먹었다 싶으면 드레싱과 야채가 담긴 볼 그릇을 가까이 놔 준다거나, 메인 식사가 나오면 소금과 후추가 담긴 양념통을 그녀에게 제일 먼저 건네준다거나, 양념을 얼마나 뿌려야 맛있는 식사를 할 수 있는지 설명해 주기도 했다. 그에 반해 선일은 손에 든 서류를 보는 데 집중했으며 가끔 식사하는 걸 깜박 잊었다는 듯 잘 익은 연어 몇 점 집어 먹는 게 전부였다.

"손은 어때요?"

조용한 분위기에서 이현이 물었다. 이제 알았지만 그의 음성은 부드럽고 온화해 사람을 안심시키는 매력이 있었다.

"아물고 있어요. 물이 닿으면 아직 쓰라리긴 하지만."

도채가 손바닥을 펴 보였다. 그가 아주 잘 보인다는 듯 고개를 끄덕여 보였다.

"덧나진 않았군요. 다행이에요."

"네. 그런데 말이에요."

레몬수를 마신 그녀가 조심스레 말을 꺼냈다.

"이런 걸 물어도 되는지 모르겠지만 전에 함께 가 본 적이 있으니 혹시 몰라서요. 그때 갔던 승모 집 주소를 혹시 기억할 수 있을까요?"

"집 주소?"

뜻밖의 질문에 이현은 생각지도 못한 질문을 받은 사람처럼 잠시 입을 다물었다.

"글쎄요. 집 주소까지는 모르겠군요."

"그렇죠. 한 번 가 본 길인데 주소까진 알지 못할 거예요. 미안해요. 혹시 알까 해서 물어봤어요."

"아뇨. 괜찮아요. 주말엔 뭐하면서 지냈어요?"

"승모가 다니는 학교에 가 봤어요."

어떤 질문을 해도 결국 박승모에 대한 얘기로 되돌아왔다. 이현은 자신이 질문을 잘못하고 있는 건 아닌가 싶었다. 좀 더 서로에 대한 대화를 하게 될 것이라는 기대를 한 것도 사실인데 조금은 맥이 빠졌다.

"학교는 혼자서 찾아갔나요? 어떻게요?"

"택시 타구요. 학교 이름만 대면 되니까 어려운 건 아니었어요."

호텔에서 더 많은 원조를 하겠다던 남자가 기억나자 이현은 이곳의 비싼 택시비는 더 이상 그녀에게 문제 되지 않나 보다, 라고 생각했다. 문득 한쪽 머리가 조금 뻐근하다고 느껴졌다. 또 두통이 오려나. 이현은 산드라에게 약을 찾아봐 달라고 부탁했다.

"그래서 구경은 좀 했어요?"

"별로요. 조금 보다가 돌아왔어요. 다리가 아파서요."

"구두 신고 걷기엔 매우 넓은 곳이긴 하죠. 처음부터 내내 검정색 하이힐만 신고 있던데 다른 신발은 없어요?"

"네?"

"계속 같은 구두만 신고 있었잖아요. 그러고 보니 당신이 가지고 온 큰 캐리어는 크기에 비해 생각보다 무척 가볍더군요. 영원히 머물겠다는 말과 달리 짐을 제대로 챙겨 오진 않았나 봐요."

무슨 말이지? 단순히 눈썰미가 예리한 남자인 건가. 도채는 정말 여벌의 옷 몇 개를 가져왔을 뿐 그 흔한 운동화 한 켤레 가져오지 않았다. 승모가 이곳에 있다는 걸 알고 무작정 달려온 터라 준비 같은 건 하지도 못했다. 그런데도 큰 가방을 들고 온 건 눈속임을 위해서였다. 승모에게 이곳에 오래 머물 것을 보여 주기 위한 과시성 항의로 말이다. 가방이 가볍다는 건 이현이 직접 들어 봤으니 알 수밖에 없다고 쳐도 첫날부터 똑같은 구두만 신고 다닌 건 어떻게 아는 걸까. 궁금증이 잔뜩 이는데 선일이 고요함을 깨며 무뚝뚝하게 물었다.

"어디 살아요?"

툭 던지듯 들려오는 말에 도채는 어수선한 생각을 접고 짧게 대꾸했다.

"여기 아래층이요."

"게스트 하우스에?"

선일이 무슨 꿍꿍이냐며 이현을 쳐다보았다. 이현은 모르는 척 식사에 열중했다.

"함께 지내면 꽤 불편할 텐데."

여자와 함께 위아래층에 지내기 불편하지 않냐는 의미로 이현에게 묻는 말이었다. 그런데 도채가 자신에게 묻는 거라고 착각하고 먼저 대답했다.

"전혀요. 생각보다 시설이 멋지던데요. 놀랐어요. 미국 게스트 하우스는 보통 이런 식인가요?"

"보통의 게스트 하우스는 어떤지 모르겠군요. 살아 보질 않아서."

선일이 툭 내뱉자 이현이 무례하게 굴지 말라며 눈빛으로 꾸짖었다. 선일은 굴하지 않았다.

"여긴 왜 왔어요? 공부? 관광? 아니면……."

"사람을 만나러 왔어요. 박승모라고."

"박승모?"

"혹시 승모를 아나요?"

"박승모가 누구지?"

"아, 미안해요. 난 또 아는 사이인 줄 알았어요. 난 박승모라는 사람을 만나러 왔어요."

"잠깐. 그러니까 그 말은 현재 애인이 있다는 말입니까?"

선일이 갑자기 정색하며 물었다.

"애인이라고 말하지 않았는데요."

"남자를 만나러 미국에 왔는데 애인 사이가 아니라고?"

"글쎄요. 그 사람과 나는 그런 단어를 쓸 사이가 못 돼요. 잘 이해 못 하겠지만 개인적인 사정이 있어서요. 제대로 사귀는 건 아니기도 하구요."

그러면서 도채는 이현을 쳐다보았다.

"애인이라고 말하고 싶지만 이미 승모와 나의 비밀을 말해 버려서 그럴 수가 없네요."

둘러말하고 싶지만 이현에게 이미 짝사랑을 한다고 말해 버렸기 때문에 솔직하게 대답했다는 의미였다. 그 말을 선일이 이해할 리 만무했다. 선일은 '대체 뭐야, 이 여자.' 라는 말을 당장 내뱉을 것 같은 얼굴로 이현을 쳐다보았다.

"나, 제법 입 무거운 사람이지만 지금 그 말에 대해선 한 마디 하고 싶네요. 왜 스스로를 비하해요?"

이현이 도채에게 말했다.

"비하요?"

"잘 모르는 모양인데 세상 모든 사람들은 마음에 드는 이성을 만나면 짝사랑부터 시작해요. 기회를 보며 주변을 맴돌다가 적당한 때에 사랑을 고백하죠. 그런데 왜 당신은 박승모에 대해 얘기를 할 때면 늘 기가 죽어 자신을 낮추는지 모르겠군요. 솔직하게 말해도 뭐라 할 사람 아무도 없는데 말이에요. 당신이 하고 있는 그 사랑이 당당하지 못할 이유는 전혀 없잖아요. 안 그래요?"

도채의 눈매가 천천히 굳었다.

"……내가 그랬나요?"

"아주 많이."

이현은 강하게 고개까지 끄덕여 주었다. 순간 쓴 사탕을 먹은 것처럼 입안으로 쓴물이 삼켜졌다. 그랬나. 은연중에 당당하지 못했던가. 도채가 달리 말을 못 하고 있을 때 이현이 뒤이어 말했다.

"박승모는 일주일에 두 번 구내 도서관에서 아르바이트해요. 당신이 궁금해하던 여자친구는 아직 없는 것 같구요. 원하면 그의 휴대폰 번호와 정확한 집 주소 정도는 학생사무실을 통해 알아봐 줄 수 있어요. 필요한가요?"

뜻밖의 말이었지만 도채는 그의 호의를 받고자 했다. 승모를 반드시 만나야 했다. 같은 학교에 다니는 이현이라면 누구보다 정확한 정보를 알려 줄 테니 거절할 이유도 없었다.

"그렇게 해 줄 수 있을까요?"

"늦어도 이번 주까지 알아봐서 알려 줄게요. 그를 만나는 데 도움이 될 겁니다."

식사를 마치자 이현은 그녀를 게스트 하우스까지 배웅하고 왔다. 여전히 자리에 앉아 있던 선일이 이현을 빤히 쳐다보았다.

"할 말 있어?"

"아니."

"하고 싶은 말 있으면 그냥 말해. 나중에 묻지 말고."

식탁 의자에 다시 앉는 이현이 꾸짖듯 물었다.

"무슨 생각이야?"

나중에 묻지 말라는 말에 선일이 대놓고 물었다.

"뭐가?"

"목하 짝사랑 중이라잖아."

"그게 뭐."

"뭐라니? 다른 남자를 좋아하는 여자에게 관심을 보이니까 이상해서 묻는 거지. 그것도 여자가 좋아하는 남자에 대해 알아봐 주겠

다는 네가 하도 어이없어서. 너 용돈 부족하냐? 게스트 하우스에
세입자를 들일 만큼?"

"사정이 있다고 해서 도움 좀 준 거야."

"도움 필요한 사람이 저 여자만은 아닐 텐데. 그렇게 마음 좋게
대해 봤자 전처럼 또 당할걸."

"내가 운 나쁘게 질 안 좋은 유학생들을 만나 돈 뜯기고 고생한
적이 있지만 전부 그런 건 아니야."

"내가 보기엔 저 송은숙이라는 여자가 더 질이 안 좋아 보이는
데?"

"어떤 점이?"

"그런 넌 무슨 근거로 저 여자의 말을 믿는데? 저 여자의 말을
전부 믿고 싶어? 저 촌스런 이름의 소유자 말을?"

"왜 그래?"

이상하다는 얼굴로 묻는 이현의 말에 선일은 대답하지 않았다.
대신 그저 이현을 한심하게 쳐다볼 뿐이었다.

여자는 거짓말을 하고 있었다. 분명 여자가 지배인에게 윤도채라
고 소개하는 걸 똑똑히 들었는데 오늘은 자신을 송은숙이라고 소개
했다. 진실하지 못한 여자다. 어쩌면 윤도채나 송은숙이라는 이름
모두 가짜일지 모른다. 선일은 제발 아무에게나 한심하게 속아 넘
어가지 말라는 텔레파시를 이현에게 잔뜩 보냈다. 노트북을 켜고
애써 모르는 척하던 이현이 나중엔 참지 못하고 서류 뭉치를 선일
에게 던졌다.

"그만 쳐다보고 이제 일 얘기해! 사업 얘기하자며?"

그러나 거짓말을 하는 여자에게 베푸는 호의가 어리석은 행동이라는 걸 모르는 이현을 질책하듯 선일은 한 마디 더 보탰다.

"자동차는 빌려 주지 마라. 전처럼 사고 내고 도망가 버리면 수습하기 골치 아프니까."

왜 그랬을까.

아무도 뭐라 할 사람은 없는데 왜 지금껏 자신의 사랑 얘기를 할 때면 기가 죽어 있었을까. 도채는 이현의 배웅을 받으며 처음으로 그 이유가 뭔지 차분히 생각해 보았다. 단순히 짝사랑을 했기 때문일까. 아니면 헤어지자는 통보도 없이 사라진 그로 인해 자괴감에 빠져 있었기 때문일까.

승모와 갑자기 연락이 두절된 뒤 처음 든 생각은 딱 하나였다.

"그동안 참 시시한 남자를 만나 시시한 사랑을 했구나."

적어도 사계절을 함께 보낸 상대에게 이런 식의 무개념적인 이별 통보를 받고 나니 그런 생각뿐이었다.

"통보조차 받지 못한 이별 앞에선 어떻게 행동해야 하는 걸까. 누가 알려 주면 좋겠다."

겉으로는 괜찮은 척 대수롭지 않게 행동했지만 마음 한구석으론 지독한 상처를 받은 것이 사실이다. 그리고 그런 남자를 사랑한 자신을 비판하며 심한 자괴감에 빠진 것도 사실이다. 그리고 한 가지 더.

"남녀가 만나 사랑하다 헤어지면 이별에 대한 뒤처리는 더 많이 사랑한 사람의 몫이라는 걸 뼈저리게 알게 됐지."

모두에게 해당하는 건 아니다. 여전히 상대를 사랑하는 마음이 남아 있는 사람만이 마주해야 할 현실이었다. 그건 유일무이하게 이별을 통보받은 사람에게만 주어지는 불합리한 숙제 같기도 했다. 그래서 입을 함부로 놀린 태성에게 하루 종일 국제전화 테러를 했다. 흥분해 씨근덕거리는 그녀를 피해 미국으로 횡하니 사라져 버린 태성은 수화기 너머 그녀를 위로하긴커녕 상처 벌리기에 열을 올렸다.

"사촌, 진정하고 내 말 좀 들어 봐. 남자는 말이야. 사막에 떨어져도 사랑하는 여자가 보고 싶으면 모래를 헤엄쳐서라도 빠져나오는 존재야."

"그런데!"

"그런데라니? 그 녀석의 행동을 똑똑히 봤잖아. 녀석은 어떻게 했어? 사막은커녕 같은 대한민국 안에 있는데도 너한테 어떻게 했냐구?"

태성의 말에 도채는 소리쳤다.

"승모는 수영 못해!"

"그래. 차라리 죽었다고 생각하자. 그게 속 편하겠다."

"죽긴 누가 죽어? 승모가 왜 죽어? 지금 그걸 바라는 거야?"

이별 통보도 받지 못해 우왕좌왕하는 건 마음뿐 아니라 정신도 함께인 모양이었다. 그 어떤 말에도 진정하지 못하는 도채는 거의 광분 수준이었다.

"그래서 지금 화가 난 이유가 정확히 뭐야? 차였기 때문이야? 아니면 이별 통보를 제대로 못 받고 헤어졌기 때문에?"

"아니."

"그것도 아니면, 더 이상 박승모를 볼 수 없다는 슬픔 때문이야?"

"아니. 전부 틀려. 내가 화가 난 건 승모로부터 이별 통보도 받지 못하게끔 함부로 헤어지게 만든 사람이 바로 너라는 점에 화가 난 거야."

진심은 누구라도 단번에 알아듣기 마련이다. 태성은 도채의 냉소적인 목소리에 침묵했다.

"왜 내 편이 되어 주지 않은 거야? 난 네가 우리를 지지해 줄 거라 생각했어."

"지지해 준다고 말한 적 없어."

"내 얘기를 전부 들어 줬잖아. 승모의 얘기를 해 줬잖아. 내 마음도 전부 얘기해 줬잖아! 그런데도?"

"그래서 지지해 줄 수 없었어."

"뭐라고?"

"오늘 투정은 여기까지 들어 줄게. 이만 끊는다."

태성은 전화를 뚝 끊어 버렸다. 일말의 미련도 없었다. 화를 낼 사람이 누군데 적반하장도 보통이 아니었다. 도채는 뚜우, 하고 끊어진 수화음을 들으며 진심으로 화가 나 손안의 휴대폰을 부숴 버릴 뻔했다. 그렇게 이별앓이가 시작됐다. 지인들은 은근히 헤어진 이유를 파헤치듯 물었다. 문제는 헤어진 이유를 묻는 친구들의 말에 허심탄회하게 설명할 수 없다는 것이 스스로를 힘들게 만들었다.

"차였어."

평소 성격처럼 당당하고 깔끔하게 말하고 싶었지만 실상은 그러지 못했다. 누군가의 질문에 도채는 적당한 이유를 대기 위해 머리를 굴리다가 결국 시시한 대답만 했을 뿐이다.

"다 그렇지 뭐. 헤어지는 데 별거 있나."

이별을 포장하는 자신을 상상해 본 적 없어 말을 하면서도 유쾌하지 않았다. 그래서 뒤돌아 집으로 올 때는 정말 우울하고 비참했다.

"사촌."

"또 너냐?"

"또 나야. 안 받을 줄 알았는데 그래도 받아 주네."

이젠 태성에게 전화하는 건 하나의 습관이 되어 버렸다. 적으로부터 위로를 받을 만큼 화가 풀린 게 아니었다. 단지 그동안의 사정을 잘 아는 사람이 유일하게 적뿐이라 시시콜콜 말하지 않아도 즉답이 나오기 때문에 자꾸 전화를 하게 되는 것이었다.

"오늘부터 우리 아예 커플 요금제로 바꾸자."

태성이 제의했다.

"난 너하곤 커플하고 싶지 않은데?"

"네 콜렉트 콜 비용 감당하기 벅차서 그래. 이건 뭐 전화를 하면 끊어야 되는데 전화를 해 놓고 끊질 않으니 파산 직전이잖아. 그러니 당장 해외에서도 커플 요금제 가능한지 알아보고 신청해 줘. 안 그러면 이제부터 네 실연 상담비 받을 거다."

"적 주제에 청구하는 태도가 아주 당당하다?"

"어차피 욕은 계속 먹고 있는데 나도 살고 봐야지. 그래서 오늘은 뭘 말하고 싶은데?"

"사랑을 너무 티 나게 했나 봐."

"무슨 말이야?"

"주변 사람들이 헤어진 걸 알고 전부 한 마디씩 물어봐. 실연을 이겨 내려고 노력하는 것보다 그런 질문에 대답하는 게 더 힘들어. 나 자꾸 변명을 해. 연락도 없이 차인 게 생각보다 많이 창피한가 봐."

"사랑을 처음 해 본 새내기들은 누가 차고 차였는지에 민감하지. 그래서 사랑에도 연습이 필요한 거야. 인턴처럼."

"인턴?"

"처음부터 다 잘할 수 없잖아. 태어나면서부터 매너와 배려를 타고나는 줄 알아? 다 여러 명의 여자들과 데이트를 하면서 실전에서 터득한 걸 그 후에 만나는 여자한테 사용하는 거라고. 일명 마지막에 만나는 여자가 편하게 사랑하는 거지. 말하지 않아도 상대가 알아서 척척해 주니 얼마나 좋아?"

"그렇대?"

"네가 뭘 알겠냐. 여자들이 바람둥이한테 매력을 느끼는 것과 동일한 거야. 상대가 풋내기라면 언제 키우고 언제 길들여서 언제 사랑받을 수 있겠어? 바람둥이가 나쁘다는 걸 알면서도 넘어가는 건 다 그런 이유 때문이라구."

태성은 그러면서 수화기 너머 이런 말을 해 주었다.

"나도 한때는 이별을 통보하는 데 있어 우위에 있어야 한다고 고집하던 때가 있었어. 몇 명과 사귀었고 몇 명을 찼는지를 손가락으로 세어 가며 뒤에서 키득거리던 치기 어린 시기 말이야. 사랑이 뭔지도 모르면서 사랑한다고 떠벌리던 그런 유치한 시절이 있었지."

태성은 그녀의 투정이 길어질 것을 알면서도 자신의 경험을 차분히 이야기해 주었다. 도채는 집 근처의 고급 주택가 골목길을 방황하다가 이름 모를 남의 집 대문 앞에 쪼그리고 앉았다.

"그런데?"

"난 여자친구한테 헤어지잔 말 못 해. 이상하게 그 말을 해야 할 때가 되면 정작 입이 안 떨어져. 그래서 마음이 식어도 여자친구가 헤어지자고 말할 때까지 기다리는 편이야."

"말을 못 해? 어째서?"

"그냥. 그렇게 되더라구. 좋다고 달려들 땐 언제고 마음 식었다고 팽하니 헤어지자고 말하는 게 좀 그렇더라구."

도채는 그저 기계적으로 물었다.

"그럼 좋아하지도 않는데 계속 사귀는 거야?"

"마지막엔 그런 셈이지. 조금씩 마음이 떴다는 걸 상대에게 보여 주면서 시간을 끌게 된다고나 할까. 평소와 달리 연락을 드문드문 한다든가, 배웅을 차츰 줄인다든가 그런 거 있잖아. 그러면 상대도 대충 눈치채고 헤어지자고 하더라구."

"재수 없어."

"재수 없어도 어쩔 수 없어. 그것도 이별하는 내 방식의 하나니까."

"네 마음 편하자고 상대를 속인다니 자기보호가 지나쳐, 너."

"내 깐에는 그게 배려인 걸 어쩌겠어? 나랑 사귄 여자가 우는 건 무슨 이유건 마음이 아파. 궤변 같지만 말로 표현할 수 없는 그런 게 있어. 그래도 좋아서 지금껏 만나 왔는데 헤어지자고 단호하게 말해서 굳이 울게 할 필요는 없잖아. 차라리 상대 정 떨어트리는 게 낫지."

"똥폼 철학이네. 요즘은 남자가 헤어지자고 해도 실없이 우는 여자 없으니까 앞으로는 똥폼 잡지 말고 그냥 당당하게 얘기해. 헤어지자고."

그 말에 태성이 피식 웃는 소리가 들렸다.

"그런 너는 아까부터 왜 자꾸 훌쩍이며 우는데?"

"억울해서 그래! 오죽 억울하면 내가 이러겠니?"

도채는 태성에게 전화를 걸기 전부터 울고 있었다. 이해심이 넓지 않은 태성이 평소와 달리 전화를 끊지 않고 대화를 이끌고 있는 건 그녀의 울음소리 때문이었다.

"대체 뭐가 그렇게 억울하고 서글픈 건데?"

한때 열렬히 좋아했던 박승모라는 남자한테는 태성의 똥폼 철학조차 없다는 게 서럽고 억울했다. 적어도 우리가 함께 보낸 사계절이 거짓이 아니라면, 사랑은 아니더라도 좋아해서 만난 게 맞다면, 유치해도 좋으니, 치사해도 좋으니, 마지막은 상대를 위해 울 일은 만들어 주지 않으려고 노력한다는 태성의 시시한 배려가 한없이 부럽고 부러워서 그저 눈물이 났다.

"울 일 아니야. 처음이니 당연하게 실패할 수 있어. 누구나 처음엔 서투르고 실수하잖아."

"그렇지 않아."

"그런 거야. 다 그래. 나도 헤어진 여자친구들한테는 인생 최악의 남자로 기억되고 있을지 누가 알아? 그러니 너도 지나고 나면 박승모를 사랑했다는 것에 담담해질 날이 올 거야. 돌이켜 보면 떠오르는 기억도 몇 개 없을 테지. 지금은 숨 막히고 어쩔 줄 몰라 해도 나중에 뒤돌아보면 별거 아니게 돼."

"난 그렇게 되지 않아!"

태성의 위로는 그런 것이었다. 일말의 가식적인 위로나 말을 결코 해 주지 않았다. 성격 탓도 있겠지만 그것이 격정적으로 흘러가던 도채의 마음을 어느 정도 잡아 준 것도 사실이다. 충고가 몹시도 현실적이라서 듣기엔 섭섭하지만 시간이 지날수록 약효를 발휘하는 경우랄까. 아침에 눈을 뜨면 승모에겐 도저히 연락할 수 없는 상황이 발생했을 뿐이니 곧 연락이 올 거라고 스스로를 위로하고 상상하며 그의 잠적을 정당하게 만들던 마음이 조금씩, 서서히 누그러지기 시작한 것이다.

이별을 명목으로 세상 끝난 것처럼 산 지 두 달이 지나고 나니 몸도 지쳤는지 더 이상 객기를 부리지 않았다. 그래도 씁쓸한 마음은 쉽게 고쳐지지 않았다. 나중에 알았다. 다른 사람에 비해 스스로의 이별앓이가 유난스럽다는 걸. 그 이유도 나중에 알았다.

"내가 그를 정말 사랑했었구나, 라는 걸."

도채는 추억에 빠져 아득한 표정을 지었다. 회상이 길었기에 표정도 아련했다.

"우리가 만난 게 정확히 일 년. 그렇게 긴 시간은 아니었는데 난 그동안 정말 승모에게 푹 빠졌었나 봐. 정말 그랬었나 봐."

"오래 짝사랑하다가 사귀었으니 얼마나 좋았겠냐? 그래서 넌 아직도 응대 없는 사랑에 매달려 있는 거야?"

맨해튼의 호텔에서 다시 만난 두 사람이었다. 도채의 하소연을 듣고 있던 태성은 듣기 지겹다는 듯 심드렁한 표정을 지어 보였다. 벌써 두 시간째 과거 이야기가 반복되고 있었다.

"그는 몰라. 내가 사랑한다는 걸. 사랑한다고 한 번도 말한 적 없는데 내 마음을 알 리 없지. 알아주길 바라지만 과연 제대로 알까? 단 한 번도 그 말을 한 적이 없는데."

"꼭 말로 해야 아냐? 평소 행동을 보면 알지. 몸의 언어도 있고."

쓸데없는 뒷말은 붙이지 않아도 되겠지만 한파를 헤치고 먼 길을 온 자세가 착해 도채는 적당히 쏘아붙이는 걸로 대신했다.

"늘 몸 타령이니 애인이 없지. 그 사고방식은 어떻게 변화도 없니?"

"누가 들으면 꽤나 열렬한 사랑이라도 해 본 줄 알겠다. 내내 짝사랑하다 꼴랑 일 년 사귄 주제에."

"짝사랑도 못 해 본 너보단 나아."

"둘이 해도 부족한 사랑을 혼자 신나게 한 게 스펙이라도 되는 줄 알아? 그래서 넌 너 좋다는 남자 다 보내 버리고 싫다는 놈 꽁무니나 쫓아다니냐?"

"뭐야?"

발끈하는 도채를 향해 태성이 지지 않고 재빨리 선수 쳤다.

"내 말이 틀려? 큰아버지가 유학 보내 주겠다고 했을 때 너 뭐라고 했어? 한국에서도 충분이 공부할 수 있다면서 거절했지? 그런데 너 대학 다니는 내내 학점 어떻게 나왔어? 죄다 학사경고 받았잖아."

"웃겨. 그 얘길 왜 지금 해?"

"박승모랑 헤어지기 싫어서 그런 걸 내가 모를 줄 알아? 멀쩡하게 다니던 대학, 휴학한 것도 그 자식 때문이잖아. 군대 간 그 녀석 기다리다가 같이 복학하려고."

"사랑에 빠져 있다 보면 일상을 소홀히 할 수 있어. 남자들도 그렇잖아. 반한 여자한테는 사채까지 쓰면서 해 주고 싶은 거 다 해 준다며? 나도 그런 마음에서 그런 건데 그게 뭐 나빠?"

도채의 철없고 뻔뻔스러운 대답에 태성은 진저리를 쳤다. 역시 여자와 남자의 입장 차이는 평행선이라 만날 수가 없다. 만나면 감정 폭발을 일으킬 뿐 합성이 안 된다.

"윤도채. 스스로의 행동을 정당화하기 위해서 과장된 표현을 쓴 건 알겠다만, 혹여라도 네가 진짜 그런 생각을 가진 여자라면 우리 여기서 그만 절교하자."

"왜?"

"짝사랑 두 번 했다간 집안 말아먹을 여자 같아서. 어차피 피도 많이 섞이지 않은 사촌이니 절교하면 만날 일도 없을 테니 그게 좋겠다."

"왜애? 사랑에 목숨 거는 거 아무나 할 수 있는 일 아냐. 잘못된 거 아니잖아. 난 후회하지 않아. 그깟 성적 아무렴 어때? 내가 좋아서 그랬다는데 그게 누구한테 욕먹을 일이야?"

"그래도 학사경고는 아니지. 창피하지도 않아?"

"흥. 내가 성적 때문에 창피할 일은 취업을 위해 최종학교성적증명서를 제출할 때뿐이야. 사랑하는 사람 앞에서가 아니라구."

"하긴. 넌 지금까지 딱 한 명만 사귀어 봤으니 창피당할 일도 없었겠다. 오로지 딱 한 명."

태성이 자리에서 일어났다.

"나가자. 카페에 앉아 여자애들처럼 수다 떠는 거 별로야. 가뜩이나 답지 않게 공부하느라 운동 부족인데 거리 좀 걷자."

"추워서 나가기 싫어."

"그럼 계속 앉아서 커피만 홀짝일 거야? 여기까지 왔는데 뉴욕구경은 해야지. 볼거리 많아."

"관심 없다니까."

도채는 거부의 몸짓으로 소파에 더욱 깊숙이 등을 기댔다.

"넌 머리 좀 식힐 필요가 있어. 뉴욕 야경 보면 좋아 죽을걸? 여자애들 완전 넋 나간다구."

"전구 반짝이는 게 뭐 대수라구. 싫어."

일어난 태성이 허, 하고 입을 벌렸다.

"세계적인 명소의 야경을 일개 반짝이 전구로 전락시키는 여자라니, 이걸 무식하다고 해야 하나? 머리에 든 게 없다고 해야 하나?"

"무식의 기준이 왜 뉴욕 야경이야? 남산타워에서 서울도심 봐.

우리나라보다 야경 좋은 나라 없어."

두 눈을 흘기며 따질 준비를 하는 도채를 보며 태성은 학점 좋은 자신이 참는 게 도리라고 말했다.

"사랑에 빠진 사람들은 사물을 바라보는 사고가 몹시 긍정적으로 변한다는데 넌 어째 그렇지도 않은가 보다?"

"평생 짝사랑만 해서 머릿속이 꼬여 있나 보지. 가려면 나한테 해야 할 말이나 정확히 해 주고 가. 내가 너랑 수다나 떨려고 만난 게 아니잖아."

"내 말이. 그 입이 언제 닫힐까 기다리던 참이었는데 본론을 언급하는 걸 보니 이제 헤어질 시간이 됐나 보다. 받아."

태성이 코트 주머니 안에서 잔뜩 구겨진 서류 하나를 꺼내 내밀었다.

"이게 뭔데?"

"네가 원하는 정보. 사설탐정 시켰어. 말이 탐정이지 한국의 흥신소랑 비슷해. 제시하는 금액이 높아질수록 원하는 정보를 철저하게 파악해서 보내더라. 별 쓸데없는 것까지 적어 보내서 괜히 나쁜 짓 하는 기분이야."

여자의 미련과 집착이 쓸데없으면서도 집요한 것이라는 것을 알게 된 것이 몸서리쳐진다며 태성은 기분 나빠했다. 그런데 도채가 물끄러미 서류를 바라보기만 할 뿐 선뜻 손을 내밀지 않았다.

"왜 안 받아? 원하던 거잖아."

"승모에 대한 모든 게 들어 있다니까 갑자기 겁이 나. 돈에 대한 내용도 있어?"

"나야 모르지."

"안 봤어?"

"내가 왜?"

도채는 눈앞에 서류를 두고 시간을 끌었다. 태성이 그녀의 손에 서류를 억지로 쥐여 주었다.

"평소엔 제멋대로 하고 싶은 말 다하는 게 꼭 이럴 땐 주춤거리더라. 서류 보고 더 필요한 거 있으면 전화해. 오전 오후 죄다 학교에 붙어 있어야 하는 신분이라 일일이 약속 잡기 버겁다. 그러게 휴대폰 로밍은 왜 안 해 온 거야?"

"추적당하잖아."

"이것 봐. 그런 건 머리 잘 돌아가면서 사랑 얘기만 나오면 믿을수 없을 만큼 순수한 여자가 되어 버린다니까. 그래, 사랑 앞에서는 누구보다 순수한 윤도채. 누군가를 그렇게 진심으로 좋아한다는게 보기 좋기는 하지만 혹여 그걸 빌미로 상대를 곤혹스럽게 하는행동은 하면 안 된다는 거 알지? 참고하라고 말해 주는데 비상식적인 여자는 그 누구도 좋아하지 않아. 그거 알고 행동했으면 좋겠다."

태성이 테이블 위에 팁을 꺼내 놓더니 몸을 돌렸다. 그러더니 뭔가 찜찜한지 다시 돌아와 심각하게 도채를 바라보았다.

"근데 사촌, 영어는 할 줄 알아?"

"당연히 못하지."

태성이 떨떠름한 얼굴로 소파에 파묻혀 있는 도채를 한참 내려 봤다. 눈매는 분명 걱정스러워하는 것 같은데, 그 아래 입매는 배

116

를 잡고 웃고 싶어 하는 눈치였다.

"용감해, 아주."

기어코 씨익 웃고 가는 태성이다. 도채는 놀림을 받았다는 느낌에 입을 삐죽거리다가 구겨진 서류로 시선을 옮겼다.

그날, 이현과 저녁 식사를 할 때 도채는 알고 있었다. 태성과 만나기로 한 날짜가 곧 다가온다는 걸. 태성은 완벽하진 않더라도 흡족한 정보를 제공해 줄 위인이다.

"그런데 그걸 알면서도 왜 집주인의 호의를 거절하지 않고 도움을 원한다고 고개를 끄덕였을까."

구겨진 서류를 손바닥을 이용해 반듯하게 펴면서 도채는 태성의 말처럼 그것이야말로 자신답지 않은 비상식적인 행동이 아니었을까 생각했다.

승모의 일상은 단순했다.

방과 후는 하루도 빠지지 않고 도서관에서 공부하는 걸로 적혀 있었다. 이현의 말에 의하면 승모는 일주일에 두 번 교내 도서관에서 아르바이트를 한다고 했지만 대부분 학교에서 나오는 시간이 밤 10시경이라 어떤 날이 아르바이트를 하는 날인지 구분할 수 없었다. 그런 이유로 서류에 기록되어 있는 디테일한 시간은 도움이 되지 않았다.

시선이 간 건 두 번째 종이에 적혀 있는 주말 일과에 대한 내용이었다. 레스토랑에서 풀타임으로 일을 한다는 내용의 문구였다. 오전 10시부터 자정까지였다. 구체적인 위치와 가게 전화번호까지 적혀 있어 승모를 만나는 데 문제없을 듯 보였다.

도채는 서류를 적당히 접어 주머니에 넣고 일어났다. 그 이상은 볼 필요 없었다. 보지 않는 게 맞다고도 생각됐다. 그것이 상대에 대한 예의고, 사랑에 대한 예의라고 생각되었다. 이미 조사를 끝낸 후 하는 생각으로는 맞지 않을 수도 있지만 단지 그녀를 만나 주지 않는 그를 만나기 위해 한 행동이라고 변명하고 싶었다.

거리엔 한국인이 유난히 많았다. 관광객인 듯 손에 쥐고 있는 작은 카메라 셔터를 사방을 향해 쉴 새 없이 누르는 건 한국에서도 흔히 보던 사람들의 모습이다. 넘쳐 나는 관광객을 태운 채 도로를 오가는 붉은색의 무수한 이층버스들 사이로 뉴욕 특유의 노란색 택시를 잡아탔다. 그리고 접었던 종이를 다시 펴 주소를 가리키며 한국말로 그곳에 가고 싶다고 말했다. 굳이 못하는 영어를 쓰진 않았다. 그래도 기사는 용케 알아듣고 원하는 장소에 정확히 데려다 주었다.

택시가 그녀를 데려다 준 곳은 식당이었다. 서류에 적혀 있는 건 레스토랑이었지만 그곳은 대형 한국 식당이었다. 느릿하게 해가 지는 시각이라 아직 한산했지만 밖에서 본 모습은 한국에 있는 평범한 음식점과 동일했다. 택시에서 내리진 않았다. 그저 장소와 위치를 파악하고 차를 다시 돌렸다. 승모를 만나려면 주말까지 기다려야 했다. 오늘 그는 이곳에 오지 않을 테니까.

돌아오는 길에는 머물고 있는 게스트 하우스 주소를 몰라 처음 택시를 잡았던 호텔 이름을 이야기하고 아파트까지 걸어 돌아왔다.

바보 같은 행동이었지만 아무 상관없었다. 더 이상 자신을 질책하기엔 너무 많은 상처를 받은 터라 스스로가 불쌍했기 때문이다.

지급한 택시비는 상상을 초월했다. 확실히 살인적인 물가의 도시다. 그래도 도채는 태성의 원조로 두둑해진 지갑 안에서 미련 없이 돈을 꺼내 택시비를 지급했다. 돈보다 사랑이 우위라는 지극히 개인적인 그녀의 성향 탓이다. 단 한 번도 변하지 않은 그 지극한 신념 같은 사고방식 때문에 의외로 지불하고 희생해야 하는 것들이 많았다. 그런데 이젠 그 신념도 바뀔 때가 된 듯했다.

"사랑을 하면 행복해진다는 세상의 룰이 유독 나에게만은 예외였으니까."

이현을 다시 만난 건 목요일 밤이었다. 시차 때문인지 생각이 많아서인지 잠이 오지 않아 뒤척일 때였다. 조심스러운 노크 소리와 함께 그의 음성이 닫힌 방문 뒤에서 들렸다. 방문을 열자 길고 말끔한 큰 그림자가 그녀의 앞에 나타났다.

"깨웠나요?"

"아뇨. 아직 11시도 안 됐는걸요. 어차피 시차 때문에 늦게 잠들어요."

"어제저녁에 만나고 싶었는데 외출했다더군요. 좀 더 빨리 전달하고 싶었는데 늦었어요."

타이밍이 어긋나 늦은 것을 미안해하며 이현이 메모지 한 장을 건넸다.

"집 주소랑 휴대폰 번호예요."

가지런한 숫자 아래로 박승모라는 글씨가 적혀 있었다. 도채는 메모지를 만지작거리며 질문을 했다.

"여기 유학생들 말이에요. 한국 식당에서 아르바이트 많이 하나요?"

"정확히는 모르지만 아마도요."

"얼마나 벌까요?"

"격식 있는 레스토랑이라면 팁 수입이 많을 테고, 아니라면 보다 낮은 임금을 지급받겠죠. 한인이 운영하는 가게는 다른 곳보다 시급이 낮게 책정되어 있다고 해요. 확실한 건 아니에요. 나도 들은 내용이니까."

"미리 학비를 준비하고 공부에 매진해도 졸업하기 힘든 곳이 미국 대학이라던데 아르바이트를 하면서 학업을 병행하는 건 역시 무리인가요?"

진지하게 묻는 도채를 보며 이현은 그녀가 승모의 얘기를 하고 있다는 걸 눈치챘다.

"궁금한 게 많을 거라 생각해요. 이렇게 서서 얘기하지 말고 괜찮으면 나와서 차 한 잔 하는 건 어때요?"

"이 시간에요?"

"마침 야식 먹으려던 참이에요. 수면에 도움을 줄 차도 많이 있구요. 어때요? 함께할래요?"

권유는 나쁘지 않았다. 아직 시차 적응을 못 한 터라 몸의 생체리듬이 뒤죽박죽인데 좋은 제안인 듯싶었다. 두 사람은 따로 이동하지 않고 게스트 하우스의 리빙 룸에 자리를 잡았다. 도채가 그의 집으로 가는 걸 불편해했기 때문이다.

"그래도 늦은 시간인데 가족분들한테 실례일 것 같아서요."

그의 가족들은 현재 프랑스에서 생활 중이었지만 그녀를 불편하게 할 생각은 추호도 없기 때문에 이현은 아무 말 없이 야식이 든 접시와 커피포트, 그리고 빈 찻잔을 직접 들고 내려왔다.

"새벽까지 깨어 있다 보면 출출할 때가 많아요. 어머니께 부탁하기엔 늦은 시간이고, 가볍게 먹을 걸 찾다 보니 주로 이 시간에 음식을 먹게 되네요."

"늦게 자는 편인가 봐요."

"조금요. 차는 어떤 게 좋을까요?"

그가 리빙 룸의 진열장에 놓인 수많은 유리병들 앞에 서더니 물었다. 다양한 찻잎이 가지런히 놓인 모양이 누군가의 정성스런 취미 같았다. 도채는 전혀 상관없다며 자신은 차에 대해 아는 것도 없다고 솔직하게 얘기했다.

"차 맛을 잘 알지도 못해요. 그냥 편한 걸로 줘요."

"다행이네요. 나도 주는 대로 먹는 편이라서 사실 잘 몰라요."

그러면서 그는 진열된 유리병 앞에서 꽤 오래 고민했다.

"적당한 게 뭐가 있을까."

낮은 목소리로 중얼거린 그는 나중에는 아예 하나하나 코르크 뚜껑을 열고 찻잎 냄새를 맡으며 좋은 찻잎을 찾기 위해 노력했지만, 결국 자신이 종종 마신다는 홍차를 가지고 자리로 돌아왔다.

"매일 이렇게 늦게까지 공부하나 봐요."

"쏟아지는 리포트를 소화하려면 봐야 할 책이 많아서요. 수업 중에 교수들의 느닷없는 질문에 대답하기 위해서도 그렇고, 수시로 진행되는 테스트에서 낙제를 당하지 않으려면 매일 두꺼운 책을 두 권 정도 읽어야 하거든요."

전기포트의 온도 조절 버튼을 누르며 그가 말했다.

"그렇게 많아요?"

"단답형의 시험문제는 단 하나도 없으니까요. 그래서 캠퍼스 안에서 살아남으려면 첫 번째도, 두 번째도 시간 관리를 잘해야 해요."

"그렇군요. 확실히 한국의 대학과는 다르네요. 그래도 의외예요. 야식이 겨우 두부라니."

네모진 접시에 따끈한 두부가 우윳빛 색감을 드러낸 채 놓여 있다. 옆에 나란히 놓인 노란색 파프리카와 야채샐러드의 싱싱한 초록색이 묘하게 어울려 시야를 가득 메웠다.

"적당히 허기 채우기엔 이만한 게 없어요. 배가 고프다고 많이 먹다 보면 졸릴 수 있는데 두부는 조금만 먹어도 공복을 채워 주니까요. 먹어 볼래요? 나쁘지 않아요."

그가 야채샐러드에 드레싱을 섞은 뒤, 잘 익은 노란색 파프리카 한쪽을 두부 위에 올려놓고 젓가락을 그녀에게 내밀었다.

"젓가락을 사용하네요."

"당연하죠."

"한국 사람 같진 않은데."

도채의 말에 이현이 의미 있게 웃었다. 야밤에 남자가 짓는 미소치고는 꽤나 담백한 미소였다.

"한국말 하는데 왜요?"

"발음이 좀 달라서요. 한국어를 모국어로 사용하지 않는 사람들 특유의 발음을 쓰는 것 같은데요?"

"영어 할 줄 모른다더니 예리하네요. 맞아요."

"교포예요?"

두부를 입에 넣으며 도채가 묻자 이현이 고개를 저었다.

"아뇨. 어릴 적 부모님이 돌아가시고 난 후 미국에 있는 이모님 댁에 양자로 입양됐을 뿐이에요."

도채는 오물거리던 입을 우뚝 멈췄다. 젓가락 사용에 대해 물은 건데 너무나도 개인적인 얘기가 터져 나와 당황스러웠다. 사고방식의 차이가 이런 것일까. 야밤에 간단한 야식을 먹으며 주고받는 대화치고는 무게감 있는 얘기라서 놀랐다. 그러나 이현은 아무렇지도 않은 얼굴로 태연하게 한 마디를 더했다.

"그러니까 젓가락 사용법을 잊을 만큼 뼛속까지 미국인은 아니라구요."

오히려 웃음을 머금고 여유롭게 말하는 모습은 성숙해 보였다. 역시 사고방식이 다르다. 이것이 문화적 차이인가 보다. 아무 관련도 없는 자신에게 지극히 사적인 얘기를 하는 문화. 도채는 할 말을 잃고 말없이 앞에 앉은 이현만 바라보았다. 젓가락을 잡는 솜씨가 서툴지 않다. 오히려 자신보다 안정적이고 깔끔했다. 음식물을 먹을 때마다 종종 음식을 흘리는 자신과 대비되는 그 모습은, 한편으론 부럽고 또 한편으론 매력으로 비춰졌다. 시선이 간 건 자연스러웠는데 너무 오래 머무른 모양이다. 두부 하나를 집어 먹던 그와 시선이 마주쳤다. 함께 있는 자리에서 눈이 마주치는 건 자연스러운 일인데 도채는 마치 자신이 몰래 훔쳐보다 들킨 것 같은 기분이 들어 민망함을 느꼈다.

음식물을 씹고 있던 그가 입을 다문 채 웃으며 눈을 크게 떠 보이는 제스처를 취했다. 오, 맛있다, 라는 의미 같았다. 연달아 또 다른 두부를 입에 넣은 그가 접시에 남은 두부를 손가락으로 가리켜 보였다. 이건 그녀의 것이라는 뜻이다.

"괜찮아요."

도채가 거절했지만 그는 오히려 접시를 그녀 앞으로 바짝 내밀었다. 그의 야식은 정확히 6조각이 전부였다. 침대에 누워 있을 땐 몰랐는데 막상 일어나 음식물을 보니 출출해진 것도 사실이다. 그러나 미안한 마음에 선뜻 손이 가지 않았다. 이미 그녀가 먹은 것만 세 조각이었다. 도채가 손사래를 쳤지만 그도 물러서지 않았다. 음식 때문에 말을 못 하는 그는 권유를 그만두지 않았다.

"정말 괜찮은데."

도채가 거듭 거절하기가 미안해 어색하게 마지막 두부를 집었다. 한순간 두 사람은 서로를 보며 야식을 즐기는 다정한 사이가 되어 버렸다.

"맛이 제법 괜찮죠?"

이윽고 입안에 있던 음식을 전부 먹었는지 그가 물었다.

"맛있어요."

"드레싱 때문이에요. 내가 만든 거예요."

자신이 만들었다는 것을 알리고 싶었는지 그가 조금 전 짓던 미소를 보다 짙게 지어 보였다. 도채는 그 미소를 보며 자연스럽게 따라 웃었다. 그리고 그를 따라 웃으며 불쑥 그런 말을 했다.

"나요. 주말에 그를 만나러 갈 거예요."

웃음과 어울리지 않는 말이라고 생각한 건 말을 하고 난 후였다. 잔잔한 미소를 짓고 있던 이현이 약간은 섭섭한 표정을 지었다. 마치 오붓한 시간의 흐름이 깨진 것이 안타깝다는 표정이랄까. 그래도 평소의 부드러운 표정을 거두지 않는 그였다. 포트에서 수증기가 나왔다. 그가 가지고 온 찻잔을 집었다. 아르데코풍의 은은한 골드 컬러를 뽐내는 고급스러운 잔이다. 그가 찻잔 하나를 들어 그녀 앞에 놓아주고 적당히 우러난 차를 그 안에 가득 담아 주었다.

"박승모가 일하는 한국 식당을 갈 생각이로군요."

뜨겁게 우러난 물이 찻잔을 채우자 코끝으로 번지는 향이 어쩐지 친근했다. 도채가 코끝으로 홍차의 향은 깊게 들이마셨다. 화사하게 퍼지는 상큼한 맛이랄까. 차를 즐기지 않지만 의외의 맛에 도채는 차를 한입 머금고 난 후 뒤늦게 대답했다.

"네, 아침부터 밤까지요. 유학 생활이 녹록하지 않다는 걸 알고 있어요. 그래서 바쁜 그를 방해하고 싶지 않아서 만나러 가는 건 주말이 좋겠다고 생각했어요. 근데 승모는 주말에도 쉬지 않고 일을 한다고 하네요."

그래서 그를 만나러 가기가 조심스럽다는 도채의 마음을 이현은 충분히 이해한다고 했다.

"집 주소를 알았으니 집으로 찾아가 보는 건 어때요?"

"만나 주지 않을 거예요. 그래 봤자 저번처럼 또 혼자 집에 버려

두고 갈걸요."

도채의 말에 이현은 그제야 처음 자신을 찾아온 남녀의 상황이 어땠는지 알게 되었다.

"그러고 보니 승모는 여기에도 날 버리고 가 버렸네요. 난 박승모라는 남자한테서 끝내 버림받을 운명인가 봐요."

아무 생각 없이 내뱉은 말이지만 마지막 말엔 스스로도 씁쓸했다. 도채는 스스로를 비참하게 만드는 말들을 억지로 집어삼키며 서둘러 화제를 돌렸다.

"승모가 일하는 곳에 갔다가 지하철이 있는 걸 봤어요. 트레인 색깔이…… 아, 뭐였더라."

"7번이에요. 그가 사는 곳은 플러싱이죠. 플러싱까지는 7번 트레인이 운행돼요."

어설프게 화제를 돌렸는데 이현은 모르는 척 맞장구를 쳐 주었다. 마치 그녀의 불편한 속내를 덜어 주고 싶다는 듯 오히려 적극적으로 그녀의 말을 받아 주었다.

"지하철을 이용할 생각이에요?"

"근처에 있다가 그의 아르바이트가 끝나는 시간에 맞춰 찾아가려구요."

"지하철은 불편할 텐데요. 뉴욕 지하철은 한국의 지하철과 조금 달라요."

"그래요? 어떤 점이요?"

"노선이 좀 복잡해요. 목적지에 로컬트레인만 정차하는지 익스프레스도 정차하는지 잘 보고 타야 해요. 지하철 지도가 같은 색이

라고 해서 똑같은 라인도 아니에요. 무엇보다 당신에게 주의 주고
싶은 건……."

도채의 얼굴을 빤히 보던 그가 잠시 망설이듯 한 템포 말을 끊고
다시 했다.

"가급적이면 가운데 칸에 타도록 해요. 낮에도 맨해튼 96번가를
넘은 북쪽은 혼자 가지 말고요. 낮에 이동할 거죠? 저녁 시간보다
는 낮에 움직이는 게 좋아요. 그리고 만약 혼자 탔을 때 누군가 말
을 건다면……."

"잠깐, 잠깐만요. 단순히 지하철 타는데 주의할 게 그렇게 많아
요?"

한국의 지하철에 익숙한 도채에게 그의 주의점은 불필요한 노파
심과 진배없었다. 도채는 서둘러 그의 말을 끊으며 의문을 제기했
다. 그러고 보니 이현의 설명은 도채를 이해시키기엔 이방인을 위
한 친절치곤 사적인 주의 사항이 더 강했다.

"뉴욕 지하철은 여성들이 타기에 생각보다 썩 상쾌하지 않아서
그래요."

"그게 이유예요?"

여전히 충분한 이유는 아니었다. 도채는 그것을 다른 의도로 받
아들였다.

"지하철을 타 본 적은 있어요?"

"네?"

"지하철을 타 본 적 없는 것 같아서요. 잘 몰라서 주의 사항을
알려 주는 거 아니에요?"

"농담이죠?"

"진담인데요. 실례의 말인 줄 알지만 그렇게 보여요. 귀하게 자란 분위기가 물씬 풍겨서 평범해 보이지 않는 사람이요."

"P사의 한정판 고가 시계를 중고가게에 선뜻 내놓는 여성도 평범해 보이진 않아요. 그런데도 전철 타잖아요. 다를 거 없어요."

도채는 눈을 동그랗게 떴고, 이현은 당연히 알 수밖에 없지 않냐고 되물었다.

"지금 당신이 머무는 게스트 하우스가 일반 게스트 하우스가 아니라는 건 알고 있죠? 그런데도 당당히 월세를 내고 머물겠다는 배포를 가진 여자. 나는 어떻게 봐야 할까요?"

그가 눈을 들어 도채를 똑바로 응시했다.

"당신이 궁금해요."

조용하지만 은근한 힘을 넣어 그가 말했다.

"정체가 뭐예요?"

정체라니. 도채는 두 눈을 더 크게 떴다. 갑작스런 질문이 생뚱맞아서가 아니다. 사소한 질문에 유난히 진지한 태도를 보이는 그의 모습 때문이었다.

"정체……라뇨?"

"박승모를 짝사랑하는 여자. 그게 단가요?"

그거 말고 다른 게 뭐가 있을까. 선뜻 이해 가지 않는 질문에 도채는 태생에 대한 비화라도 만들어 얘기해야 하나 싶었다. 그러나 그녀는 모르고 있었다. 이현이 궁금해하는 건 태성과 함께 있던 도채의 수상한 모습 때문이라는 걸 말이다. 그 사실을 알 리 없는 도채는 누구보다 깊은 눈으로 진지하게 묻는 이현 앞에서 다분히 당황했다.

"무슨 말인지 잘 모르겠네요. 그러니까 나는……."

복잡한 생각에 딱히 다른 말을 못 하는 그녀를 향해 이현이 가볍게 사과했다.

"미안해요. 잠깐 이상한 말을 했네요. 정체라니, 내가 생각해도 너무 이상한 말이었어요."

이현은 도채에게 사과하며 오해하지 말라는 말을 덧붙였다. 그러나 여전히 눈빛만큼은 방금 전과 동일한 그였다. 도채는 그 눈빛을 보며 설핏 뇌리를 스치는 한 가지 사실을 발견했다. 그러고 보니 그는 첫날부터 그녀가 같은 구두를 계속해서 신고 다닌 걸 알고 있었다. 관찰하지 않았다면 알 수 없는 사실인데. 관심이 없다면 누구도 알 수 없는 사실인데.

도채는 설마, 하고 눈앞의 이현을 바라보았다. 그렇다면 방금 전의 주의도 개인적인 감정을 내포하고 있는 말일까.

"그러지 말고 주말 오후에 함께 움직이는 건 어때요? 지하철보단 자가용이 편할 거예요. 데려다 줄게요."

착각이 아니었다. 이현의 말에 도채는 은근한 당황스러움을 느꼈다.

"왜요?"

그녀가 갑자기 선을 그었다.

"왜라고 묻는다면 글쎄요. 그래선 안 되는 걸까요?"

"도움은 충분히 받았어요. 내게 호의를 베풀어 줘서 고맙구요.

더 이상은 그러면 안 될 것 같아요."

"이번엔 내가 묻고 싶네요. 그러면 왜 안 되는 걸까요?"

두 사람은 서로를 가만히 바라보았다. 잔잔한 눈동자가 어서 대답하라며 조용히 채근했다. 대답을 잘해야 할 것 같은 느낌이 스쳐지나갔다. 도채는 최대한 대수롭지 않은 것처럼 적당히 대꾸했다.

"내가 미안해서요."

"나는 그럴 만한 일을 한 게 없는데 당신은 그렇게 느꼈군요. 나란 존재가 당신을 미안하게 만들고 있다는 건 미처 몰랐습니다."

부드러운 목소리의 소유자는 생각보다 깊고 강한 눈빛을 가진 존재라는 걸 알았다. 그리고 상대의 속내를 정확히 파악하고 서슴없이 묻는 대화법의 소유자라는 것도.

도채가 자리에서 일어났다. 이현도 따라 일어났다. 갑자기 아무런 이유 없이 서둘러 일어서는 도채를 그는 말리지 않았다. 대신한 가지만 말해 달라고 부탁했다.

"만나기 싫다는 그를 그토록 만나야 하는 이유. 말해 줄 수 있어요?"

"할 말이 있어요. 서로를 위해."

"그것뿐이에요?"

"그것뿐이에요. 짝사랑이니까요. 차 잘 마셨어요. 그만 갈게요."

도채는 테이블에서 물러섰다. 돌아서는 등 뒤로 여전히 그녀를 보고 있는 이현의 눈길이 느껴졌다. 그때였다.

"잠깐만요."

그녀를 붙잡듯 그가 말했다.

"그거 알아요? 박승모와 나는 아는 사이가 아니에요."

그의 차분의 목소리가 그녀의 전신을 휘감았다. 그가 도채와 동일하게 테이블에서 걸어 나와 그녀에게 다가왔다. 바닥에 깔린 양탄자 위를 걸어오는 그의 발소리는 들리지 않았지만, 코끝으로 맡아지는 홍차 특유의 향이 점점 진해지는 걸 느끼며 도채는 직감적으로 그가 자신의 바로 등 뒤에 서 있다는 걸 알 수 있었다.

"그와 나는 친구도 아니에요. 학교 도서관에서 아르바이트를 하는 그가 한국인인 걸 알고 몇 번 인사를 나눈 게 다예요. 그는 아무 관계도 아닌 내게 당신을 부탁하고 간 겁니다."

도채가 뒤돌아섰다. 역시 한 걸음도 안 되는 가까운 거리에 그가 서 있었다.

"알려 주고 싶었어요."

그는 꽤 오래전부터 그 말이 하고 싶었다는 듯 진중한 목소리를 냈다.

"그가 그런 남자라는 걸 당신도 알고 있으면 좋겠어요."

그 말을 하는 그의 입가는 평소와 달리 웃고 있지 않았다. 그의 표정에서 미소가 사라진 걸 보는 건 처음인 것 같았다. 도채는 가만히 고개를 끄덕였다.

"그렇군요. 알려 줘서 고마워요."

방으로 걸어가는 그녀 뒤로 이현이 다가와 성큼 팔을 뻗었다. 그의 긴 팔이 방문을 먼저 열었다.

"주말은 생각해 봐요. 가까운 거리니까 불편해하지 않아도 돼요."

머리 위에서 울리는 그의 목소리는 이제 더 이상 부드럽지 않았다.

"그럴게요."

달칵, 문을 열며 도채는 방 안으로 사라졌다. 이현은 닫힌 방문 앞에 그대로 서 있었다. 짝사랑하는 상대를 대놓고 욕하다니 무슨 생각인지 모르겠다. 무엇보다 박승모가 비겁한 사람이란 걸 고자질하다니 자신답지 않았다. 이현은 한 손을 들어 자신의 이마를 짚었다. 또 두통이 온다. 도채를 생각할 때마다 발생하는 두통. 이현은 혼란스러운 존재처럼 머릿속을 맴도는 도채 때문에 점점 골치가 아파 왔다.

도채는 닫힌 문 앞에 오랫동안 서 있었다. 승모와 이현이 아는 사이가 아니라는 것은 이곳에 머물고 하루가 지났을 때 자연스럽게 눈치챘다. 가난을 짐처럼 지고 사는 승모의 주변엔 이현처럼 부유한 친구가 없었다. 그것이 미국이라고 해서 달라지진 않을 것이다. 계층의 차별은 한국보다 미국이 더 배타적이고 폐쇄적이라고 익히 들어 왔으니까.

첫날, 이현이 언급한 게스트 하우스에 머물겠다고 한 건 전적으로 도채의 실수와 오해가 맞다. 그러나 이현의 말대로 이곳이 도채가 알고 있는 평범한 게스트 하우스가 아니라 하더라도 도채는 승모와 이현이 적어도 친구라는 단어를 써도 무방한 관계이길 얼마나 빌었는지 모른다. 낯선 타인에게 자신을 함부로 두고 갈 만큼 자신이 승모에게 무의미한 존재라는 걸 결코 믿고 싶지 않았기 때문이다. 그래서 승모와 이현이 아무 사이 아니라는 걸 눈치챘으면서도 뻔뻔스럽게 이곳을 떠나지 못했다. 떠나는 즉시 그녀도 자신이 승모에게 이제 무의미한 존재라는 걸 인정하는 꼴이 되어 버리니까.

"……하지만 그것도 혼자만의 착각일 뿐. 결국 이렇게 마음의 마지막 가이드라인도 깨져 버리고 말지."

깨졌다. 망가졌다. 처음부터 알고 있었지만 혼자만 인정하지 않고 있던 사실이다. 도채는 이제 부서진 조각들을 다시 맞출 수 없다는 걸 부정할 수 없게 되었다.

이현의 증언으로 인해서.

아직 리빙 룸에 이현이 있는 모양이었다. 불을 껐지만 닫힌 방문 틈으로 빛이 들어왔다. 꺼지지 않는 불빛을 바라보며 도채는 생각했다. 그는 왜 돌아가지 않는 것일까. 사라지는 의식 속에서 그것이 자신 때문이라는 걸 알았지만 아직 정리되지 않은 사랑의 틈을 비집고 들어오는 새로운 그의 존재는 어색하기만 했다.

5

승모와는 대학 때 만났다. 같은 과에 입학한 두 사람은 각각 이성에게 관심의 대상이었다. 도채는 도회적인 인상과는 달리 소탈한 성격으로 동기들과 사이가 좋았고, 활달한 성격으로 입학하자마자 과 대표가 된 승모는 여학생들에게 관심의 대상이었다. 그런 그가 학과에서 제일 처음 호기심을 보이며 친분을 쌓은 사람은 다름 아닌 도채였다.

승모는 태생이 정직하고 성실한 성격의 소유자였다. 덕분에 학과 회의, 총회, 과 모임 등 한가한 날이 없었다. 술자리가 마련되면 이 곳저곳에서 교수들이 주는 칭찬주가 수십 잔이었고, 평소 깍듯하고 깔끔한 매너는 금세 소문이 나 여학생들의 마음을 사로잡았다. 남학생들조차 그런 그를 친구로 두기를 서슴지 않을 정도였으니 성격 하나만큼은 최고로 인정받는 남자였다.

스무 살 풋풋한 도채의 마음 한구석에 그가 들어온 것도 그즈음이었다. 어떤 점이 좋은지도 모르면서 점점 그에게 빠져들었다. 대학 생활에 적극적인 모습이 무척이나 좋아 보여서일지도 몰랐다. 때로는 과 대표로서 질책과 야유를 들으면서도 그 위기들을 여유롭게 넘기는 모습이 성숙해 보여서 남자답다고 생각한 걸지도 모르겠다. 어쩌면 같은 과 여대생들이 그를 칭찬할 때 함께 동조하면서 감정이 새록새록 생긴 걸지도 모르는 일이다. 이유가 너무 많아 그녀도 승모에게 빠져든 이유를 헤아릴 수 없었다.

한 번 빠져든 감정은 하루가 다르게 깊어졌고 도채는 입학한 지세 달도 지나지 않아 승모를 짝사랑하는 사람이 되고 말았다. 돌이켜 보면 순진했기에 가능한 감정이었겠지만, 당시엔 누구보다 성숙하다고 자부하던 때였다.

도도한 표정을 트레이드마크로 가진 도채도 승모 못지않게 남학생들에게 은근히 주시를 받았다. 다른 과 학생들은 물론 종종 이름 모를 복학생들은 대놓고 그녀에게 대쉬를 하기도 했다.

"진짜 너무한다. 좋아하는 사람도 없다면서 매번 거절하는 이유가 대체 뭐야?"

열 번 이상은 고백하겠다는 각오를 지닌 복학생이 도저히 안 되겠는지 한 번은 당차게 찾아왔다.

"이유라도 알고 가면 속이라도 편하겠다. 솔직히 말해 봐."

"뭘요?"

바리케이트를 친 것처럼 언제나 상대에게 그 이상의 선을 못 넘게 하던 도채가 어이없다는 듯 톡 하고 쏘아붙였다.

"너 남자 있지?"

"없는데요."

"그럼 따로 좋아하는 사람 있는 거지?"

"아뇨."

"그럼 말이 안 되잖아. 누구보다 잘해 주겠다는데 내가 싫은 것도 아니라면서 무조건 싫다는 이유가 뭐야?"

항의를 받고 협박을 받아도 말할 수 없었다. 소문이라도 난다면 승모와의 친구 관계조차 깨질 것이 당시엔 더 두려웠다. 꼭 다문 입술은 그래서 침묵을 맹세를 한 것처럼 늘상 차가웠다. 누가 뭐래도 짝사랑을 하고 있는 자신보다 불안한 사람은 없었으니까.

"너 쫓아다닌 지 벌써 오래다. 대체 이유가 뭔지 알고 가야 나도 덜 서럽지. 이유만 알려 주면 깨끗하게 떨어지겠다니까."

"그럼 소원대로 말해 줄게요. 선배는 싫지 않지만 선배의 태도는 싫어요."

"뭐?"

"가벼워서 싫어. 이렇게 툭하면 아무 때나 찾아와 당당하게 묻는 태도가 몹시 싫어. 애절한 맛도 없고 진실해 보이지도 않고 상대방의 감정을 헤아려 본 흔적도 보이지 않아서 아주 이기적인 남자로만 느껴진다구요. 알겠어요?"

"뭐, 뭐야?"

"그렇게 오래 좋아했다면서 이런 걸 내가 제일 싫어한다는 것도 모르잖아. 그게 좋아하는 거야? 진짜 웃겨!"

도채는 완전 기분이 상했다는 듯 복학생을 횡하니 지나쳐 가 버렸다. 누군가는 고백하는 사람에 대한 거절의 매너가 아니라고 말할지 모르겠지만 짝사랑하는 같은 입장에서 볼 때 상대방의 고백은 진심처럼 느껴지지 않았다.

"저건 용기 있는 게 아니야. 무작정 좋아한다고 고백하면 다가 아니라구. 상대방은 불편해할 수도 있잖아. 거절하는 것도 쉬운 일이 아니라는 걸 몰라? 난 상대방에게 저렇게 행동하지 않아. 나는 좀 더 신중하고 배려하면서 또⋯⋯."

빠르게 걸어가던 도채가 문득 걸음을 멈추고 가는 한숨을 내쉬었다.

"이렇게 한다고 그 바보가 알아주기나 할까."

승모 앞에선 늘 감정을 조절하느라 가끔 시크하다는 소리를 들을 정도다. 마음을 억누르니 표정이 굳어지고 행동도 어색해지는 탓이다. 그러고 보니 시원하게 웃어 본 것도 오래된 듯하다.

"마음의 여유가 있을 리 없지. 오직 그 애 생각뿐인 걸."

어깨에 힘이 빠져 흘러내린 가방을 다시 들고 터덜터덜 걸음을 옮기는데 누군가 복도가 떠나가라 그녀의 이름을 부르면서 달려왔다. 친구 은숙이었다.

"어디 있었어? 찾아다녔잖아. 큰일 터졌다니까."

"무슨 큰일?"

"승모 여자친구 생겼대. 연극영화과 애라는데 그렇게 예쁠 수가 없단다. 너 알고 있었지?"

호들갑 떠는 친구 은숙의 말에 도채는 너무 놀라 허무하게 대꾸하고 말았다.

"······난 몰랐는데."

"몰랐어? 난 당연히 네가 알고 있을 거라고 생각했는데?"

은숙은 달려오느라 흐트러진 앞머리를 손으로 정리하면서 대뜸 말했다.

"너야말로 승모의 베스트 친구잖아."

"요즘 군대 입대 전이라 친구들과 작별 인사하느라고 바쁘다고 해서 자주 못 만났어. 그리고 늘 아르바이트하느라 역시 바빠서 시간이 없다고······!"

도채는 거기까지 말하다가 멍하니 입을 다물었다. 바쁘다고 했던 말은 실상 연애를 하기 때문이었던 걸까. 도채는 정신이 아득해지는 것을 느꼈다.

"연극영화과 누구라고 해?"

"나야 모르지. 둘이 찰싹 붙어서 캠퍼스를 휘젓고 다니니까 어디서든 목격될 거야. 정식으로 사귀기로 했다더니 아주 노골적 연애를 하고 있다더라. 말 나온 김에 지금 나가 볼래? 도서관, 구내식당, 학과 사무실 등 출몰 지역이 아주 광범위해. 여자애들 과 대표 뺏겼다고 난리 났다, 아주."

장학금을 타기 위해 도서관에 아예 살림을 차린 그였다. 가난한 형편이라 자신에게 사랑은 사치라고 주문처럼 뇌까리던 그였다. 졸업 전까진 여자를 만날 생각이 없다고 태연하게 고백하던 그였다. 그런데 그 모든 말들이 전부 거짓이었나.

순진하게도 그 말들을 믿고 그에게 적당한 여유가 생길 때까지 기다리던 도채는 그 순간 어울리지 않는 배신감마저 느꼈다. 아니,

여자친구와 구내식당에서 나란히 앉아 식사하는 모습을 봤을 때는 눈물이 날 것만 같았다. 그를 짝사랑한 지 벌써 2년이 되어 가고 있었다. 복학생의 말처럼 누군가를 사귀지도 않으면서 잘도 지금껏 마음을 속여 왔으니 연극영화과는 도채가 가야 할 판이었다.

"보기 좋네. 질투 나긴 하지만 승모한테 잘 어울리는 여자다. 그치?"

은숙이 또한 은근히 승모에게 관심을 두었던 터라 말끝에는 아쉬움이 가득 서렸다. 도채는 아쉬움이 아니라 부러움을 삼켜야 했지만 어쩔 도리가 없었다.

"바보."

누군가에게 하는 말인지 스스로 내뱉고도 알지 못했다. 은숙이와 자신을 발견한 승모가 그들을 향해 신나게 손을 흔드는 모습에 흘러나온 말일까. 아니면 오후에 그녀를 찾아와 용기 있게 고백한 복학생에게 하는 말일까. 그것도 아니라면 고백 한 번 못 해 보고 해바라기처럼 보고만 있는 자신의 처지에게 말하고 싶은 걸까. 정확히 누군가에게 하고 싶은 말인지는 알 수 없으나 사랑이라는 감정 때문에 오늘은 복학생이나 자신이 크게 상처받은 날임엔 분명했다.

그날 오후, 도채는 눈치 없는 승모와 함께 전철을 타고 하교해야만 했다.

"같이 가자니까."

"왜 자꾸 같이 가자고 해?"

먼저 강의실을 나가는 그녀를 부득불 쫓아온 승모는 할 말이 있다며 곁에 따라붙었다.

"매번 30분씩 같은 전철 타고 가면서 새삼스럽다?"

평소 승모와 함께 하교하고 싶어 차를 집에 놓고 다녔던 것이 오늘은 정말로 후회스러웠다. 입학 선물로 받은 차가 주자장 안에서 그대로 썩고 있는 건 과 대표로 항상 바쁜 승모와 조금이라도 같이 있고 싶은 작은 소망 때문이었는데, 속도 모르는 승모는 싱글벙글 끝까지 그녀와 같은 전철을 탔다.

"데이트 안 하고 집으로 가는 거야?"

"당연히 데이트하지. 오후에 중학생 과외 있어서 끝나고 영화 보기로 했어. 여자친구가 꼭 보고 싶은 영화가 있다네. 그러고 보니 전에 네가 말했던 그 영화더라. 여자들이 유난히 그 영화를 좋아하나 봐. 혹시 봤어?"

보지 않았다. 아니, 볼 수 없었다. 승모는 기억하지 못하고 있었지만 우린 이번 달 마지막 주에 함께 보기로 했었다.

"나 다음 달 8일에 입소해. 애들하고 같이 와 줄 거지?"

기분이 상한 도채는 통명스럽게 대꾸했다.

"예쁜 여자친구도 갈 텐데 굳이 내가 갈 필요 있어? 괜히 가서 네 여자친구랑 비교당하면 망신인데."

"네가 어때서? 내가 말을 안 해서 그렇지 너 소개시켜 달라고 달려드는 놈들 때문에 내가 아주 골치 아파. 공짜 술 사겠다며 얼마나 유혹하는지 뿌리치는 데도 하루가 부족하다니까."

"거짓말 마. 근데 왜 소개팅이 안 들어와?"

"그거야 이 오라버니가 널 위해 다 커트시키고 있으니 그렇지."

"뭐? 웃긴다, 너. 그걸 왜 네가 커트시켜?"

"널 위해서야, 인마. 학업에 매진해도 부족할 판에 지금 네가 남자나 사귈 때야? 너 학점 아주 바닥이더라. 공부 좀 해."

"그러는 너는 코피 팡팡 쏟으면서 돈돈거리던 애가 갑자기 웬 여자를 사귀어? 아르바이트할 시간도 부족하다며 징징거리던 건 너 아니었어?"

마음에 안 든다는 얼굴을 하는 도채에게 앞좌석을 양보한 승모가 씨익 웃어 보였다. 그 모습이 가슴 설레면서도 본 적 없는 웃음이라 조금은 낯설게 느껴졌다.

"그게 다 이유가 있다니까. 학교 앞 술자리서 우연히 만난 후 참 괜찮은 여자다, 싶었는데 나중에 날 찾아왔더라구."

"찾아왔다고?"

금시초문이었다.

"그렇다니까. 여자친구 없으면 자기와 사귀어 보지 않겠냐고 묻는데 어떤 남자가 싫다고 해?"

도채는 진심으로 충격을 받았다. 용기가 없다면 결코 쉽게 하지 못할 행동을 상대방은 승모를 쟁취하기 위해서 당당히 했다니, 자신과 비교되어 할 말을 잃었다. 승모는 이왕 말을 시작한 거 모든 얘기를 해 주겠다는 듯 그동안의 스토리를 쭉 읊어 주었다.

"그래서 만나기 시작한 거야. 만나 보니 생긴 것과 달리 순수하고 착한 애더라구. 연극영화과라고 해서 사치 부리고 자존심 셀 거라고 생각했는데, 몇 번 데이트해 보니 전혀 아니었어. 그런데 내가 어떻게 그냥 보내? 마음씨 착하고, 배려심 있고, 무엇보다 얼굴도 예쁜 애를. 너도 알다시피 이런저런 상황만 아니면 매일 연애하고 싶다고 타령 하던 게 나잖아."

승모의 말에 잠시나마 들었던 배신감이 단숨에 후회로 바뀌었다. 이 속상함을 어디 가서 위로받을까. 용기 한 번 내지 못한 자신과 달리 당당히 마음을 고백한 여자는 승모를 한순간 자기 남자로 만들어 버렸다.

"그게 사귀게 된 이유야?"

"아니. 너도 알다시피 내가 넉넉한 형편이 아니잖아. 사귀게 되면 아르바이트 때문에 데이트 자주 못 할 거라고 미리 말했지, 뭐. 그래서 처음엔 거절했는데 자신도 학비 버느라 과외 뛴다고 마찬가지라고 하는 거야. 고마운 말이었지만 나 다음 달에 군대 간다, 영장 나왔다, 이 시점에서 누군가를 만난다는 건 어렵다고 했더니, 글쎄, 그것도 괜찮다는 거야. 그동안 공부하면서 기다리겠대."

둔기로 머리를 맞은 것 같았다. 도채는 아예 넋을 놓았다. 그녀가 하고 싶었던 말을 상대방이 글자 하나 안 틀리고 먼저 한 것이다. 도채는 머리를 스캔당한 기분이었다.

"조금 뭉클하더라. 나 그런 고백 아닌 고백, 받아 본 거 처음이거든. 고등학생 때도 입시 준비하느라 짝사랑 한 번 못 해 본 나한테 그런 직설적인 대쉬는 정말 설레더라구. 이건 비밀인데, 남자도 그런 황홀한 고백 앞에서는 영락없이 무너지더라."

승모는 기쁜 표정을 감추지 못했다. 여자친구의 얘기를 하는 것만으로도 벌게진 얼굴이 얼마나 기쁘고 행복한지를 여실히 보여 주고 있었다.

"그러니까 입소 때 꼭 와야 해. 소개시켜 줄게. 여자친구한테도 네 얘기 많이 했어. 서로 알고 지내면 좋을 것 같아."

도채는 그 모습을 바라보다가 물기 어리는 눈을 감추기 위해 괜히 눈매를 일그러트렸다. 그리고 고개를 숙인 채 일부러 눈을 비볐다. 마치 눈이 간지러운 것처럼. 뭐가 들어간 것처럼.

"지금 그 말은 네 여자친구 외롭지 않게 친구나 해 주라는 말 같다?"

"와 주라, 좀. 그거랑 상관없이 너 안 오면 나 울지도 몰라. 베스트끼리 이러기냐?"

베스트 친구가 되려고 그의 곁에 머물고 있는 건 아니었다. 도채는 울컥 터지는 감정을 어떻게 다스려야 할지 몰랐다. 그런 거였더라면, 그런 고백을 원했던 거라면, 나도 그의 여자친구 못지않게 멋지게 고백할 자신이 있었는데.

'용기 없는 자에겐 사랑을 쟁취할 자격 따위 없다는 건 잘 알고 있어. 하지만 나는 짝사랑이잖아. 혼자 하는 사랑인데 아무 때나 고백할 순 없었어. 짝사랑이라고 해서 사랑의 농도가 옅은 건 아닌데 결국 모든 게 타이밍의 문제라면 너무 억울해.'

사랑을 놓친 도채는 가슴앓이를 심하게 했다. 승모를 위해 참았던 말들이 스스로에게 독이 되고 말았던 것이다. 결국 몸앓이와 마음앓이를 같이하게 된 도채는 자의 반 타의 반으로 승모의 입소식에 끝내 불참했다.

승모는 적잖이 실망한 듯했다. 친구들도 의외라며 수군거렸다. 아프다고 핑계를 대긴 했지만 누구보다 친했던 그들이기에 모두가 이상하게 생각할 수밖에 없었다. 친구 은숙이 그녀에게 불참 이유를 진지하게 물었지만 솔직하게 말할 용기가 없었다. 모든 게 승모 여자친구의 승리였다. 도채는 그녀처럼 마지막까지 용기를 내지도 못했다. 결국 승모가 군대를 간 사이 그녀 또한 휴학했다. 누군가에겐 시간이 지나면 잊혀질 가슴앓이가 도채에겐 학교를 휴학할 만큼 컸던 것이다. 가볍지 않은 짝사랑이었으므로.

실상은 사랑하고 있으므로. 그리고 여전히 사랑함으로.

두 사람이 다시 만난 건 승모가 복학한 후였다. 군 복무를 마친 건 오래전이었지만 학비 조달을 위해 한 학기를 더 쉰 그는 졸업반인 도채와 교내에서 어색하게 조우했다. 반가운 마음은 두 사람 다 똑같았다. 그러나 서로를 향해 쉽게 인사를 하진 못했다. 승모가 면회를 나와 친구들을 만날 때도 불참하던 도채였던 터라 과거의 편한 관계로 다시 돌아가긴 어색했다. 그래서 서먹함을 감추지 못하고 과거로 돌아가 친구가 될 수 없었다. 그렇게 도채는 졸업을 해 버렸다. 졸업을 축하한다는 문자를 보냈지만 며칠 뒤에 고맙다는 단순한 대답만이 돌아왔을 뿐이다. 승모는 학교에 남아 가끔 그녀의 얘기를 친구들로부터 전해 듣는 사이가 되어 버렸다.

친구들과 어울릴 때면 도채 생각이 많이 났다. 순수하게 함께 뭉쳐 지낸 두 사람이었기에 쌓인 추억도 많아 더 그랬던 것 같다.

"아무리 생각해도 모르겠어. 내가 뭘 잘못했는지."

비가 오나 눈이 오나 학교 모임에 붙어 다니며 짝꿍 소리 들은 게 엊그제 같은데 모두 지난 일이 되어 버렸다. 승모는 어느 날 갑자기 차갑게 변한 도채의 행동을 시간이 지나도 이해할 수 없었다. 이제는 고민이 되어 버린 도채의 존재는 항상 마음속에 우울처럼 자리 잡아 승모를 속상하게 만들었다.

"남녀 사이에 우정이란 관계가 성립된다는 건 여자들의 순수한 소망일 뿐이야."

도채에 대해 차츰 고민이 깊어지던 어느 날, 술자리에 함께한 친구는 그렇게 입을 열었다.

"누가 돈 많아서 밥 사 주고 커피 사 주겠냐? 다 좋아하니까 한 가닥 희망을 걸고 작업하는 거지. 안 그러면 그 돈으로 우리끼리 술 마시지 미쳤다고 아까운 돈 쓰겠어?"

"그래. 맞다. 다 맞는 얘기다."

"그런 의미에선 도채도 똑같지 뭐. 쿨한 척 잘만 어울려 다니다가 갑자기 팽 토라져 버린 게 영락없이 딱 그런 거라니까."

"그렇게 생각하냐?"

"방금 전 동조해 놓고 뭘 또 물어? 내 말이 맞다니까. 시점이 의심스러워. 네가 여자친구가 생긴 때잖아."

"그건 상관없는 일이니까 언급하지 말고."

"왜 아니야? 혹시 아냐? 도채가 널 좋아해서 질투 때문에 절교한 건지."

"연락을 안 할 뿐이지 절교나 그런 건 아니야."

"친구라면 왜 이러고 있어? 잘못한 것도 없는데 왜 다시 친구로 못 지내는데? 그게 다 한쪽이 멜랑꼴리한 감정을 가지고 있어서 그런 거라는 생각은 못 해 봤냐?"

생경한 말이었다. 그런데 어쩐지 정곡을 쿡 찌르는 화살 같다. 마치 놓쳤던 부분을 정확히 짚어 주는 말이라고나 할까. 그러나 쉽게 인정할 수 없는 말이기도 했다. 승모는 말간 소주잔을 왈칵 들이켜며 아니라고 고개를 저었다.

"괜히 넘겨짚지 마. 도채는 단 한 순간이라도 그런 행동을 한 적이 없어. 그랬다면 내가 벌써 눈치챘지."

"눈치 못 챘을걸. 마음먹고 숨기는데 네가 어떻게 아냐? 네가 몰라서 그렇지, 여자애들은 의외로 그런 걸 잘해. 내 여동생은 말이야, 고등학교 때부터 짝사랑하던 친구 오빠 좋다고 대학도 거기로 가더라. 근데 아직 좋아한다고 고백도 못 했대. 내가 언젠가 그놈 찾아가서 대신 고백해 주겠다고 놀렸더니 울며불며 죽어 버리겠다고 집 안을 발칵 뒤집어 놓더라. 아니, 그렇게 좋으면 밑져야 본전인데 말이라도 하지 왜 혼자 끙끙대는지 모르겠다니까. 이해되냐?"

"안 되는데."

"그것 봐. 그렇다니까. 여자들은 그런 존재들이야. 우리하고는 사고 회로가 다르다니까."

세상이 멸망하는 그날까지 속마음을 알 수 없는 존재는 여자! 라고 외치는 친구를 보며 승모는 정말 그런가, 하고 고개를 갸웃거렸다.

"여자들은 남자들처럼 술 한잔에 화해하고 친해질 수 없는 뭔가가 있긴 한 것 같아."

"방금 정답 나왔네. 바로 그거야. 여자니까 다시 친해질 수 없는 거야. 그러면서 인사는 하고 말은 한다고? 그럼 뻔한 거 아냐? 도채도 네가 싫지는 않은데 계속 얼굴 보기엔 불편한 뭔가가 마음속에 있다는 거야. 안 그래?"

"안 그래. 넌 무슨 말만 하면 죄다 연결지려고만 하더라. 그사이 어색해져서 달리 어쩔 수 없을 뿐이라고 몇 번 말했냐?"

"수십 번을 말해도 난 안 속아. 이 문제로 고민하는 넌 벌써 도채를 마음에 두고 있단 소리거든."

"그런……가."

"나한테 상담한 것도 벌써 열 번이 넘는다. 너 술만 먹으면 도채 얘기만 하는 거 알아?"

그녀만 생각하면 공부도 안 되고 하루 종일 추억에 파묻혀 멍하니 보내는 걸 보면 부인할 수도 없긴 하다. 승모는 아니라는 말 대신 손가락으로 빈 술잔만 뱅그르르 돌렸다.

"운 좋은 줄 알아. 도채 정도면 우리 같은 놈들은 언감생심 쳐다도 못 볼 여자야. 쉬쉬해서 그렇지 아버지가 모회사 높은 분이라더라. 누군가 봤는데 평소에 끌고 다니는 차도 보통 비싼 세단이 아니라던데?"

"하교할 때도 나랑 전철 타고 다니던 애야. 세단은 무슨."

"굳이 티를 안 냈던 거겠지."

"왜?"

"내가 아냐? 세상이 험악하고 워낙 말 많은 곳이니 조심하려고 일부러 그랬을 수도 있지."

"그렇다고 차도 안 끌고 다녀? 그렇게 따지면 있는 집 애들 전부 대중교통 이용하게?"

"힘들게 불편을 감수해야 할 이유가 따로 있나 보지 뭐."

승모는 그런가, 하고 뭔가를 생각하다가 술 한 잔을 훌쩍 마셔 버렸다.

"그래서 도채는 요즘 어떻게 지낸대?"

"은숙이 말로는 회사 다닌다는데 잘은 몰라. 정 궁금하면 전화 한번 해 보지 그래?"

"그러기엔 너무 연락을 안 하고 지내서. 한다 해도 도채가 어떻게 받아 줄지도 알 수 없고."

휴대폰엔 아직도 도채의 연락처가 저장되어 있다. 졸업식 때 받았던 고맙다는 짧은 문자도 여전히 문자 저장함에 자리 잡고 있다. 친구의 말대로 단순한 친구 사이인데 지워 버리기엔 뭔가 아쉬운 감정이 있는 걸까. 승모는 스스로도 사실 납득이 가지 않았다.

"하긴. 남자들처럼 소주 한 잔 먹고 그동안의 일을 털어 내는 건 여자들에겐 안 통하지. 여하튼 여차저차 건네 들은 얘기로는 도채 네 집이 부자인 건 확실해. 한두 명이 그렇게 얘기한 게 아니야. 본 사람도 제법 있고. 그게 사실이라면 넌 대박 난 거다."

"뭐가 대박이야? 누가 결혼하냐?"

"친구로 지내다 좋으면 사귀고, 사귀다 보면 결혼하는 거지 왜?"

"난 싫다. 내가 가진 게 있어야지. 자격지심은 아니지만 그게 사실이라면 현실적으로 불편해. 그건, 서로에게 안 좋은 일 같다."

"나쁠 거 없잖아."

"좋을 것도 없지. 두 사람의 평등한 사이가 결혼하면 한순간 한쪽으로 기울어지는데. 난 그냥 도채도 평범한 집 딸이었으면 좋겠다."

연인을 만나는데도 환경을 따질 수밖에 없다는 걸 모를 만큼 순진하지 않다. 승모는 주제에서 어긋난 이야기에 큰 신경을 쓰지 않았지만 말을 하면서도 입안이 썼다. 소주 한 잔을 벌컥 마신 그가 잔을 내밀자 친구도 괜한 말이 불편했는지 얼른 화제를 돌렸다.

"그나저나 너 요즘 다른 공부 준비 중이라며?"

"그래. 여러 가지 사정 때문에 계속 미뤘는데 군 복무 끝나고 나서 목표가 확고해졌어. 전에 몇 번 말했지만 미국 가서 공부하고 싶다. 이번에 제대로 해 볼 생각이야."

"SAT랑 토플이랑 또 뭐더라? 준비해야 할 게 어마어마하던데 괜찮겠어?"

"괜찮을 리 있냐. 머리 복잡해. 차라리 수능을 다시 보는 게 낫지 보통 힘든 게 아니다."

"그런데도 해 보겠다니 대단하다. 학비는? 돈은 준비하고 있는 거야?"

모두가 유학 갈 생각을 하는 그에게 제일 먼저 돈 얘기부터 꺼냈다. 그의 사정을 알기 때문이다. 당장은 항공권조차 구할 형편이 아니니 모두가 무모한 일이라고 생각하는 걸 그도 모르지 않았다. 휴학하고 돈을 번다고 해도 학비는커녕 유학 생활비 정도나 벌 수 있을까. 그래도 승모는 도전을 마음먹었다.

"안 되면 취업으로 진로를 다시 선회하면 되니까 응원이나 팍팍 해 줘."

취업이라고 해서 마음대로 될 리는 없지만 승모는 그 정도 선에서 이야기를 마무리 졌다. 적당히 취기가 오른 후에 친구와 헤어진 승모는 도채 이름을 옹알이처럼 한참 동안 옹얼거렸다. 추억을 기억해 내니 그립고, 그리워지니 곧바로 도채가 보고 싶었다.

"진짜 마음 하나는 참 잘 맞았는데 말이야."

승모는 은숙이에게 전화를 해서 그녀의 번호를 물어봤다. 의외로 예전의 번호 그대로였다. 익숙한 그 번호를 보며 통화 버튼을 꾹 누를 땐 기분이 희한하게 묘했다.

긴 신호음이 삼십 초가 넘게 흘러갔다. 전화를 받으면 뭐라고 해야 할까. 아니, 전화를 받지 않는다면 받을 때까지 한번 해 보자는 각오까지 다졌다. 그런데 한순간 신호음이 사라지며 그녀의 목소리가 들렸다.

"여보세요."

도채였다. 승모는 자기도 모르게 마른침을 꿀꺽 삼켰다.

"여보세요?"

"……나야."

잠시 침묵이 흘렀다.

"오랜만이야."

이름을 밝히지도 않았는데 도채는 단박에 승모의 목소리를 알아들었다. 그것이 기뻤다. 승모는 휴대폰을 잡은 손에 바짝 힘을 쥔 채 어색하게 입을 열었다.

"잘 지내? 소식은 간간이 은숙이 통해 듣고 있어. 아, 회사 다닌다며? 취업 축하해."

취기는 벌써 사라지고 오랜만에 듣는 그녀의 목소리에 마음이 평소답지 않게 떨렸다. 마음이 떨려, 나오는 말들이 우왕좌왕했다.

"술 마셨나 보네."

차분히 그의 말을 듣던 도채가 나직하게 말했다.

"조금. 오랜만에 한잔했어. 애들이 다들 너 궁금해해. 졸업 후 연락이 닿지 않는다고 언제 한번 보자더라."

"그래."

"도채야."

승모는 익숙한 그녀의 이름을 불러 보았다. 친했을 때는 평소에 수십 번도 부르던 이름이다. 어느 순간 무슨 이유로 이렇게 됐는지는 모르지만 두 사람은 모두가 짝꿍이라고 부르길 서슴지 않던 사이였다.

"말해."

"그때 왜 그랬어? 왜 나랑 갑자기 연락을 끊었던 거야?"

"……"

"이유 좀 알려 줘. 내가 뭐 잘못했니? 실수한 거 있어?"

"아니."

"그런데 왜 갑자기 모르는 척해? 솔직하게 얘기해 줘. 잘못한 게 있다면 정식으로 사과하고 오해가 있다면 서슴없이 풀고 싶어. 우리 이렇게 지내야 할 이유 없잖아. 너한테 전화하기 전까지 많이 고민했어. 네가 어떻게 받아 줄지도 모르고, 어떤 생각으로 날 멀리하는지 알지 못하니까 연락한 게 실수는 아닐까 하고. 하지만 이것만은 알아줘. 난 말할 타이밍을 놓쳤을 뿐이야. 너와 이렇게 지내고 싶지 않아. 그러니까 알려 줘. 이유를 듣고 싶어. 정말로."

휴대폰 너머 도채가 숨을 크게 들이마시는 소리가 들렸다. 도채는 길게 침묵했고, 승모는 그 침묵 뒤에 나올 대답을 조심스럽게 기다렸다.

"네 잘못은 하나도 없어. 이유는 나 때문이야."

도채가 드디어 입을 열었다.

"난 너랑 더 이상 친구로 지내고 싶지 않았어."

뜻하지 않은 충격적인 말에 승모는 진심으로 놀랐다. 연락한 걸 순간 후회한 시점도 그때였다. 친구로 지내고 싶지 않아서 모르는 척했다는 직설적인 말에 세상 어떤 사람이 당황하지 않을 수 있을까. 승모는 멍해진 사고를 다잡기까지 꽤나 오랫동안 말을 하지 못했다.

"……왜? 왜 갑자기 나랑 친구가 하기 싫은 건데? 우린 계속 친구였잖아."

"하다 보니 못 하겠더라구, 그 친구라는 거."

"그게 무슨 말이야? 갑자기 왜?"

"널 좋아했으니까."

도채의 목소리는 조금 떨렸던 것 같다.

"난 사실 네 친구도 아니었어. 넌 친구라는 이름으로 날 곁에 뒀지만 난 친구인 척한 것뿐이야. 너와 같이 있을 수 있다면 친구 관계라도 좋다고 생각했어. 그런데 점점 연기의 한계가 왔어. 마음은 연기가 되지 않는다는 걸 뒤늦게 깨달은 거지. 그걸 알게 되자 더 이상 네 곁에 머물 수가 없었어. 그래서 그런 거야."

그런 거였나. 술자리에서 듣던 충고가 사실이었다니. 승모는 아둔하고 무감각한 자신이 한순간 너무 바보처럼 느껴졌다.

"그래서 날 피한 거야?"

"피한 게 아니라 내가 너무 힘들었어. 솔직하지 못한 나도 싫고, 계속 널 속여야 하는 상황들도 힘들었어. 그러니까 또 그렇게 친구처럼 지낼 바엔 차라리 안 보는 게 낫다고 생각한 거야. 그게 나한테도 덜 힘든 방법이니까. 미안해. 오로지 나 혼자만의 감정일 뿐인데 네게 고민을 안겨 준 것 같아서."

"이렇게 말할 걸 왜 전에는 얘기하지 못한 거야?"

승모의 질문에 도채는 슬픈 목소리를 냈다.

"그때는 용기가 없었고, 이제는 고백을 해도 소용이 없다는 걸 알고 있기 때문이지. 우리는 이제 친구라는 단어를 쓰기도 힘든, 아무런 관계도 아닌 사람들이 되어 버렸잖아."

전에는 친구 관계가 사라질까 두려운 마음 때문에 말을 못 했지만 지금은 그 희망조차 사라졌기에 고백을 할 수 있다는 안타까움이 배어 있었다.

"그래서 내 얼굴 볼 생각 전혀 없는 거야? 재고의 여지도 없어?"

"나는……."

"다르게 질문할게. 혹시 그 마음. 아직도야? 나에 대한 마음 아직 있는 거야? 대답해 봐. 아직도야? 그런 거야?"

"아직도야."

승모는 하아, 하고 무거운 한숨을 토해 냈다. 한숨 소리를 들은 도채는 미안한 목소리를 냈다.

"내 이중성에 실망했지? 내 감정을 유지하기 위해 우정이란 이름을 빌려 쓴 거."

"그래, 실망했다."

승모는 이유 없이 갑자기 울컥하는 기분을 느꼈다. 그동안 혼자 고민한 것들이 괜한 것 같다는 생각이 들어서였다. 그게 이유라면 더 이상 고민할 필요 없는데 둘 다 참 순진하고 어리석게 느껴졌다.

"보통 실망한 것도 아니고 아주 크게 실망했어. 난 남녀 사이에도 우정이 있다고 생각하는 사람이야. 근데 너 때문에 졸지에 친구 하나를 잃었으니 이건 정말……."

"이해해."

"이해? 그걸 말이라고 해? 전화상이라고 너 참 아주 말 잘한다? 친구도 아니었다면 우리는 대체 뭐였냐?"

"갑자기 왜 소릴 질러?"

"그럼 지금 내가 조곤조곤 얘기하게 생겼어? 자기 상처받기 싫다고 말도 없이 가 버린 사람을 어르고 달래 줘야 하는 거야?"

"누가 그러래?"

"너 참 이기적이다? 어차피 털어놓을 거 진작 털어놓지 왜 지금 얘길 해? 아예 평생 무덤까지 가져가지 이제 고백하는 건 무슨 심보야? 오호라, 나 공부한다는 소문 듣고 시험 망치게 하려고 작정하고 털어놓는 거구나? 그렇지? 맞지?"

"유치한 소리 하지도 마."

"축하해. 네 뜻대로 됐어. 나 너 때문에 공부고 뭐고 전부 망치게 됐으니 속 편히 자라구. 너 속 후련하잖아, 이제!"

"너 정말! 나라고 속이 시원하겠니? 고백해서 편해질 마음 같으면 예전에 고백했지! 말해 봤자 툭툭 털고 일어날 수 없는 일이라는 걸 알기 때문에 지금까지 담아 둔 건데 너무한 거 아냐? 넌 이렇게 고백하는 내가 아주 우스운 모양인데 나 이것도 용기 엄청 낸 거야! 다른 사람한텐 전화로 고백하는 게 아주 쉬울지 몰라도 나한텐 쥐약 먹는 것보다 힘들어! 그런데 너 뭐야? 오밤중에 전화해서 사람 속 다 뒤집어 놓고! 이러려고 전화했어?"

소리치는 도채의 목소리에 방금 전까지 기세등등 목소리를 높이던 승모가 상황에 맞지 않게 피식, 웃음소리를 냈다.

"아니."

"그럼 뭐야!"

"나랑 사귀면 속 후련해질 테니까 그렇게 하자고 말하려고 전화했어."

"뭐……?"

"나랑 사귀면 속 시원해질 거 아냐? 최종 목표가 나였으니 나랑 만나면 답답함이 가시지 않을까 싶은데 어떻게 생각해?"

"뭐어어?"

"만나자, 윤도채. 사귀자, 우리. 연애해."

"지금 술김에 쉽게 말하는 거야?"

"내가 평소에 술 먹는다고 헛소리하는 남자야? 앞으로도 계속 그 상태라면 만나서 해결하자는 거잖아. 나도 요즘 온통 네 생각 때문에 공부도 못 하고 난리도 아니야. 그러니 만나서 얘기해. 얼굴 보고 확인하자. 우리 마음이 정말 진심인지 아닌지. 집 어디야?

내가 갈게. 너희 집 앞으로 당장 갈게."

승모는 전화를 끊기 무섭게 밤길을 내달렸다. 두 사람은 친구가 맞았다. 그렇지 않고 단숨에 대화가 물꼬를 트고 풀릴 리 없다. 좋아하는 것도 맞았다. 도채를 만나러 간다는 사실 만으로도 어쩐지 마음이 설레어 가만히 있을 수가 없었다. 승모는 택시를 잡기 위해 도로로 달려가며 한껏 소리치고 말았다.

"이야호!"

새벽 늦은 시간 보고 싶다는 마음 하나로 그녀의 집 앞에 도착한 그는 상기된 얼굴로 도채와 해후했다. 어둠 속에서 그를 기다리며 대문 앞에 서 있던 도채 옆으로 가만히 다가간 승모는 잠시 입을 열지 못했다.

"추운데 너무 늦은 시간이라 커피 한 잔 할 곳이 없네. 편의점에서 따뜻한 음료라도 사 올 걸."

많은 말을 할 거라고 생각했던 것과 달리 승모는 다소 긴장한 채 주머니 속의 휴대폰만 만지작거렸다.

"집 좋다."

한남동에 위치한 도채네 집은 가히 쉽게 볼 수 있는 규모가 아니었다. 흘려들었던 친구의 말이 맞긴 한가 보다.

"오랜만에 만난 나한테 하는 첫인사가 겨우 그런 말이야?"

하얀 입김을 허공에 내뱉으며 도채가 불평 같은 농담을 하자 승모가 멋쩍은 듯 웃었다.

"아니. 원래는 반갑다, 오랜만이다, 잘 지냈냐? 이런 말을 하려고 했는데 막상 얼굴 보니 나도 모르게 바보 같은 말이 먼저 나오네. 하하."

승모는 괜히 헛기침을 하며 어색한 분위기를 타파하려고 노력했다.

"일단 궁금한 거 먼저 물어봐도 될까?"

"어떤 거?"

"학교 다닐 때부터 이곳에 살았던 거야?"

"갑자기 하는 질문치고는 좀 이상하지만 줄곧 여기서 살았어."

"학교 다닐 때 차도 가지고 있었지? 자동차."

질문의 의도를 파악하지 못한 도채는 뜬금없는 질문이라며 고개를 갸웃거렸다.

"그게 왜?"

"가지고 있었다는 말이네. 그런데 왜 한 번도 난 네가 차를 타고 다니는 걸 본 적이 없지? 그리고 여기서 계속 살았다면 우리 집하고는 방향이 좀 다른데 왜 난 매일 너랑 하교를 같이할 수 있었던 걸까?"

그제야 도채는 승모의 말뜻을 알아차렸다.

"그건……."

"그것도 전부 나 때문이야?"

도채는 가만히 고개를 끄덕였다. 불편을 감수해야 하는 이유가 반드시 있을 거라는 친구 녀석의 말이 전부 맞았다. 승모는 그저 하나씩 발견되는 도채의 진심에 가슴이 먹먹해지는 걸 느꼈다.

"윤도채. 내가 예전에 투정 부리듯 했던 말, 기억나?"

승모는 뿌듯한 표정으로 도채의 손을 슬며시 잡았다. 어둠 속에서 움켜쥔 도채의 손이 차가웠다. 한참 전에 나와 그를 기다리고 있었을 그녀의 모습이 눈에 선했다.

"이런 상황 저런 상황에 치여 사느라 연애 한 번 못 해 본다고 늘 징징거렸잖아. 난 언제쯤 제대로 된 연애해 볼 수 있는 거냐고 투덜댔잖아. 기억나지?"

어깨동무도 하고 장난으로 끌어안아 본 것도 셀 수 없는데 이상하게 지금 잡는 손은 기분이 달랐다. 그건 도채도 마찬가지인지 잡은 손에 저절로 힘이 들어가 잔뜩 굳어 버렸다.

"으응."

"그런데 그 소원, 오늘 네가 들어주는 것 같다. 친구는 잃었지만 꿈에 그리던 애인이 생겼으니 나 소원 푸나 봐."

소원. 그건 도채도 마찬가지였다. 짝사랑이 성사될 가능성은 몇 프로일까. 상기된 얼굴을 애써 감추며 도채는 애써 투덜거렸다.

"마치 처음 연애하는 것처럼 말하네. 연극영화과 여자애랑 사귀었으면서."

"입소하고 두 달 후에 헤어졌는데 그게 사귄 거야?"

"사귄 게 아니면 만난 거야? 시침 떼고 있어."

"어쨌든."

승모는 몸을 돌려 두 팔로 도채를 가볍게 안았다. 어둠 속의 도채는 승모가 느낄 만큼 몸을 떨었다.

"다시 만나 줘서 고마워. 진심이야. 믿지 않을지 모르지만 나도 용기 내지 않은 것 어리석었다고 생각해."

"나도. 한 번의 고백으로 몇 년간 짝사랑하던 남자와 사귀게 된다면 진작 용기를 내 볼걸. 그동안 가슴앓이 한 거 생각하면 정말 어리석었어."

"그럼 이제 우리 다시 과거로 돌아가 보자. 대신 이번엔 친구가 아닌 연인으로."

"그래. 친구가 아닌 연인으로."

가슴앓이 한 시간에 비하면 싱거운 화해와 싱거운 재회였지만 도채에게는 지금의 상황이 놀랍고 그저 신기하기만 했다. 추위로부터 안아 주고 있는 사람이 유일무이하게 원하던 승모라는 사실도 꿈만 같았다.

"하늘 좀 봐. 올해 첫눈이야."

승모의 말에 하늘을 보니 정말 눈이 내리고 있었다. 도채는 고개를 들어 가만히 내리는 눈을 바라보았다. 눈꽃송이들이 고개를 든 그녀의 얼굴로 촘촘히 떨어지기 시작했다. 이 벅찬 가슴앓이가 이뤄진 날 내리는 눈이라니.

"첫사랑은 첫눈이 올 때 이뤄진다더니 정말인가 봐."

도채는 눈물이 날 것 같은 얼굴로 승모의 가슴에 얼굴을 묻었다. 진심으로 이 사랑을 이어 가기 위해 누구보다 노력할 거야. 이 기회를 놓치지 않을 거야. 그녀는 첫눈 속에서 혼자 다짐했다.

두 사람은 주로 도서관에서 데이트를 했다. 따로 데이트를 할 시간을 내지 못하는 승모를 배려해 도채는 퇴근을 하면 아예 도서관으로 출근했다. 직장 생활과 데이트를 병행하느라 점점 퀭해지는

자신의 얼굴을 아는지 모르는지 사랑에 빠져 행복하기만 했던 도채
는 충만한 마음 하나만으로 만족하고 즐거워했다.

"요즘 많이 바쁜 모양이구나. 회사 일이 많니?"

윤 회장은 하루가 멀다 하고 늦게 돌아오는 딸을 걱정해 물었다.
도채는 데이트로 인해 늦게 귀가하는 걸 숨긴 채 씩씩하게 변명을
했다.

"일이 밀려서요."

"5일 내내 야근을 한다는 거야?"

"말단 사원이 그렇죠, 뭐. 인턴직이 끝나고 나니 이것저것 배울
게 많아 정신없어요. 먼저 올라갑니다. 아빠도 주무세요."

언제나 밤 12시 반, 혹은 1시에 들어오는 중이었다. 푸념보단 콧
노래를 흥얼거리는 모습은 세상만사 걱정 없어 보여 다행이었지만
그것이 한 달이 지나고 계절을 넘겨 버리자 윤 회장은 걱정하지 않
을 수 없었다. 마침 방학 동안 잠깐 한국에 들어온 조카 태성이 윤
회장에게 생각하지 못했던 얘기를 하나 해 주었다.

"큰아버지, 도채 연애해요."

거실에 나란히 앉아 오붓하게 과일을 먹던 윤 회장이 반색하며
기특한 표정을 지었다. 사과라면 사족을 못 쓰는 태성은 잘 익은
사과 조각 하나를 얼른 포크로 폭 찍으며 말을 이었다.

"남자랑 데이트하느라 매일 늦는 거예요. 둘이 같이 도서관에서
데이트한다더라구요."

"허허. 우리 도채가 연애를 한다고? 그것 참 반가운 소식이구나.
도통 그런 소식이 없어서 오히려 걱정 중이었는데. 그런데 도서관

이라니? 거기서 데이트를 한다는 건 무슨 소리냐?"

"남자가 아직 학생이래요."

"아직 학생이라고? 나이가 어떻게 되는데?"

"도채랑 동갑이에요. 같은 학교 같은 과 동기구요. 사정이 있어서 복학을 안 한다고 하던데, 여하튼 도채가 그 남자한테 완전 푹 빠져 있어요."

태성은 단 즙이 흐르는 사과에 기분이 좋은 듯 묻지도 않은 이야기를 줄줄 입 밖으로 흘렸다.

"대학 다닐 때 도채가 휴학한 거 기억나시죠?"

"그래, 갑자기 휴학을 하겠다고 해서 깜짝 놀라 네 아버지한테 상의 전화까지 했었잖냐. 2년씩이나 이유 없이 학교를 쉬고 싶다고 해서 꽤 놀랐었지."

"그거 다 그 남자 때문이에요. 남자가 군대 가서 기다린 거예요. 표면적인 이유는 여자친구가 생긴 그 남자가 미워서 휴학했다는데, 실상은 자신이 먼저 졸업해 버리면 다신 그 남자 얼굴 못 보니까 같이 학교 다니고 싶어서 일부러 휴학한 거래요."

천성이 부지런하지 못한 태성은 그날따라 날다람쥐처럼 입을 날쌔게도 움직였다. 나쁜 의도는 없었지만 따지고 보면 도채의 입장을 전혀 배려하지 못한 철없는 보고였다. 누가 뭐래도 도채는 윤 회장의 무남독녀에 늦둥이라 품에 안고 보듬어도 한없이 애틋하고 아까운 자식이었으니까.

집안에 유일한 딸이기도 해 도채의 존재감은 두말할 것 없고, 파워도 대단했다. 엄마를 일찍 여읜 탓에 혹여 세상에 상처라도 받을

161

까 웬만하면 부녀지간에도 의견 충돌을 피하려고 늘 딸의 뜻을 존중해 주던 윤 회장이다. 딸의 나이 이제 고작 스물다섯 살이다. 아직 어리긴 했지만 좋은 조건의 선이 여기저기서 들어오고 있는 중이기도 했다. 귀한 딸이라 결혼은 아직 먼 얘기라고 생각해서 도채에게 말하기 전 윤 회장 스스로 정중히 거절하던 자리들이었는데, 태성의 말에 그는 없던 근심을 가지게 됐다.

"큰아버지, 요즘 도채 자가용을 안 가지고 다니죠?"

"글쎄. 잘 모르겠구나. 그건 왜?"

"며칠 전 밤에 차 없이 걸어오는 걸 봤거든요. 늦은 시간이었는데 차는 어디다 두고 걸어오냐고 물었더니 요즘 걸어 다닌대요."

"구두도 높은 것밖에 안 신던 애가 차를 놔두고 걸어 다녀? 왜?"

"저도 그게 이상해서 물었죠. 동네 앞에 나갈 때도 차 없으면 절대 움직이지 않는 걸 아는데 일부러 차를 두고 다닌다니 이상하잖아요."

"그랬더니 도채가 뭐라고 하던?"

"차를 가지고 다니면 좋을 텐데 남자친구가 불편해한대요. 공부 끝나면 도채가 기다렸다가 집에 데려다 주는데 남자친구가 자꾸 미안해하길래 그냥 두고 다닌다고 하던걸요."

"시간 되고 여유 되면 누가 집에 데려다 주든 상관은 없는 일이다만, 미안하더라도 조금 참아 준다면 자신도 편하게 집에 가고 우리 도채도 집에 안전하게 올 텐데 불편해한다니 썩 현명한 태도는 아니구나."

"남자가 해야 할 일을 여자가 하니까 불편하겠죠. 아시잖아요. 남자들의 자존심."

잘 안다. 그래서 윤 회장은 조금 염려심을 가지기 시작했다.

"남자가 자신의 불편함 때문에 여자친구를 배려하지 않는다는 건 썩 좋은 일은 아니지."

"도채는 서로를 위해 합당하게 행동하고 있는 거라고 주장하던데 글쎄요. 저도 남자지만 듣는데 좀 그렇더라구요."

"그랬구나. 그래서 좋은 사람 소개시켜 준다고 넌지시 권해도 다마다한 게로군."

연애를 하는 딸을 걱정하진 않았다. 그러나 휴학을 하면서까지 상대에게 빠져 있다는 말과 불편함을 감수하면서 상대에게 헌신하는 행동은 지나치다는 생각이 들어 마음에 걸렸다.

"태성아, 네 생각엔 두 사람이 진지하게 만나는 것 같으냐?"

"말도 마세요. 도채가 대학 다니는 동안 완전히 푹 빠져서 짝사랑하던 상대예요. 그 녀석 말이라면 자다가 맨발로도 달려 나갈 수 있다던걸요. 그런 녀석과 만나고 있으니 얼마나 좋겠어요?"

"어렸을 때부터 너흰 유독 친하게 지냈지. 도채가 네겐 모든 걸 털어놓는 모양이구나. 얘기해 줘서 고맙다."

태성의 입장에선 오랜만에 만난 큰아버지 윤 회장과의 평범한 대화였지만 그것이 두 사람의 관계에 변수가 된 건 사실이었다. 윤 회장은 도채의 연애에 관심을 갖기 시작했다. 그리고 관심을 갖은 그 시점, 공교롭게도 승모와 함께 있는 도채의 모습을 우연히 보게되었다. 우연은 분명했다. 그러나 좋은 결과를 도출하게 만드는 모습은 아니었다.

늦은 밤.

도채는 승모와 도서관에서 나와 나란히 지하철 역 쪽으로 향했다. 이상한 점은 남자를 배웅한 후 도채 혼자 버스 정류장으로 향하는 것이었다. 피곤한 얼굴로 연신 하품을 하며 버스를 기다리는 모습을 보고 있자니 절로 마음이 착잡해졌다. 12시가 다 되어 가는 시각에 여자친구가 버스를 타고 가는 것도 보지 않고 가 버리는 남자의 행동은, 아무리 사정이 있고 객관적으로 보려 해도 좋은 점수를 줄 수가 없었다. 이유야 있겠지만 윤 회장은 그 이유조차 이해하고 싶지 않을 만큼 기분이 언짢았다.

윤 회장의 지시에 따라 운전기사가 클랙슨을 울리며 도채 앞에 차를 세웠다. 버스정류장에 서 있던 도채가 창문을 내리고 자신을 부르는 사람을 보고 깜짝 놀랐다.

"아빠! 여긴 웬일이세요?"

"오, 우리 딸. 아빠 지나가는 길이었다. 어서 타라. 어서 타."

윤 회장이 차문을 열어 주자 도채가 날아갈 듯 반기며 냉큼 올라탔다. 그렇잖아도 오지 않는 버스를 언제까지 기다려야 하나 몸이 천근만근이었는데 구세주가 온 듯 기뻤다.

"긴가민가했다. 지하철역 입구에서 봤는데 설마 했거든. 회사하곤 거리가 먼데 이 시간까지 여기서 뭘 하고 있었어?"

"잠깐 친구 만났어요."

"아까 같이 있던 그 친구 말이냐?"

"보셨어요?"

"보다마다. 남자길래 일부러 모르는 척 외면했잖니. 괜히 데이트 방해할까 봐서. 혹시 남자친구냐?"

은근히 떠보는 윤 회장의 속도 모르고 도채는 쑥스럽다는 듯 고개를 끄덕거렸다.

"만난 지 좀 됐는데 이제 말씀드리게 됐네요."

"아니다. 우리 딸도 남자를 만날 만큼 다 컸는데 뭘. 뭐하는 사람인데?"

"아직 학생이에요."

"4학년?"

"아뇨. 2학년이요. 군대 제대하고 아직 복학 안 했어요."

"군대 갔다 왔다면 이미 2년은 휴학을 했을 텐데 아직도 휴학 중이라고?"

"그게 사정이 있어서요."

"준비하는 공부가 있나 보지? 요즘 젊은 친구들은 이것저것 목표가 많아 졸업을 미룬다 들었다."

"네. 있어요. 그것 때문에 복학을 미루고 있어요."

"그렇구나. 네겐 잘해 주니?"

그 말에 도채가 빙그레 웃더니 묘한 말을 했다.

"제가 더 좋아해요."

잘해 주냐고 묻는 말에 칭찬이 쏟아질 거라고 생각했는데 자신이 더 좋아한다는 대답을 들었다. 짝사랑하던 상대와 만나게 됐다는 태성의 말을 기억하고 있는 윤 회장은 귀한 자식이 남자친구에게 배웅조차 받지 못하는 존재는 아닐까 싶어 괜히 속이 상하고 기운이 빠졌다.

"시간이 늦었는데 남자친구란 녀석은 널 데려다 주지도 않나 보구나."

"공부하느라 바쁘거든요."

"넌 회사 일로 바쁘잖니? 야근도 빈번해서 주중이면 잠이 부족해서 피곤해하잖아. 아무리 매진하고 있는 게 있다고 해도 나는 내 딸이 남자친구든 남편이든 누구에게든 사랑받고 아낌받으며 살길 바란다."

"아빠는 참. 나 사랑받아. 괜히 오해 마요. 우린 매일매일 만나는걸?"

매일 얼굴 보는 게 마치 사랑의 증명이라는 듯 도채는 만남의 횟수부터 밝혔다.

"남자친구가 공부하느라 바쁘다며?"

"그러니까 도서관에서 만나죠."

"거기서 데이트를 한다고? 넌 학생도 아닌데 도서관에 앉아서 뭐하고?"

"승모 공부하는 거 보고 책도 보고 그러죠, 뭐. 가끔 엎드려 자기도 하고. 헤헤."

도채는 발그레해진 볼을 감추며 나직이 웃었지만 윤 회장은 웃지 못했다. 그러고 보니 오늘 도채의 복장은 뭔가 이상했다. 입고 있는 정장과 어울리지 않게 구두가 아닌 운동화를 신고 있었다.

"출근할 때 분명 옷에 어울리는 예쁜 힐을 신고 나가는 걸 봤는데 구두는 어떻게 하고 운동화를 신고 있어?"

"아참, 내 구두!"

윤 회장의 말에 도채는 깜박하고 도서관에 구두가 든 종이백을 놓고 온 걸 떠올렸다.

"구두가 든 가방을 놓고 왔단 말이야?"

"깜박했어요. 오늘은 졸지도 않았는데 잊어버렸네요. 괜찮아요. 내일 와서 찾으면 돼요."

"아빠는 이해가 안 가는구나. 아침에 출근할 때 신은 예쁜 구두를 왜 굳이 운동화로 갈아 신은 건지."

"아무래도 도서관이니까 구두 소리가 다른 사람들에게 거슬리잖아요. 그래서 그런 거예요. 방해되면 안 되니까요."

남자친구와 항상 그곳에서 데이트를 하는 모양이었다. 그래서 자연스럽게 구두 외에 다른 신발을 가지고 다니는 듯했다.

"요즘 젊은 세대들은 애인이 생기면 데이트도 멋진 곳에서 참 잘한다던데, 넌 이 좋은 날 도서관에만 틀어박혀 있는 거야? 영화도 보고 맛있는 것도 먹고 예쁜 곳 찾아다니면서 추억도 만들고 사진도 찍고 그래야지."

물론 도채도 그러고 싶었다. 그게 그녀가 바라는 단 한 가지다. 그러나 승모는 일과 공부를 병행하느라 잠잘 시간도 부족한 사람이었다. 그녀라고 섭섭하지 않고 속이 상하지 않는 건 아니었다. 그래도 그렇게라도 승모와 함께 있다면 좋다는 생각이 더 많았다. 짝사랑은 원래 그런 법이다. 커플도 더 많이 좋아하는 사람이 희생하기 마련이니까.

"그건 나중에요. 나중에 승모 공부 끝나고 여유가 생기면 그때

하면 되죠, 뭐."

도채는 애써 여유롭게 대꾸했지만 섭섭함만은 제대로 감추지 못했다. 그걸 눈치채지 못할 리 없는 윤 회장이 이상하다는 듯 되물었다.

"대체 남자친구가 뭘 공부하길래 그래?"

"있어요. 그런 거."

윤 회장이 묻자 도채는 비밀이라며 엷게 웃어 보였다. 그 웃음이 쓸쓸해 보였지만 피곤을 참지 못해 길게 하품을 하느라 끝내 고개를 돌리는 딸을 보며 윤 회장은 더 묻고 싶고, 하고 싶은 말을 애써 목안으로 삼켜 버려야 했다.

낭만과 행복이 결여된 만남은 의미가 없다. 윤 회장은 그렇게 생각했다. 시대가 변했지만 나이 많은 자신도 그 의견엔 백 프로 동의했다.

그 뒤로도 윤 회장은 도채가 여유 있게 데이트하는 모습을 보지 못했다. 태성의 말대로 처음엔 도채가 짝사랑한 것이 맞다고 해도 이유야 어쨌든 이제 커플이 됐다면 동등한 입장에서 서로 사랑하고 배려해야 하는데, 도채는 여전히 짝사랑을 하는 사람처럼 보였다.

어느 날부터 도채가 집에 일찍 들어오기 시작했다. 이유를 물으니 남자친구가 일을 하느라 바빠졌다고 말했다. 주말인 그날도 휴대폰을 손에서 놓지 않고 남자친구의 연락을 기다리는 도채를 향해 윤 회장은 묻지 않을 수 없었다.

"공부에 매진하는 중이라고 하지 않았어? 어째서 계속하지 않고?"

"사정이 좀 그렇게 됐어요."

"갑자기 공부를 하던 사람이 일이라니? 설마 유학 간다고 해?"

"유학이요? 무슨 유학이요?"

도채는 윤 회장의 질문에 유난히 놀라워했다. 그 모습에 윤 회장
이 더욱 놀라고, 도채는 순간 자신이 너무 큰 반응을 보인 걸 인식
하고 한순간 피식 웃어 보였다.

"아빠는 참. 느닷없이 그런 질문하시면 나 정말 깜짝 놀라요. 그
렇잖아도 불안해서 잠도 못 자는걸."

"그게 무슨 말이야? 잠을 못 자다니?"

깜짝 놀라 묻는 윤 회장의 다그침에 도채는 어쩐지 하지 말아야
할 말을 한 듯 당황하며 서둘러 고개를 저었다.

"아니에요. 그냥 한 말이에요. 어쨌든 승모 이번에도 복학 못 하
게 됐어요. 과외 아르바이트하기도 바빠서 제대로 준비 못 했거든
요."

도채는 얼버무렸지만 그 모습을 보는 윤 회장의 표정은 걱정스
럽게 변했다.

"아빠가 그 사람 좀 만나 볼까?"

윤 회장의 말에 도채가 뜨악한 표정을 지었다.

"아빠가 왜?"

"딸 애인이라는데 만나면 좀 어때? 어떤 사람인지도 아빠가 봐
줄 수 있잖아. 편하게 식사하면서 우리 딸 얼마나 좋아하는지 넌지
시 물어도 보고. 응?"

"아직 부모님 뵙기엔 좀 어색한데."

"만난 지 오래됐잖아."

그래도 아직 가족과 만날 단계는 아니었다. 도채는 원하는 것이
지만 승모는 그렇지 않았다. 말하지 않아도 그가 거절할 것을 알기
에 도채는 손사래를 쳤다.

"그런 건 나중에요. 아주 나중에."

윤 회장은 진중하게 생각했다. 자식 연애에 나설 생각은 없었다.
단지 현재 승모가 어떤 생각을 하고 있는지는 알아야 할 것 같았
다. 아무것도 모르고 1년 동안 끌려 다니고 있는 도채를 더 이상
보고 있을 수는 없었다.

"마음이라도 확인해 봐야겠군."

윤 회장은 승모에게 전화를 걸어 자신이 누군지 밝히고 만나고
싶다는 의사를 밝혔다. 전화를 받은 승모는 처음엔 놀란 듯 쉽게
대답하지 못했지만 이내 차분한 목소리를 냈다.

"어디로 찾아뵐까요?"

승모와 윤 회장은 시내의 조용한 곳에서 만남을 가졌다. 룸에 자
리 잡고 먼저 기다리고 있던 윤 회장을 보고 승모는 정중히 고개
숙여 인사했다. 생각보다 좋은 인상이었다. 만남 전 승모에 대해
적당히 알아본 윤 회장도 실제로 본 승모의 서글서글한 인상에는
호감을 느꼈다.

"이렇게 불러내서 미안합니다. 도채를 제외하고 이런 자리를 마
련한 게 실례라는 걸 알지만 내가 개인적으로 얼굴 한 번 보고 싶

어서 연락했어요."

"아닙니다. 먼저 인사드렸어야 하는데 말씀 낮추십시오."

승모는 말을 놓지 않는 윤 회장이 불편한 듯 거듭 편하게 대해 달라고 부탁했다. 윤 회장 또한 초면부터 말의 낮춤은 예의가 아니라고 정중히 사양했으나, 시간이 지나면서 한결 부드러워진 분위기 탓에 어느새 말을 낮추게 되었다.

"따로 하고 있는 공부에 매진 중라고 들었네만, 요즘은 어떤가?"

"지금은 사정이 있어 잠시 중단한 상태입니다."

"중단이라."

윤 회장은 이름 모를 난이 그려진 그릇을 내려다보다가 진중하게 입을 열었다.

"내가 자네 사정은 잘 모르지만 도채에게 언뜻 몇 가지 들은 말이 있어."

거짓말이었다. 도채는 윤 회장에게 승모가 어떤 공부를 하고 있는지 알려 주지도 않았다. 윤 회장은 혹시 하는 마음에 알아 놓은 승모에 대한 정보를 도채 핑계를 대며 말하려고 했다.

"도채 말로는 외국에 있는 대학에 가는 걸 목표로 공부 중이던데, 외국에 있는 대학원을 진학하고 싶다면 먼저 졸업을 하고 준비하는 게 편하지 않을까?"

"대학원이 목표가 아니라서요. 졸업은…… 생각하고 있지 않습니다."

"어째서?"

"지금은 목표한 외국 대학을 위해 편입공부를 하고 있지만, 기회가 된다면 재입학도 고려 중입니다. 지금 자격이 되는지 알아보고 있습니다."

"한국에서 이미 대학을 다니고 있는데 미국에 있는 대학에 재입학을 하겠다는 건 어떻게 보면 시간과 돈 낭비가 아닐까 싶네만. 나이 먹은 사람의 개인적인 견해가 아니라 실제로 그렇네."

조심스레 윤 회장이 자신의 의견을 내놓자 승모가 알고 있다며 고개를 끄덕여 보였다. 윤 회장이 빙그레 웃었다.

"여러 가지 이유가 있겠지만 굳이 한국의 좋은 대학에 입학해 놓고도 더 나은 곳으로 나아가 공부하고 싶다니, 어쩐지 나한텐 은근한 욕심을 가진 남자로 보이는군. 앞으로의 미래를 보다 안정적으로 살기 위해서 선택한 방법인가?"

"맞습니다."

"원하는 목표를 위해 졸업도 포기하고 공부한다는 건 쉬운 일이 아니지. 가만히 대화를 해 보니 박 군은 주관도 명확하고, 목표도 뚜렷해 보여서 보기 좋네. 요즘 세대들이 가진 추진력과 확고한 사고방식은 우리 세대 사람들에게는 사실 부러운 점이지. 아, 박 군이라도 불러도 괜찮겠나?"

"물론입니다. 편하게 불러 주십시오."

깍듯하고 싹싹한 모습에 윤 회장은 입가에 미소를 지우지 않았다.

"박 군. 사실 내가 이렇게 보자고 한 건 한 가지 묻고 싶은 게 있어서네. 부모가 다 큰 자식 연애사에 관여하는 건 사회적으로도 문제라지만 도채에게 물어도 도통 대답을 해 주지 않으니 어쩔 수 없이 자리를 마련한 거야. 그건 내 다시 한 번 사과하지."

"아닙니다."

"한 잔 받게. 이 자리는 우리 둘만의 비밀이라는 증거로 말이야."

윤 회장은 사과의 의미로 승모의 잔에 미안함을 담아 넘칠 정도로 술을 따라 주었다. 마주한 술잔으로 어색함을 애써 털어 낸 승모는 윤 회장이 다시 입을 뗄 때까지 차분히 기다렸다.

"박 군."

드디어 윤 회장이 입을 열었다.

"내가 자네를 유학 보내 주고 싶은데 박 군은 어떤가?"

시선을 내리던 승모가 느닷없는 말에 퍼뜩 고개를 들었다.

"내가 사업을 하다 보니 일반 사람들보다는 여유가 좀 있네. 내가 누군진 알고 있나?"

"소문으로 들어 어느 정도 알고 있습니다."

"나 또한 은연중에 박 군에 대해 조금 알게 된 게 있네. 박 군 형편 말이야."

승모의 얼굴이 일순 경직됐다. 형편이란 건 그의 환경을 말하는 것일까. 정확한 건 모르겠지만 그런 의미 같았다.

"혹시 도채로부터 무슨 말씀 들으셨나요?"

"아니. 앞서 말했지만 이건 도채와는 아무 상관 없이 내가 단독으로 추진한 자리네. 오해 말아."

"그런데…… 왜 갑자기 그런 말씀을 하시는 건지 모르겠습니다."

껄끄러운 표정이 역력한 승모를 보며 윤 회장은 잠시 시간을 끌었다.

"박 군. 우리 도채를 얼마나 좋아하나?"

"네?"

"도채는 박 군을 많이 좋아해. 둘이 만난 지 벌써 1년이 다 되어 간다지? 그동안 눈여겨보니 우리 아이는 자네라면 껌뻑 죽더군. 박 군도 그건 잘 알고 있지?"

"……네."

"그런데 왜 아직까지 미국 대학으로부터 입학 허가받은 걸 숨기고 있나?"

승모의 눈이 움찔했다. 아니, 눈이 아니라 어깨가 한 차례 덜컹 떨렸다. 그가 놀란 얼굴을 감추지 못하고 눈앞의 윤 회장을 바라보았다.

"다음 달 출국인데 왜 아직까지 도채한테 얘기를 안 해 주는지 그게 난 몹시 궁금해."

"그, 그건."

승모는 당황해 어쩔 줄을 몰라 했다. 윤 회장은 예상한 반응을 보며 쓴웃음을 삼켰다.

"남자는 말이야. 적어도 남자라면, 자신의 여자라고 판단한 여성에게는 결코 헷갈리는 행동을 하지 않아. 여자는 헷갈림을 느끼는 순간 멀리 떠나기도 하고 사라질 수도 있거든. 그런데 요즘 도채가 박 군 때문에 많이 혼란스러워하는 모습을 보이네. 말은 안 하지만 지친 기색이 역력하지. 이유가 뭐라고 생각하나?"

"제가…… 입학한 사실을 눈치챘기 때문입니까?"

"박 군이 이렇게 잘 숨기고 있는데 나처럼 조사를 하지 않는 한 어리석은 도채가 어떻게 알겠나?"

"그럼……?"

"연인 사이라면 자연스럽게 서로의 미래를 얘기하고 사랑을 키워 나가는 게 기본인데, 자네는 자신의 미래만 보고 달려가니 지쳐서겠지."

윤 회장의 말에 승모의 얼굴이 어두워졌다.

"난 정말 궁금하네. 두 사람이 왜 계속 만나는지 도통 모르겠어. 출국을 앞둔 것도 얘기하지 않을 정도면서 왜 자넨 계속 도채를 만나는 건가?"

일부러 말을 하지 않은 건 아니었다. 차일피일 미루다 보니 시간이 여기까지 흐른 것뿐. 승모는 고개를 들 수 없었다.

"말……하려고 했습니다."

"떠나는 날?"

"오해 마십시오. 말할 타이밍을 찾고 있었을 뿐입니다. 정말입니다."

말을 하고도 변명이 궁색해 승모는 정말 고개를 들 수 없었다.

"난 오해하지 않네. 도채가 박 군을 오래전부터 짝사랑해 왔다는 말은 조카에게 들어 익히 알고 있으니까. 내가 이해하지 못하는 건 박 군이 우리 도채에게 솔직하지 못한 이유야. 장난으로 사귀는 게 아닐 텐데 아무리 도채가 더 좋아한다고 해도 그렇지 그런 걸 숨기는 건 너무 잔인하지 않나?"

윤 회장의 말에 승모는 죄를 진 양 고개를 수그렸다.

"오늘 이 자리를 벗어나면 도채에게 사실을 털어놓겠습니다."

"그래 주게. 당연히 그래야겠지. 그게 상대방을 존중하는 거야. 자네만 보고 있는 사람을 위해서라도 그게 맞는 거네."

"정말입니다. 여기서 약속드립니다. 바로 말하겠습니다."

윤 회장은 그런 승모의 모습을 보며 스스로의 잔에 술을 채웠다. 딸이 만나는 남자가 이 정도로 딸을 사랑하지 않을 줄은 몰랐다.

"난 외동딸인 도채를 많이 아끼네. 당연한 얘기겠지만 누구보다 내 딸을 아끼는 사람에게 보내고 싶어. 환경이나 능력을 따지기보단 진심으로 사랑해 주는 남자에게 말이야. 그 아이 엄마가 죽고 난 뒤 그렇게 자신과 약속했네."

그가 술을 입에 혹 털어 넣었다.

"자네를 한 번 만나 보고 싶었던 이유는 그거야. 도채가 많이 좋아한다니 그저 자네 마음은 어느 정도인지 궁금했네. 자식 마음이 어디 내 마음 같은가? 좋아한다면 물심양면 도와주고, 밀어주고 사랑한다는 남자에게 보내 줘야지."

윤 회장은 자신이 이 자리를 마련한 이유를 밝히며 승모에게 물었다.

"그래서 묻고 싶네. 박 군은 도채를 어떻게 생각하나? 박 군이 앞으로 우리 아이와 장래를 약속할 생각이 있다면 난 유학 비용 전액을 부담할 생각인데 어떤가?"

"네?"

"질문이 좀 직설적이긴 하나 꼭 알아야겠네. 우리 도채를 어떻게 생각하나?"

심장이 요동쳤다. 느닷없는 질문이 너무나도 중요한 조건을 걸고 있어 입술만 달싹일 뿐 아무 말도 할 수가 없다.

"너무…… 갑작스러운 질문이라 뭐라고 말씀드려야 할지 모르겠습니다."

"그저 평소 가지고 있는 생각과 마음만 말해 주면 되는 일인데도 갑작스러워?"

좋으면 좋다, 싫다면 싫다, 라고 간단하게 대답하면 깔끔하게 끝날 일이라고 윤 회장은 덧붙였다. 그러나 그 말에 승모는 갈등하지 않을 수 없었다. 어느 때보다 금전적인 도움이 절실한 상태였다. 미친 듯이 돈을 벌고 있지만 살인적인 미국 대학의 등록금을 혼자 준비할 수 없다는 걸 알고 있었다. 이건 행운이기도 하고 잡아야 할 기회이기도 했다. 그러나 도채에 대한 것은 섣불리 답할 수가 없었다. 승모는 떨려 오는 두 손을 감추듯 꾹 움켜쥐었다.

"공부도 때가 있는 법이지. 박 군은 능력 있고 똑똑한 인재야. 미국 대학교로부터 입학 허가를 받았으니 향후 4년 안엔 한국에 못 돌아올 테지. 거기다 대학원을 가고 박사 과정까지 밟게 된다면 얼마나 더 오래 걸릴까. 한국에 다시 돌아오려면 십 년은 잡아야겠군. 그렇지?"

맞는 말이다. 마음속으로 계획한 것들은 기록이 남지도 않는데 윤 회장은 승모의 속내를 모조리 파악하고 있었다. 승모는 순순히 인정했다.

"아마도 그렇게 될 겁니다."

"그렇다면 넉넉히 십 년을 기다려야 할 여자에게 미리 한 마디 정도는 해 줘야 할 텐데 도채에겐 아직 말도 안 했군. 미래를 같이 하기엔 부족해서인가?"

"그, 그건!"

"그게 아니라면 혹시라도 도채가 기다리지 못하겠다는 말을 할까 봐 그러는 건가? 만약 그렇다면 그 점에 대해선 염려하지 않아도 좋아. 도채도 같이 유학을 보낼 테니. 두 사람의 유학 비용은 당연히 내가 부담하고 싶네. 예비 사위를 위한 투자니까. 자네가 도채를 사랑한다고만 한다면, 그 말 한 마디만 정직하게 해 준다면 말일세."

결정타였다. 승모는 그 말에 다리까지 후들거리는 것 같았다.

"박 군 마음은 어떤가? 박 군의 대답을 듣고 싶네."

승모는 테이블 위에 놓인 컵을 붙잡아 물을 벌컥 들이켰다. 도채를 좋아한다. 그러나 사랑이었던가. 사귀면서 결혼도 생각했었던가. 모르겠다. 아직 그것까진 생각해 보지 않았다. 그러고 보니 알게 모르게 혼자서 이별을 준비하고 있었던 것 같기도 하다. 누구보다 자신을 더 아끼고 사랑해 주는 도채를 배신할 용기가 나지 않아 질질 끌고 있었을 뿐이라는 생각이 들었다. 하지만 지금 이 자리에서 그녀를 사랑한다는 말 한 마디만 하면 그의 미래는 탄탄대로가 될 것이다.

머릿속이 헝클어진 실타래처럼 복잡해졌다. 승모는 혼란스러움에 타들어 가는 목을 물로 자꾸만 축였다. 그러나 그 모습을 본 윤 회장은 점점 착잡해지는 얼굴을 했다. 말을 못 하는 이유가 분명해졌으니 더 이상 대답을 듣기 위해 기다릴 필요가 없었다.

윤 회장이 무언가를 꺼내 승모에게 내밀었다. 사랑해 주지 않는 남자를 짝사랑하며 산 딸의 심정을 자신이 느끼는 것 같았다.

"이게…… 뭡니까?"

"유학 비용이네. 돈 벌 생각에 시간 낭비 말고 미리 가서 차분히 입학 준비하도록 해."

"네?"

"내 딸은 내가 잘 알아. 화려하고 세련된 외면과 달리 정이 많고 사랑에 목매는 스타일이지. 아마 도채는 자네가 떠날 것을 이미 눈 치채고 있을 거야. 행동이 그래. 어차피 혼자만 사랑을 하고 있으 니 알면서도 모른 척하고 있는 거겠지. 자네가 떠난 후에는 어떻게 될까? 도채는 미련스럽게도 자넬 기다리고도 남을 애야. 난 자신을 사랑하지도 않는 남자를 위해서 내 딸이 인생을 낭비하지 않기를 바라네. 그래서 자네에게 부탁 하나 하고 싶군. 어차피 떠날 거라 면 잔인하게 말 한 마디 없이 떠나 주게. 우리 도채가 박승모라는 남자를 완벽하게 단념할 수 있도록 그렇게 처신해 주면 좋겠어."

"회장님……?"

"난 내 딸이 진실하지 않은 남자를 계속해서 사랑할까 봐 두려 워서 이 자리를 만든 거네. 그런데 다행스럽게도 자네는 너무나 양 심껏 행동해 줬어. 말을 하는 데 있어서 신중했지. 내가 앞서 말한 내용은 진심이었지만 자네가 대답을 하지 않았으니 함께 유학을 보 낼 순 없고 이걸로 사례하고 싶네."

윤 회장은 쓸쓸히 웃었다.

"내 이 경거망동하고 미련스러운 행동을 이해해 주게. 나도 부모로서 그대로 도채를 그냥 보고만 있을 수 없었어. 도채를 위해서라면 자네를 회유해서라도 곁에 잡아 놓자 다짐했지만, 그렇게 해야 한다고 결론을 내리고 왔지만, 막상 자네의 태도를 보자 결국 이렇게 하고 마는군. 안타깝지만 진심을 알았으니 그만 일어나야지. 오늘 와 줘서 고마웠네."

윤 회장이 자리에서 일어나 밖으로 나갔다. 테이블 위에 놓인 흰색 봉투는 남겨 둔 채였다. 승모는 상기되어 벌게진 얼굴로 멍하니 앉아 있다가 뒤늦게 정신을 차리고 소리치며 밖으로 뛰쳐나갔다.

"잠깐만요! 잠깐만 기다려 주십시오!"

승모는 허둥거리며 함부로 윤 회장의 앞부터 가로막았다. 자리가 자리인 만큼 긴장했던 탓에 해야 할 말을 너무 못 했다. 승모는 이제 조금 정신이 드는지 확장된 동공을 들어 윤 회장에게 다급하게 말을 했다.

"회유하러 오셨다 했죠?"

"그래."

"그런데 왜 제게 사례금을 주시는 겁니까? 그것도 이런 큰 액수를요."

"말하지 않았나? 자네가 누구보다 솔직하고 양심적으로 얘기해 줘서 그에 대한 사례로 주는 거라고."

"그렇다고 돈을 주시다뇨. 처음부터 마치 제게 돈을 주러 오신 것 같은 기분이 들어 언짢습니다. 이건 다시 가져가십시오."

"그냥 받아."

"아뇨. 뭔가 단단히 오해하신 모양입니다만 전 도채가 싫어서 이

180

별을 준비하는 게 아닙니다. 단지 제가 그녀에게 못 해 주는 게 너무 많아서예요. 다른 남자들처럼 해 주지 못 하는 게 많아 제 스스로 자괴감을 느끼기 때문입니다. 말씀하신 대로 오랜 시간 한국을 떠나 있어야 하는 것도 이유구요. 기다려 달란 말을 함부로 하기엔 사랑하는 마음이 부족하고, 함께 가 달라고 하기엔 제 사정이 어렵습니다. 잘 이해 못 하시겠지만 지금 제가 그래요. 복잡하고 힘듭니다."

그중 가난이 제일 큰 부분을 차지하고 있다는 말은 하지 않았다. 가난을 핑계대고 싶진 않지만 가난하기 때문에 더 이상 사랑을 존속시킬 수 없다는 말은 아무리 솔직한 그라도 할 수 없었다. 그건 그의 마지막 자존심이다. 윤 회장의 회유를 받아들이지 못 한 것도 그 때문이다. 승모는 윤 회장이 남기고 간 봉투를 다시 내밀었다.

"그러니 돈은 가져가십시오. 이걸 받는다면 그 어떤 이유라도 도채에게 평생 고개를 들 수 없을 겁니다."

"아니. 돈은 받아."

"싫습니다."

"그래야 해, 자네는."

윤 회장은 승모가 내민 봉투를 이번에는 그의 주머니에 깊게 집어넣어 주었다.

"아직도 모르겠나? 박승모는 윤도채와 어차피 헤어질 사이였어. 자네도 무언으로나마 그걸 인정했지. 이유야 어쨌든 남자가 여자와 이별한다는데 내가 왜 여기까지 수고스럽게 찾아왔을 거라고 생각하나?"

"그건 저를 돈으로 매수하실 생각이 있으셨기 때문이죠."

"매수라니? 천만에. 내가 겨우 그런 일을 하러 자네를 만나러 왔겠나?"

윤 회장이 연륜이 지긋한 눈으로 승모를 바라보았다.

"돈은 누구를 시켜서라도 건네줄 수 있었어."

윤 회장은 그의 말을 아직 이해 못 하는 승모의 어깨를 경고하듯 한 손으로 꾸욱 움켜잡았다.

"내가 사례한 이유는 사랑하지도 않는 내 딸에게 더 이상 상처 주지 말고 이제 그만 떨어져 달란 의미일세."

6

플러싱 유니온 스트리트 일대는 한인 점포들이 밀집한 상가 지역이다.

승모는 그중 넓게 자리 잡은 한인 식당 안에서 부단히 움직이는 중이었다. 은색의 큰 쟁반에 손님들이 주문한 식사를 가득 담고 빈틈없이 테이블 위에 음식을 놓았다. 비빔밥부터 뚝배기까지, 주문도 다양해 쟁반의 무게는 꽤 무거워 보였다. 그래서인지 입김이 나올 만큼 추운 한겨울이지만 그는 음식점 이름이 새겨진 주황색 반팔 티셔츠를 입고 있었다. 손님이 많은 가게였다. 반대편 카페에 앉아 승모가 일하는 가게를 바라보며 도채는 그렇게 느꼈다.

아침부터 플러싱 주변을 배회하다 낮에는 근처 식당에서 밥을 먹고, 이른 오후부터 지금의 카페에 앉아 커피를 홀짝였다. 그새 마신 커피가 두 잔. 속이 쓰려 한 잔은 오렌지 주스로 대처했지만 앞으로 승모를 만날 생각을 하니 목은 건조한 사막을 걷듯 자꾸만 갈증을 일으켰다. 이현의 도움을 받지 않은 건 잘한 것 같다는 생각이 들었다. 마지막 만남을 위해 잔뜩 치장한 지금의 모습은 우연히라도 보이고 싶지 않았다. 그도 그럴 것이, 오늘의 그녀는 어느 때보다 화려하게 자신을 꾸민 상태였다. 우습다 해도 어쩔 수 없었다. 곧 닥쳐올 슬픔이 얼마나 큰 위력을 지니고 있는지 알고 있기 때문에 이렇게 해서라도 견뎌 내고 싶은 마음이 강했다.

간판불이 꺼지고 커다란 쓰레기봉투를 내다 버리는 걸 마지막으로 승모의 일과도 끝났다. 잠시 시간이 지나자 홀에서 주황색 티셔츠를 그대로 벗고 옷을 갈아입는 모습이 보였다. 도채는 그에 맞춰 자리에서 일어났다. 먹은 음료수 개수만 해도 총 5잔이다. 그래도 주말에 밀려드는 손님들을 사이에서 쫓아내지 않은 걸 보면 운이 좋았다. 화장실 갈 때를 제외하고 자리에만 앉아 있었더니 걷는데 다리가 뻐근했다. 그래도 도채는 묵묵히 승모를 향한 걸음을 멈추지 않았다.

불이 꺼진 가게에서 나오던 사람들이 문 앞에 서 있는 도채를 보고 모두 걸음을 멈췄다. 승모 또한 일행 사이에서 도채를 보고 놀란 듯했다. 그러나 그것도 잠깐, 그는 덤덤한 목소리로 일행들에게 부탁했다.

"먼저들 가라."

눈치 빠른 일행들은 말없이 고개를 끄덕이더니 저 멀리 걸어가 움직이지 않았다. 늦은 밤, 혼자 남자를 찾아온 여자의 모습에 대충 뭔 일인지 알 것 같다는 눈빛들을 하며 거리를 두고 승모를 기다렸다. 승모는 눈빛으로나마 아직 한국으로 돌아가지 않은 도채를 꾸짖었다.

"여긴 왜 왔어?"

돌아가지 않은 건 직접 확인했으니 찾아온 이유가 궁금해 대뜸 물었다.

"왜 왔을 거라 생각해?"

"기다리겠다는 쓸데없는 말할 거라면 돌아가."

"죽어도 내겐 오지 않겠다고 하지 않았어? 사랑도 살아 있을 때 하는 건데 나보고 죽은 송장 붙잡고 뭐하라고?"

담담하게 굴자는 생각에 입을 열었는데 나오는 말에 가시가 돋았다. 면전에서 대놓고 퍼붓는 비아냥을 무심하게 듣고 있을 만큼 한가한 그가 아니었다. 승모는 피곤한 얼굴을 애써 숨기며 미처 입지 못한 후드가 달린 파카에 팔을 꼈다. 본론을 독촉하는 매무새였다.

"무슨 말을 하고 싶어?"

"무슨 말이 듣고 싶어?"

"하고 싶은 말을 해."

"여자 생겼니?"

하고 싶은 말을 하라는 말에 지체하지 않았다. 옷을 입던 그의 얼굴이 일그러졌다. 그럴 리 없다는 걸 알면서도 묻는 저의를 모르겠다는 짜증이 설핏 보였다.

"아니구나? 그럼 이별 통보 없이 사라질 만큼 내가 그렇게 싫었니? 아니야? 그것도 아니면 나랑 숨바꼭질이라도 하고 싶었던 거야?"

"겨우 그런 시시한 질문하려고 여기까지 찾아왔어?"

그녀의 마음을 잘하는 승모였다. 그토록 묻고 싶었던 말은 사실 다른 것이었다. 유일무이하게 묻고 싶었던 단 한 마디.

"헤어지잔 말 한 마디 하는 게 돈 받기보다 더 힘들었니?"

승모의 얼굴이 싸늘하게 굳었다. 치켜뜬 눈이 호의적이지 않게 변했다. 그러나 냉소를 띤 얼굴은 수초도 지나지 않아 평소의 얼굴로 돌아왔다. 어차피 예상한 질문이다, 라고 생각하는 모양이었다.

"좀 더 멀리 도망치지 그랬어? 좁은 세상 마음먹고 찾으면 오고 가며 만나기도 하는데 겨우 도망친 곳이 미국이야?"

"뭔가 착각한 모양인데 난 도망친 게 아니라 스스로 온 거야. 내 두 발로 직접."

"떠나기 전에 정리해야 할 게 남아 있다는 생각은 안 들었나 보지? 이별 통보도 못 받아서 남자친구와 헤어진 건가, 아닌가 구분도 못 하고 마냥 기다리고 있을 나는 생각 안 났어? 너만 사라지면 모든 게 정리될 거라고 생각한 거야? 말해 봐. 남은 사람 구질구질하게 만들어 놓고 넌 여기서 희희낙락 좋니?"

물었지만 대답은 들리지 않았다.

"말해."

굳게 다문 입술은 좀체 열리지 않았다. 도채는 부아가 치밀었다.

"말하라구!"

"그래. 좋아! 됐냐!"

너무나 당당한 시선에 가슴 한 켠에 파문이 일었다. 예상하고 있었지만 막상 직접 들으니 마음이 아려 도채는 흔들리는 눈길을 다

잡지 못했다.

"너, 정말 못됐구나."

"다 알면서 새삼스레 왜 묻는지 모르겠다."

"넌 사랑에 대한 예의도 없는 남자야."

진심이었다. 비록 짝사랑이라고 해도 엄연히 연인 사이였는데 이건 아니었다.

"내가 잘못 생각했나 봐. 처음엔 이별 통보조차 받지 못했다고 생각해서 억울했어. 그래도 서로 좋아해서 만났는데 겨우 이런 존재였나 싶어서 억울함이 가라앉질 않았지. 사실은 억울할 거 하나도 없는데, 억울한 게 아니라 진심을 다해 사랑하지 않은 네가 미안해해야 맞는 건데 내가 사랑에 서툴러서 이별도 다른 사람보다 아프게 하는구나, 그렇게만 생각했어. 그런데 널 보니 정작 잘못된 건 내가 아니라 너 같아. 사랑을 모르는 풋내기는 귀엽기라도 하지, 넌 사랑받을 자격도 없는 남자일 뿐이라고 생각해."

그래도 승모의 검은 눈동자는 변하는 게 없었다. 어떤 말에도 동요하지 않겠다고 작정한 모양이다. 하지만 도채에겐 그 모습조차 기분 나빴다. 무반응은 무관심과 동일하다. 차라리 언성을 높이고 싸운다면 속이라도 시원할 텐데 상대는 일절 상대조차 해 주지 않고 있었다.

"박승모. 너 이별하는 법, 참 못되게 배웠어. 그거 알아?"

도채는 기어코 가슴속에 응어리져 있던 것들을 가시로 만들어 승모에게 던지기 시작했다.

"일주일을 만났더라도 네가 만난 사람에게는 이러면 안 되는 거야. 어디의 누구를 만났든, 정식으로 너와 사귄 연인에게 마무리는 제대로 하는 게 옳아. 왠지 알아? 그래야 네 사랑도 성장하기 때문이야. 그렇게 못 하겠다면 애초에 사랑도 하지 말아야 해. 사랑엔 사랑을 위한 합당한 의무와 권리와 책임이 따라. 결혼한 것도 아닌데 왜 그런 걸 운운하냐고? 연인 사이의 의무와 권리와 책임은 사랑하는 사람을 영원히 내 것으로 만들 수 있는 발판이 되기 때문이야. 상대방이 결코 널 버리고 떠날 수 없는 굳건한 믿음을 만들어주기 때문이야. 생애 처음 하는 연애가 실패하더라도 그 경험을 바탕으로 두 번째 연애는 성공할 수 있는 이유도 그것 때문이야. 그런데 넌 중요한 발판이 결여되어 있어. 그러니 누구를 만난들 그게 결실을 맺겠니?"

"별소릴 다 듣네. 있는 사람들은 그래? 훈계하러 미국까지 막 찾아오고?"

"이게 훈계로 들려?"

"훈계가 아니면 악담이냐? 좋아, 하고 싶은 것 다 해. 욕하고 싶으면 욕도 해. 다 들어 줄 테니. 속 시원할 때까지 욕하고 악담 퍼부어. 그래서 더 이상 널 보지 않는다면 다 참을 수 있으니까."

"그럴 순 없지. 우리 아직 헤어진 거 아니잖아."

하늘에서 진눈깨비가 하나 떨어졌다. 지금껏 단호히 듣기만 하던 승모가 처음으로 그녀를 똑바로 봐주었다.

"뭐라고?"

그의 눈에 기어코 화가 서렸다. 피곤에 지친 몸에 단단히 힘이 들어간 것도 그때였다. 단 한 번도 그가 예상하는 범주에서 벗어나지 않는 도채가 이젠 싫었다. 어떻게 저렇게 굳건하고 확고할까. 승모는 지겹다는 표정을 감추지 못했다.

"지겹지도 않아? 넌 지치지도 않아?"

"지겨워. 이젠 지쳤어. 혼자 사랑하는 거 외롭고 괴로워. 그런데도 계속 이 상태야. 나 여기까지 오는 거 생각보다 쉽지 않았어. 누군가는 내가 이러는 거 불쌍해 보인다고까지 하더라. 남자가 여잘 쫓아다니면 지고지순하다고 칭찬하고 추켜세우면서 여자가 그러니까 다들 꼴불견이라며 한심해해. 그런데도 난 널 찾아왔어. 아버지의 반대를 함께 헤쳐 나가 보자는 마음으로 여기까지 왔다구. 그런데 넌 뭐야? 혼자 도망이나 친 주제에 나한테 소리를 질러?"

"우리 사이를 끝장낸 건 내가 아니라 너희 아버지야! 윽박지르고 협박한 건 내가 아닌데 어째서 넌 나를 책망하는 거지? 돈으로 매수하는 건 안 되고, 날 매도하고 상처 주는 건 괜찮다는 거야!"

애써 참던 그도 끝내 폭발했다. 자존심으로 인해 결코 표출하고 싶지 않았던 그날의 상처가 다시 터진 것 같았다. 평생 그날의 상처를 잊지 못할 것이다. 뭉개진 자존심보다 자괴감이 두고두고 그를 괴롭혔다. 승모는 그날의 기억이 떠올라 주먹을 불끈 쥐기까지 했다.

"나도 가난이 사랑에 절대적인 영향을 미친다는 걸 인정하고 싶지 않았어. 하지만 현실은 그것만큼은 절대 무시할 수 없는 거라고 날 가르치더라. 현실을 모르고 함부로 덤비면 어떻게 되는지도 여실히 알려 주더라구!"

승모는 맹렬히 타올랐다. 커진 언성만큼 폭발하는 감정을 어떻게 해야 할지 모르겠다는 듯 이까지 악물었다.

"나도 잘해 보려구 노력했어. 말도 없이 떠날 생각까진 없었다구. 그런데 아무리 노력해도 우리 사이엔 미래가 보이지 않는데 어떻해? 너 같으면 가난 때문에 제 몸 하나 건사 못 하고 빌빌거리는 놈한테 네 딸을 줄 수 있어? 그렇게 할 수 있겠냐구! 입장을 백번 바꿔 생각해도 나는 그럴 수 없다는 걸 알기 때문에 먹고 떨어진 거야! 그게 잘못이냐? 주머니에까지 넣어 주는 돈, 나는 법 없이도 살 수 있는 놈이니까 끝까지 거절했어야 해? 입학금 못 구해서 몇 년을 휴학하던 난데 그게 외면될 것 같냐구!"

그 말 한 마디에 전신에 남아 있던 일말의 희망이 흩뿌리는 진눈깨비처럼 허공으로 빠져나가 버렸다. 도채는 눈앞의 승모가 지구 밖에 사는 사람처럼 멀게 느껴졌다.

"넌 알 수 없을 거야. 사랑에 있어서 누구보다 맹목적인 넌 이해 못 해. 나조차 너를 만나는 동안 네 열렬함에 내 현실을 까맣게 잊을 정도였는데…… 넌 영원히 알 수 없어."

승모는 자신의 감정을 다소 누그려 말했다.

"그러니까 이만 돌아가. 더 추한 꼴 보이지 말고."

승모는 더 이상의 대화를 거절했다. 그가 그녀를 지나쳐 걸어가려 했다. 흩날리는 진눈깨비 사이를 비집고 들어가 도채가 그의 팔을 낚아챘다. 몸이 부르르 떨렸다. 아니, 정신이 소용돌이치듯 했다.

"내가…… 추하니? 네가 아니고?"

도채가 붙잡은 그를 올려 보았다.

"박승모. 사랑을 구걸하는 내가 추한 게 아니고 사랑을 저버리고 돈에 회유된 네가 추한 거 아냐?"

"헤어진 걸 모르고 구질구질하게 구는 건 내가 아니잖아."

철썩.

한겨울의 날씨는 언제나 속을 알 수 없어서 얄미웠다. 시베리아 한기를 품고 한없이 하강하던 강추위가 어제라면 오늘은 솜사탕 같은 눈을 뿌려 놓고 다음 날은 온순한 기온으로 눈을 녹여 질척한 세상을 만들어 버렸다. 추위를 싫어하는 그녀라는 걸 알면서, 유난히 추위에 약하다는 걸 알면서 예상조차 하지 못하게 속마음을 숨기고 끝끝내 도망가 버린 승모는 겨울을 닮았다.

"깨끗하게 헤어지고 싶었다면 제대로 된 이별 통보라도 하지 그랬어? 그것도 못 한 게 뭐가 어쩌고 어째?"

그를 때린 손이 그의 뺨과 동일하게 아파 왔다.

"너 한번 잡아 보려고 여기까지 왔어. 그런데 넌 어쩜 그렇게 당당할 수 있어? 지금 놓치면 두고두고 후회할까 봐 용기 내서 왔는데 넌 어떻게 그렇게 떳떳해?"

"돈이면 다인 줄 아는 누구네 아버지완 다르니 떳떳하지 못할거 하나도 없어."

"그래. 그렇겠지. 떳떳하지 못할 거 없겠지. 받을 거 다 챙겼으니 미련 따원 없겠지!"

때린 손을 움켜쥐었다. 피곤해 기진맥진한 승모의 얼굴은 그것보다 더 얼음장 같았다. 땀을 흘리며 일하느라 반팔까지 입은 그의 볼이 왜 그렇게 차가운지 도채는 이해 불가였다. 모든 게 이해 불가였다.

　"헤어지자."

　도채는 마음속에 깊숙이 박아 두었던 그 말을 처음으로 꺼냈다.

　"헤어져. 단 한 마디면 끝날 걸 네가 해 주지 않아서 구질구질하게 여기까지 왔어. 여자를 만나기만 할 줄 알지, 헤어지잔 말 한 마디 할 줄 모르는 어리석은 남자 때문에 졸지에 스토커 되고 미친년 돼서 여기까지 온 거야. 그런데 이젠 그 짓도 못 하겠다. 적어도 넌 나한테 미안하다고 한 마디 할 양심은 가진 남자라고 생각했는데 뻔뻔한 널 보니 남아 있는 의욕도 확 꺾여. 그러니 헤어져. 완전히 깨끗하게 끝내."

　흩뿌리는 눈 속에 서 있는 승모는 아무 말도 하지 않았다. 무한한 괴로움 속에 얼핏 안도감을 내보였지만 도채는 그 표정이 무슨 뜻인지 읽기 어려웠다. 지금의 쓰디쓴 결과를 초래한 건 결국 누구의 잘못도 아니라는 표정이랄까. 우린 잘할 수 있었는데. 잘되고 있었는데. 좋은 결과를 만들어 낼 수 있었는데 대체 뭐가 문제일까. 그는 하얗게 떨어지는 눈송이 아래서 그렇게 외치는 것 같았다.

　"우린 이미 헤어지고 말 것도 없는 관계야."

　승모는 그 말 한 마디로 모든 상황을 종료시켰다. 그리고 미련 없이 그녀를 지나쳐 큰 보폭으로 걸어갔다. 도채를 지나쳐 가는 붉은 뺨의 그는 그녀를 더 이상 안쓰러워하지 않았다. 보지도 않았다. 확실히 그의 말처럼 두 사람은 이미 정리할 뭔가가 남은 연인 같지 않았다.

저 멀리 그를 기다리고 있던 일행 하나가 그의 뺨을 살피며 괜찮아? 라고 말하는 소리가 들렸다. 누군가 혼자 남겨진 도채 힐끗 바라보기도 했지만 염려의 눈빛은 그녀보다 승모에게 쏠렸다. 멀어지는 승모의 모습에 마지막이라는 느낌이 등줄기를 훑었다.

'나는 평생 미안함을 가슴에 담고 살아갈 자신이 없는데 어떡하면 좋을까.'

도채는 고개를 돌려 승모에게 소리쳤다.

"박승모! 똑똑히 알아 둬! 돈을 준 사람도 나쁘지만 그 돈을 받은 사람도 욕을 먹는 게 이 세상 이치라는 걸! 넌 피해자로서 다른 사람들한텐 위로받을지 몰라도 나한테는 씻지 못할 상처를 준 거야! 상처는 너만 받은 게 아니라구!"

승모는 쳐다보지 않았다.

"평생 그렇게 그렇고 그런 시시한 사랑이나 하다 죽어라! 꼴 같지 않은 자존심 좀 다쳤다고 도망치는 용기 없는 새끼! 나도 필요 없어! 줘도 싫다구!"

그는 갔다. 어둠 속으로 빨려 들어가듯 그림자도 남기지 않고 사라진 승모를 보며 도채는 참담함을 느꼈다.

"……정말 모르는 거야?"

도채의 목소리가 허공에 흩어졌다.

"아직도 날 그렇게 모르는 거야? 내가 여기까지 찾아온 이유를 정말 모르겠어?"

그를 찾은 유일한 이유. 그의 얼굴을 무조건 봐야 하는 이유. 그건 오직 단 하나 때문이었다.

"미안해. 그 한 마디 하고 싶어서라는 걸."

사라진 승모를 도채는 어둠 속에서 찾았다.

"널 괴롭히려고 찾은 게 아니야. 나한테는 그런 자격 없잖아. 오직 사과하고 싶어서 널 찾아온 거야. 네게 무례했던 우리 아빠를 대신해서."

진심이다. 그녀의 전화를 한 번만 받아 줬더라면, 그녀가 보낸 메일을 한 번만 보았다면, 지금처럼 그가 싫어하는 구질구질한, 추한 모습을 보이지 않았어도 됐을 거다.

"거머리처럼 달라붙는 여자라는 걸 증명하기 위해 널 찾아온 게 아니라구, 바보야."

그런데도 넌 여전히 의구심과 신뢰 없는 눈으로 날 보다니.

"……우리가 이렇게 믿음 없는 연인이었던 거니?"

그 말에선 결국 눈물이 나려 했다. 사랑 앞에 당당하려고 늘 노력하던 그녀에게도 그 말은 슬픈 메아리였다. 도채는 자기도 모르게 자신의 손으로 입을 틀어막았다. 터져 나오려는 울음을 감추기 위해서였다. 저 멀리 사라진 그의 귀에 혹시라도 자신의 울먹거림이 가증스럽게 들릴까 봐 염려돼서였다. 가해자는 나야. 그에게 상처 주고 이별을 초래한 건 누가 뭐래도 나야. 이유가 어쨌든 그에게 믿음을 주지 못하고, 신뢰를 주지 못해 도망치게 만든 건 결국 자신이니까 우는 소리는 내면 안 된다고 생각했다. 울 권리가 없다. 그런 권리를 받지 못했다. 울면 안 돼!

도채는 뒷걸음쳤다. 그건 마치 눈물을 무기 삼아 상처는 내가 더 받았다, 내가 더 아프다, 내가 더 억울해 죽겠다는 모습으로 보일 수 있기 때문이었다. 그래서 도채는 입을 틀어막은 채 뒤돌아 달렸다. 승모가 가는 길과 반대인 어둠 속으로 무작정 달려서 도망쳤다. 울지 않으려고 온 힘을 쥐어짜며 쏟아지는 함박눈 속을 달려갔다.

차가운 겨울의 눈 속이었다.

일행과 걸어가는 승모의 얼굴은 도채와 다를 바 없었다. 상황을 지켜본 일행들이 어색한 분위기를 바꿔 보려는 듯 말했다.

"어디 가서 맥주 한잔하고 갈까?"

"눈도 오는데 그럴까? 형, 어때요? 한잔할까요?"

뚜벅거리는 발소리를 내며 앞만 보고 걷던 승모는 대답이 없었다.

"형?"

걸어가던 그가 걸음을 멈췄다. 그리고 갑자기 뒤돌아서더니 서둘러 한 마디 했다.

"미안하다. 먼저들 가."

"어어? 형! 어디 가요?"

일행을 놔두고 승모는 걸어온 길을 향해 다시 뛰었다. 순식간의 일이라 이유도 묻지 못한 일행들이 쏜살같이 달려가는 그를 멍하니 쳐다보기만 했다.

가게 앞으로 달려온 승모가 도채를 찾았다. 땅에 발이 붙은 듯 오롯이 서 있던 도채의 모습은 보이지 않았다. 주변을 달리며 그녀를 찾았다. 발걸음이 얼마나 빠른지 이제 막 내려앉은 함박눈이 허공으로 휘잉, 흩날렸다. 그래도 그녀는 보이지 않았다. 쏜살같은 그의 발걸음도 사라진 그녀를 다시 찾지는 못했다. 그의 발이 어느 순간 걸음을 멈췄다. 불이 꺼진 어둑한 어느 골목 앞에서 승모는 숨을 헐떡였다. 서 있는 그의 어깨에 함박눈들이 잽싸게 내려앉았다.

그녀는 간 모양이다. 결국 원하던 대로 마음을 돌리고 가 버린 모양이다.

"……뭘 하는 거야, 박승모."

승모는 스스로를 질타했다.

"떠나는 게 옳다고 결정한 건 너야. 그런데 지금 이 행동은 대체 뭐야? 마지막이니까 택시라도 태워 보내야 한다고 착각이라도 하는 거냐?"

그녀가 사라진 건 진심으로 다행인데 기분이 이상했다. 화가 치밀어 오르는 것 같기도 하고 아직 끝나지 않은 무언가가 남아 있는 것 같기도 했다. 시원하고 섭섭한데 한편으론 도채의 아버지를 만난 그날의 괴로움이 떠올라 서글프기도 했다. 그런데 밑도 끝도 없이 밀려드는 또 다른 괴로움은 대체 뭘까.

폭설의 시작을 알리는 맨해튼의 함박눈 속에 승모는 그 괴로움의 이유를 알고 싶다는 듯 오랫동안 그 자리를 떠나지 못했다.

도채는 음식점 골목을 빠져나와 어느새 주택가를 달리고 있었다. 아파트가 가득한 거리로 들어섰을 때는 숨이 차올라 더 이상 달리지 못했다. 체력도 딸렸지만 무엇보다 발이 아파 견딜 수가 없었다. 이놈의 힐. 그래서 아파트가 숲처럼 이어져 있는 이름 모를 거리 한가운데서 멈춰 선 채 가쁜 숨을 진정시키며 한참을 서 있었다.

아무런 생각도 들지 않았다. 귓가를 맴도는 건 승모의 뺨을 때릴 때 난 철썩, 소리 하나뿐이었다. 그를 때리다니. 그의 얼굴을 때리고 말다니.

"이렇게 못되게 굴다니. 다른 누구도 아닌 승모에게 내가 이렇게 행동하다니⋯⋯."

자신이 무슨 말을 했는지 기억도 나지 않았다. 하고 싶은 말이 많았는데 제대로 했는지도 의문이었다. 그러다 결국 사과를 하지 못했다는 생각이 들자 가슴이 후두둑 무너졌다.

"병신 같아. 이렇게 멍청할 수가 없어. 기껏 용기 내서 미국까지 왔는데 제대로 말도 못 하고."

도채는 멍한 얼굴로 길거리 벤치에 주저앉아 버렸다. 한순간 전신의 힘이 모두 빠져나간 느낌이다. 이유를 알 수 없는 무기력감이 전신을 휘감아 뭘 어떻게 해야 할지 생각이 정리되지 않았다. 멍청한 자신. 사람들 앞에선 잘도 떵떵거리면서 유독 승모 앞에선 한없이 약하고 작아진다. 그래도 그렇지 짧은 사과 한 마디 하지 못하고 쓸데없는 말만 내뱉었다니 정말 자신이 밉기까지 하다.

도채는 눈이 내리는 하늘을 올려다보다가 끝내 고개를 푹 떨어트렸다.

검은색 에나멜 힐 위로 눈이 쌓였다. 어둠 속 벤치에 혼자 앉아 있는 그녀를 신경 쓰는 사람은 아무도 없었다. 언제부턴가 꿈적도 않고 앉아 있은 그녀를 지켜보는 사람이 생겼다. 위험하게 생긴 낯선 한 남자였다. 그가 서서히 그녀 앞으로 다가왔다. 도톰한 고급 코트 위로 떨어지는 눈을 고스란히 어깨에 담고서 푹 고개를 숙이고 있는 도채의 모습은 영락없이 술에 취한 모습 같았다. 눈이 더 강하게 내리자 인적도 점점 드물어졌다. 남자는 조심스레 다가와 손에 든 우산으로 도채의 팔을 푸욱, 찔러 보았다. 그녀가 자고 있는지 확인하는 모습 같았다. 도채는 생각보다 빨리 고개를 들었다. 자고 있던 건 아닌 모양이다. 얼굴 전체가 눈물범벅인 그녀가 남자를 올려다보았다. 모르는 남자였다. 도채는 갑자기 나타난 남자가 누군가 싶어 눈물이 매달린 눈을 깜박거렸다.

—너 잘 곳 없어?

처음엔 무슨 말인지 몰랐다. 도채는 붉어진 눈으로 남자의 영어에 귀를 기울였다. 남자는 어눌한 영어로 제의했다.

—따라올래? 재워 줄게.

상황을 파악하기까진 수초도 걸리지 않았다. 도채가 자리에서 벌떡 일어섰다. 동시에 그녀의 어깨에 쌓여 있던 눈도 펄쩍 뛰었다. 도채가 일어나자 의미를 오해한 남자가 그녀의 팔을 휙 낚아챘다. 겉으로 보기엔 연인이라도 되는 듯 다정한 모습을 연출했지만 팔을 잡은 남자의 손은 우악스럽기 그지없었다.

—이쪽이야. 한 블록도 안 되는 거리에 숙소가 있어. 걱정 마. 멀지 않은 거리야.

"뭐, 뭐예요? 이거 놔!"

걱정 말라는 말을 연신 날리는 남자의 팔을 뿌리치려는 순간이었다. 남자 앞으로 또 다른 남자가 나타났다.

—그 손 놔.

이현이었다.

—내 여자를 어디로 데려가려는 거야?

이현은 도채의 팔을 잡은 남자 앞을 가로막고 한 마디 했다. 크지 않은 목소리였지만 얼굴만큼은 어느 때보다 위협적으로 돌변해 있었다. 그가 성큼성큼 다가와 남자의 손을 확 떼어 냈다. 남자가 거친 행동에 깜짝 놀라며 본능적으로 물러섰다. 오랫동안 도채를 지켜본 결과 분명 일행이 없다는 걸 확인했는데 어떻게 된 건지 의아한 표정이었다. 남자는 다른 의도가 없었다는 걸 명확하게 하기 위해 두 손을 가슴팍에 활짝 세워 보였다.

—일행이 있었군요? 난 여자가 벤치에서 자고 있길래 도움을 주려고 했던 거예요.

—그래서 데려가려 했단 말이야?

—데려가다뇨. 오해예요. 난 단지…….

—자는 게 아니란 건 얼굴 보고 알 수 있었을 텐데. 울고 있는 거 못 봤어?

—고개를 숙이고 있는데 그걸 어떻게 알아요?

—계속 거짓말을 하는군. 일단 가까운 109경찰서까지 같이 갑시다. 가서 무슨 이유로 여자를 데려가려고 했는지 확인을…….

—노!

남자는 경찰이란 말에 괴성에 가까운 소리를 지르고선 도채를 향해 거듭 사과를 하고 멀찍이 도망쳤다. 달려가는 남자를 이현은 막지 않았다. 그를 잡는 것보다 울고 있었던 그녀가 더 신경 쓰였기 때문이다. 이현이 천천히 돌아보자 도채가 뒤늦게 눈물을 닦고 있었다.

"사람 놀래키는 재주 있나 봐요. 전에도 그러더니 엉뚱한 데서 또 만나네요."

반갑고, 고맙고 놀랐지만 도채는 애써 태연한 척 이현에게 말했다.

"여기가 그래요. 생각보다 좁거든요, 이 바닥이."

이현은 그녀가 두 손으로 열심히 눈물을 닦을 때까지 기다렸다가 물었다.

"다 큰 어른이 아무 데서나 울고 그래도 돼요?"

"우는 것까지 다른 사람 눈치 봐야 해요?"

그래도 제법 씩씩하게 대답하는 그녀의 말투에 조금 안심이 됐다. 이현이 적당한 목소리로 어린아이 다독이듯 시원하냐 물었다.

"그래서 실컷 울었어요?"

"보면 몰라요? 이제 시작이에요."

도채는 빨개진 코를 감추지 않고 퉁명스럽게 대꾸했다. 어차피 들킨 모습 감춰 뭐하겠냐는 뜻인 듯, 평소와 달리 솔직한 모습이 이현의 눈에는 어린아이처럼 귀엽고 순수해 보였다.

"그만 닦아요. 마스카라 번져서 눈가가 전부 시커매요."

그 말에 눈물을 훔치던 도채가 슬그머니 손을 내렸다.

"내가 나타나지 않았다면 어떻게 하려고 했어요?"

"저 남자 얼굴을 다 쥐어뜯어 버리려고 했어요. 왜요?"

무심한 대답에 이현이 피식 웃었다. 태연한 척하는 게 아니라 도채는 정말로 겁먹지 않는 얼굴이었다.

"정말 겁 없다."

"실연당한 여자는 무서울 것 없어요."

"지금 당신을 보니 알겠어요."

그의 말이 맞다. 실연당한 여자는 마음껏 울어도 용서가 된다. 그럼 이제 우는 건 했으니 다음은 뭘 해야 하는 걸까. 진부한 순서지만 모두가 하는 그걸 해야 할 듯싶었다.

"혹시 술 마실 줄 알아요?"

"위스키? 샴페인? 소주? 막걸리? 모든 말해요. 나 다 잘 마셔요."

도채의 제의를 의외로 이현이 반겼다.

"마음에 드는 대답이네요. 모범생처럼 반듯한 이미지라서 '나 술 못 마셔요.' 라는 말을 할까 봐 걱정했는데."

"그럼 안내할까요? 여기 사는 사람으로 그쪽보다는 지리를 잘 알 테니까요."

"소주를 마실 수 있는 곳이 좋겠어요."

"찾아보죠."

앞장서는 이현의 뒤를 도채가 따랐다. 쌓인 눈 위를 걷자 발이 생각보다 깊이 파묻혔다. 방금 벤치에 앉아 있던 자신을 우산으로 찌르던 남자가 비도 오지 않는데 왜 우산을 들고 있는 걸까 싶었는데 하늘에서 쏟아지는 함박눈 때문이었던 모양이다. 앞서 걷던 이현이 걸음을 멈추고 그녀를 기다렸다. 딴생각에 발걸음이 늦어진 그녀가 서둘러 그를 향해 걸음을 빨리했다.

이윽고 두 사람이 나란히 걷기 시작했다. 앞서거니 뒤서거니 적당한 거리를 두고 걷다가 어느 순간에는 나란히 보폭을 맞춰 걷게 되었다. 쌓이는 눈에 찍힌 그들의 발자국을 다시 없애 버리는 함박눈. 두 사람은 길 위에 규칙적으로 발자국을 찍어 나가며 적당히 술을 마실 수 있는 공간을 찾아 앞으로 나아갔다.

술집은 대로변 우측에 자리 잡은 곳으로 들어갔다. 간판에 한국어가 쓰여 있는 가게였다. 들어서자 우렁찬 목소리가 먼저 반겼다.

"어서 오세요! 눈은 털고 들어와 주면 좋겠습니다, 손님!"

사장인 듯한 남자의 한국말에 이현은 그녀의 어깨 위에 쌓인 눈들을 먼저 털어 주었다. 손에 끼고 있던 가죽 장갑을 벗어 머리 위에 붙은 눈송이들까지 살뜰히 제거해 주는 그는 몹시도 세심했다.

"먼저 들어가요. 나도 털고 들어갈게요."

다정하게 웃어 주는 그가 겉옷을 벗을 때 도채는 고맙다는 말을 하지 못하고 잠시 머뭇거렸다. 신기하게도 어깨 위에 쌓인 눈은 도채보다 이현이 많았기 때문이다. 그러고 보니 그의 어깨는 상당히 젖어 있기도 했다. 눈을 맞으며 걸어온 거리가 길지 않았는데 어떻게 된 일일까. 도채는 가게 안으로 먼저 들어가며 정말 이상하다고 생각했다.

테이블이 다섯 개 정도 되는 넓지 않는 공간 한구석에 자리를 잡았다. 가게는 메뉴도 전부 한국말이었다. 기본 안주로 나온 야채샐러드를 놔두고 도채는 왕조개탕과 소주를 시켰다. 그녀가 주문할 동안 이현은 눈에 젖은 목도리를 풀고 코트를 벗은 뒤 마지막으로 머리에 쓴 그레이 칼라의 비니도 벗어 빈 의자에 놓았다. 그러고 보니 그는 눈이 올 걸 알고 있었다는 듯 중무장을 한 차림이었다.

"많이 챙겨 입었네요."

"추위를 좀 타서요. 눈이 온다고 해서 챙겨 입었어요."

이현은 비니 때문에 눌린 머리를 손으로 가볍게 쓸어 올리며 멋쩍게 웃어 보였다. 은근하며 몹시도 부드러운 미소다. 옆 테이블에 앉은 여자 손님들이 그때를 놓치지 않고 이현을 힐끔거린 것을 도채는 슬며시 외면했다.

시킨 음식과 함께 술이 나왔다. 이현이 술병을 들고 그녀의 잔에 술을 따랐다. 말간 소주잔을 바라보고 있던 도채가 예고 없이 술을 벌컥 들이켰다. 그리고 쓴맛을 떨궈 내기 전에 말했다.

"나, 헤어졌어요."

빈 잔을 만지작거리며 그녀는 그렇게 됐노라, 고백했다.

"이별이 아름답다는 건 거짓말이에요. 상대를 헐뜯고, 현란한 악담을 하고, 울먹거리는 목소리로 기어코 뺨까지 때리는 저질스러운 행동을 하고 나면 알게 돼요. 세상의 그 어떤 이별도 결코 아름답지 않다는걸. 그건 사랑을 모르는 사람들이 만들어 낸 사탕발림일 뿐이라는걸."

도채는 그러면서 아직 마르지 않은 콧물을 훌쩍 들이켰다. 이현이 토닥여 주듯 잔에 술을 채워 주었다.

"승모는 나를 너무 몰라요. 나를 모르는 승모가 이해되지 않아요. 그래도 한때 연인이었는데 아무리 몰라도 그렇지, 바보가 아닌 이상 내가 차인 것도 모르고 여기까지 찾아왔을 거라고 생각하는

203

그 태도가 화나요. 내가 여길 왜 찾아왔는지도 알려고 하지 않다니, 나 정말 너무 서러워."

그 말을 하면서 도채가 잔을 와락 움켜쥐었다. 그 덕에 말간 소주가 반 이상 출렁이며 쏟아졌다. 이현이 조용히 물수건을 가져와 그녀 앞에 놓아 주었다.

"힘내요. 그를 사랑한다고 당당하게 고백하던 당신은 어디 갔어요?"

"잘못 봤어요. 난 당당하지 않아요. 그런 척할 뿐이에요. 난……사귀는 동안 승모에게 사랑한다는 말도 해 보질 못했어요."

도채는 스스로에게 체념을 넘어선 실망을 듬뿍 토해 냈다. 마침 뜨거운 김을 내뿜는 따뜻한 조개탕과 붉은 소스를 바른 홍어무침이 나왔다. 미국에서 한국의 전형적인 음식을 먹을 수 있다는 건 기뻐할 일일까. 어떤 면에서는 신기했으나 동시에 고향을 온전히 벗어나는 건 현재의 시대에선 죽어도 어렵겠다는 생각에 울적한 기분이 들기도 했다.

"헤어질 뚜렷한 이유가 있었나요?"

이현의 질문에 도채가 연거푸 두 잔의 술을 마신 뒤 입을 열었다.

"아빠요. 그러니까 우리 아빠가 가난한 승모를 인정하지 못하고 중간에서 나 몰래 돈을 주며 떠나 달라고 매수하려고 했기 때문이에요. 나는 무디게도 그런 일이 있었다는 걸 나중에 알았어요. 아주 한참 후에요."

그럼 호텔에서 돈을 건네주던 동양인 남성은 누구일까. 이현은 묻고 싶었지만 실연당한 그녀에게 적합지 못한 질문이라고 생각해 개인적인 궁금함은 삼켜 버렸다.

"그래서 이곳으로 그를 찾아왔군요. 그 사실을 알고."

"만나서 묻고 싶었어요. 왜 내게 말하지 않았냐구. 왜 혼자 겁먹고 이 먼 곳으로 도망치듯 사라졌냐고. 내가 그렇게 못 미더웠냐고. 하지만 그런 걸 묻기는커녕 꼭 해야 할 말도 하지 못했어요."

"모든 사실을 말했다면 당신은 해결할 방법이 있었나 보군요."

"적어도 내게 말했다면 난 노력은 했을 거예요. 비겁하게 도망치진 않았을 거예요. 아빠를 설득하고 타협점을 찾았을 거예요. 집을 나올 각오 정도는 했다구요."

그 말에 이현은 제법 놀랐다. 철없는 발언을 너무 자연스럽게 했기 때문이다. 이현은 진지한 얘기와 어울리지 않게 자기도 모르게 핏, 하고 웃고 말았다.

"그건 해결법이 아니라 오히려 상황을 악화시키는 방법인데요."

"꼭 그렇게 하겠다는 게 아니라 그때는 그런 생각도 했다는 거예요."

"얘길 듣고 보니 문득 박승모의 행동이 어떤 면에선 현명할지도 모른다는 생각이 조금 드네요. 당신과 같은 생각을 박승모라고 하지 않았을 리 없어요. 그가 여기까지 올 때는 결국 탈출구가 없었기 때문 아닐까요? 해결 방법이 없었기 때문에 어쩔 수 없이 도피를 선택한 거죠. 그는 당신이 부모와의 사이를 악화시키면서까지 자신에게 오는 걸 바라지 않았을 거예요."

"왜 그렇게 생각해요?"

"적어도 당신을 사랑했을 테니까요."

"……!"

"사귀는 사이였잖아요. 아니에요?"

"맞아요. 맞지만……."

"남잔 그래요. 싫은 여자와는 죽어도 못 사귀어요. 자기가 싫으면 미스유니버스가 와도 눈길 안 줘요. 물론 미스유니버스를 마다할 남자는 세상에 없겠지만 비유하자면 그 정도라는 거죠. 그러니 연인이었던 그가 그런 생각을 하지 않을 리 없어요."

가슴이 따끔했다. 정말 믿지 못한 건 승모가 아니라 자신이었나 싶었다.

"여기 앉아 있는 사람들한테 물어볼까요? 사랑하는 딸을 위해 가난한 남자를 돈으로 매수한 부모가 나쁜 사람인지, 아니면 여자의 행복을 위해 그 돈을 받고 사라져 준 남자가 나쁜지 말이에요. 모두 각자의 사고방식에 따라 대답하겠죠. 부모가 잘못했다, 아니다. 남자가 잘못했다. 하지만 사실 다른 사람들은 절대 몰라요. 진짜 자신이 그 상황이 되어 보지 않는 이상 각자의 처지에 따라 대답할 뿐이죠. 어떤 사람은 여자의 아버지를 욕할 테고, 사랑에 대한 로망이 있는 사람들은 남자를 욕하겠죠."

"당신은 어때요? 누굴 욕하고 싶어요?"

"내가 보기엔 둘 다 각자의 상황에서 최선의 선택을 했다고 생각해요. 욕할 사람은 없어요. 그리고 한 가지 알려 주고 싶은 게 있다면 남자도 사람이란 겁니다. 남자도 여자친구의 부모님한테 예쁨받고 싶은 환상 정도는 가지고 있어요. 그런데 대놓고 반대하면 내색은 못 하지만 상처는 많이 받겠죠. 어느 날은 여자친구한테 하소연도 할 거예요. 나는 널 좋아하는데 너희 집안에서 죽어도 안 된다니 정말 미치겠다. 예전과 똑같이 데이트를 해도 마음이 무거우니 관계는 점점 불편해지고, 서로에 대한 마음도 조금씩 변하고, 변하다 보니 서서히 멀어지겠죠. 마음이 아픈 당신 앞에서 이런 말 하는 게 모질 수도 있지만 같은 남자로서 박승모에게 측은한 마음이 없진 않아요."

옳은 말이다. 남자라고 그런 소망이 없을 린 없을 것이다.

"그래요. 맞아요. 남자도 사람인데 당연히 그렇겠죠. 그렇지만…… 나는 승모가 다른 여자가 아닌 날 선택한 이상 그때 날 찾아와 상의했다면 참 좋았을 텐데, 라는 생각을 떨치지 못하겠어요. 이게 미련이겠죠? 알아요. 그런데 내가 이곳에 온 이유를 모르는 승모처럼 나도 승모가 그때 왜 그래야 했는지 이해할 수 없어요. 아마 그 입장이 되어 보지 못하는 한 영원히 알 수 없을 거예요."

영원히 알 수 없다. 그래서 헤어진 거다. 두 사람이 헤어진 이유는 결국 딱 하나다. 둘 다 앞으로 일어날 반대와 문제를 무릅쓰고 이 사랑을 지켜 나갈 용기가 없기 때문이다. 그리고 그만큼 단단한 사랑의 마음도 없었기 때문이다.

도채가 술을 마셨다. 그녀의 미간이 쓴맛을 참지 못하고 보기 흉하게 일그러졌다.

"하지만 당신 말대로 승모가 나를 사랑한다면 돈을 받을 이유가 없지 않을까요?"

"난 받을 건데요."

의외의 대답에 도채의 몸이 우뚝 경직됐다.

"받는다구요?"

"받아요. 목숨처럼 상대를 사랑하지도 않는데 못 받을 이유 없잖아요."

술이 떨어졌다. 그가 소주를 시켜 그녀 앞에 놓아 주었다.

"난 박승모가 아니니까 돈을 받지 않을 이유가 없죠. 하지만 만약 내가 박승모라면 난 절대 돈은 받지 않았을 겁니다."

시끄러운 주변의 목소리들 사이로 그는 분명히 그렇게 말했다.

"돈은 받지 말았어야 해요. 당신을 놓치고 싶지 않다면."

이현은 부드럽지만 강한 어조로 힘주어 말했다.

"당신의 아버지를 만난 날, 돈의 유혹에 흔들려 그걸 받았더라도 반드시 돌려줬어야 해요. 당신의 아버지가 어떤 회유와 협박을 했든 간에 그걸 받았다는 건 결국 당신을 놓쳐 버리는 치명적인 실수를 하는 거니까."

나를 놓쳐 버린 승모. 돈을 받는 게 결국 나와의 이별을 의미하는 걸 모를 리 없는 승모. 그랬다. 사과를 하려고 찾아갔건만 입을 열지 못한 건 그 배신감 때문이었다.

"결국 우린 둘 다 서로를 믿지 못했던 거군요. 승모나 나. 둘 다 모두."

오랫동안 뱅글뱅글 결론이 나지 않던 것이 낯선 이현의 입을 통해 말끔하게 결론이 났다. 술병의 뚜껑을 연 도채가 성급하게 술을 들이켰다. 연거푸 털어 넣은 술맛에 잔뜩 인상을 찌푸린 그녀의 얼굴은 점점 창백해지고 있었다.

"죄책감을 느끼나요? 박승모에게?"

"그래서 여기 온걸요. 사과하고 싶었어요. 무례했던 우리 아빠를 대신해서."

겨우 사과 하나 하려고 이 먼 길을 왔다고 누군가는 비난하고 코
웃음 치겠지만 도채에겐 불면증에 사로잡혀 밤을 지새울 만큼 마음
의 큰 짐이었다.

"나요. 미국으로 오기 전 이미 알고 있었어요. 승모에게 거절당할
거라는걸. 그래도 확인하고 싶었어요. 빨리 정신 차리고 싶었거든요.
내 수고로움과 노력을 보고서도 그가 냉정하게 거절한다면 이번엔
정말 놓자고 다짐했죠. 언제나 그랬지만 이젠 정말 정리하자고. 나
란 여자, 의외로 무디거든요. 무디고 둔하고 어리석고 질겨요."

"꼭 확인해야 했어요?"

"내가 그러고 싶었어요. 마음이 원하더라구요. 이제 짝사랑은 싫
다고."

눈이 뜨거워졌다. 도채는 뜨거운 눈을 술로 다스렸다.

"그거 알아요? 세상 사람들은 참 사랑도 잘해요. 나는 짝사랑 하
나에도 힘들고 지치건만 그들은 잘도 사랑해. 사랑이 식으면 새로
운 사랑이 또 나타나죠. 공평하지 않다고 생각했어요. 너희는 참
인연도 많다, 사랑도 많다. 다른 사람에겐 넘쳐 나는 사랑이, 왜 난
겨우 하나도 성공하지 못할까. 부러워서 속이 상한 게 한두 번이
아니에요. 제법 인기도 있고 고백도 받는 나를 유독 그 사람만 싫
대. 뭐가 그렇게 싫은지 눈길 한 번 안 주더라구요. 집안 좋고, 돈
도 있고, 이만하면 인물도 빠지지 않는데 결국은 이 꼴이야. 대체
뭐가 문제일까 자괴감에 빠진 적이 한두 번 아니에요."

짝사랑이 슬픈 건 주변 사람들의 시선도 한몫하기 때문이다.

"짝사랑하다 보니 우스운 꼴 당한 적도 많아요. 대학 내내 승모만 쫓아다니다가 졸업도 겨우 했어요. 혼자 좋아서 한 일이니 탓할 상대도 없어 항상 벙어리 냉가슴 앓듯 아파했죠. 그래도 이해할 수 없는 건 사람들의 이중 잣대랄까요? 남자가 싫다는 여자를 따라다니면 그 순정을 높게 평가하면서 여자가 남자를 따라다니면 한심하게 보는 그 눈빛들. 그거 정말 기분 나쁘더라구요. 그러면서 자기네들은 늘상 무슨 사랑은 어떻고 이별은 어떻고 사랑 타령은 어찌나 해 대는지. 마치 세상 모든 사랑 다 겪어 본 사람들처럼. 결국은 그 흔한 짝사랑 하나 이해 못 하는 족속들이."

실연의 상처는 대상 없는 사람들을 향한 원망으로 바뀌었다. 도채는 화를 낼 상대가 앞에 없자 더 분개하는 듯싶었다. 그러나 그것도 잠깐, 다시 그녀는 우울해졌다.

"내가 정말 마음이 아픈 게 뭔지 알아요? 이젠 그 어떤 이유를 대더라도 승모를 볼 수 없다는 사실이에요. 왜 짝사랑하는 사람들이 용기를 내서 고백하지 못하는 줄 알아요? 그건 그나마 유지되고 있는 관계까지 깨질까 두려워서예요. 고백했다가 차이면 그나마 볼 수 있는 그를 보지 못하기 때문이에요. 그래도, 아무리 그래도, 정말, 진짜, 말도 없이 가 버린 그를…… 용서할 수는 없었어요."

도채는 그래서였노라고 잠시 슬퍼했다. 다시 물기가 서리는 그녀의 눈동자를 보며 이현은 강조해 말해 주었다.

"용서하지 마요. 먼 훗날 그가 다시 돌아와도 받아 주지 마요. 그래 봤자 또 같은 이유로 고민할 테니까요. 이성이 헤어진 후 다시 만나서 또 사랑하는 이유가 처음 헤어진 이유를 망각하기 때문이래요. 결국 같은 이유로 헤어지고 나서야 잊고 있던 이유를 상기하게 된다는군요. 박승모와도 마찬가지일 거라고 생각합니다. 매달려서 돌아올 사람이라면 처음부터 당신에게 이런 아픔을 주지도 않을 거예요."

"그래요. 맞는 말이에요. 나도 머리론 알고 있었는데 그게 잘 안됐던 거죠. 현명한 말 고마워요."

도채는 고개를 끄덕이며 끝난 사랑을 위로하듯 술에 온 정신을 집중했다. 덕분에 가게 문을 닫을 때까지 술을 마신 그들은 결국 가게 주인과 함께 술집을 나오고 말았다.

푸른 새벽.

눈이 내린 거리는 하얀 모래밭처럼 반짝였다. 마침 이현을 태우기 위해 대기하고 있던 차량이 미끄러지듯 그들 앞으로 다가왔고, 도채는 그 사실을 모른 채 먼저 다른 쪽으로 걸어가기 시작했다. 방향도 모르는 채였다.

"이제 보니 주당이네. 난 꽤 취했는데."

눈 쌓인 도심을 뚫고 걸어가는 그녀의 발걸음은 꽤 빨랐다. 이현은 그녀의 넘치는 체력을 보고 할 말을 잃었다. 그가 대기하고 있는 기사에게 잠시 기다려 달라고 양해를 구한 후 그녀의 뒤를 따라 걷기 시작했다. 주머니에 손을 쿡 찔러 넣고 걷는 그녀의 얼굴에 졸음이 가득했다. 어쩐지 걸음도 똑바르지 못했다. 마주앉아 술을 마신 시간이 세 시간. 그녀가 걱정돼서 뒤를 밟은 게 초저녁부터니까 오늘은 하루 종일 밖에서 맹추위를 몸으로 맞았다고 보면 된다. 피곤할 수밖에 없는 날인 건 분명 한데 생각해 보니 문득 웃음이 났다.

"내가 스토커 기질이 있는 남자였군."

바닥에 남겨진 그녀의 발자국을 찾아 한 발 한 발 자신의 큰 발을 내디뎠다. 그녀의 발자국이 그의 발자국에 포개지며 형체가 사라졌다. 그가 이유 없이 씨익 웃었다. 휘청거리는 몸으로 잘도 그녀의 발자국을 용케 찾아내 걷는 자신이 기특해서다. 확실히 취기 때문인지 모든 상황에 너그러워지는 듯했다.

"추위는 질색이라 이런 거 정말 싫어하는데 오늘 보니 그렇지도 않네."

그녀의 발자국을 자신의 발자국으로 없애 버리는 무의미한 행동을 반복하며 얼마나 걸었을까. 열 발자국 정도 차이의 거리에서 도채가 뒤돌아서더니 빠르게 뛰어왔다. 발밑에 밟히는 눈이 미끄러운 것을 잊고서 한 행동이었다. 아니나 다를까 속력을 줄이지 못하고 달려오는 그녀가 '어어' 거리며 휘청였다. 놀란 그가 달려가 쓰러지는 그녀를 확 잡는 순간 둘은 함께 바닥으로 쓰러지고 말았다.

퍼억!

그녀의 놀란 숨소리가 그의 가슴팍에 느껴졌다. 마찬가지로 갑작스런 상황에 놀라서 뛰고 있는 그의 심장 소리는 그녀의 귀에 들렸다. 이현은 도채를 두 팔로 완벽하게 감싸 보호한 채로 눈이 내린 바닥에 자신을 내동댕이친 상태였다. 충격이 제법 있는지 바로 몸을 일으키지 못했지만 여전히 그녀의 작은 머리통을 보호하듯 힘껏 감싸고 있는 그였다.

"조심해, 정말! 다치는 줄 알고 놀랬잖아!"

자신의 품 안에 안전하게 있는 그녀를 확인한 그가 진심으로 안도하며 혼내듯 말했다.

"대체 무슨 일이에요? 왜 갑자기 뛰어왔어요?"

"문득 생각이 나서요. 당신의 그 말, 나 알아들었어요."

이젠 추위 때문이 아니라 술기운에 빨개진 볼을 들고 도채가 말했다.

"무슨 말이요?"

"치한한테 한 말이요. 나보고 당신의 여자라고 했잖아요. 왜 그런 거예요?"

이현은 그것을 질문하기 위해 달려온 그녀가 어이없는지 빤히 그녀를 바라보다가 자신의 머리를 아예 눈 속에 푹 박아 버렸다. 취기가 돈다. 총 네 병의 소주를 주문하고 각각 두 병씩 마셨다. 술을 마시지 못하는 그로선 최고의 주량을 선보인 날이다. 그런데 도채는 여전히 그의 품에 안겨 있다. 어떻게 할까.

"여기 문화예요."

이현은 아쉽지만 이성을 다잡으며 몸을 일으켰다. 일어날 때는 취기 때문에 힘이 빠졌는지 다리를 좀 휘청거렸다.

"보통 그렇게 해야 치한들이 쉽게 떨어져요. 오해할 만한 발언이었는데 알아들었다면 사과할게요."

"아뇨. 사과받고 싶어서 물은 게 아니구요. 이상해서요. 나, 영어 못 알아듣는데 그 말은 정확히 알아들었거든요. 뭔가 갑자기 영어가 한국말처럼 딱 해석이 됐다고나 할까?"

그가 내민 손을 잡고 나란히 자리에서 일어난 그녀는 그것이 꽤 궁금해 물었을 뿐이라고 했다. 그러면서 취기에 잠식당한 시원한 미소를 한 번 지어 보였다. 연하고 달콤한 미소도 아는 여자구나. 술에 취하면 목소리도 크게 내고 상대를 기분 좋게 하는 웃음도 지어 보이는 여자라는 걸 알게 되었다. 이현은 순간 그녀를 자신의 품에 확 안아 버릴까, 라는 생각을 했다. 그래서 걸어온 길을 다시 거슬러 제자리로 돌아올 때에는 팔짱을 낀 채 양팔에 힘을 꽉 쥐었다. 혹시나 취기에 실수를 할까 봐 자신의 팔에 손톱까지 박고 인내했다.

"타요."

"택시 타고 가면 돼요. 아까 술집 사장님이 한인 콜택시 불러서 가라고 전화번호 줬는걸요."

"타 줘요, 한 번만. 집주인으로서 세입자를 늦은 밤 콜택시에 태워 보내고 싶지 않아요."

마음 같아선 조그만 그녀의 몸을 냉큼 안아 차에 태우고 싶었지만 이현은 그러지 못하고 그녀가 타 주길 거듭 간청했다.

"납치하는 건 아니죠?"

"이런 상태론 납치해도 어쩌지 못한다는 걸 알아주면 좋겠네요."

취중에 실수할까 봐 조심하기만 하던 이현이 팔짱을 풀고 그녀의 손을 강제적으로 잡아 태워 버렸다. 차량 안에 오르자 높게 틀어 놓은 히터 열기가 먼저 그들을 반겼다. 뒤이어 그녀를 따라 차에 오른 이현은 밀려오는 술기운을 이기지 못하고 곧바로 매끄러운 시트에 머리부터 기댔다.

"졸려요?"

도채가 묻자 그는 아니라고 했다.

"노곤하네요."

그러나 말과 달리 팔짱을 끼고 더 깊이 시트에 상체를 붙이는 모습이 영락없이 졸린 모습이다.

"취했어요?"

"아닙니다."

"취하지 않았다니까 뭐 하나 물어볼게요. 정직하게 대답해 줘요."

"오늘은 유난히 질문이 많네요. 물어봐요, 모든. 술기운을 빌미로 실없는 소리 하진 않으니까."

"아까 우리가 만난 거 우연 아니었죠?"

"네에. 내가 미행했어요. 처음부터 계속."

실없는 소리 하지 않는다더니 실없는 행동을 하는 모양이다. 도채는 미행이란 단어를 쉽게 내뱉은 이현을 뜨악하게 쳐다보았다.

"뭘 그렇게 놀라요? 그런 장소에서 만나는 게 정말 우연이라고 생각하는 거예요?"

"왜 날 미행했어요?"

"그야 당연히 걱정되니까."

눈을 감은 채 이현은 속 시원히 잘도 대답했다. 그의 대답에 할 말이 없어진 건 오히려 그녀가 되어 버렸다. 도채는 가만히 입을 다물었다. 느낌이 맞았다. 역시 우연이 아니었다. 걱정돼서 쫓아왔을 거라고는 생각했는데 정말이라니 조금 더 놀랄 뿐이었다.

"오해 마요. 나쁜 뜻으로 미행한 건 아니에요. 그러니 신고는 하지 말아 줘요."

도채가 아무 말도 없자 이현이 감은 눈을 뜨며 장난스럽게 말했다.

"대답이 없는 걸 보니 신고할 생각이 있나 보다. 신고할 거예요? 셀폰 빌려 줄까요?"

뭐가 그리 당당한지 이현은 농담까지 건넸다. 주말에 함께 이동하자던 말을 애써 외면한 것도 이런 이유 때문이었는데 이제 그는 거리낌 없이 그녀에게 다가서려 했다. 아무 관계도 아닌 그녀를 무한정 위로해 주고 보듬어 주는 낯선 남자. 처음부터 끝까지 호의적이고 너그러운 따뜻한 마음의 소유자. 도채는 고개를 차창 밖으로 돌렸다.

"앞으론 그러지 마요."

"글쎄. 앞으론 어떻게 할까."

대답이 묘하다. 눈을 감은 채 그는 그녀의 말을 무시하는 것처럼 그저 부드럽게 미소 지었다. 도채는 집에 도착할 때까지 그의 얼굴이 비치는 창문에서 시선을 떼지 못했다.

눈길을 달려 아파트에 도착하기 전 이현은 그대로 잠들어 버렸다. 기사가 그를 몇 번이나 흔들어 깨웠지만 두 팔을 겨드랑이 사이에 꾹 집어넣은 채 잠든 이현은 떨군 고개를 쉽게 들지 못했다. 일어나라는 소리에 한 번 간신히 눈을 떴지만 그것도 잠깐일 뿐, 완전 정신을 놓아 버렸다. 문제는 정신을 논 상태에서도 두 팔을 풀지 않아 기사가 애를 먹었다는 사실이다. 보통 술에 취해 잠이 들면 몸이 늘어지게 마련인데 이현은 그와 달리 마치 사후강직 된 사람처럼 두 팔을 질기게도 풀지 않았다. 무슨 고집인지 알 수 없었다. 결국 기사가 건물 안으로 들어가 지배인을 불러왔다. 평소와 전혀 다른 이현의 모습에 지배인은 놀란 표정을 감추지 못하더니 나중엔 껄껄 웃었다.

—손안에 뭘 감췄나? 무슨 고집이래?

—내가 다리를 잡을 테니 자네가 팔을 잡고 옮겨야 할 것 같은데?

—노노. 힘들게 왜? 우린 과거부터 술에 취한 사람을 옮기는 방법이 따로 있잖나.

지배인은 사람 좋은 얼굴로 누군가를 시켜 천으로 된 접이형 들것을 가지고 오게 했다. 이현은 들것에 실려 고층 팬트 하우스로 옮겨졌다.

늦은 새벽, 들것에 실려 온 그를 보고 그의 팬트 하우스는 난리가 났다. 놀라움과 동시에 재미있다는 수군거림이 끊이질 않았다. 확실히 잔뜩 술에 취해 정신을 잃은 모습으로 들것에 실려 온 모습은 우스꽝스러웠다. 도채는 자신 때문에 과음한 것이 미안해 들것에 실려 침실로 이동하는 그의 모습을 보면서 웃지 못했다.

—술자리가 즐거웠나 봅니다. 여기 근무한 지 삼십 년이 넘었지만 저렇게 녹다운된 모습은 처음이에요.

지배인이 그를 침실에 눕히고 나와서 도채에게 말했다.

—얼마만큼 마셨어요?

지배인이 한 손을 들어 술을 마시는 흉내를 내 보였다. 도채는 둘이서 총 네 병을 마셨다는 뜻으로 네 손가락을 펴 보였다. 그가 껄껄 웃었다.

—놀랍네요. 술을 마시지 않는 분인데 네 병이라니 대단한걸요.

그는 도채에게 고맙다는 말을 전하며 엘리베이터를 잡아 주었다. 게스트 하우스로 돌아온 도채는 침대 위에 대자로 누워 버렸다. 지친 건 그녀도 마찬가지다.

"술…… 못 마시나 보네. 어쩐지 잘 못 걷더라."

그런데도 끝까지 보조를 맞춰 함께 마셔 주다니 배려심이 고맙다. 그의 젖은 어깨를 발견했을 때처럼 진심으로 고마웠다. 도채는 이현이 있는 위층을 쳐다보며 지금껏 아무 관계도 아닌 자신을 도와주고 배려해 준 그를 차분히 떠올려 보았다. 항상 부드러운 미소를 입가에 담고 상대방을 그윽하게 바라보는 눈빛은 잊지 못할 것 같다. 단 한 번, 날카로운 얼굴을 보았다면 아까 치한으로부터 도움을 줄 때였다.

"세상모르는 순진한 소년인 줄 알았더니 제법 남자다운 모습도 있고 말이야."

그러나 이제 그것도 더 이상 볼 기회가 없을 것 같다. 도채는 아쉽고 섭섭한 마음을 달래며 마지막으로 그에게 인사를 했다. 이젠 떠날 때가 되었다.

"안녕. 그동안 고마웠어요."

7

일요일 아침은 어느 때보다 조용했다. 새벽에 멈춘 눈이 남기고 간 흔적으로 거리가 한산해진 느낌이었다. 두 사람은 정오가 될 때까지 각자의 침실에서 일어나지 못했다. 그나마 눈을 먼저 뜬 건 역시 주량이 센 도채였다.

도채는 밤새 몸에서 떠나지 않던 술 냄새를 뜨거운 샤워로 떨쳐낸 후 게스트 하우스 안에 있는 유선 전화기를 이용해 태성에게 전화를 걸었다.

"나야."

"왜 이렇게 늦게 전화해? 기다렸잖아."

태성은 면박을 주며 궁금증에 목이 말랐다고 투덜거렸다.

"박승모는 만났어?"

"만났어. 그래서 부탁할 게 하나 있어."

"그렇겠지. 이번엔 뭐야?"

"승모가 한국행 비행기 티켓을 끊어서 준 게 있어. 그거 환불해서 승모에게 다시 전해 줘. 네가 빌려 준 카드와 함께 발송할게."

"그리고?"

"그게 다야."

"다야? 그럴 리 없을 텐데. 나중에 또 시키지 말고 한꺼번에 말해 주면 좋겠다. 나도 나름대로 공부하는 학생이라 바쁘거든."

"그럼 한 가지 더. 네가 빌려 준 돈은 한국에 들어오면 갚을게."

"가족과 여기 사는데 무슨 말이야?"

"그러니까. 그때 갚는다구."

태성이 무슨 말인지 이해 못 하겠는지 잠시 침묵했다. 그러더니 이내 그 말이 돈을 갚지 않겠다는 뜻이라는 걸 알고 피식 웃었다.

"계산 방법이 썩 나쁘진 않네. 그럼 나도 너한테 더 이상 미안한 마음 안 가지고 살아도 된다는 거지?"

"물론."

"왜 그래? 순순히 대답하는 게 너답지 않아. 박승모랑 무슨 일 있었어?"

"다 끝났어. 완전히."

"끝났다고?"

"그래. 그러니까 잘 지내. 나 돌아갈 거야."

수화기 너머 태성이 또다시 잠깐 동안 말을 안 했다. 그동안의 일을 혼자서 상상하는 듯했다.

"흐음. 무슨 일인지 모르지만 확실히 끝났다면 나야 환영이지.

언제 가?"

"곧바로."

"너무 담담한데? 너 설마 처음부터 이렇게 될 걸 알고 온 건 아니지?"

"한편으로 희망을 가지고 있었어. 잘될 거라는. 잘되길 바라는. 비록 결과는 이렇게 됐지만."

"박승모가 진짜 돈 받았대?"

"이제 그런 건 중요하지 않아."

"왜 중요하지가 않아? 그게 제일 중요하지."

"뺨 한 대 때렸으니 됐어."

"그랬어? 뺨을 때렸어? 야야! 잘했다, 잘했어. 난 비폭력주의자지만 넌 그럴 자격 충분해! 돈 받고 여기까지 유학 온 놈한테 뺨 한 대가 대수냐? 잘했어, 잘했어."

"지금껏 단 한 번도 지지해 준 적 없으면서 이상하다?"

"큰아버지로부터 연락 없는 게 이상해서 그래. 분명 네가 박승모를 찾아 미국 온 걸 아실 텐데 아직까지 전화 한 번 안 하셨다. 아무래도 너 서울 가면 쫓겨날 거 같아."

"쫓겨나면 다시 오지 뭐. 4년 내내 사랑만 하다 남은 건 최악의 학점뿐인데 나도 공부라는 걸 해 볼까 봐."

"일단 내가 널 지지해 줄 수 없던 이유. 이제 제대로 안 거야?"

"그래. 알아. 승모가 날 사랑하지 않는다는 걸 알고 넌 지지하지 않았다는걸. 그게 제일 서럽고 슬픈 얘기지."

"이제 새 남자 만나 새롭게 살아 봐. 지긋지긋한 짝사랑은 그만

하고."

"응. 건강해, 사촌. 그동안의 협조 고마웠어."

시원섭섭해하는 태성의 목소리를 뒤로하고 도채는 전화를 끊었다. 그리고 이번엔 공항에 전화를 걸었다. 상냥한 영어 목소리가 나오자 도채는 서툰 발음이지만 담담하게 말했다.

―한국행 비행기를 예약하고 싶어요. 제일 빠른 거요.

이현은 오후 2시가 되어서야 잠에서 깼다. 정확히 말하면 잠만 깼을 뿐 여전히 침대에서 일어나지 못하는 상태였다. 수시로 그가 깼는지 확인하러 온 도우미가 마침 뒤척이는 그와 눈이 마주쳤다.

―산드라, 지금 몇 시예요?

푹 잠긴 목소리로 이현이 물었다.

―오후 두 시요.

―두 시? 반나절을 기절해 있었네.

월요일에 시작되는 시험을 준비해야 한다는 생각이 들면서 문득 잠시 기억 못 했던 어제 일이 떠올랐다.

―나, 어제 여기 어떻게 왔어요?

―라이언 씨가 데려왔어요. 뭘 드셔야 할 텐데, 따끈한 스프 좀 준비할까요?

―아뇨. 물 한 잔 줘요.

음식은 몸이 거부했다. 속이 쓰린 건 아닌데 무언가를 먹고 싶은 생각은 전혀 없었다. 시원한 물 한 잔을 들이켠 뒤 이현은 역시나 다시 침대에 눕고 말았다.

―그녀는요?

―아직 자나 봐요. 조용해요.

―또 우는 거 아냐?

―네?

―아아. 아니에요.

그녀는 울지 않을 것이다. 그런 생각이 들었다. 그녀는 그가 생각하는 것보다 씩씩한 사람이니까. 단지 벤치에 앉아 혼자 울음을 삼킬 줄은 정말 몰랐다. 그 서글픈 감정 표현. 이현은 어깨 위로 이불을 끌어 올렸다.

"잔상이 남는 여자야. 헤어지고 나면 꼭 지나간 일을 떠오르게 만들어."

묘하게 기억에 각인되고, 천천히 어필되는 여자였다. 이현은 도채를 생각하다가 자기도 모르게 다시 눈을 감았다. 월요일에 치러야 할 시험이 걱정인데 이상하게 일어나고 싶지가 않다. 그녀가 울던 모습, 그리고 빙그레 웃던 모습을 곱씹어 보는 게 더 좋았다. 그동안의 규칙적인 생활 패턴이 한 번에 무너진 건 결코 술 때문은 아닐 것이다. 그건 새로운 감정을 기다리는 그의 마음 때문이었다. 이현은 오늘 저녁에는 그녀와 함께 근사한 식사를 하는 게 어떨까, 생각하며 잠이 들었다.

어렴풋이 그런 꿈도 꾼 것 같다. 눈을 뜨고 제대로 정신을 차렸을 때 말이다. 그녀와 함께 맛있는 식사를 하고 달콤한 후식을 먹은 후에 두 손을 꼭 잡고 식당을 나선다. 그리고 골목 어딘가에서 진한 키스를 하며 오늘 밤 어디서 사랑을 나눌까 함께 고민하는 꿈.

그러나 늦은 밤 꿈에서 깬 이현은 자신에게 실망했다. 이렇게 잠 보였던가. 10시가 넘어서 눈을 뜨다니 스스로도 믿을 수가 없었다. 저녁 식사를 하려던 꿈은 한순간에 물거품이 되어 버렸다. 아래층 의 그녀는 지금쯤 뭘 할까. 뜨거운 물이 담긴 욕조에 들어가 피로 를 푼 후 종일 굶은 속을 달래기 위해 늦은 식사를 한 이현은 고민 했다.

"좀 더 일찍 일어나 그녀와 식사하는 계획은 물거품이 되어 버 렸으니 어쩐다?"

잠깐 내려가 얼굴을 보고 오고 싶었지만 그사이 시간이 흘러 12 시가 되어 버린 후다. 이현은 어쩔 수 없이 책을 펼쳤다.

"지금쯤은 자겠지. 숙취에 피곤할 테니 하루 정도는 쉬게 놔두는 게 좋을지도."

단순히 그렇게 생각했다. 아쉬운 마음이 들었지만 하는 수 없었 다.

"술을 못 마시는 내 탓이지."

이현은 아침에 치를 시험을 대비해 섭섭함을 구겨 넣고 책에 집 중하기 시작했다.

다음 날, 도채는 아침 일찍 이현이 있는 팬트 하우스를 방문했 다. 작별 인사라고 하면 거창하겠지만 그동안 고마웠다는 말은 하 고 싶었다. 그러나 그는 벌써 학교에 가 버린 후였다. 학생인 그의 신분을 알기 때문에 거기에 맞춰 일찍 일어나 찾아왔다고 생각했는데, 조금은 섭섭했다.

"얼굴을 보지 못할 거란 생각은 하지 못했는데."

어쩔 수 없이 메모지에 간단한 인사를 적었다. 펜을 든 도채는 한동안 가만히 생각에 잠겼다가 천천히 펜을 움직였다.

그동안 그마웠어요.

마침표를 찍고 나자 너무 성의 없어 보였다. 연달아 몇 마디를 더 추가해 적었다.

속은 괜찮아요? 무리한 줄 몰랐어요. 위로해 줘서 그마워요.

도채는 메모지를 뚫어져라 보다가 새로운 메모지를 꺼냈다. 뭔가 어색한 인사말이라고 느껴졌기 때문이다.

폐만 끼치고 갑니다. 그동안의 호의를 어떻게 감사드려야 할지 모르겠습니다. 감사합니다.

이번엔 너무 격식을 차려 진심이 느껴지지 않았다. 도채는 메모지를 구기고 다시 썼다.

사랑에 대한 무수한 말들. 그거 따지고 보면 전부 포장이에요.

사랑을 하면 대단한 게 있을 것 같죠? 별거 없어요. 그러니 앞으로 당신도 사랑을 할 때 꿈에 부풀어 상대에게 특별한 걸 바라지 말아요. 경험자의 충고입니다.

쓰고 나니 기가 막히다. 실연을 자랑하다니 어쩜 이렇게 창피한 걸 모를까. 누가 누구에게 훈계를 하는 건지 보통 창피한 게 아니다. 도채는 후다닥 새로운 메모지에 딱 한 줄을 적고 나서 얼른 자리에서 일어났다.

엘리베이터를 타고 1층으로 내려오자 예의 지배인이 그녀에게 인사하다 멈칫거렸다. 그녀의 손에 든 캐리어를 봤기 때문이다. 도채는 고개 숙여 그동안 고마웠다는 말을 한 후 염치없지만 서류 봉투 하나를 꺼내 발송을 부탁했다. 태성에게 전할 티켓이었다. 봉투를 전해 받은 지배인은 오늘 안에 도착할 수 있게 해 주겠다고 말했다. 도채는 이현에게 전할 메모지도 건넸다. 메모지를 받은 그가 무슨 의미인지 알겠다며 역시 잘 전하겠다고 말했다.

—어디로 가십니까?

—한국이요.

—한국? 그럼 공항으로 가겠군요.

손님이 돌아간다는 소리를 듣지 못했지만 그는 잠깐 기다리라고 하더니 차량을 불러 주었다.

—이 사람이 공항까지 모셔다 드릴 겁니다. 타고 가세요.

—아니에요. 괜찮아요.

—그럴 순 없죠. 이곳을 방문한 게스트 하우스 손님을 그냥 보내

는 일은 없는걸요.

도채의 캐리어를 트렁크에 실어 준 지배인이 마지막 인사를 날렸다.

—그동안 함께 지낼 수 있어서 즐거웠습니다. 다시 또 만난다면 좋겠어요. 조심해서 돌아가십시오.

떠나는 차량 안에서 본 뉴욕의 하늘은 몹시 흐렸다. 승모를 만나러 올 때 느꼈던 복잡한 심정은 저 하늘과 같았다. 돌이켜 보니 굳이 이별을 재확인할 필요가 있었을까 하는 후회도 잠깐 들었다. 그러나 이걸로 됐다 싶었다. 할 만큼 했으니 남은 미련의 상처도 스스로의 몫이었다. 이젠 모든 게 다 끝났다.

승모가 찾아온 건 그로부터 한 시간이 안 돼서였다. 헐떡이며 달려온 승모는 데스크에 있는 지배인에게 무작정 물었다.

—게스트 하우스에 있는 사람을 만나러 왔습니다! 이름이 윤도채예요. 만날 수 있나요?

—만날 수 없습니다.

—어째서요? 위에 전화해 보세요. 난 박승모라고 해요. 내 이름을 대면 분명히……!

—그게 아니라 윤도채 씨는 지금 여기에 없습니다.

—외출했단 말입니까?

—아뇨. 마침 저기 오네요. 그녀를 공항에 데려다 주고 오는 우리 직원이요.

지배인이 입구에서 들어오는 운전기사를 가리켜 보였다.

―여성분은 잘 모셔 드리고 왔나?

지배인이 묻자 운전기사가 물론이라며 출발 시간보다 넉넉하게 맞춰서 안내해 드렸다고 대답했다. 그 대답이 끝나기 무섭게 승모가 밖으로 달려 나가 택시를 잡아탔다. 할 말이 있었다. 해야 할 말이 있었다. 제대로 된 이별을 하지 못한 것에 대한 변명이 남아 있었다. 승모는 택시 기사에게 거듭 전속력으로 달려 줄 것을 부탁하며 공항으로 질주했다.

공항에 도착한 승모는 재빨리 한국으로 출발하는 항공 위치를 확인한 후 1번 티켓 카운터 위치를 파악했다. 국제선은 3시간 전에 도착해서 수속하는 것을 기본으로 한다. 도채를 공항에 데려다 준 운전기사는 분명 시간적으로 여유가 있다고 했다. 승모는 그 사실 하나를 믿고 무작정 달렸다.

그녀는 의자에 앉아 있었다. 수많은 사람들 틈 속에서 혼자 조용히 앉아 있었다. 승모는 턱까지 차오른 숨을 힘들게 몰아쉬다가 지체하지 않고 그녀에게 갔다. 만감이 교차한다. 잊었던 과거가 추억처럼 뇌리를 스친다. 승모는 그녀가 앉아 있는 옆 의자에 소리 내어 털썩 주저앉았다. 의자가 덜컹거려 힐끔 옆을 쳐다보던 도채가 크게 놀라워했다.

"할 말이 있어서 왔어."

승모는 숨을 헐떡이며 그 말부터 했다. 한겨울에 이마에 맺힌 작은 땀방울이 안쓰럽게 흘러내렸다.

"꼭 하고 싶은 말이 있어서 왔어."

얼마나 뛰었는지 머리가 다 아팠다. 승모는 숨을 삼키고 진정하느라 말을 하지 못했다. 놀란 도채도 처음엔 무척 당황하더니 그의 호흡이 안정될 때까지 아무 말 없이 기다려 주었다.

"이제 말해."

"그래."

"말해, 어서."

"나 돈 받지 않았다."

승모가 말했다.

"아니, 받았지만 돌려보냈어. 나중에. 한참을 고민하다가 아주 나중에."

두 사람은 나란히 앉아 서로의 얼굴을 볼 수 없었다. 아니, 볼 수 있었지만 일부러 정면만을 바라본 채 서로의 얼굴은 외면했다.

"너희 아버지가 돈으로 날 회유했다는 건 거짓말이야. 공교롭게 시기가 그랬지만 그건 사실이 아냐."

승모는 이제 편안해진 호흡 속에서 차분히 사실을 고백했다.

"기억나? 내가 갑자기 공부를 그만두고 일을 하려고 했던 때. 너한테 말하지 않았지만 그때 이미 난 지금 다니는 대학교로부터 입학허가통지서 받은 상태였어. 정말 기뻤어. 노력의 결과가 드디어 이뤄졌으니 너무 기쁠 수밖에. 그런데 다 기쁜 것만은 아니었어."

그가 고개를 돌려 옆에 앉은 도채를 그제야 바라보았다.

"너 때문에."

정면을 보던 도채도 고개를 돌려 그를 보았다. 두 사람은 정말 오랜만에 상대를 진심으로 바라보았다.

"사랑은 아니더라도 좋아한 건 맞아. 누가 뭐래도 나는 널 좋아했어."

도채는 아무 말도 하지 않았다. 그토록 듣고 싶었던 말을 헤어지고 나서 듣는다니 세상에 이런 사람도 없을 것 같다.

"난 좀 자신이 없었나 봐. 널 좋아하는 게 분명한데, 확실한데, 막상 그 이상으로는 넘어가질 못했어. 스스로도 이상하다 싶었지. 그러다 어느 순간 깨달았어. 난 널 사랑하지 않기 때문에 미래도 함께할 생각이 없나 보구나, 하고. 그래서 유학을 핑계로 헤어질 것을 기다리고 있었던 거구나, 하고."

도채는 가만히 숨을 몰아쉬었다.

"공교롭게 그때에 네 아버지가 날 찾아오셨어. 아셨던 것 같아. 나란 놈이 감정을 질질 끌면서 오랫동안 널 힘들게 하고 있다는 걸 말이야. 내게 단도직입적으로 말씀하셨어. 미래를 함께할 자신이 없다면 부디 네가 이제 지친 사랑 하지 않게끔 차갑게 떠나 달라고. 돈을 주시면서 이제 그만 널 아프게 하지 말아 달라고 말하셨지."

"네게 무례하게 행동한 내 아버지를 대신해 사과할게. 사과하고 싶었어. 진심으로."

"아니야. 사과할 사람은 나야. 이유야 어쨌든 말없이 떠난 건 맞잖아. 그건 누가 뭐래도 쓰레기 같은 행동이었어. 그리고…… 너희 아버지 잘못이 아니야. 내가 원하기만 한다면 함께 유학을 보내 주겠다고까지 했는데도 난 끝내 대답하지 못했거든. 널 사랑한다고 말하지 못했어."

"……그랬구나."

"그랬어. 너랑 함께 떠날 수 없는 이유도 충분했고, 네게 기다려 달라고 말할 수 없는 이유도 넘쳐 났는데 말하지 못했어. 나중에 알았지. 그건 다 변명일 뿐이라는걸."

승모가 사과했다.

"미안해. 그때의 난 널 사랑한 게 아닌가 봐. 사랑한다고 생각했는데 그게 아니었나 봐."

도채는 그저 고개를 끄덕거렸다.

"그랬구나. 그랬구나. 그래서 그런 거였구나."

알고 있었지만 차마 인정하기 싫었는데 이제야 솔직해졌다. 한 사람은 사랑인데 한 사람은 아니었나 보다. 사랑이란 이름으로 곁에 묶어 두려고 했던 그녀의 잘못과 사랑이 아닌데 사랑이라고 착각했던 승모의 욕심이 순수했던 우리를 이곳까지 이끌었던 모양이다.

도채는 가만히 고개를 끄덕이며 자리에서 차분히 일어났다.

"가야겠어."

"몇 시 비행기야?"

"이제 곧."

그 말에 승모도 자리에서 훌떡 일어섰다. 두 사람은 아무 말 없이 그렇게 서 있기만 했다.

"정이현의 아파트에 널 그냥 놔두고 가 버린 거 사과할게. 변명 같지만 모질게 굴어야 네가 단념할 거라고 생각했어."

"알아. 일부러 그런 거 알고 있어. 우리, 그래도 한때는 연인이 었잖아. 친구로 지낸 시간이 더 길긴 했지만."

그 말에 승모가 희미하게 웃었다.

"그래. 윤도채가 내 마음을 눈치 못 챌 리 없지. 우린 누가 뭐래도 한때 베스트였고 연인이었는걸."

이번에는 도채가 옅게 웃었다. 그녀가 악수를 청했다. 승모가 악수 대신 두 팔을 벌려 그녀를 안아 주었다. 따뜻한 품은 지금도 한결 같은데 이제 다시 체온을 느낄 수 없다니 눈물이 날 것 같았다.

"사귀는 동안 지금처럼 나를 보듬어 주고 안아 줄 순 없었어? 내가 이런 걸 얼마나 바랐는데."

"미안하다."

"사랑하면서도 외롭다고 느낀 여자는 내가 처음일 거야. 그게 얼마나 슬픈 일인지 알아?"

"미안해."

"혼자 사랑했다고 느꼈던 사람도 나뿐일 거고."

"전부 미안해. 모든 게 다."

"나도 뺨 때려서 미안해. 알지?"

"알지, 그럼. 다 알아."

"좋은 여자 만나라고 빌지 않을 거야. 나보다 널 사랑해 줄 여자 많지 않다는 걸 너도 알아야 하니까."

"난 빌 거야. 너 최고로 멋진 남자 만나라고. 아주 근사한 남자 만나서 사랑하는 동안만큼은 외롭지 않게 해 달라고."

"넌 성공할 거야, 승모야. 누구보다 멋지게. 그렇게 되길 내가 꼭 기도할게."

도채는 그의 품에서 떨어지며 마지막 인사를 했다. 승모가 그녀의 잡았던 손을 놓았다. 두 사람은 서로를 향해 짧게 손을 흔들고 끝내지 못했던 이별을 드디어 끝내고 헤어졌다.

그 시각.

도채가 뉴욕을 떠났다는 사실을 까마득하게 모르는 이현은 숙취의 괴로움을 이기지 못하고 선일처럼 운전기사를 불러 늘어진 몸을 옮기는 중이었다.

—그러니까 소주를 마셨단 말이지? 그 독한 한국 술을.

평소 직접 운전을 하는 것과 달리 오늘은 운전기사가 이현을 기다리던 것을 본 선일이 차량에 올라타며 물었다.

—누구랑 마셨는데? 너 설마 송은숙이랑 술 마셨냐?

—누구랑 마셨는지가 그렇게 중요해?

—언제 술을 배웠지? 그 여자랑 나 몰래 술 마시고 다닌 거 아니야? 그렇지 않고서 맥주 한 병이 치사량인 네가 한국 술을 마실 리 없잖아. 그 독주를.

—그래서 보다시피 심각한 숙취에 시달리고 있잖아. 좀 쉐게 그만 취조하자.

이현은 됐다 싶은 얼굴로 차량을 출발시켰다. 그 덕에 내릴 타이밍을 놓친 선일이 인상을 구겼다.

—난 지금 집에 갈 생각 없는데 의사를 묻지도 않고 그냥 막 데리고 가네.

—주인 허락 없이 차에 올라탄 네 탓이야. 그나저나 어제 집으로 올 때 내 상태는 어땠어요?

이현이 머리가 아픈지 이마를 붙잡은 채 기사에게 물었다.

—조용히 잠만 주무셨습니다.

—무슨 말을 하진 않았죠? 그러니까 함께 탄 일행에게 주정을 했다거나 실수를 했다거나.

—전혀요. 오직 잠만 잤어요. 너무 깨질 않아서 이동할 때 들것을 썼죠.

—들것? 추한 모습을 보였네.

선일의 말이 아니더라도 이현 또한 우스꽝스런 모습을 보인 자신을 떠올리니 조금 창피하긴 했다.

—대체 얼마나 마셨길래 그래?

얘기를 듣던 선일이 궁금함을 참지 못하고 물었다.

—소주 두 병. 정확히 말하면 한 병 반이지만.

—누구랑? 송은숙이랑?

집요한 선일은 계속 송은숙 타령이었다.

—그래. 그 송은숙이랑. 술을 그렇게 잘 마실 줄 몰랐어. 보조 맞추는데 식은땀이 다 나더라.

—못 마신다고 하면 되지, 왜 보조까지 맞춰?

—혼자 마시게 할 순 없잖아.

—왜?

왜라는 대답에 이현은 그야, 라고 입을 열다가 혼자 지그시 웃었다.

—그야 그녀와 함께 술을 마시고 싶으니까.

아파트로 들어서는 이현에게 지배인이 기다리고 있었다며 재빨리 무언가를 내밀었다.

—손님이 주고 가신 겁니다.

지배인은 도채에게 받은 메모지를 잘 접어 이현에게 넘겼다. 그는 처음엔 무슨 말인지 알아차리지 못했다.

—손님이요?

—네. 게스트 하우스에 머물던 여성분이요. 발송 우편물 하나를 함께 부탁하고 떠나셨지요. 메모지는 직접 전해 달라고 했습니다.

—떠나다니 오늘 말이에요?

생각하지 못한 말이었다. 이현은 서둘러 작은 메모지를 열었다. 그의 행동이 심상치 않음을 느낀 지배인이 조심스레 물었다.

—8시경에 짐을 들고 나가셨어요. 알고 계신 줄 알았는데요.

메모지를 보고 난 이현의 얼굴이 딱딱하게 굳었다. 그래도 며칠은 더 머물고 떠날 거라 생각했는데 이건 뭔가 너무 허무했다. 아무 말도 하지 않는 이현을 보며 곁에 있던 선일이 메모를 보고 싶어 했다.

—뭐라고 썼는데?

—별거 없어.

이현은 메모지를 주머니에 꾹 찔러 넣었다.

—궁금한 게 있는데 여자가 남자에게 좋은 사람이라고 칭한 건 무슨 의미야?

—휴머니스트? 착한 사람? 모르겠는데.

선일은 오히려 이현을 쳐다보며 되물었다. 느닷없는 질문이 너무

235

포괄적이지 않냐는 의미 같았다.

—송은숙이 너를 좋은 사람이라고 했어?

—속 쓰린 김에 한 잔 더 해야겠다. 올라갈래?

뭔가 기분이 갑자기 나빠진 것 같은데 말을 하지 않으니 알 수가 없다. 선일은 엘리베이터 버튼을 대신 눌러 주며 고개를 까딱거렸다.

—과거에 세상의 모든 술을 섭렵했던 사람으로서 실연에 어떤 술이 좋은지 정도는 권해 주지. 타.

한국.

집으로 돌아온 도채는 현관 앞에서 윤 회장과 마주쳤다. 딸이 회사도 그만두고 여권을 들고 미국에 간 건 벌써 알고 있었다. 늦은 아침까지 인기척이 없어 살펴본 딸의 방에는 사용하던 휴대폰만이 책상 위에 덩그러니 놓여 있을 뿐이었다. 한순간 그 광경에 화가 나기도 했으나 오죽 좋으면 저럴까 싶어 끝내 내버려 두기로 했다. 어쩌면 이번 기회로 딸아이가 스스로 마음을 정리하길 바라는 마음이 컸기 때문일지도 몰랐다.

윤 회장은 아무 말 없이 묵묵히 걸어가 도채의 캐리어를 대신 들어 주었다. 도채도 그걸 거부하지 않았다. 이층 계단을 지나 그녀의 방 안에 캐리어를 놔준 윤 회장은 침대에 조용히 걸터앉는 딸의 이름을 조심히 불렀다.

"도채야, 아빠는……."

"괜찮아요, 아빠. 아빠를 원망하지 않아요."

도채는 이제 모든 걸 이해한다며 고개를 끄덕였다.

"우린 그 정도의 사랑을 했을 뿐이에요. 남이 보기에도 걱정스럽고 위태롭고 지독히도 얕은 사랑이요. 그래서 아빠도 그렇게 걱정했다는 것을 알아요."

도채의 눈가가 옅게 물들었다. 윤 회장이 가만히 와서 도채를 안았다.

"이제 걱정 마세요. 돈을 받지 않은 승모는 멋졌지만 그뿐이에요. 그는 언제나처럼 여전히 날 사랑하지 않으니까요."

8

12월 초부터 중순은 미국 대학생들의 기말고사 기간이다. 대학원생들은 프로젝트 제출 기간이고, 대학원 본부와 학과 사무실은 학기를 정리하느라 정신이 없다. 따라서 학교를 오가는 학생들뿐 아니라 교내 직원들도 저마다 넘쳐 나는 업무로 인해 시간이 부족해 신경이 예민한 시점이기도 하다.

일상이 지속되었다. 이현은 시험 기간인 만큼 평소와 다를 바 없이 책상 위에 잔뜩 쌓아 놓은 전공 서적에 얼굴을 파묻고 무섭게 집중하고 있었다. 가끔 고개를 들어 머그컵 안의 커피를 한 모금 마시고 내려놓을 때를 빼고는 책에서 눈을 떼지도 않았다.

출출한 새벽에 허기를 달래기 위해 늘 먹었던 두부는 그 뒤로 먹지 않았다. 대신 야채샐러드를 먹었다. 갈증에 좋은 홍차를 마시던 습관도 그만두었다. 늘상 진열대에 놓여 있던 레몬밤은 서랍 안에 집어넣어 시야에서 보이지 않게 했다. 그녀가 마셨다는 이유 때문이었다.

그녀의 존재감은 어디에서도 느낄 수 없었다. 워낙 짧은 시간이었고, 남긴 흔적 하나 없기 때문이었다. 게스트 하우스는 평소처럼 비어 있고 이현은 그래서 언제나처럼 공부에 몰두했다. 달라진 게 있다면 그녀가 떠오를 때마다 두통 때문에 진통제를 집어 먹었다는 것뿐이다.

13일간의 테스트가 끝나고 금요일이 되었다. 하지만 아직 신경 써야 할 과목 몇 개가 남아 있었다. 부분 데드라인이 끝날 날, 이현은 책을 던지고 무작정 센트럴파크로 향했다. 치솟는 답답함을 달래기 위해서였다.

뉴욕시 맨해튼의 843에이커를 공원으로 만든 곳.

맨해튼 59번지에서 110번지까지 이어진 센트럴파크는 공연장과 호수, 동물원과 울먼링크를 가진 뉴욕의 대표적 랜드마크다. 이현은 86가에서 97가에 걸쳐 자리한 호수로 향했다. 재클린 케네디의 이름을 따서 만든 이곳이 최고의 조깅 코스다. 호수를 따라 한 바퀴 돌면 1.57마일을 뛰게 된다. 이현은 운동화를 바짝 조여 매고 슬슬 워밍업을 하더니 힘껏 달리기 시작했다.

중앙 조깅 코스 군데군데는 추위로 아직 녹지 않은 눈이 부분적으로 쌓여 있었다. 시험 기간에는 눈이 오지 않았으니 아마도 2주 전에 내린 눈 같다.

그녀의 발자국을 따라 걷던 그날의 눈. 쌓여 있는 눈을 보자 아주 잠깐 그날처럼 그녀의 발자국을 따라 걷고 있는 기분이 들었다.

비가 오나 눈이 오나 날씨가 아무리 궂어도 센트럴파크를 달리는 조깅어들은 언제나 많다. 달리기 위해 태어난 사람들처럼 몇 시간 동안 쉬지 않고 움직이며 땀을 흠뻑 내는 뉴요커들. 호수 둘레를 따라 뛰다가 다시 되돌아왔을 때 이현은 풀린 다리에 힘을 주며 난간을 붙잡았다. 거친 숨소리가 굉장했다. 심장이 미친 듯이 뛰어 댔다. 이현은 지나치게 펌프질하는 자신의 심장 소리를 들으며 소리쳤다.

"송은숙!"

호수 쪽을 향해 그가 외쳤다.

"좋은 사람이란 건 대체 무슨 의미야!"

허공에 쏘아 올려진 그의 목소리에 대답하는 사람은 없었다. 흰 입김을 내뿜으며 이현은 난간을 더욱 세게 움켜쥐었다.

"좋은 남자도 아니고 좋은 사람이란 건 대체 무슨 의미냐구."

인사도 없이 간 건 너무했다. 아무 관계가 아니더라도 자신은 만나고 가야 했다. 떠날 걸 알고 있었지만 그날이 이별일 거라는 생각은 하지 못했다.

당신에 대해 한 가지 사실을 알고 떠납니다. 좋은 사람, 그동안 고마웠어요.

"고작 그깟 메시지 하나 남기고 가다니."

이현은 조깅어들을 위해 한쪽에 쌓아 놓은 눈덩이를 향해 힘찬 킥을 날려 버렸다. 아쉬움을 떨쳐 내기엔 미비한 화풀이지만 방법이 없었다. 알려 주고 간 게 아무것도 없었다. 송은숙이라는 이름 석 자 외엔 아는 게 없었다.

"제길."

터지는 한숨이 좀체 줄어들지 않았다. 돌아오는 길에는 힘이 빠져 몇 번이나 공원 벤치에 앉아 제길, 이라는 말만 반복했다. 추운 날씨에도 꾸역꾸역 공원을 구경하는 관광객 사이를 걸어야 할 때는 괜히 짜증도 났다. 집 근처에 도착하자 아파트 입구를 막고 있는 소포배달차량을 보았을 땐 감히 입구를 막았어? 라며 소포차량이 빌딩 앞 주차가 허락된 지정차량인지 아닌지를 파악하려고까지 했다. 아니라면 경찰에 신고할 생각이었다. 갑자기 옹졸함의 극치를 보이는 자신이었다. 그런데 문득 소포라는 단어를 생각하자 뇌리를 스치는 게 있었다.

"잠깐. 소포라고?"

이현은 입구로 들어서며 미친 듯이 지배인을 찾았다.

―라이언! 라이언!

평소처럼 자리를 지키고 있던 지배인이 깜짝 놀라 뛰어 들어오는 이현을 쳐다보았다. 마침 이현을 만나러 왔던 선일이 그 앞에서 지배인과 인사를 나누고 있다가 화들짝 고개를 들었다.

―왜 그래?

―왜 그러십니까? 무슨 일 있으세요?

선일과 지배인이 동시에 놀라서 물었다.

―라이언. 송은숙! 송은숙이 떠나면서 우편물을 맡겼다고 했죠?

―네? 누구요?

─게스트 하우스에 묵었던 내 손님 말이에요! 기억해 봐요! 그녀가 부탁한 우편이 있다고 했잖아요!

송은숙이란 여자가 게스트 하우스에 묵던 손님이었던가? 윤도채가 아니고? 고개를 갸웃하던 지배인은 일단 우편물을 맡긴 여사가 그녀라는 것을 알기에 재빨리 고개를 끄덕였다.

─아, 네네! 기억납니다. 제가 직접 발송했습니다. 왜요?

─보낸 곳이 어디예요? 우편을 어디로 보내 달라고 부탁했죠? 배송지를 알 수 있어요?

─배, 배송지요? 잠깐만요.

흥분한 이현의 모습은 낯설었다. 지배인은 서둘러 빌딩 우편물 담당 직원에게 연락해 장부를 가져오게 했다. 우편 목록을 펼쳐 쭈룩 훑던 그가 어느 시점에서 손가락으로 장부를 가리켜 보였다.

─여기 있네요. 그 우편물은 당일 승용차 퀵 서비스로 보냈습니다. 게스트 하우스에 묵은 VIP라 제가 서비스 차원으로 빠른 방법을 택했죠. 근데 왜 그러십니까? 뭔가 잘못되었나요?

─그 장부 좀 봐요. 당장.

이현이 장부를 빼앗다시피 낚아챘다. 승용차 퀵 서비스 회사명과 함께 2주 전 그녀가 발송한 우편 하나가 있었다.

─발송자가 라이언?

─그녀의 이름을 정확히 기억하지 못해서요.

이현의 얼굴이 순간 어두워지는 듯했다. 그러다가 도착 배송지 주소와 받는 사람의 이름이 적혀 있는 송장을 보고 지체 없이 휴대폰을 꺼내 거기에 적혀 있는 내용들을 빠짐없이 저장했다. 우편물을 받은 윤태성이라는 이름까지 전부.

이현은 그 자리에서 윤태성이란 이름의 소유자에게 전화를 걸었다. 기동력이 넘치는 그였다. 옆에 있던 선일이 흥분한 이현을 무슨 이유인지 시큰둥하게 쳐다보며 물었다.

—어디로 전화하는 거냐?

—윤태성에게.

—그게 누군데?

—나도 모르지.

—우편에 문제라도 생겼어?

—쉿!

이현은 통화해 방해되는 선일의 입을 다물게 했다. 긴 수화음 너머 누군가 전화를 받았기 때문이다. 남자였다.

—윤태성 씨?

—그런데요.

—송은숙 씨를 압니까?

이현이 다급한 마음을 추스르지 못하고 본론부터 꺼냈다.

—누구요?

—송은숙 씨요. 한국에서 온 송은숙. 당신에게 우편물을 보낸 사람 말입니다.

—누군지 모르겠군요. 난 그런 이름의 여자를 모르는데요.

—모른다구요?

—전화 잘못 걸었어요.

—그럴 리가. 2주 전 승용차 퀵 서비스로 보낸 우편물을 당신이

받았다는 확인 송장도 있는데요?

—글쎄, 나는 송은숙이 도대체 누군지 모르겠네요. 끊습니다.

—잠깐만요!

전화를 끊으려는 상대방의 태노에 이현이 나급하게 소리쳤다. 분명 우편물은 윤태성이 수취했다. 윤태성은 무조건 송은숙을 알고 있어야 한다. 그런데 그녀를 모른다고? 당황해 뭐라고 말을 잇지 못했다. 그 순간 선일이 전화를 빼앗았다.

—여보세요. 송은숙은 나도 누군지 모르겠고, 그렇다면 윤도채라는 이름의 여자는 압니까?

선일의 말에 상대방이 갑자기 말을 하지 않았다.

—윤도채 알죠?

—누구요, 당신?

주의하는 목소리였다. 그녀를 안다는 말이었다. 선일이 초조해하는 이현에게 안심하라는 신호를 보냈다.

—좀 만납시다, 우리.

차를 타고 뉴저지로 향했다.

전화를 받은 태성이 이쪽에서 만나자는 말에 대꾸도 없이 전화를 끊어 버렸기 때문이다. 재다이얼을 눌러 다시 통화를 시도했지만 상대방은 고의적으로 전화를 끊어 버렸다.

—끊어 버리는데?

운전대를 잡은 이현 대신 휴대폰을 들고 있는 선일이 보고하듯 일러 주었다.

―다시 해 봐.

―마찬가지야. 어떡할래?

―이대로 물러설 순 없지.

이현은 휴대폰에 저장한 배송지 주소를 내비게이션에 찍었다. 무슨 이유로 전화를 끊는지 알 수 없었지만 그도 물러설 생각은 없었다.

―실명이 윤도채였다니 상상하지도 못했어.

이현은 안도감과 더불어 이해할 수 없는 얼굴로 보조석에 앉은 선일에게 물었다.

―그것도 모르고 찾으려고 했냐?

―분명 우리에게 자신을 송은숙이라고 소개하지 않았어?

―그랬지.

―그런데 왜 거짓말을 했지?

―그래서 내가 그랬잖아. 촌스런 이름의 그 여자를 믿냐구.

믿지 못할 건 없지만 이유가 궁금하다. 물론 지금 상황에선 그것보다 전화를 끊은 의문의 남자가 더 궁금했다.

―어쨌든 다행이다. 네가 데스크 앞에서 그녀 이름을 정확히 듣지 않았다면 영원히 못 찾을 뻔했어.

―그렇다고 얼굴도 모르는 남자를 꼭 찾아가야 해?

―윤도채의 연락처가 필요하니까 그렇지.

―전부터 묻고 싶었는데 너 그 여자 좋아하냐?

―응. 정말 좋아해.

짧고 간결한 긍정에 선일의 얼굴이 일그러졌다.

—애인 있대잖아.

—헤어졌어.

—네가 어떻게 알아?

—다 알아. 직접 목격했어.

—뭘? 뭘 목격했는데?

이현은 뭔가 더 질문하고 싶어 하는 선일을 무시한 채 곧장 태성의 집으로 향했다.

도착한 곳은 뉴저지 버겐 카운티의 NJ 클로스터였다. 뉴저지에서도 최북단인 이곳은 뉴욕주 경계에 있는 동네로, 좋은 학군과 더불어 주거 환경이 월등해 부촌에 속한다. 거주자 70% 이상이 백인이고 나머지는 한국인들이 주류다. 교육열 높기로 소문난 한국인들이 좋은 학군을 따라 자연스럽게 들어오기 시작한 동네다.

주소를 따라 멈춘 집은 겉에서 보기에도 큰 마당을 소유한 붉은 벽돌집이었다. 안으로 들어가 벨을 누르자 키가 작은 동양인이 얼굴을 내밀었다. 윤태성을 만나기 위해 맨해튼에서 왔다는 걸 알리고 그를 기다렸다. 안으로 안내받지 못했기 때문에 문 밖에서 그를 기다렸다.

한 남자가 십 분이나 지난 뒤에 설렁설렁 문을 열고 모습을 드러냈다. 말을 하진 않았지만 그가 윤태성이라는 걸 이현은 단박에 알아차렸다. 그의 얼굴을 본 적 있기 때문이다. 호텔에서 송은숙에게, 아니 윤도채에게 원조를 약속하던 남자였다. 이현이 놀라워할 때 태성은 밖으로 나와 자신을 기다리고 있는 두 사람의 행색을 쭉 훑어보기 시작했다.

─누구?

태성은 호의적이지 않은 태도로 한 마디 툭 던졌다. 짧지만 강하게 이현과 선일을 위아래로 훑은 그가 노골적으로 경계의 눈빛을 드러냈다. 이현이 일단 먼저 입을 열었다.

─만나자는데 전화는 왜 끊는 겁니까?

─누군지도 모르는 사람을 만나 주는 사람도 있나?

─윤도채 알죠?

─몰라요.

태성은 시침을 뗐다. 뒤에서 상황을 지켜보며 느긋하게 서 있던 선일이 비웃었다. 찰나적이지만 전화 통화 시 멈칫하던 걸 느꼈기 때문이다.

─모른다면서 우릴 만나러 나왔군.

태성의 눈길이 이현의 뒤에 서 있는 선일에게 머물렀다. 뭐야, 저 끝내주는 얼굴은. 그러고 보니 눈앞의 남자도 곱상한 얼굴로, 영락없이 부잣집 아들 같은 댄디한 냄새를 풍긴다.

─윤도채 씨가 보낸 우편물은 받았죠?

─글쎄. 그게 누구냐니까?

─호텔에서 윤도채 씨 만났잖아요. 그녀에게 원조를 하겠다고 했던 말, 기억해요?

그 말에 태성이 주머니에 쿡 찔러 넣고 있던 손을 뺐다. 이거 신고해야 하나? 도채와 자신의 만남을 알고 있다니 스토커야 뭐야? 태성의 눈빛이 조금 진지해졌다. 그날 일을 봤다면 도채를 모른다고 시치미 뗄 단계는 지났다.

―내가 그랬던가? 그래서요?

―윤도채 씨와 연락을 하고 싶어요. 그녀의 연락처를 알 수 있을까 해서 찾아왔어요.

―그러니까 댁들이 누군지 알고?

―얘기가 안 통하는군.

말장난하며 시간만 끄는 태성이 마음에 들지 않았던 선일이 한 발 앞으로 나오며 강압적인 태도를 보였다. 모르쇠로 일관하던 태성이 기가 막혀 한 마디 했다.

"이거, 미친 새끼들 아냐?"

어이가 없어 한국말이 먼저 터져 나왔다. 그런데 그 말을 알아들은 선일이 눈빛을 날카롭게 빛냈다.

"너 방금 '새끼'라고 했냐?"

"어라? 한국말 하네. 한국 사람이에요?"

난데없는 한국말 대꾸에 태성이 두 눈을 크게 떠 보였다. 하지만 그것도 잠시 태성은 슬슬 능글맞게 웃었다.

"어쩐지 이상하다 했다니까. 한국인이면 처음부터 한국말로 하지 왜 영어를 써? 사람 헷갈리게."

그 말을 하며 태성은 안색을 싹 바꿨다.

"뭐하는 애들이니, 꼬마들은? 누군데 우리 도채를 찾아?"

"말조심해. 주먹 날아간다."

"너야말로 조심해. 이 형, 이래 봬도 한국에서 싸움 좀 했다."

"이 자식. 대체 뭐라고 지껄이는 거야?"

선일이 어이없는 얼굴로 이현을 쳐다보았다. 이현이 두 사람 사이를 파고들었다. 아무래도 눈앞의 윤태성이란 남자도 선일과 동질의 성향을 가진 남자인 듯싶었다. 낯선 건강한 두 남자를 상대하고 있는데도 전혀 기가 죽지 않는 모습이 그래 보였다.

"갑자기 찾아와 그녀의 연락처를 물은 우리를 경계하는 건 이해해요. 하지만 당신도 이상할 만큼 경계하는군요."

"그거야 당연히 큰아버지가……."

뒤늦게 사람을 보냈다고 생각했기 때문이지. 태성은 실언을 할까 봐 스스로 얼른 입을 다물며 딴청을 피웠다.

"그래서 뭘 어떻게 하고 싶어 날 찾아왔는데?"

"난 정이현이라고 해요. 여긴 내 친구 하선일. 윤도채 씨는 맨해튼에 있는 동안 계속 내 집에 머물렀어요."

"당신 집에?"

"그래요. 그러니 오해 풀고 얘기 좀 하죠, 우리."

"이상하네. 도채는 줄곧 호텔에 머무른 걸로 알고 있는데."

"아뇨. 그녀는 박승모의 부탁으로 내 집에 머물렀어요."

승모라는 이름에 태성이 기분 나쁜 표정을 지었다. 사촌을 울린 승모의 이름이 좋게 들릴 리 없었다.

"박승모 친굽니까?"

"아니요. 같은 대학에 다닐 뿐이죠. 한국에서 갑자기 온 윤도채 씨의 숙소를 구하지 못해서 도움을 요청하길래 숙소를 제공해 줬습니다."

태성은 곰곰이 생각했다. 자신을 찾아온 낯선 손님이 도채는 아는데 연락처는 모른단다. 박승모의 요청으로 자신의 숙소에 머물게 했다는데 역시 연락처는 모른단다. 말이 되는 건가?

"도채는 지금 어디 있답니까?"

태성이 상황 파악을 위해 유도 질문을 했다.

"한국으로 돌아갔어요. 당신이 소포를 받은 날이요. 내 아파트 지배인이 대신 보냈다고 하니 대리 발송인을 확인해 보면 알 겁니다."

"라이언?"

"맞아요."

그제야 태성은 슬그머니 경계를 풀었다. 앞뒤 말이 전부 맞았다.

"이제 우리 신분을 파악했다면 윤도채 씨 연락처를 알려 줘요."

"아아, 연락처."

큰아버지 쪽 사람은 아닌 게 확실하니 더 이상의 경계는 의미가 없었다. 그런데도 태성은 질질 시간을 끌었다.

"그러니까 아까 뭐 때문에, 라고 했죠?"

"그녀를 만나야 한다구요. 할 말이 있어요."

"무슨 말?"

"진짜 말 안 통하네."

순간적이었다. 이현이 태성의 멱살을 와락 잡은 건.

"내가 그녀에게 반했다구! 할 말이 있어서 연락처 좀 알려 달라는데 뭔 말이 그렇게 많아?"

놀란 건 태성보다 옆에 서 있던 선일이었다. 선일은 이현의 돌발 행동에 놀랐는지 이현을 말리지도 않은 채 두 눈만 동그랗게 떴다. 놀란 건 선일만이 아니다. 태성은 도채에게 반했다는 이현이 신기하고 놀라워 멱살을 잡힌 채로 멍하니 서 있기만 했다.

"……뭐야? 그런 거였어?"

"그래!"

"반했다고?"

"다시 말해 줘?"

"철회해요."

돌연 태성이 맥 풀리는 소리를 했다.

"왜!"

"만나지 않는 게 좋을걸요? 실연당하고 돌아간 상태라 시기가 좋지 않아요."

"그렇다면 지금이 제일 좋은 기회 아냐?"

"생긴 것과 달리 고전적이시네."

태성이 이현의 손을 잡아 힘으로 떨어뜨렸다.

"반했다니. 이거 참. 공교롭기도 해라."

태성은 눈앞의 이현을 보며 다시 한 번 웃음을 참았다. 도채가 얼마나 좋으면 우편물 주소지 하나를 달랑 들고 여기까지 찾아왔을까? 가상하고 기특하다. 무모하지만 용기 있다. 그러나 생긴 건 멀쩡한데 머릿속은 그렇지 않은 모양이다.

"한국으로 돌아간 여자한테 반해 봤자 뭘 어쩔 수 있겠어?"

"그건 내가 알아서 할 문제니까 신경 쓰지 말고 번호나 내놔."

태도와 일치하는 표정이 너무 진실해 보였다. 반듯한 외모와 상반되게 멱살을 쥐어 잡은 손아귀가 매섭고 날카로워 더 그렇게 느껴졌다. 무엇보다 같은 남자로서 그가 진심인 얼굴로 흔들림 없이 진지하게 말하니 더 이상 할 말이 없었다.

"통화가 될지 안 될지는 나도 몰라. 불러 줄 테니 외우든가 받아 적든가 해라."

태성은 선심 쓰듯 도채의 한국 휴대폰 번호를 알려 주었다. 그러나 아주 작고 간지럽게 소곤소곤한 목소리로 말했다. 그리고 속독하듯 몹시 빠르게 후다닥 번호를 불러 버렸다. 옆에 서 있던 선일이 황당한 표정을 지으며 화를 냈다.

"이게 진짜."

"됐어. 외웠어."

이현은 재차 묻거나 확인하지 않았다. 그러다 태성을 향해 한 마디 묻는 그였다.

"참, 나도 묻고 싶은 게 있는데 당신은 윤도채와 어떤 관계예요?"

"친척이야. 사촌."

사촌. 이현의 얼굴에 작게 안도의 미소가 퍼졌다. 이젠 더 이상 호텔에서 본 의문의 남자 때문에 진통제를 복용할 필요가 없게 되었다.

"연락처 고마워요. 멱살 잡은 건 사과할게요."

"별말씀을. 아까 보니 손매가 무섭던데 안 맞을 걸 다행으로 여겨야지. 여자한테 미친 남자들은 세상 무서울 게 없잖아. 같은 남자로서 이해해."

이현이 까딱 고개를 숙이고 돌아서자 선일도 마찬가지로 뒤돌아섰다.

"야."

태성이 그를 불러 세웠다. 돌아선 선일이 고개만 돌려 태성을 보았다.

"왜?"

이현과 달리 시크하게 반말을 하는 그에게 태성이 벌써 저 멀리 걸어가고 있는 이현을 가리켜 보였다.

"네 친구 말이야. 모습을 보니 고백하자마자 차이겠는데 어쩌냐?"

비꼬는 말에 선일이 우습다는 얼굴을 했다.

"제발 차 줬으면 좋겠군."

"뭐?"

"저 녀석은 윤도채란 여자가 차지하기엔 너무 아깝거든."

"뭐야?"

"아까 알려 준 번호 진짜 아니지? 진짜라면 먼저 전화해서 번호 당장 바꾸라고 해. 안 그러면 그 여자가 차이는 꼴을 보게 될 테니."

선일이 차갑게 내뱉고 가 버리자 혼자 남은 태성이 멍하니 넋을 놓을 놓았다. 생긴 건 끝내주는 녀석이 뱉어 내는 말 한 마디가 보통 냉정한 게 아니다. 태성은 힘없이 중얼거렸다.

"……느낌이 영 안 좋아. 나 또 도채한테 잘못한 거 같은데."

갑자기 연락처를 괜히 알려 준 것 같다는 후회가 밀물처럼 밀려왔다. 어쩐지 실수한 것 같은 느낌이었다. 도채를 승모와 헤어지게 만든 것도 부족해 혹시 이번엔 더 큰일을 만든 건 아닐까. 머리가 갑자기 복잡해졌다.

"아니겠지? 이번엔. 이번엔 정말 잘못한 거 아니겠지?"

같은 실수를 두 번 하진 않겠지만 어쩐지 태성은 선일의 말이 마음에 걸려 서서히 마음을 졸이기 시작했다.

곧바로 윤도채에게 전화할 거라고 생각했던 이현은 어쩐 일인지 전화기를 꺼내 들지 않았다.

"왜 안 해? 이번에도 내가 해 줘?"

"아니. 한국은 지금 새벽이야. 통화하려면 오후까진 기다려야 해."

사소한 것까지 계산하고 있다는 건 몰랐다. 예사롭지 않은 분위기에 선일이 되물었다.

"이제 연락처 알아냈으니 다음엔 뭐야?"

"통화해야지."

"통화하면?"

"할 말이 있어."

"무슨 말?"

글쎄. 무슨 말을 하기 위해 이 난리를 친 걸까. 이현은 생각보다 싱거운 말을 했다.

"이제 생각해 보려구. 근데 넌 아까 무슨 일로 찾아온 거야? 아파트에 말이야."

"일찍도 묻는다. 곧 방학인데 여행 준비하고 있는지 궁금해서 와 봤다. 나도 합류할까 해서. 어디로 가?"

"아직 정하지 않았는데. 원하는 데 있어?"

"시험 보느라 받은 스트레스를 풀 수 있는 곳이면 돼. 이번 주말부터 기온이 최고로 떨어진다는 뉴스 예보를 반복적으로 들으니까 나도 이곳을 도망치고 싶다."

"부모님께 가 봐야 하지 않아? 시험 끝나길 기다리실 텐데."

"옆 동넨데 뭘."

"함께 간다면 나야 좋지. 동선 짜 볼게."

"바쁘면 내가 짤까? 지금 상황을 보니 그게 낫지 않나 싶은데."

1월 초까지 주어지는 몇 주간의 휴가를 알차게 보내기 위해선 시험이 끝나는 날 즉시 뉴욕을 뜨는 게 좋다. 하지만 윤도채에게 눈이 팔린 이현에게 여유가 있을까 싶어 선일은 자신이 계획을 짜도 무방하다고 말했다.

─그 정도로 시간이 없는 건 아냐.

─그럼 믿는다. 황금 같은 휴식을 멋지게 보낼 수 있는 곳으로 부탁해.

─염려 마. 동행해 줘서 고마웠다.

맨해튼에 도착해 선일을 내려 주고 이현은 집으로 돌아왔다. 윤도채의 번호는 이미 외워 버렸지만 자신의 폰에 번호를 저장했다. 이현은 묵묵히 밤이 되길 기다렸다. 자정이 되기 전까지 인내심을 가지고 기다렸다가 자연스럽게 통화 버튼을 눌렀다.

뉴욕 시각 밤 11시 반. 한국 시각 오후 1시 반이었다.

신호음이 떨어졌다. 1분 이상의 지루한 신호음이 지나갔다. 이현은 제법 긴장했다. 첫인사를 어떤 식으로 할지 아직 정해 놓지 않은 상태다. 물론 그녀에게 전화한 이유를 어떻게 설명해야 할지 마땅한 변명거리도 없었다. 그런데도 휴대폰에 귀를 바짝 가져가 댄 그는 오직 그녀가 전화를 받아 주기만 기다렸다.

도채는 전화를 받지 않았다. 정오가 지난 시간이라 통화하기에 무리가 없다고 생각했는데 아닌가 보다. 혹시 윤태성이 알려 준 번호가 잘못된 건 아닐까 하는 생각도 들었다. 두 번째 용기를 내서 다시 통화를 시도했다. 역시나 긴 신호음만 질기게 들렸다.

"제발 받아라. 제발."

초조하게 기다리는 그의 목소리가 공허한 신호음과 섞였다. 그때였다. 달칵, 소리가 나며 신호음이 뚝 끊겼다. 그녀의 목소리가 들렸다. 윤도채. 이현은 자기도 모르게 휴대폰을 놓고 있는 한 손에 와락 힘을 주었다.

"여보세요?"

"윤도채 씨."

"누구세요?"

"다행이에요. 이 번호가 맞긴 했군요. 나 정이현이에요."

"정이현?"

"그래요. 정이현. 나 기억해요?"

그녀는 느닷없이 자신을 정이현이라고 밝힌 존재가 누군지 기억 속에서 찾아보는 듯했다. 그러다가 불현듯 떠오른 사람의 이름이 정이현이라는 걸 기억해 내고 화들짝 놀랐다.

"설마 뉴욕의 게스트 하우스 주인?"

"맞아요. 그 정이현이에요. 집주인이요."

맙소사. 도채는 수화기에 대고 외쳤다. 화들짝 놀라는 그녀의 모습이 저절로 상상됐다.

"내 연락처 어떻게 알았어요?"

"당신의 사촌에게 물어봤어요. 윤태성이라는 남자요."

"태성이한테서요? 아니, 그것보다 내게 연락하다니 대체 무슨 일이에요?"

당연한 물음이다. 그는 그녀에게 연락할 무언가가 없다. 대체 무슨 일로 전화까지 했는지 궁금해하는 게 당연하다. 이현은 그 궁금증을 단번에 풀어 주었다.

"우리 좀 만나요."

"네?"

"언제 시간 돼요? 내가 당신이 있는 곳으로 갈게요."

"여기로 온다구요? 미국에서?"

"그래요. 당신을 만나러 갈 겁니다."

이현은 속도를 붙였다.

"잠깐이면 돼요. 긴 시간 뺏지 않을게요. 당신이 있는 곳만 말해 줘요."

"자, 잠깐만요."

"한 시간이라도 괜찮아요. 어디든 상관없으니 장소만 알려 줘요."

느닷없는 전화에 느닷없는 말이다. 도채는 할 말을 잃었다. 갑자기 왜 자신을 보러 오겠다는 건지 도통 이해되지 않았다.

"무슨 말인지 잘 이해가 되지 않네요. 왜 갑자기 나를 만나려고 해요?"

"꼭 만나야 할 일이 있어요."

"무슨 일 때문에요?"

"만나서 얘기할게요. 한국 어디로 갈까요? 서울에 사나요? 아니면……."

"여긴 서울이에요. 서울 한남동."

도채는 자기도 모르게 자신이 있는 곳을 대답해 버렸다.

"한남동? 그곳으로 가면 만날 수 있는 거죠?"

"일단은 그렇죠. 그런데…… 정말 여기로 오겠다는 거예요?"

믿기지 않아 반복적으로 묻는 도채의 물음은 거기까지였다. 이현은 동의 없이 혼자서 약속을 잡아 버렸다.

"오늘이 금요일이니까 내일모레 어때요? 주말엔 시간 괜찮죠? 모레 점심때 한남동에서 만나요. 전화할 테니 모르는 번호라고 외면 말고 꼭 받아요. 내일모레입니다. 내일모레 무조건 만나요. 잊지 마요."

이현은 도채의 확답을 듣기도 전에 무작정 약속을 해 버리고 전화를 끊었다. 그녀가 거절할 것을 염려해서였다. 매너는 아니었지만 그럴 수밖에 없었다. 전화를 끊은 그는 또다시 어딘가로 서둘러 전화를 걸었다.

—나예요. 부탁 하나 하려구요. 한국행 항공편 좌석 하나 예약해 줘요. 네, 한국행이요. 지금 당장 떠날 수 있는 게 필요해요. 그래요. 제일 빨리 출발할 수 있는 거요.

상대방이 바로 처리하고 연락을 준다는 말을 하고 전화를 끊었다. 이현은 거기까지 틈 없이 처리하고 나자 자기도 모르게 손안의 휴대폰을 와락 움켜쥐었다. 기분이 들떴다. 영원히 그녀를 만나지 못할 거라는 생각에 실망했던 마음이 단 한 번에 수직 상승했다.

인터넷으로 한남동 근처 호텔을 찾고 있는데 늦지 않게 연락이 왔다. 내일 아침 8시 비행기가 예약됐다는 소식이었다. 이현은 지

체 없이 짐을 싸기 시작했다. 출발을 위해선 지금부터 준비를 해야
했다. 인천공항까지 걸리는 시간은 대략 14시간. JFK공항에서 아
침에 출발한다 해도 인천공항엔 늦은 밤에야 도착할 것이다. 서울
까지 가는데 두 시간을 더 잡는다면 내일 하루는 이동 시간으로 전
부 소비해야 한다. 이현은 작은 캐리어에 간단한 물품과 옷 한 벌
을 챙겨 넣은 뒤 다음 날 새벽같이 공항으로 출발했다.

　한국. 한남동에 위치한 호텔.
　아침 7시부터 일어나 샤워를 하고 간단한 아침을 먹은 후 본격
적으로 그녀를 만나기 위한 준비를 시작했다. 먼저 캐리어를 열어
가지런히 넣어 둔 옷을 꺼내 입고 거울 앞에서 옷매무새를 가다듬
었다. 그래 봤자 평소와 같은 평범한 바지에 니트 차림이지만 이현
은 거울 앞에서 떠날 줄 몰랐다. 목도리를 했다가 풀었다가 후드티
를 입었다가 다시 벗기를 반복. 조금이라도 멋져 보이기 위해 한참
고민했다.
　시간은 겨우 9시. 한 시간을 거울 앞에서 더 소비하다가 결국 평
소와 똑같이 단정한 캐주얼 차림으로 도채에게 전화를 걸었다. 다
행히 그녀는 약속대로 전화를 받았다.
　"나예요."
　"도착했어요?"
　"어젯밤에요. 두 시간 뒤에 한남동 어디서 볼까요?"
　그가 정말 오다니 믿기지 않았다. 도채는 이태원 전철역 앞에서
만나자고 제안했다. 이현은 흔쾌히 그러겠다고 대답한 뒤 약속 장

소에 먼저 가 기다렸다.

12월의 서울은 꽤나 추웠다. 일기예보를 확인하진 않았지만 맨해튼의 추위와 다를 바 없게 느껴졌다. 전철역 앞에서 한참 동안 지나가는 사람들을 보고 있노라니 저 멀리서 걸어오고 있는 낯익은 그녀의 모습이 보였다. 이현은 기다리지 않고 지나가는 사람들 사이를 가뿐히 지나쳐 그녀 앞으로 걸어갔다.

"정말…… 왔군요?"

통보를 받고 전화 통화를 하고 직접 눈앞의 그를 보고서도 도채는 놀랍고 신기한 얼굴을 감추지 못했다. 이현이 빙그레 웃었다.

"이 주일 만이네요."

"벌써 그렇게 됐나요?"

"당신이 가고 난 뒤 오늘까지 정확히 이 주일하고 반이 지났어요."

날짜를 세고 있을 줄은 몰랐다. 도채는 황당하고 어이없으면서도 이 상황을 도통 뭐라고 이해해야 할지 몰라 멍하기만 했다.

두 사람은 거리에서 빠져나와 일단 프렌치 레스토랑으로 자리를 옮겼다. 가끔 그녀가 이 동네로 올 때면 들르는 곳이었다. 주변 사람들의 시끄러운 목소리에 스트레스받지 않고 일행과 조용조용 대화를 이어 나갈 수 있어 나름대로 아끼는 곳이었다.

주말 점심시간이지만 다행히 좌석 여유가 있었다. 두 사람은 나란히 마주 보고 앉아 음식을 시켰다. 이현은 메뉴판을 보지 않고 그녀가 주문한 음식과 동일한 것을 시켰다.

"어떻게 버티고 있어요?"

주문을 받은 아르바이트생이 자리가 뜨기 무섭게 그가 물었다.

그날의 상처를 잘 다독이고 있냐는 질문에 도채는 피식 웃고 말았다. 처음 질문치곤 상당히 그답지 않게 직설적이라고 느꼈기 때문이다. 울고 있는 모습을 들켰으니 포장할 마땅한 말도 없는 게 내심 부끄러울 따름이었다.

"다른 사람들하고 똑같아요. 밥 먹고 TV 보고 가끔 친구들 만나고…… 별거 없어요."

"얼굴이 많이 안 좋은데 어디 아파요?"

도채는 푸석해진 얼굴을 자신의 손바닥으로 가볍게 쓰다듬었다. 그러고 보니 그녀는 풍성하고 긴 머리를 질끈 묶어 뉴욕에 있을 때보다 좀 더 야위어 보였다.

"사실 어제 늦게까지 술을 먹었더니 얼굴이 좀 부었어요."

"그를 잊기 위해 술을 마시는 건가요?"

"그런 열녀도 못 돼요. 어제는 친구 생일이어서 겸사겸사 핑계거리가 생겨 마셨을 뿐이에요."

"다행이에요. 속상함을 술로 풀까 봐 순간 걱정했어요."

그의 걱정은 진심처럼 보였다. 그 모습을 보니 여기까지 올 만한 이유가 확실히 있어 보였다.

"나를 만나러 오다니 놀랐어요. 그 먼 거리를."

"만나고 싶었어요."

예의 차분한 어조지만 분명하게 그가 말했다.

"보고 싶었거든요."

세 번째로 놀랐다. 보고 싶었다는 말을 무작정 할지 몰랐다. 적어도 그런 말을 하기엔 서먹하고 어색한 사이인데 그런 건 상관없는 걸까. 눈앞의 남자는 안 그런 척하면서 무척이나 저돌적이다. 그것이 사람을 당황시키면서 동시에 기분 좋게 한다는 걸 아는지 모르는지 이현은 동요 없이 너무 담담했다.

"그거 알아요? 당신의 이름을 착각해서 하마터면 영원히 못 만날 뻔했어요."

"내 이름이요?"

"언젠가 내 친구와 저녁 식사 중에 이름을 알려 줬잖아요. 송은숙이라고."

도채는 자기도 모르게 순간적으로 목소리를 높였다.

"아, 그때!"

"이름이 윤도채인 걸 나중에 알았어요. 왜 그랬어요?"

"일부러 그런 건 아니었어요. 그러니까, 그땐 생판 모르는 남이었고, 다시 만날 일 없을 거란 단순한 생각에 그만……."

"이름조차 알려 주고 싶지 않았던 건 아니구요?"

"전혀요."

도채는 손사래를 치며 전혀 아니라고 말했다. 이현은 연락처를 알아내느라 태성을 만났던 얘기를 했다. 진짜 이름을 알게 된 얘기도 자연스럽게 풀어냈다.

"다신 못 만날 줄 알았어요. 아무리 생각해도 도저히 당신에 대해 알아낼 방법이 없더라구요. 당신의 사촌에게 연락처를 받았을 땐 얼마나 다행이라고 생각했는지 몰라요."

지나고 나니 별일 아니라고 편하게 말하지만 당시에는 정말 마음을 크게 졸였다.

"더 일찍 만나러 올 수 있었지만 하필 시험이 있었어요. 내가 늦게 찾아온 건 그 때문이에요."

그가 찾아온 이유를 충분히 들었다. 뭔가 마땅한 대답을 내놓기가 부담스러웠는데 마침 주문한 음식이 나와 도채는 억지로 입을 열지 않아도 됐다.

"그래서 시험은 잘 봤어요?"

"별로요. 인사도 하지 않고 가 버린 게스트 하우스 손님이 너무 괘씸해서 집중이 안 되더라구요."

도채는 자연스러운 웃음으로 대신 미안함을 전했다.

"작별 인사하러 집에 찾아갔었어요. 근데……."

"내가 집에 없었죠? 알아요. 얘기 들었어요. 학교에서 돌아왔을 때 당신이 떠났다는 소식을 들었어요. 며칠 정도는 더 머물다 갈 거라고 생각한 건 내 잘못이죠. 그래도 이미 사라진 당신을 보고 꽤 실망했어요. 그래도 우리, 그사이 나름대로 친해진 사이라고 생각했거든요."

도채는 어색하나마 미안한 표정을 지었다. 이현이 진지하게 섭섭해하는 얼굴을 드러냈기 때문이 아니다. 그렇게 급하게 떠날 이유는 없었는데 지금 생각해도 왜 그랬는지 모르겠다. 돌고 돌아서, 질기게 매달려 얻은 결과가 처참해 하루빨리 도망치고 싶었던 것만은 결코 아니었는데.

"당신 말이 맞아요. 아무리 다른 이유가 있더라도 그렇게 오는 건 아닌데 미안해요."

도채가 빙그레 웃었다. 사과를 하고 나서도 미안한 마음이 가시지 않았다.

"많이 피곤하죠?"

"아뇨. 오는 내내 기내에서 잤더니 오히려 컨디션 좋은데요. 그 동안 못 잔 잠을 푹 잤으니까요."

"항상 공부에 열심인 것 같아요."

"신분이 학생이니까 성실하게 본분을 다할 뿐이에요. 그래도 알 게 모르게 나름대로 놀 건 다 놀아요. 정기적으로 파티도 즐기고."

정직한 생활을 할 것 같은 그가 노는 모습이란 병맥주를 들고 체스를 두는 고전적인 걸 말하는 걸까. 술을 마시지 못하는 남자인 걸 알게 되자 다분히 그런 모습이 상상됐다. 하지만 그렇지 않다고 장담하는 또 다른 모습은 어떤 걸까 호기심이 슬쩍 피어오른 것도 사실이다.

"오는 데 얼마나 걸렸어요? 내가 올 때는 얼마나 걸렸더라."

"비행 13시간에 인천공항에서 서울까지 2시간. 도합 15시간 걸렸네요."

듣기만 해도 그가 얼마나 큰 인내를 가지고 왔는지 짐작되었다. 자도 자도 눈을 뜨면 여전히 허공에 떠 있는 기내는 지루하기 그지 없다. 도채야 한국으로 돌아오는 길에 수많은 생각과 잡념에 파묻혀 그 시간조차 알차게 보냈지만, 그에겐 그렇지 않았을 것이다. 문득 입장을 바꿔 생각하자 이현에게 더욱더 미안한 마음이 번지는 걸 막을 수 없었다. 그는 느끼하고 무척 짠 미국 음식을 먹지 못해 종일 굶던 그녀를 손수 코리아타운까지 데려다 준 사람이었다. 세입자가 걱정돼 며칠 뒤에 있을 시험 준비도 마다하고 늦은 밤 자신을 뒤따라와 보호해 주기도 했다. 그에 비하면 지금 자신은 얼마나 성의 없이 손님을 맞고 있는 걸까. 손에 잡히는 대로 무턱대고 입고 나온 청바지에 쫄쫄이 고무줄로 묶은 포니테일 머리스타일.

도채는 한순간 자신의 무성의한 태도가 부끄러워졌다. 배은망덕해라. 어쩜 점점 이렇게 이기적으로 구는 거니? 그가 섭섭해할 만했다. 도채는 먼 거리를 달려온 그에게 어떤 식으로든 대접을 해야겠다는 생각이 확고하게 들었다. 그래 봤자 해 줄 거라곤 종종 가던 카페 중에 커피 맛이 제일 좋은 곳이 어딘지를 잽싸게 찾아보는 것뿐이었지만.

도채는 성의 없이 군 자신을 반성하며 손님 대접이라며 부득불 식사 값을 치렀다. 안 된다는 그를 억지로 밀어내고 기어코 식사 값을 내는 그녀를 보며 뒤에 서 있는 이현이 곤란해했다.

"식사 대접을 받으려고 온 거 아닌데 이렇게 얻어먹어도 되나요?"

"15시간이나 걸려 와 줬는데 이 정도는 내게 해 줘요. 뉴욕에서 신세 많이 졌잖아요. 이걸로 고마운 마음 표시하기엔 부족하고도 모자라요."

도채는 가게를 나오며 후식까지 쏘겠다고 했다. 이태원의 구비진 골목 사이를 앞장서서 걸어가는 그녀를 말리지 못하고 이현이 따랐다.

"이래 봬도 이 동네에 뉴욕 커피 맛을 비슷하게 내는 곳이 있거든요."

그녀는 장담했지만 사실 모르는 게 하나 있었다. 그렇게 오랜 시간을 보내고 온 사람이라고 하기엔 무척 활력 넘치는 이현의 얼굴이 갖는 의미가 그것이다. 도채는 정말 그가 오는 내내 숙면을 취했기 때문이라고 믿었지만 실상은 그녀를 만난 기쁨에 젖어 화색이 돈 걸 전혀 눈치채지 못하고 있었다. 그리고 그녀를 따라 카페로 들어가는 이현이 자신을 지금 어떤 눈빛으로 바라보는지도.

빈티지 원색의 파란색 물감이 칠해진 카페의 문을 열기 위해 팔을 뻗는 그녀의 손을 이현이 허락도 없이 잡았다. 어깨 아래까지밖에 오지 않는 아담한 키의 소유자인 도채의 검은 눈동자가 즉시 위로 올려졌다.

"왜요? 다른 데로 갈까요?"

손을 잡힌 상황이 놀랍고 당황스럽지만 즉시 빼내지 못한 도채가 상황을 모면하듯 어색함을 감추고 재빠르게 물었다.

"계속 생각했어요. 심각하고 진지하게."

손을 놓지 않고 이현이 말했다.

"만약 당신을 다시 만났을 때 단순히 보고 싶었다는 감정이라면 그만두자구요. 그런데, 이상해요. 이건 생각했던 것보다 더 안 좋아요."

더 안 좋다니. 도채는 자기도 모르게 그의 다음 말을 기다렸다. 흔들림 없이 시선을 내린 채 자신을 바라보는 이현의 눈동자와 숨죽인 도채의 눈동자가 허공에서 부딪혔다. 이현은 도저히 안 되겠다고 말했다.

"더 좋아졌어요. 나, 이제 어떡하죠?"

그의 입술이 곡선을 그리며 활짝 피어났다. 더 이상 감정이 컨트롤되지 않는다는 자백에 도채는 자기도 모르게 어색하게 웃고 말았다. 이현은 그녀의 잡은 손을 놓으며 대신 파란 카페 문을 밀었다.

"커피는 내가 살게요. 당신이 내 말을 들어 주는데 한 잔의 커피
로는 부족할 테니까."

이현이 부탁한 온수를 스튜어디스가 가지고 왔다.

안대로 시야를 가리고 있던 이현이 노곤한 눈을 뜨고 그것을 받
았다. 기내에 오른 뒤부터 목이 좀 칼칼하다 싶었는데 시간이 흐를
수록 증세가 심해지는 것 같아 부탁한 터였다.

이현은 따뜻한 물을 마시며 한남동 카페에서 도채에게 했던 말
을 떠올렸다.

"그때 기억해요? 내가 치한에게 했던 말. 당신이 물었죠? 왜 치
한에게 당신을 내 여자라고 말했는지. 나는 상황을 모면하기 위해
서라고 변명했지만 사실은 거짓말이었어요."

눈앞의 도채를 그윽하게 바라보는 이현의 눈동자는 맑고 진실되
어 보였다.

"난 당신과 정말 그런 사이가 되고 싶었어요. 우리가 연인이란
단어로 표현할 수 있는 관계가 되기를요. 그게 현실이 되면 좋겠다
고 생각했고, 그래서 찾아왔어요."

그의 말에 도채는 어느 정도 짐작했다는 얼굴을 했다. 느닷없는
그의 전화를 받았을 때부터 조금은 눈치챈 부분일지도 모른다. 하
지만 갑작스러운 건 사실이라 동의할 생각은 들지 않았다.

"나 실연당한 지 이제 겨우 이 주일 지났어요."

"알아요."

"누군가를 만나기엔 정리할 것들이 많아요. 아직 새로운 만남은

벅차구요."

"아직은 그렇겠죠. 그래도 평생 그렇게 미련을 지닌 채 살진 않을 거잖아요."

"그래도 지금은 아니에요."

"박승모에 대한 당신의 미련과 감정이 완벽하게 잊혀지길 바라는 마음은 내가 더 커요. 기다릴게요."

도채는 고개를 가로저었다. 그러지 않는 게 좋다는 의견이다.

"당신의 마음이 추슬러질 때까지 기다릴게요. 나한테 웨이팅 번호표를 줘요. 난 기다릴 자신 있어요."

"좋은 생각이 아니에요. 기다린다는 거 생각보다 어렵고 힘들어요. 지치고 상처받죠. 지금 그런 말은 서로를 불편하고 혼란스럽게 할 뿐이에요."

의외로 도채는 단호한 태도를 보여 주었다. 허락하지 않는 이유를 이해할 수 없었다. 이현은 허리를 세우고 의자에 상체를 기댔다. 실연의 상처가 깊을지라도 이제 그만 유연하게 대처해 주길 바랐는데 너무 빠른 모양이었다. 하지만 직진이 안 된다면 돌아가면 그만이다. 없는 길도 만드는 세상인데 두려울 것 없다.

"당신의 허락을 받기 위해 온 건 아니에요. 내 마음을 알려 주기 위해 온 것뿐이죠."

"네?"

"짝사랑을 시작하는데 당신의 허락이 필요한 건 아니잖아요. 그건 당신이 더 잘 알죠?"

"짝사랑?"

"네, 짝사랑. 그거, 나도 이제 시작하려고 합니다."

시작한다. 윤도채에 대한 정이현의 짝사랑.

"누구보다 제일 먼저 웨이팅 티켓 받았다고 생각하고 돌아갈게요. 하지만 이것만은 알아 둬요. 다시 누군가와 만나고 싶다는 생각이 들면 그땐 내게 제일 먼저 기회를 줘야 한다는 걸."

이현은 손안의 온수를 숨도 쉬지 않고 마셔 버렸다. 따뜻한 액체가 몸속에 퍼지는 느낌이 무척이나 포근했다.

"또 만나러 올게요. 그러니까 기다려요. 다음 주에 여기 이 카페에서 다시 만나요, 우리."

많은 말을 했지만 제대로 전해졌는지는 두 번째 만남에서 확인할 것이다.

이현은 돌아가는 비행기 안에서 다시 안대를 내리고 눈을 감았다. 앞으로 짝사랑을 하기 위해선 무엇보다 체력전을 각오해야 한다. 장거리는 첫째도 둘째도 체력전과 인내니까. 그러기 위해선 체력 보강과 비축은 필수.

이현은 대학의 시험이 끝나는 그날부터 휴가의 모든 기간을 한국에서 보내리라 마음먹었다.

9

  미국 대학의 겨울 휴가 기간이 시작되는 시기가 도래했다. 휴식
과 재충전을 위해 주어진 이 기간은 달랑 몇 주일 뿐이지만 그만큼
무척이나 달콤해 모두가 기다리는 시간이기도 하다. 그러다 보니
이때만큼은 대부분의 사람들은 그동안 미뤄 뒀던 것들을 즐기기 위
해 억지로라도 즐거움을 찾아 떠나 버린다. 교내 학과 직원들까지
연휴를 보내러 집으로 돌아가기 때문에 학교가 유일하게 문을 닫
는, 지금.

  이현도 황금 휴가를 보내기 위해 서두르기 시작했다. 드레스 룸
에서 두꺼운 겨울옷을 왕창 꺼내 캐리어에 전부 집어넣었다. 생활
필수품도 꼼꼼히 챙겨 넣고 이것저것 필요한 물품도 가득 챙겨 넣
었다.

  "콜록콜록."

목이 푹 잠긴 기침 소리를 내뱉으며 그가 잠깐 굽힌 허리를 폈다. 몸 상태가 좋지 않았다. 아니, 솔직히 말하면 움직일 힘조차 없을 만큼 최악이었다.

"테스트를 잘 마무리한 건 행운이었나."

그가 소파에 힘없이 주저앉았다. 한국에 다녀온 후로 컨디션은 좀체 정상을 찾지 못했다. 며칠은 의지로 버텼지만 체력이 바닥난 걸 숨길 순 없었다. 휴대용 온도계를 꺼내 몸의 온도를 재 보았다. 기침을 쿨럭, 내뱉던 그가 매끈한 이마를 찡그렸다.

"최악인걸."

열이 높다. 츄어블 비타민을 몇 개나 씹어 먹었지만 효과가 없는 모양이다.

"휴식을 취해야 끓어오르는 열을 내릴 수 있으려나."

시계를 확인하니 슬슬 공항으로 출발해야 할 시간이다. 그러나 실내에서조차 호흡이 고르지 못한 걸 느낄 만큼 상태가 좋지 않았다. 심하게 어지러운 머리를 붙잡고 그가 정리를 끝낸 캐리어를 깔끔하게 닫았다. 출발해야 했다. 그런데 공교롭게 주머니의 휴대폰이 울렸다. 단순한 기계음을 내는 멜로디를 찾아 휴대폰을 집어 든 그가 액정화면에 뜬 이름을 보고 자기도 모르게 미소부터 지었다.

"이모."

"어떻게 지내고 있니, 내 아들?"

그의 이모 숙희가 언제나처럼 애정 어린 목소리의 이현을 아들이라고 칭했다.

"아주 잘 지내고 있어요. 프랑스는 어때요?"

"늘 그렇지. 개똥 밟을까 봐 땅만 보며 살고 있어."

처음 미국에 와서 공원에 산책 갔다가 애완견들의 대변을 줄기차게 밟아 몇 번이나 아끼는 신발을 질질 끌고 집으로 와야 했던 경험이 있어 숙희는 지금도 강아지에 대한 편견이 있는 사람이었다. 지금이야 애완견이 밖에서 실례를 하면 깨끗하게 치우는 개념이 시민들에게 인식이 되었지만 그녀가 미국으로 이민 온 시기엔 뉴욕에도 애완견의 분비물이 한창 논쟁거리였다.

좋지 못한 기억에 대한 오기 때문인지 애완견이라면 질색팔색해 결코 동물을 키우지 않는 그녀가 몇 달 전 시어머니에게 선물 받은 잉글랜드 코카 스파니엘 새끼 강아지 몰리를 돌보느라 진땀을 빼고 있다는 소식은 양아버지로부터 들어 잘 알고 있었다.

"몰리는 어때요?"

"정신없어. 애가 어쩜 그렇게 산만한지 가만 보면 제정신이 아닌 것 같아. 내가 앉아 있다가 일어나기만 해도 옆에서 경중경중 뛰며 따라온다니까. 대체 왜 그런 거라니?"

"코카 스파니엘은 원래 활기가 넘치고 명랑하대요."

"그렇대?"

"모르셨어요?"

"전혀 몰랐지. 레오나드 말로는 코카종은 한국의 똥개만큼 온순하다고 하던데?"

레오나드는 양아버지의 이름이다. 프랑스계 미국인인 그는 사업상의 이유로 프랑스에 잠시 머물고 있다. 이현의 이모이자 서류상 어머니인 그녀가 현재 프랑스에 가 있는 이유도 남편 때문이다.

"아버지도 강아지를 키운 적이 없어서 잘 모르실 거예요. 사람으로 치면 어린 아긴데 키우는 법을 공부하는 건 어떠세요?"

"그래야 하는 거니? 나 강아지 질색하잖아. 그런데 시어머니가 주신 선물이라서 분양을 할 수도 없고 골치 아파 죽겠다."

"그 정도예요?"

"배가 불러 잠잘 때나 조용하니까 예쁘지, 그거 말곤 귀엽지도 않아. 먹는 걸 얼마나 밝히는지 부스럭 소리만 들어도 벌떡 일어나 득달같이 달려온다니깐. 누가 보면 굶기는 줄 알겠어."

"누가 봐도 주인을 너무 좋아한다고 생각하겠죠. 몰리라는 예쁜 이름까지 지어 준 걸 보면 이모도 관심 주고 있네요, 뭐."

"강아지 사이트에서 보고 지은 이름이야. 인기 있는 강아지 이름 100순위에 몰리가 3위더라구. 예쁘다고 하니 괜히 기분이 으쓱해지는걸."

"할머니가 목숨처럼 예뻐하는 릴리의 새끼를 이모께 선물한 걸 보면, 누구보다 이모가 몰리를 잘 키워 줄 거라는 믿음이 있어서 분양한 걸 거예요. 알잖아요, 할머니가 어떤 분인지. 동물 미워하는 사람에겐 인사도 건네지 않는다는 거."

"그래서 레오나드와 내가 결혼할 때 개고기 먹는 나라의 며느리는 절대 안 된다며 투쟁까지 했지. 하하하."

명랑한 웃음소리를 듣자 미소가 절로 지어졌다. 그러나 평소와 달리 이현은 기침하기에 여념이 없었다. 그가 소파 뒤로 고개를 기댔다. 피곤이 어깨 근육을 내리찍듯 내려왔다.

"기침이 심하네. 감기야?"

"피곤이 쌓였나 봐요. 몸 상태가 완전 최악이에요."

"언제부터 그랬어? 나 없다고 산드라가 식사를 부실하게 차려 주는 거 아니야?"

"그럴 리가요."

괜한 생사람 잡을까 봐 이현이 확실히 대답했다. 이건 도우미 산드라의 죄가 아니라 무리하게 움직이는 자신 탓이었다.

"이럴 땐 내가 옆에서 백숙 한 마리 푹 삶아 주면 그깟 감기 따위 금방 낫는데 걱정스럽다. 그러지 말고 이쪽으로 넘어오는 건 어떠니? 벌써 수개월 떨어져 지냈는데 얼굴 좀 보자."

"스케줄이 있어서요."

이현은 아예 소파에 누워 버렸다. 통화가 길어지자 앉아 있기도 벅찼다. 어느새 의식도 몽롱해졌다.

"벌써 여행 갈 준비 하고 있는 거야? 내가 알기론 시험이 오늘 끝났을 텐데 며칠 푹 쉬었다 가는 게 낫지 않겠니?"

"괜찮아요. 준비도 끝냈으니 곧 출발할 거예요."

"그럼 여행 가기 전 잠깐 들르는 것도 안 돼? 나보다 할머니가 널 목 빠지게 기다리고 계셔."

"절대 안 돼요. 여행지를 바꾸는 건."

열에 들뜬 눈을 감으며 이현이 다부지게 말했다. 이유가 뭐냐며 섭섭하다는 숙희의 말이 들렸지만 이현은 갈 수 없다는 말만 반복했다. 그 뒤로 좀 더 긴 이야기가 이어졌지만 나머지는 잘 기억나지 않는다. 이현은 열이 나는 이마를 쓰다듬으며 눈을 감았다.

"몸이 생각보다 많이 안 좋네요. 그만 끊어야겠어요."

공항으로 출발할 시간이 얼마 남지 않은 게 떠올랐다. 통화를 끝내야겠다는 말에 그럼 할머니를 바꿔 주겠다는 그녀의 목소리가 들렸다.

"기다려. 할머니 금방 바꿔 줄게."

이현은 열에 들뜬 뜨거운 몸을 움츠렸다. 온몸이 펄펄 끓는데 왜 한기가 느껴지지?

─헬로우? 에이든?

귓가에 그를 부르는 할머니의 목소리가 들렸지만 한기에 몸을 떠느라 대답하지 못했다.

─에이든? 할머니다. 듣고 있는 거니?

─어머니. 왜 그러세요?

─이상하구나. 에이든이 대답을 하지 않아.

─그래요? 제가 받아 볼게요. 여보세요? 에이든? 대답해 봐. 에이든?

번갈아 가면서 자신을 부르는 목소리에 이현은 대답했지만 목구멍 밖으로 목소리가 나오진 못했나 보다. 수화기 너머 웅성거리는 목소리들이 점점 커졌지만 이현은 감긴 눈을 뜨지도 못할 뿐 아니라 그대로 정신을 잃었다.

따뜻한 온기에 눈을 떴다. 그가 몸을 뒤척이자 큰 그림자 하나가 다가왔다.

"정신이 들어?"

선일이었다. 그는 이현의 겨드랑이에 꽂아 놓은 온도계를 먼저

275

확인했다.

"희한하네. 열은 그대론데 어떻게 정신을 차리냐?"

"……어떻게 된 거야?"

이불에 둘둘 말린 채 얼굴만 내밀고 있는 이현이 쉰 목소리로 물었다. 그새 목소리마저 지독한 쇳소리로 바뀐 모양이다.

"숙희 씨한테 전화 왔어. 네 몸 상태가 많이 안 좋은 것 같다고 확인 좀 해 달라고. 와 보니까 너 소파에 쓰러져 있던데?"

어릴 적부터 미국식으로 이모의 이름을 그대로 부르던 선일이 그녀를 숙희라고 편하게 지칭했다. 선일은 바닥 한가운데 놓인 캐리어를 쳐다보았다.

"몸 상태가 안 좋으면 좀 쉬지 왜 벌써 짐을 쌌어?"

한국으로 출발하기 위한 것을 꿈에도 모르는 선일이 이상한 듯 물었다.

"나…… 얼마나 잤지?"

"2시간. 더 자."

2시간이라니. 이현은 순간 멍해졌다. 그가 상체를 일으켰다.

"더 자래두. 너 열이 심해서 움직이지 못할 거란다."

아니나 다를까 말이 떨어지기 전에 상체를 일으킨 이현이 다시 앞으로 고꾸라졌다.

"그것 봐라. 잠이나 자라니까."

선일이 이현의 어깨를 잡아 뒤로 눕혀 주었다. 상체만 슬쩍 움직였을 뿐인데 역할만큼 머리가 울리며 속이 메스꺼웠다. 꺾인 고개를 들지 못하고 그대로 이불에 얼굴을 묻은 이현이 중얼거렸다. 이불에 파묻혀 잘 들리지 않아 선일이 가까이 다가와 물었다.

"뭐라고?

"……가야 해."

"간다고? 어디를?"

이현이 억지로 고개를 들어 가방이 놓인 곳을 쳐다보았다. 영문을 모르는 선일이 그의 시선을 따라가다가 가방을 보고 이상한 표정을 지었다.

"지금 여행을 가겠다는 말이야?"

이현이 열에 잠식되어 벌게진 눈을 그렇다고 깜박거렸다.

"무슨 말을 하는 거야? 아직 내게 어디로 갈지 알려 주지도 않았잖아. 난 준비도 안 했는데 왜 벌써……."

순간 말을 하던 선일이 다시 이현을 쳐다보았다. 미련스럽게 고집피우는 모습은 그게 아닌 듯싶었다.

"너 설마, 송은숙! 아니, 윤도채랑 통화했어?"

선일이 채근했지만 이현은 대답하지 않았다.

"통화했지? 그렇지? 그래서 그러는 거지?"

대답을 기다리지 않고 선일이 가방이 놓인 곳으로 달려가 옷가지를 뒤적거리더니 여권과 티켓을 찾아냈다. 도착지를 확인한 선일이 어이없어했다.

"이거였냐?"

"약속……했거든."

"그래서 한국까지 가려고 했어? 신분도 모르는 여자를 만나러?"

"쿨럭쿨럭. 모르긴…… 왜 몰라?"

"이름도 몰랐잖아."

"이젠 정확히 알잖아. 윤도채라는걸."

그러면서 이현은 열에 충혈된 눈을 조용히 감았다. 몇 마디만 했을 뿐인데 머리가 몹시 아팠다.

"……겨울은 힘들어. 감기 한 번 걸리면 늘 유난스러워서 괴롭고. 어렵게 얻어 낸 약속인데 하필 이럴 때 이 모양이라니."

이현이 속이 상한지 고개를 꺾고 베개에 얼굴을 묻어 버렸다. 답지 않게 힘이 빠진 모습이 측은해 보였다. 겨울이 힘든 건 이현이 부모님을 잃은 계절이기 때문이다. 티켓을 들고 있던 선일이 뚜벅뚜벅 걸어와 침대에 걸터앉았다.

"그렇게 좋냐?"

이현은 대답 없이 이불 속에 얼굴을 묻은 채 기침만 해 댔다. 한번 터진 기침은 지루할 만큼 끈질기게 이어졌다. 대답을 기다리던 선일이 기침 소리 사이로 물었다.

"기침 그만하고 대답 좀 해 봐. 그렇게 좋냐니까?"

"쿨럭쿨럭."

"기침하다 죽겠네. 윤도채는 언제 만나기로 한 거야?"

"쿨럭, 일요일. 왜?"

"오늘이 목요일. 토요일에 도착하려면 지금 출발해야 얼추 날짜가 맞겠군. 그래서 죽어도 가려고 한 거다?"

선일이 주머니에 있는 휴대폰을 꺼내더니 어딘가로 전화했다.

—나예요. 지금 한국으로 출발할 수 있는 항공권을 구할 수 있을까? 내가 갈 거예요. 그래요. 물론 장거리니까 퍼스트 클래스로.

선일의 말을 듣고 이현이 힘겹게 베개에서 고개를 들었다. 열에 들떠 벌게진 얼굴과 눈이 초점 없이 멍해 보였다.

"왜? 한국까지 가는데 이코노미를 타고 싶진 않아서 그래."

"그게 아니라……."

"어차피 우리 휴가 여행은 이미 한국으로 정해진 거 아니었어? 먼저 가 있을 테니 넌 몸 추스르면 오도록 해."

선일이 그렇게 하라며 자리에서 일어났다.

"하선일."

이현이 지친 목소리로 선일을 불렀다. 그 목소리에 무한한 고마움이 배어났다.

"고맙다."

아나나 다를까 고맙다는 말에 선일이 한심하다는 듯 이불을 이현의 머리 위까지 확 덮어 버렸다.

"윤도채한테 전할 메시지나 말해. 가서 그대로 옮어 줄 테니까."

카페에 앉아 그를 기다렸다.

약속 시간이 이미 오래 지난 뒤였다. 오지 않는 걸까. 주문한 커피도 이미 바닥을 드러내고 있었다. 벌써 40분이 지났는데 이현은 약속한 장소에 나타나지 않았다. 기다려야 하는 건지, 아니면 그냥 돌아가는 게 좋은 건지 갈등을 반복할 때였다. 전화를 할까 하다가 출입구만 바라보던 도채가 식은 커피를 마실 때였다. 도채는 자기도 모르게 눈을 크게 떴다.

한 남자가 들어섰다. 큰 키를 가지고 도시적인 외모에 매끈한 옷

차림의 그에게 눈길이 간 건 당연했다. 카페 안을 스윽 훑어보는 남자는 누군가를 찾는 듯 잠시 멈춰 서더니 갑자기 그녀를 향해 지체 없이 다가왔다. 도채는 뜨악한 얼굴을 감추지 못하다가 순간 마시던 커피를 쿨럭, 하고 내뱉었다. 어떻게 된 거야? 서둘러 테이블 위에 놓인 냅킨을 얼른 집어 드는데 남자가 허락도 없이 테이블 의자를 빼 벌써 앉아 버렸다. 남자는 자신의 손목에 찬 시계를 보며 불친절한 목소리로 말했다.

"주소가 엉망이라 쉽게 찾을 수가 있어야지. 40분 헤맸다."

그다. 단 한 번뿐이지만 식사도 같이했으니 기억이 안 날 리도 없다. 더구나 특유의 차가움은 상대방을 긴장시켜 잊혀지지 않는다. 선일은 너무 놀라 냅킨으로 입을 막고 있는 도채를 보지도 않고 말했다.

"녀석이 아파서 대신 내가 왔어."

던지듯 한 마디 하는 말투가 귀에 팍 박혔다. 아프다고? 도채는 그가 아프다는 말에 뒤늦게 냅킨을 입에서 뗐다.

"그 사람이 아파요?"

"어지럼증이 심해서 기절해 버렸어."

"기절?"

놀란 나머지 본인도 모르게 목소리를 높여 물었다. 그 모습이 의아한지 선일이 이상하게 쳐다보았다.

"왜 놀래?"

"당연히 아프다니까. 어디가 아픈데요?"

"죽진 않을 거야."

"그러니까 어디가 아픈데요?"

"감기야."

"감기?"

놀랐던 마음이 순간 사라졌지만 겨우 감기 때문에? 라는 생각도 얼핏 스쳐 지나갔다. 알게 모르게 실망감도 퍼져 나왔다. 그를 만나면 기다린 시간만큼 적당한 투정이라도 부릴 생각이었는데 조금은 맥이 빠졌다.

"그래서 당신이 왔군요?"

그가 대답 대신 고개를 끄떡였다.

"오늘 약속 정도야 전화로 취소해도 될 일인데 왜 굳이……."

"대신 왔냐고? 글쎄. 죽어도 한국이란 나라는 다시 가고 싶지 않다던 녀석이 갑자기 죽어도 가야겠다니까 대체 뭣 때문에 그러는지 이유가 궁금해서 왔어."

입이 무겁고 속내를 잘 내비치지 않는 이현이라도 한국 방문만큼은 고집을 피우며 꺼려했다. 부모님과의 옛 기억이 되살아나 방어적으로 멀리하고 싶은 생각을 가지고 있기 때문이다. 때때로 비즈니스 관계상 한국으로 출국해야 하는 일이 생기면 선일과 이현은 동시에 서로에게 일을 미뤘다. 선일 또한 태어난 지 6개월 만에 미국으로 입양된 입장으로 한국이라는 나라에 썩 좋은 느낌을 가지고 있진 않으니까. 그런 이유로 묵묵하게 회피하던 한국 방문을 이현이 자발적으로 가겠다고 기를 쓰는 모습을 보니 선일은 궁금하지 않을 수 없었다. 그러나 그 속내를 모르는 도채는 눈앞에 앉아 있는 선일이 어색하기만 했다.

"애인이랑 헤어졌다며?"

갑작스런 질문에 도채는 다시 뜨악한 표정을 졌다.

"확실해?"

"잠깐만요. 우리 완전한 초면은 아니지만 대화를 하는 건 처음인 거나 마찬가지 아니에요?"

"그런데?"

"그런데 그런 질문은 좀 무례하지 않아요?"

"방금 내가 한 말 못 들었어? 돌아가신 부모님의 기억이 고스란히 남아 있는 한국엔 죽어도 안 가겠다고 하던 녀석이 갑자기 어떤 여자 때문에 한국에 가겠다고 하는 이유가 궁금해서 왔다고 한 말?"

"그게 지금 나하고 무슨 상관이란 말이에요?"

"정이현의 얘기니까 하고 있는 거잖아. 당신의 집주인."

선일의 태도에 기분이 언짢아 자기도 모르게 인상을 쓰고 있던 도채의 미간이 한순간 미끄러지듯 확 풀렸다. 젓가락을 사용하던 이현이 한 말은 아직 기억하고 있다. 그때 그는 자신이 젓가락을 잘 쓰는 이유를 설명해 주기 위해 자신의 부모님에 대한 언급을 했었다.

"그 사람이 한국에 오는 걸 싫어해요?"

"싫어하는 게 아니라 본능적으로 거부해. 좋은 기억이 없는데 굳이 올 필요 없잖아."

"그래서 지금껏 한국에 온 적이 없나요?"

"없어. 단 한 번도."

장담하는 말에 할 말을 잃었다. 그럼 지난 주말에 자신을 만나러 온 그는 뭐지? 거짓말 같진 않은데 선뜻 이해 가지 않았다. 본능적으로 거부할 만큼 상처가 깊다면 단숨에 그것을 깨트릴 이유도 크고 선명해야 하지 않을까. 그런데 겨우 자신을 만나러 오기 위해 거부감을 버렸다고? 우리가 어떤 관계기에? 이렇다 할 사이도 아닌, 아무 사이도 아닌데?

"그러니까 당신이 말하는 그 여자가 나란 말이죠?"

선일이 망설임 없이 고개를 까딱거리자 도채의 가슴 한 켠이 슬며시 뛰기 시작했다. 그 이유가 자신이라니. 이현이 찾아왔던 이유가 단순히 보고 싶어서가 아니라는 것을 다시 한 번 증명받는 자리 같았다.

"애인하고 헤어진 건 맞아?"

직설적인 질문이 또다시 떨어졌다. 도채는 두근거리는 심장을 다독이며 평소대로 태연한 자세를 취했다.

"사생활에 대해선 제3자에게 말해 주고 싶지 않지만 당신 말이 틀려서 정정을 해 줄 필요는 있겠네요. 난 애인과 헤어진 게 아니라 차여서 실연의 상처를 달래는 중이에요."

당당하게 말했는데 뉘앙스가 이상했나 보다. 선일은 그것도 자랑이냐? 라는 눈빛을 숨기지 않았다.

"솔직함이 지나치면 바보 같아 보인다는 거 알지?"

"사랑은 거짓말해 봤자 들통 나잖아요. 선수인 척해 봤자 연애해 보면 다 아는걸? 순진한 척해 봤자 경험은 속일 수도 없고, 연애 선수를 흉내 내 봤자 어설픈 건 티가 나는 법이니까."

"실연당한 경험도 겪은 자만이 알겠고?"

"물론이죠."

선일의 무뚝뚝한 얼굴이 무슨 이유인지 한결 너그럽게 변했다.

"그거 꽤 힘들고 피곤하지?"

"피폐해지고 추해지기도 해요."

"그럼 여기서 그냥 앉아 있을 수는 없겠군. 일어나."

"네?"

"정이현의 실연을 막기 위해 내가 뭔가 해야겠으니 일어나라구."

그와 함께 거리를 걸을 때 사람들의 시선이 그에게로 몰리는 걸 느꼈다. 이현과 달리 가볍게 차려입은 그는 영하 6도의 추위 따윈 별 신경을 쓰지 않는 듯 장갑과 목도리도 없는 차림이었다. 그러나 눈길을 끄는 건 날카로운 얼굴선 위로 두드러지게 드러난 인물 때문이었다. 유난히 짧게 자른 헤어스타일 아래 자리 잡은 차가운 얼굴은 샤프하다 못해 이지적으로까지 보여, 같이 걷는 것만으로도 으쓱한 마음이 들게 했다.

"남자들은 친구를 위해서 이렇게까지 해요?"

긴 다리로 성큼성큼 걷는 그의 보폭을 따라 잡지 못해 뒤로 두 걸음 떨어진 도채가 물었다.

"뭘?"

"아픈 친구를 대신해서 먼 거리를 날아와 약속을 지키지 못한 이유를 알려 주는 거요."

"이성과의 첫 데이트 약속을 지키지 못하는 게 세상 어떤 것보다 무서운 것처럼 벌벌 떠는 녀석을 친구로 뒀다면 그럴 수 있지."

선일은 도로변에 위치한 레스토랑이라고 쓰여 있는 간판을 가리켰다.

"식사해야지? 약속을 지키지 못한 것에 대한 위로 차원에서 방문했으니 안내를 부탁할 수는 없고, 저기 어때?"

배는 고프지만 눈앞의 남자와는 불편할 것 같았다. 그런데 대답을 듣지도 않고 선일이 가게 안으로 불쑥 먼저 들어가 버렸다. 도채의 입매가 자기도 모르게 슬쩍 굳어졌다. 조금은 제멋대로인 태도가 마음에 들지 않았다. 레스토랑 안으로 들어가자 넓은 테이블에 앉아 있는 선일이 보였다. 도채가 일부러 소리를 내 가방을 의자에 내려놓았다.

"친절한 스타일은 아니네요?"

"내가 친절하길 바래?"

의미 없는 눈길로 레스토랑 내부를 대충 훑어보던 그가 고개도 돌리지 않고 대꾸했다.

"적어도 친구의 부탁으로 여기까지 왔다면 그래야 한다는 생각이 들어서요."

"미안하지만 내 여자가 아닌 이성에겐 그럴 마음 없으니까 매너 좋고 젠틀한 남자를 만나고 싶다면 이현을 만나."

"친구를 보면 그 사람을 안다고 당신의 태도가 갑자기 그 사람에 대한 이미지를 안 좋게 만드는데요? 거기다 느닷없는 반말. 기분 좋지 않아요."

도채가 언짢아 내뱉은 말에 그가 주변을 둘러보던 시선을 거둬

들였다. 그러더니 묘하게 미소 지었다.

"설마 나까지 당신을 좋아할 거란 착각하는 건 아니지?"

"네?"

"정말 내가 단순히 친구의 부탁으로 여기까지 왔을 거라고 생각해? 그 먼 미국에서?"

웨이터가 글라스에 미온수를 따라 주었다. 여유롭게 글라스를 집은 그가 정말 그런 생각을 했냐는 눈길을 멈추지 않았다. 눈앞의 남자는 처음부터 다른 의도가 있던 모양이다.

"혹시 그런 생각을 했어?"

그런 생각은 했다. 하지만 도채는 아니라고 부인했다.

"아뇨. 그럴 리가요."

"그럼 내가 여기까지 왜 왔을 것 같아?"

물어보는 그를 보며 도채는 자기도 모르게 긴장했다. 뇌리를 스치는 한 가지 생각이 입 밖으로 저절로 튀어나왔다.

"내가…… 어떤 여잔지 알아보기 위해서?"

"눈치가 없진 않네."

선일의 말에 도채는 그제야 자신이 당했다는 걸 알았다. 하지만 그럴 필요가 있을까.

"난 정이현과 아무 사이도 아닌데요."

"시작 전에 막으려는 생각도 없진 않거든."

상대는 노골적이면서 정체를 드러냈다. 그런데 묘하게도 도채는 지금의 상황이 기분 나쁘지 않았다.

"우정이 깊은 건 맞네요. 그럼 나 이제부터 면접 봐야 하는 거예요? 잘 알지도 못하는 정이현이란 남자 때문에?"

"반대로 생각해. 다짜고짜 좋다고 달려드는 남자를 경계하기 위해 필요한 정보를 듣는 기회가 생겼다고 말이야."

"당신은 내 편이 아니라 그 사람 편이잖아요. 당신이 해 주는 얘기가 과연 내게 도움이 될까요?"

"그건 본인이 판단해야지. 아무리 달콤한 얘기를 들어도 본인만 현혹되지 않으면 되는 거 아냐?"

선일은 메뉴판을 집어 도채에게 내밀었다.

"어떻게 할래? 들어 볼 의향 있어?"

그가 내민 메뉴판을 내려 보며 도채는 생각했다. 지금 상황이 싫고 기분 나쁘다면 그냥 나가면 된다. 정이현이 싫다면 연락을 거절하고 무시하면 그만이다. 뭐 이런 웃기지도 않는 사람들이 있냐며 욕을 하고 자리를 박차고 나갈 수도 있다. 모든 건 선일의 말대로 그녀가 결정할 일이었다.

그런데 그러고 싶지가 않다.

그날, 자신을 찾아온 정이현에게 뭐라고 했더라. 지금은 누군가를 만날 시기가 아니라고 했던가. 그 시기는 언제까지지? 누구를 위해 기간을 정해 논 걸까? 실연을 당한 후 적당한 휴식은 마음을 추스르는 데 좋을 수는 있지만 휴식이 길어지면 상처를 잊기도 힘들 것이다. 잊기 힘든 실연. 계속 가지고 살 생각은 없지만 지금은 아니라고 생각했다. 그런데 그날은 몰랐던 것이 이 주일이 지난 지금 이상하게 바뀌려 했다. 한 달도 아니고 일 년도 아닌, 겨우 이 주일이란 시간 안에서 마음이 변하고 있는 것이다. 그게 가능한 건가?

도채는 짧은 순간 무수한 생각 속에서 혼란스러웠다. 선일이 들고 있는 메뉴판을 얼굴 앞에서 흔들었다. 재촉을 하는 액션에 도채는 선일이 내민 메뉴판을 오랫동안 바라보다가 그것을 건네받았다. 이현에게 반감은 없었다. 선일의 말이 사실이라면 베스트 친구 몰래 이미 이곳을 왔다 간 그의 마음이 진심이라는 게 더 명확해졌을 뿐이다. 그 마음, 짝사랑을 시작하겠다는 동질감이 주는 묘한 애석함. 도채는 그를 만나면 해 주고 싶은 말이 있었다.

"내가 운이 좋은 건가요? 세상 그 누구도 이런 식으로 상대를 파악하는 자리를 갖기는 힘든데."

"지원군을 잘 만난 거지."

선일은 도채가 함께 식사하겠다는 뜻을 보이자 뒤늦게 이현의 전달 메시지를 알려 주었다.

"녀석이 전해 달래. 약속을 못 지켜 정말 미안하다구. 열이 내리는 즉시 만나러 올 테니까 만회할 수 있는 기회를 다시 주면 좋겠대."

"그렇게 전해 달래요?"

"더 말했지만 나머진 내가 생략했어. 전부 미안하다는 말뿐이라서."

"전화로 메시지 남기면 될 텐데."

"무식할 만큼 성실한 녀석이라 그런 걸로 미안한 마음이 전해진다고 생각하진 않아. 어떡할래? 만남의 기회. 한 번 더 허락한다고 전할까?"

도채는 가만히 고개를 끄덕였다.

"좋은 소식 전하게 돼서 잘됐군. 식사한 후 녀석에게 메시지 보낼게. 에프터 신청받았다고."

그가 음식을 시키며 아주 딱 부러지게 말했다.

그로부터 이현이 한국에 온 건 3일 뒤였다. 꼬박 하루를 더 앓고 적당한 열과 기침을 몸에 보유한 채 무작정 서울로 온 그는 앞뒤 재지 않고 바로 도채를 만나러 왔다. 그사이 한국은 기온이 더 떨어져 남극 같은 날씨로 변해 있었다. 전보다 훨씬 두툼하게 챙겨 입은 그가 도채와 함께 카페에 나란히 앉아 창밖을 보았다.

"이럴 줄 알았으면 평소에 패션 잡지 좀 눈여겨볼 걸 그랬어요."

"왜요?"

"지나가는 사람들이 전부 모델 같아서요. 하나같이 패션 감각을 뽐내고 있으니 어쩐지 기가 죽는달까."

이현은 자신이 입은 옷을 내려다보며 좀 그렇죠? 라고 되물었다. 도채는 별걸 다 신경 쓴다며 싱겁게 웃었다. 그와 똑같이 유리창 밖을 보고 있었지만 느끼지 못했던 부분이기 때문이다. 지나가는 사람을 유심히 지켜보는 그를 바라보며 도채는 그가 이방인이라는 걸 떠올렸다.

"한국은 몇 년 만이에요?"

"14년 정도. 아홉 살 때 미국으로 갔으니까요."

"그동안 한국에 한 번도 오지 않았나요?"

"올 일이 없었어요. 아버지는 외아들이라서 친가 쪽은 친척이 없고, 유일하게 외할머니가 계셨지만 미국에서 돌아가신 지 오래라서요."

담담한 말투는 성숙하고 차분했다. 이현은 걸어다니는 사람들 너머를 보았다.

"서울은 참 많이 변했네요. 8차선 도로가 있는 도시라니 믿어지지 않아요. 내가 떠날 땐 기껏해야 2차선이었던 것 같은데."

차량이 달리는 도로를 보는 그의 눈이 아련한 이유는 그의 부모님이 교통사고로 세상을 떠났기 때문일 것이다. 도채는 도로 위를 가득 채운 자동차들을 보며 조심스레 물었다.

"낯설겠어요, 한국이."

"그렇지도 않아요. 매스컴을 통해 늘 접하는걸요. 이모가 비디오 샵에서 사 오는 한국 드라마를 같이 본 것도 십 년이 넘었고, 뉴욕엔 교포도 많으니까 큰 향수병이 생기진 않아요. 한국말도 여전히 잘하잖아요. 단지…… 고향에 돌아왔는데도 만날 사람이 없다는 게 낯설긴 하네요."

그가 따뜻한 눈빛으로 도채를 바라보았다.

"그런 이유로 지금 옆에 앉아 있는 사람이 무지 고마운 거 있죠?"

그가 자리에서 일어나 도채의 컵을 들고 뜨거운 커피를 리필해 왔다.

"고마운 의미."

한참 얘기에 집중하고 있었는데 그녀의 잔이 비었다는 건 언제 봤을까? 그가 내미는 머그잔을 받아 들며 그가 소소한 것을 놓치지 않고 배려한다는 걸 알게 되었다. 이현이 고개를 돌려 기침을 쿨럭 쿨럭 해 댔다. 열이 나는지 붉어진 볼을 드러내고 있으면서도 그녀에 대한 신경을 늦추지 않은 게 안쓰럽게 느껴졌다.

"약은 먹은 거죠?"

"비타민 챙겨 먹고 있어요. 금방 날 거예요."

"어지러운 게 심해서 기절할 정도였다면서요."

"선일이 그렇게 말했어요?"

"정신을 잃었다고 하던걸요?"

"감기 때문에 기절할 정도로 약한 남자 아니에요."

괜히 허약한 이미지로 보일까 봐 극구 아니라고 우겼다. 도채는 실내에서도 겉옷과 목도리를 풀지 않고 있는 그를 보며 그저 웃어 주었다.

"친구가 나에 대해 얘기한 건 없어요?"

"무슨 얘기요?"

"만나고 온 소감이나 인상에 대한 느낌 같은 것들?"

"아무 말도 없었는데."

의외였다. 노골적인 눈초리로 자신을 염탐하던 선일이었는데 말이다.

"이상하네. 나에 대해 한 마디라도 할 줄 알았는데 아니었나."

"왜요?"

"아뇨. 그런 거 있잖아요. 날 만나고 돌아간 후 친구로서 느낀 점들을 전해 줬을 거라고 생각했거든요."

"아아, 그런 말? 그런 거라면 들은 게 있긴 해요."

"어떤 말?"

"솔직하고 당당해 보이지만 전부 쓸데없다. 핵심을 건드리면 즉각 반응한다. 반응이 즉각적이라 속내를 알기 쉽다. 그런 이유로 빈틈이 많으니 어디든 공격해라. 네가 사수라면 눈을 감고 쏴도 넌 특등 사수가 될 것이다."

"네에?"

"마지막으로 협상가와 지략가는 아니니, 거래 방법도 몰라서 가필계약서를 쓰기 딱 좋다고 했어요. 그리고 나를 경계하면서도 이로운 정보를 듣는 기회가 될 거라는 말에 덥석 미끼를 무는 걸 보니 머리가 썩 좋은 여자는 아니라고도 했다죠, 아마?"

"대체 그게 다 무슨 말이에요? 간단히 식사 한 번 한 것뿐인데 무례하게 머리 수준까지 가늠해서 고해 바쳤다고요?"

어이없어하는 도채의 반응에 이현이 하하, 거리며 웃었다. 늘 잔잔한 미소를 입가에 걸친 모습만 보이던 평소와 달리 그의 웃는 모습은 생각보다 남자답고 호탕했다.

"나도 몰라요. 녀석이 대체 무슨 말을 하고 싶은 건지. 함께 여행을 가기로 했는데 약속이 틀어져서 자기 딴엔 신경질 내고 싶었나 봐요. 한 마디로 트집이죠."

그러나 이현은 알고 있었다. 트집 속에 담긴 선일의 말뜻을 말이다. 식사를 하기 전 그녀의 의사를 물었을 때 잠시 망설이듯 주춤하던 도채가 선일과 함께한 건 그녀가 최소한 이현에게 관심을 갖고 있다는 뜻이라는 걸 말이다.

"근데 그거 정말이에요? 선일과 식사를 거절하지 않은 이유가 나를 경계할 방법을 듣기 위해서라는 거요."

"그런 말까지 했어요?"

"아니에요? 그 말에 눈까지 반짝거렸다고 하던데."

도채는 허, 하고 어이없는 탄성을 터트렸다. 아무 말도 하지 않
겠다고 하고선 할 말 다한 모양이다. 더구나 눈빛까지 언급할 정도
라면 주고받은 대화 내용 모두 벌써 이현에게 떠벌리고 남았다. 난
처했지만 숨길 수도 없어 도채는 고개를 위아래로 끄덕였다.

"내 입장에선 그럴 수밖에 없잖아요. 그래도 꼭 그 생각만으로
그런 건 아니었어요. 반대로 생각하면 당신을 알 수 있는 기회도
되니까…… 거절하지 않았을 뿐이에요."

이현의 짐작은 맞았다. 도채는 적어도 자신에게 무관심하진 않았
다. 희망의 빛이 더 밝아졌다.

"그래서 나에 대해 좀 알게 됐나요?"

"아뇨. 내가 속았어요. 달랑 밥만 먹고 가 버렸으니까."

정말이다. 선일은 그녀와 말 그대로 식사만 했을 뿐이다. 꼼꼼히
골라 시킨 코스 요리는 대부분 남겼고, 이현과의 만남을 성사시킨
후에 기껏 던지는 질문이라고는 고작 쇼핑하기 좋은 장소를 묻는
정도였다. 의중을 알 수 없는, 가늠하기 어려운 존재라고 할까. 두
사람은 아주 짧은 시간 안에 식사를 마치고 바로 헤어졌다.

"아마 에프터를 받기 위해 당신의 친구는 거짓말을 한 것 같아
요."

이현은 듣지 않아도 그날의 상황이 어땠는지 짐작하고 남는 얼
굴로 도채를 다독였다.

"안 그래도 녀석이 먼저 도와주겠다고 나설 때 설마 싶었어요. 어쨌든 일을 그렇게 만든 장본인은 나니까 달리 뭐라고 사과해야 할지 모르겠네요."

사과받을 일은 아니었다. 누가 뭐래도 도채에게 확실한 자각 하나를 심어 주고 간 사람은 선일이 맞으니까.

리필한 커피까지 전부 마신 후 두 사람은 카페를 나왔다. 도채가 먼저 일어서자고 말했다. 시간이 지날수록 이현의 기침이 멈추지 않아서다. 잔뜩 흐린 하늘에 먹구름이 하나둘 모여들더니 기어코 비가 내렸다. 겨울비치고는 많이 내리는 비를 보며 이현은 도채를 카페에 남겨 두고 밖으로 달려 나가 근처 편의점에 가서 우산을 사 왔다. 빗속을 뛴 탓에 한바탕 기침을 했지만 아랑곳하지 않는 그였다. 문득 낯선 한국에서 용케 잘도 원하는 것을 사 오는 모습이 꽤 듬직해 보였다.

도채의 머리 위로 우산을 펼쳐 든 그와 택시 정거장을 향해 나란히 걸었다. 혹여 그녀의 몸에 빗방울이라도 튈까 조심스러워하며 그녀 쪽으로 한껏 우산을 기울인 그의 어깨가 마냥 젖었다. 몸도 좋지 않은데 미안한 생각이 들었다. 도채는 말없이 그의 몸 쪽으로 가까이 붙어 걸었다.

택시 정거장에선 잠깐의 실랑이가 있었다. 비를 핑계로 그가 데려다 주겠다고 고집을 피웠기 때문이다.

"데려다 주지 않아도 돼요. 체크인한 호텔이 근처잖아요."

"당신을 내려 주고 다시 돌아오면 되니까 괜찮아요."

부득불 거절하는 도채를 태우고 그도 함께 택시에 올랐다. 뒷좌석에 나란히 탄 후 이현은 운전기사에게 한남동으로 가 달라고 말했다. 그리고 자연스럽게 잠깐 창밖을 보고 있던 그녀의 손을 잡았다. 도채가 고개를 돌려 그를 보았다. 놀란 얼굴은 아니지만 그렇다고 무덤덤한 얼굴도 아니었다.

"우리 이제 말 놓자."

그가 웃으며 권유했다.

"그새 얼굴도 익혔고, 서로 이름도 알고, 커피도 두 번이나 마신 사이잖아."

좀 더 가까워지길 바라며 그가 말했다. 도채는 그가 잡은 손에서 전해지는 온기 속에 서린 물기를 느꼈다. 빗물이었다. 도채는 그 손을 뿌리치진 않았지만 자연스러웠던 지금까지의 대화와 어울리지 않는 말을 조용히 꺼냈다.

"뉴욕을 떠나올 때 승모가 공항에 찾아왔었어요."

우산을 사 오느라 빗물에 젖은 그의 옷을 애써 외면하며 도채는 침착하게 말했다.

"그는 돈을 받지 않았대요."

가만히 얘기를 듣고 있던 이현이 말을 하지 않다가 뒤늦게 고개를 끄덕거렸다.

"같은 남자로서 멋진 남자라고 생각해. 비록 결과는 좋지 않았지만 그도 최선을 다해 노력했으니까."

그는 당장 말을 놓기로 작정했나 보다. 아직 동의하지 않았는데 벌써 자연스럽게 말을 놓았다. 도채는 막지 않았다.

"맞아요. 멋지고 용기 있어. 그래서 참 질기게 생각나. 생각보다 많이."

도채는 미안한 얼굴로 이현의 손안에서 자신의 손을 빼냈다. 그를 만나면 해 주고 싶은 말을 이제 할 때가 되었다. 그녀가 편하게 말을 놓으며 이제 그 말을 시작했다.

"많이 고민했어. 날 기다려 준다는 당신의 말 듣고 정말 기다려 달라고 말할까 하고. 나중에 승모를 완전히 잊고 나면 당신 같은 사람, 만나고 싶어도 힘들 것 같은 생각에 욕심부리고 싶었어. 하지만 그래선 안 된다는 걸 알아. 짝사랑을 해 본 사람으로서 짝사랑을 시작하겠다는 사람에게 기다리라는 말이 얼마나 괴로운 건지 누구보다 잘 아니까."

도채는 사과했다. 딱 잘라 거절하지 않은 채 두루뭉술하게 넘어가 버린 자신의 태도를 정중히 사과했다.

"늦게 거절해서 미안해. 당신을 다시 만난 건 이 말을 해 주고 싶어서였어."

진지한 고해성사다. 어느 때보다 솔직하게 속내를 드러낸 그녀는 고민이 깊었는지 고뇌한 얼굴을 감추지 못했다. 그러나 어떻게 된 일인지 묵묵히 그녀의 얘기를 듣던 이현의 표정엔 변화가 없었다. 변화가 없는 게 아니라 오히려 너무 정중하게 거절하는 그녀의 진지한 태도가 귀엽다는 얼굴이었다.

"그러니까 지금 그 말은 기다리는 것도 하지 말라?"

도채가 고개를 끄덕였다.

"선일이 녀석 말이 맞나 보네. 윤도채란 여자, 솔직하고 당당한데 전부 쓸모없어. 거기다 내가 보기엔 융통성도 없다."

이현은 짐짓 그녀를 꾸짖었다.

"박승모가 생각나면 그냥 생각해. 추억이 떠오르면 좋았던 기억 되새겨. 괜히 생각나는 거 막으면 더 생각나니까 얼마든지 되새김 질해. 다시 말하지만 나 시간 많아. 졸업하면 앞으로 더 많아질 거구. 지금 나한테 그 말을 해 준 이유가 '내 실연의 상처가 언제 끝날지 모르니 너도 그만 포기해라.'라는 충고라면 내 대답은 단 한 가지야. 이미 내 짝사랑은 시작됐다는 사실."

이현은 도채의 손을 다시 잡았다. 의외로 고집이 있는 남자였다.

"그러니까 나 신경 쓰지 말고 하고 싶은 거 다 해. 다른 남자 만나는 것만 빼고."

짝사랑의 주문에 걸린 수만 명의 리스트 중 정이현이란 이름이 굵은 매직으로 이름을 올리는 순간이었다. 도채는 자신의 말을 알아듣지 못하는 이현을 불편하게 쳐다보았다.

"잘 이해 못 하나 본데 난 그런 말 들으려고 말한 거 아냐. 두렵다구, 나. 새롭게 누구 만나는 거 마음속으로 정말 바랬는데 막상 누군가를 다시 만나려니 두려워서 떨려."

"충분히 이해해."

"그래서 싫다구."

"알았다니까."

이현은 잘도 대답했다. 도채가 거부하듯 날렵하게 손을 빼냈다.

"싫다는데도 고집피우는 이유가 뭐야?"

"널 좋아한다니까. 너랑 연애하고 싶고 연인이 되고 싶다고 말했잖아."

그가 고개를 돌려 도채를 바라보았다. 방금 전보다 더 웃고 있다.

"대체 이런 상황에서도 뭐가 그렇게 즐겁고 좋은 거지?"

"도채."

그녀를 부르는 목소리가 애정 깊었다.

"그림을 그린다고 생각해. 하나의 그림을. 수채화는 보통 밝은색부터 채색하는데 그 이유가 그림을 망치지 않고 완성하기 위해서래. 이해돼? 연한 색부터 칠하다가 색이 마음에 안 들면 좀 더 진한 색을 그 위에 다시 칠해서 색을 바꿀 수 있다는 거야. 그래서 밝은색부터 하나씩 사용한대. 그런데 사람은 언제나 실수를 하기 마련이잖아? 두 번째 색감도 마음에 안 드는 사태가 꼭 벌어지는 거지. 그럴 땐 고민하지 말고 과감히 강한 색을 덧칠해서 기존의 색을 아예 덮어 버리고 없애 버리는 거야. 그럼 비록 원치 않는 엉망인 색이 나오더라도 기존의 색을 사라지게 했으니 그림은 새로운 분위기로 변하거든. 그림엔 지장이 없어. 완성을 위해 또 다른 색감을 만들어 냈을 뿐, 망친 건 아니야."

이현은 사랑도 그렇다고 묘사했다.

"그를 사랑했을 때 받았던 상처나 기억 때문에 새로운 만남을 두려워하지 마. 옛사랑은 도화지에 스며든 오래된 물감일 뿐이니까. 문득 기억이 나서 찾아보려 할 땐 다른 물감에 덧칠해져 찾기도 힘들어질걸. 가끔 생각이 나서 그가 뿌리고 간 물감을 쳐다보긴 하겠지. 그 남자를 사랑했기에 기억나는 것들 때문에. 그렇지만 그뿐이야. 어차피 그림이 완성되고 나면 흔적도 보이지 않게 돼. 완성품은 전체를 평가하지 어느 한 부분을 집중적으로 보지 않으니까. 무슨 말인지 알아? 덧칠도 잘되면 때론 명작이 되잖아. 덧칠만 잘하면."

그가 자신을 가리켜 보였다.

"나 말이야. 덧칠."

이현은 자신을 덧칠이라고 표현했다.

"대작을 완성하는 데 있어서 귀퉁이에 색 하나 잘못 칠했다고 두려워할 필요 있을까?"

그가 어깨를 내려 그녀와 눈높이를 맞췄다. 그로 인해 시야가 틈 없이 이현의 모습으로 채워졌다. 그는 진지하게 경고했다.

"사랑도 한 번 버릇되면 고치기 힘들어. 그렇다면 이번엔 다른 사랑을 해야 하지 않겠어? 당신을 좋아하는 건 내가 할 테니 한 번 기회를 줘 봐."

도채는 텅 빈 손을 스스로 움켜쥐었다.

"다 아는 것처럼 말하지 마."

"모를 것 없어."

"하나도 모르잖아. 짝사랑이란 게 얼마나 괴로운 일인지 알아?"

"이미 충분히 괴롭기 시작했어."

"하지 말라구, 짝사랑!"

"내 맘이야."

"난 다른 사람들과 달리 확실히 내 의사를 밝혔어! 그런데도 하겠다고?"

"나도 확실히 밝혔어. 기다린다고."

이현도 지지 않고 응수했다. 도채는 말이 통하지 않는 그에게서 시선을 떼지 못했다. 이현도 시선을 피하지 않고 마주 보았다. 이렇게 당당히 고백하는 건 사실 짝사랑이 아니야. 이건……

"나의 짝사랑은 네가 하는 것과 차원이 달라. 난 눈물 흘리며 우는 짝사랑은 하지 않아. 내게 짝사랑은 최종 목표를 가지기 위한 워밍업일 뿐이야."

쐐기를 박는 강한 어조로 그가 말했다.

"너를 갖기 위한 워밍업."

도채의 눈동자가 흔들, 했다. 말이 안 통해. 말이 안 통하니 지독하게 따라오는 저 시선을 피할 곳도 없다. 같이 택시를 탄 것도 잘못이야. 냉정한 말로 상처라도 줘서 떠나보내 버리고 싶은데 몸을 피해 봤자 겨우 30센티 떨어지는 택시 안에서 할 수 있는 건 아무것도 없었다. 도채는 자신의 의견이 묵살되어 버리자 그에게서 고개를 돌려 버렸다. 짝사랑의 고집스러움은 그녀가 제일 잘 안다. 잡초 같은 그 마음은 아무리 짓밟히고 상처받아도 상대의 친절한 말 한 마디에 발딱 일어서는 끈질긴 생명을 가지고 있다. 끊어 버릴 수 없는 건 그런 중독 때문이야. 그런데 그 괴로운 걸 하겠다고?

"멍청이."

이현이 옆에서 도채를 쳐다보는 게 보였다. 잘못 들었나 싶어 잠시 멍한 표정을 짓던 그가 흐음, 하고 찰나적으로 고민하더니 갑자기 기사에게 말했다.

"내릴게요. 여기서 세워 주세요."

기사가 차선을 바꿔 한쪽으로 차를 멈췄다. 그의 말에 도채가 어리둥절한 눈으로 그를 바라보았다. 그러나 아무 말도 하지 않고 그의 행동을 지켜보기만 했다. 이즈음에서 헤어지는 게 좋았다. 그래, 희망은 애초에 뽑아 버리는 게 나아. 택시에서 내리는 그에게 잘 가요, 라는 인사를 해 줄까 하다 다부지게 입을 다문 것도 그런 생각에서였다. 그런데 착각이었다.

"앗. 잠깐만! 손! 내 손!"

차문을 열고 내리던 이현이 그녀의 손을 확 잡아당기는 바람에 엉겁결에 택시에서 따라 내리고 말았다. 거친 힘에 반항 한 번 못하고 밖으로 나오자 그제야 그가 택시비를 지불하고 택시를 보냈다. 우산은 펴지 않은 상태였다. 굵고 차가운 비를 갑자기 맞으며 서 있게 된 도채가 황당함에 멍하니 서 있다가 버럭 소리를 질렀다.

"우산 안 펴?"

"전부 네 탓이야."

"뭐라구?"

"감기라서 참으려고 했는데 모두 네 탓이라구."

이현이 손에 쥔 우산을 바닥에 툭, 하고 버렸다.

"뭐하는 거야? 우산을 버리면 어떡해?"

소리치던 도채의 입이 한순간 닫힌 건 그때였다. 얼굴을 때리는 빗물이 멈춘 것도 그때였다. 지나가는 차량 소리와 쏟아지는 빗소리 때문에 아무 소리도 들리지 않았다. 오직 뜨거운 입김을 내뿜으며 그녀의 입안으로 밀려 들어오는 단 하나의 목소리만을 들었을 뿐이다.

"이젠 안 봐줘."

우산을 버리고 성큼 걸어온 그가 눈 깜짝할 순간 그녀의 입술을 덮쳤다. 두 손으로 도채의 얼굴을 감싸 쥔 그가 깜짝 놀라 뻣뻣하게 굳은 그녀를 놓치지 않으려고 손에 더욱 힘을 주었다. 지나가는 차량의 타이어가 웅덩이에 고인 빗물을 치고 지나가는 소리가 딴 세상의 소리처럼 아득하게 들렸다. 이 추운 겨울날, 비가 내리는 도시의 한복판에서, 우산을 버리고 달려든 남자의 입술은 뜨거운 것에 손을 덴 것처럼 들뜨고 격렬했다. 차가움에 젖는 건 오직 입고 있는 옷뿐이길 바란다면 우스운 걸까? 스며들 듯 차분히 다가오던 그의 행보가 한순간 거침없는 맹렬함으로 바뀌자 혼미해진 도채는 자기도 모르게 그의 옷자락을 꾸욱, 움켜쥐었다.

이현.

그를 부르는 목소리도 그가 삼켜 버렸다. 빨려 들어가는 정신을 막기 위해 그를 움켜쥔 그녀의 손이 파르르 떨렸다. 그가 그녀에게 속삭이는 듯했다. 분명 그런 소리를 들은 것 같다.

이제 시작이야.

도채는 귓가를 때리는 비를 맞으며 오랫동안 그의 손아귀에서 벗어나지 못했다.

"감기만 아니었다면 처음부터 아무 말도 못 하게 해 버렸을 텐데, 운 좋은 줄 알아."

오랜 시간이 지난 후 부드러운 그녀의 입술에서 아쉽게 입을 뗀 이현은 그녀를 품에 안은 채 말했다.

"나 이미 눈치챘어. 네가 나 싫어하지 않는다는 거. 싫었다면 두 번씩이나 만나러 나오지도 않았겠지. 그리고 지금처럼 오랫동안 키스하게 놔두지도 않을 거야. 그렇지?"

이현이 물었지만 도채는 대답하지 못했다. 지금의 상황을 어떻게 받아들여야 할지, 어떤 식으로 풀어야 할지 놀라고 당황스러워 멍하기만 했다.

"이것 봐. 날 빤히 보면서도 뺨 한 대 때릴 생각도 못 하잖아."

"아냐."

"아니긴."

"아니래두."

도채는 창피해 이현의 가슴에 얼굴을 박아 버렸다. 고개를 들지 못하는 그녀를 보며 이현이 크게 웃었다.

"그런 말 들어 봤지? 여자는 직감으로만 움직이지 않는다고. 남자는 어떨 것 같아?"

이현이 두 팔로 그녀를 꾹 안았다.

"틈만 보여도 전진해."

도채를 두 팔로 꾹 안고 있는 그가 씨익 웃어 보였다.

"넌 이제 큰일 난 거야. 나한테 아주 큰 틈을 보였거든."

떨어지는 빗물이 머리를 흠뻑 적셨지만 두 사람은 서로를 부둥켜안은 채 떨어질 줄 몰랐다.

10

한남동에 위치한 호텔.

호텔 최고층인 20층 오른쪽 코너에 위치하고 있는 앰버서더 스위트룸의 단단한 도어문이 열리며 이현이 걸어 들어왔다. 디너 룸에서 탄산수를 들이켜며 쉬고 있던 선일이 인기척에 룸에서 걸어 나오다가 괴상한 얼굴을 했다.

"꼴이 왜 그래?"

"비 맞았어."

이현이 흠뻑 젖은 채로 온몸에서 물을 뚝뚝 흘리며 서 있었다.

"봐서 안다만. 왜 자꾸 안 하던 짓을 하는지 묻는 거야. 사춘기냐? 기다려. 젖은 채로 들어오지 말고."

선일이 타월을 가져오려고 하자 이현이 손에 그러쥔 타월 하나를 들어 보였다.

"됐어. 올라오는 길에 컨시어지Concierge가 이미 줬다."

그러나 손에 들고 있는 타월도 이미 흠뻑 젖은 후다. 선일이 욕실로 가서 대형 타월을 가지고 와 이현의 얼굴에 던졌다.

"비를 맞은 게 아니라 한강에 뛰어든 줄 알겠다."

"난방이나 더 올려 봐. 추워."

"허 참."

비에 흠뻑 젖어 콜록거리는 모습이 측은해 선일이 리모컨을 찾아 룸의 난방을 마구 올렸다. 그사이 이현은 젖은 외투와 스웨터를 벗고 상의를 완전히 탈의했다. 엘리베이터를 타고 올라오는 중간에 대충 물기를 닦아 냈지만 옷으로 스며들은 물까진 닦지 못했다. 이현은 몸에 착 달라붙은 옷을 벗어 던지고 다이닝 룸을 지나쳐 욕실로 빠르게 들어가 버렸다. 그 행동을 모두 지켜본 선일이 궁금증을 참지 못하고 욕실 문을 두드렸다.

"뭔데? 무슨 일인데?"

"말시키지 마. 체온 급상승 중이니까."

"급하강이 아니고?"

"급상승."

"열이 또 나냐?"

"아니. 지금 난 아주 멀쩡해. 퍼팩트할 만큼 컨디션 최고야."

맹추위에 비를 맞고 다니는 게 멀쩡해 보이진 않지만 기분은 최고라니 선일은 그런가 보다 했다. 어차피 맨해튼에서처럼 기상예보를 체크하지 않는 이상 갑자기 내리는 비를 맞고 다니는 게 대수로운 일도 아닐 테니까. 하지만 윤도채를 만나러 나갔다 오는 길이라면 얘기가 달라진다. 선일은 시키지도 않았는데 샴페인을 꺼내 놓고 이현을 기다렸다.

"한 잔 해라."

샤워를 마치고 나온 이현에게 선일이 샴페인 잔을 내밀었다.

"갑자기 왜?"

"실연엔 이게 최고 아냐? 너 요즘 술 즐기잖아."

그 말에 이현이 받은 잔을 물끄러미 쳐다보더니 갑자기 숨도 쉬지 않고 한 잔을 모두 마셔 버렸다. 선일이 안타까운 표정으로 혀를 찼다. 술도 못 마시는 녀석이 단숨에 원샷하는 모습은 절로 그런 마음을 들게 했다.

"측은하다. 그러게 너무 무작정 뛰어든다 했어. 여자들은 무작정 달려드는 남자 부담스러워한다는 조언 정도는 해 줄걸. 깜박 잊은 내 탓이다."

"무슨 소리야? 축하주로 마신 거야."

이현이 씩 웃더니 다 마신 잔을 선일의 가슴에 던졌다. 갑자기 날아오는 잔을 두 손으로 황급히 받으며 선일이 뭐? 라고 소리쳤다.

"축하주라니? 잘 안 돼서 비 쫄딱 맞고 들어온 거 아니었어?"

"아니. 비를 쫄딱 맞은 건 키스를 오래했기 때문이야."

첫키스치곤 꽤 긴 키스였다. 아니, 너무 길었다. 한 번 붙잡은 그녀를 놓치고 싶지 않아 이현은 빗속에서도 떨어질 줄 몰랐다. 길 한복판에서 키스를 하는 모습에 사람들의 힐끔거리는 시선이 넘쳐났지만 아랑곳하지 않았다.

"근데 넌 왜 초저녁부터 목욕 가운을 입고 있어?"

"나야말로 낮에 쇼핑 갔다가 비 맞아서."

그러고 보니 크고 작은 상자가 소파며 테이블 아래며 한가득이다. 상자를 들어 브랜드 로고를 확인한 이현이 피식 웃었다.

"전부 그녀 거구나. 블랙의 긴 생머리를 미역처럼 풀어헤친 네애인."

"표현하고는. 윤기 나는 탐스러운 헤어라고 해야지 미역이 뭐냐?"

"너 '나의 그녀' 한테 거짓말했더라. 친구로서 내 여자를 관찰하기 위해 여기까지 온 거라고. 속내를 모르는 그녀는 정말인 줄 알고 있던데?"

"맞는데 왜?"

"윤도채가 아니라 네 애인 때문에 왔겠지. 내가 모를 줄 알아?"

선일은 모르는 척 대답하지 않았다.

"밥이나 먹어야겠다. 한국 음식이 입에 썩 안 맞아. 룸서비스 시킬 건데 뭐 먹을래?"

"너나 먹어, 인마."

"시킬 때 같이 주문해. 이따 또 시키지 말고."

"됐어."

선일이 마음대로 하라며 사이드 테이블 위에 놓인 전화를 들었다.

"진짜지? 정말 내 것만 시킨다?"

"그래. 제발 그래 주라."

앰버서더 스위트룸은 24시간 룸서비스다. 그걸 모를 리 없는 이현에게 굳이 부득불 식사를 시키라는 의도는 사해에 대한 얘기를 차단하기 위한 억지 화제 전환이다. 저럴 땐 영악스럽지도 못해.

이현은 혀를 차며 자리를 피해 침실로 들어가 버렸다. 지금 뭔가를 먹고 싶진 않았다. 아니, 먹을 수 없다.

'뭔가를 먹으면 느낌이 달아날 것 같아.'

그녀의 느낌.

이현은 불과 한 시간도 안 된 일을 떠올리며 여운을 음미하고 싶었다. 아직도 그녀와 뜨거운 입맞춤을 하고 있는 그 느낌을.

그리고 그 시각. 이현만큼은 아니지만 똑같이 비를 맞은 도채도 빗물을 뒤집어쓴 채 집으로 돌아왔다. 현관문을 열고 들어서는 그녀를 보고 제일 먼저 놀라 소리친 건 도우미 할머니였다.

"에그머니! 이게 누구야? 갑자기 비가 억수로 온다 싶더니 쫄딱 맞았네, 아주 쫄딱 맞았어."

이십 년이 넘게 집안 살림을 챙겨 주고 살피는 할머니의 호들갑이 집 안을 들썩였다. 그녀의 목소리가 안에까지 들렸는지 윤 회장이 소리를 듣고 밖으로 나왔다.

긴 머리카락이 얼굴에 묻은 걸 떼어 내지도 않은 터라 몰골이 형편없었다. 돌아오는 길에는 비바람도 몰아쳐 코트의 한쪽 옷깃이 바짝 세워져 한바탕 싸움이라도 한 모습이다. 윤 회장은 멍한 표정의 도채를 보며 조금 놀란 표정을 지었다.

"아이고. 어딜 들어와? 물기는 닦아야지."

신발을 벗어 던지고 무작정 거실에 발을 내디디는 그녀를 보며 할머니가 경기를 일으켰다. 윤 회장이 할머니를 진정시키며 애써 차분한 목소리를 냈다.

"애한테 타월 먼저 갖다 줘요."

"아이고. 벌써 가져왔어요, 회장님."

후덕한 몸매의 할머니가 날쌘 몸짓으로 가져온 타월을 도채에게 건네주었다. 바닥으로 토옥, 토옥 떨어지는 빗물만 바라보고 있는 도채는 빠르지도, 그렇다고 느리지도 않은 행동으로 말없이 물기를 닦아 냈다. 짧은 순간 비를 맞은 것 같진 않았다.

"우산이 없으면 택시라도 타고 오지 그랬어? 아님 김기사한테 전화를 하던가."

윤 회장이 다 큰 딸의 행동을 꾸짖자 도채는 대답 없이 손에 들고 있는 우산을 들어 보였다. 우산이 있는데도 그냥 비를 맞고 왔다는 뜻이다. 주름진 윤 회장의 얼굴에 의문이 깃들다가 순간 수심 가득한 얼굴로 변했다. 혹, 아직 상처에서 벗어나지 못했나 싶어서다.

"밖에 나갔다가 무슨 일 있었어?"

"아뇨. 아무 일도 없었어요."

"없었는데 우산을 두고 비를 그냥 맞고 왔단 말이야? 감기 걸리면 어쩌려고?"

"감기…… 걸릴 거예요."

"뭐라고?"

"감기, 반드시 걸릴 거야. 그 사람이 지금 심한 감기를 앓고 있거든."

멍한 표정의 도채가 빗물에 젖은 눈썹을 가늘게 떨며 말했다. 그렇게 오랫동안 키스했으니 반드시 걸리고 말 거야. 도채는 넋이 나간 듯 그렇게 말했다.

　날이 밝기 무섭게 그녀에게 반강제적으로 데이트 허락받은 이현은 그녀의 집 앞으로 달려가 대문 앞에서 도채를 납치해 버렸다. 무방비하게 집을 나오다 팔목을 잡히고 만 그녀는 무엇에 홀린 듯 반항도 하지 못했다. 이상했다. 처음부터 이렇게 될 줄 알았다는 것처럼 그가 이끄는 대로 순순히 따라가는 게 얼떨떨하면서도 기분이 묘했다.

　"이렇게 순순히 납치당해 줄 거면서 어젠 왜 그렇게 싫다고 했어?"

　이현은 못 이기는 척 쫄레쫄레 따라오는 도채를 보며 웃더니 그녀의 귓가에 대고 속삭였다.

　"키스 때문이야?"

　이현이 놀리자 도채는 얼굴을 붉히며 아니라고 변명했다.

　"미국에서 여기까지 만나러 온 게 진심이란 걸 알았기 때문이야."

　그 모습이 예뻐 함박 미소를 지은 이현은 마냥 그녀를 바라보고 서 있었다.

　"너무 기뻐서 그러는데 내가 맛있는 거 사 줘도 돼?"

　"원래 데이트 신청한 사람이 밥 사는 거야."

　"데이트랑 상관없이 네가 너무 예뻐서 그러는데 내가 맛있는 거 사 줘도 돼?"

　"난 원래 예쁘니 당연히 맛있는 거 사 줘야 해."

　"그럼 키스 먼저 하고 나중에 맛있는 거 사 줘도 돼?"

　그 말엔 도채가 안 된다며 웃어 버렸다. 그가 웃는 틈을 타 '쪽'

하고 볼에 입맞춤을 했다.

"허락받지 못했으니 대신 볼에 하지만 맛있는 식사 후에는 키스하기다?"

그러나 말과 달리 두 사람은 식사를 겨우 했다. 크리스마스이브니 어쩌면 당연한 일인지도 몰랐다.

"어쩐지 길에서 자꾸 캐럴이 들리더라니. 나, 이 정도로 건조하게 살고 있었던 거야? 크리스마스이브인 것도 모른 채로?"

도채는 잊을게 따로 있지 크리스마스이브를 모르고 있었던 자신에게 심각하게 놀라워했다.

"하긴. 짝사랑하는 사람의 비애가 이런 거지. 상대에게 줄 선물이나 이벤트만 생각하다가 정작 자신은 이런 날 혼자 지내는 거."

그러다 문득 자신의 손을 꼭 잡은 채 옆에 서 있는 이현을 보고 웃고 말았다.

"오늘만 빼고."

차 한 잔 마실 곳을 찾지 못해 떠돌이처럼 시내를 섭렵한 두 사람은 한참을 기다렸다가 비좁은 구석 자리에 겨우 앉았다.

"그러니까 선일의 시니컬한 행동은 네가 마음에 들지 않아서가 아니고 나름대로 이유가 있는 거야."

이현은 수다쟁이 여학생처럼 자리에 앉기 무섭게 자신에 대한 이야기를 쏟아 내는 중이었다. 할 얘기가 많았고, 하고 싶은 얘기가 많았다. 가치관부터 습관, 성격, 심지어 어디서 들었는지 별로 재밌지도 않은 자잘한 우스개 농담까지 그는 자신이 아는 모든 걸 도채에게 알려 주는 중이었다. 그게 이어져 두 사람은 현재 선일에 대한 얘기를 시작한 후였다.

"무슨 이유?"

"대학 2학년 때던가. 내가 교내 활동을 하다가 한국 유학생 친구를 알게 됐는데, 어느 날 급하게 차가 필요하다며 하루 정도 차량을 빌려 줄 수 있는 사람이 없는지 수소문하고 다닌 적이 있었어. 며칠을 애가 타게 굴더니 차를 못 구했는지 나중엔 내게 와서 부탁을 하는 거야. 아주 친한 사인 아니지만 매일 학교에서 보는 사이라서 등하교에 사용하는 내 차량을 선뜻 빌려 줬지. 근데 차를 빌려 준 지 몇 시간이 안 돼서 경찰이 날 찾아왔어. 도주자로 수배가 내려졌으니 체포하겠다고."

"체포?"

"살면서 그렇게 황당한 일은 처음이었어. 당시에 난 아버지 사업장 파티에 초대받아 갔었는데 경찰이 파티장가지 찾아와서 정말 놀랐거든. 알고 보니 그 친구가 여자친구와 여행을 가려고 차를 빌려갔다가 차도에 서 있는 다른 차량을 심하게 박고 나서 도주를 한거야. 차는 도로 한복판에 버려져 있고 운전자는 없으니 당연히 차 주인인 내게 혐의가 돌아온 거지. 다행히 파티 장소에서 사고 난 지역까지의 거리가 3시간 정도 떨어져 있어서 그곳에서 사고를 내고 파티 장소로 다시 돌아오는 건 불가능하다는 결론이 나서 무혐의 처리됐어."

"진짜 못된 사람이다. 그래서? 그 남잔 어떻게 됐어? 경찰에 체포됐어?"

"아니. 경찰엔 차량을 도난당한 후 사고가 난 것 같다고 진술했어."

"왜? 그 남자가 범인이잖아. 범인 맞잖아."

"맞아. 맞지만 사과받았거든. 운이 나빠 범죄자로 등록되면 학교에서도 퇴학당할 수 있고, 강제출국을 당할 수도 있으니까 한 번만 용서해 달라고 싹싹 빌더라구. 피해자 차량과 내 차량 수리비는 어떻게든 갚을 테니 부디 용서해 달라고 그 녀석 부모님이 미국까지 찾아와 사과하는데 도리가 없더라구. 사정을 보니 가정 형편이 넉넉하지도 않은 애였어. 차 수리비는커녕 자식 유학비 대기도 버거운 모양이었고. 그런 형편이라면 내 차 수리비는 꽤 큰 부담이겠지. 그 차, 대학 입학 기념으로 아버지가 제법 비싼 걸 사 주신거거든."

"그 차라면 혹시 학교 앞에서 나를 태워 준 그 차야?"

"맞아. 그 차야."

"멀쩡해 보이던데?"

"당연히 수리했으니까 그렇지. 내가 서비스 센터에서 살다시피 하면서 열심히 고친 거야."

"그 정도였어?"

"양아버지 선물이니까 제대로 고쳐 내고 싶어서. 어쨌든 녀석이 도주한 이유도 막상 사고 치고 정신을 차려 보니 차 수리비가 걱정돼서 무작정 도망친 거래."

"사정이 그렇다고 해도 그건 무조건 뺑소니야. 벌 받아야 한다구. 그게 얼마나 무서운 범죄인데 벌 받게 놔두지 왜 그랬어?"

도채가 흥분해 어깨를 들썩이자 옆머리가 흘러 내려와 볼을 가렸다. 이현은 편을 들어주는 그녀가 귀여워 손을 들어 머리카락을 가지런히 귀 뒤로 넘겨 주었다.

"그러게 말이야. 단순히 인명 피해가 없다는 이유로 좋게 넘어간 게 잘못이야. 내 차량 수리비는 됐으니 놔두고, 피해 차량은 그쪽에서 처리하라고 합의를 봤는데 그 뒤로 한국 유학생들 사이에 나에 대한 안 좋은 소문이 돌기 시작했어. 있는 놈이 더하다고 피해 차량 수리비 청구를 가난한 유학생에게 청구했다 이거지."

"말도 안 돼."

"그다음부턴 유학생들과 잘 어울리지 않게 되더라구. 워낙 말이 많고 소문이 많아서 꺼려진다고나 할까. 선일은 나중에 그 일을 알았는데 함께 몰려다니는 친구들에게 나에 대한 소문을 듣고 굉장히 화를 냈어. 선일의 친구들이 소문을 들을 정도면 학교 내에 소문이 전부 퍼졌다는 걸 의미하거든. 그쪽 친구들은 소위 염세주의자들이 대부분이라 시시한 학교생활의 가십에 대해 무관심한 애들인데 거기에까지 나에 대한 소문이 돈다면 말 다한 거지."

"소문 내용이 뭐였는데?"

"부모도 없는 한국인 고아가 운 좋게 돈 많은 집안에 입양돼서 잘난 척한다는 소문."

상처를 후비는 말이 너무 적나라해 도채는 자기도 모르게 화들짝 놀랐다.

"그 사람. 정말 그런 말을 퍼트리고 다닌 거야?"

"응. 선일은 거의 광분한 채로 소문을 역추적해서 그런 말을 하고 다닌 학생들을 직접 한 명 한 명 찾아다녔어. 그리고 변호사를

대동한 채로 닥치는 대로 고소해 버렸지. 지금 생각해 보면 나에
대한 우정이라기보다 마치 자신의 소문이라고 착각했던 모양이지
만.”

“그게 왜?”

“선일은 한국에서 태어난 지 6개월 만에 ‘벤트’ 집안으로 입양
된 녀석이거든.”

도채는 뜻밖의 사실에 진심으로 놀랐다.

“입양은 미국 주류계에선 흔한 일이야. 그건 이슈화될 내용도 아
니지. 선일도 굳이 그 사실을 숨기지 않지만 유난히 한국 교포들
사이에선 그게 큰 얘깃거리인가 봐. 녀석이 초등학교 5학년 때, 그
러니까 한국 나이로 열 살 때인가? 한국의 방송사에서 인터뷰를 하
자며 찾아온 적 있어. 사전에 얘기도 없이 무작정 학교로 찾아온
거야. 하교하던 녀석을 붙잡고 퍼붓는 질문은 정말 저질스러웠지.
앞으로 녀석이 받을 유산은 얼마며 매해마다 받아 챙기는 배당금은
얼마라더라, 그게 맞냐고 기자가 묻는 거야. 녀석을 기다리고 있던
보디가드와 운전기사가 달려와 선일을 얼른 차에 태웠지만 기자는
카메라까지 들이대며 집요하게 외쳤어. 당신처럼 미국의 상류층 재
벌가에 입양된 입양아는 없습니다. 기분이 어때요? 양부모는 잘해
주나요? 한국의 친부모를 찾으면 어떻게 할 생각인가요? 그 많은
유산을 받으면 어떻게 할 생각이죠?”

얼굴이 다 화끈거렸다. 도채는 얘기를 듣는 것만으로도 너무 화
가 났다. 이현은 그때 생각이 나는지 말을 하며 쓴웃음을 삼키지
못했다.

"한국 매스컴에 기사가 나간 후엔 더 가관이었지. 이름 모를 한국의 기관, 단체들이 금전적으로 도와 달라며 학교까지 찾아왔고 같은 학교에 다니는 한국인 부모들은 이에 질세라 선일을 찾아와 아는 척을 하고 자기 아이들을 소개시키는 거야. 결국 선일의 어머니가 표면에 나서서 전학을 시키고 기사를 낸 한국 방송을 고소해 공식 사과를 받고 앞으로 일절 선일에 대한 기사가 나가는 것을 전부 금지시킨 후에야 좀 편해졌지."

"정말 너무했다."

"그래. 너무했어. 그건 심각하게 너무한 일이었지. 이제 막 사춘기에 접어든 어린 소년에게 입양아에 대한 입장을 대놓고 묻다니 제대로 삐뚤어지라고 응원하는 것과 다를 바 없으니까. 선일은 그후로 한국 사람들과 잘 어울리지 않아. 당연한 거야. 그렇게 만든 건 그들이니까. 미국에 와 보면 알겠지만 교포들은 유학생들과 잘 안 어울려. 한국인들은 어울리는 부류가 다 나눠져 있는데 이민 1세대는 1세대끼리, 1.5세대는 1.5세대끼리 놀아. 다른 부류가 그 안에 끼는 건 특별한 일이야. 이상하게도 한국 사람들은 집단적으로 몰려다니면서 패거리 문화를 만든다고나 할까."

"나도 유학 간 친구한테 들었는데 해외에 나가면 한국 사람만 조심하면 된대. 세계 민족 중에서 유일하게 한국 사람들이 같은 민족을 등친다나?"

그 말에 이현이 쿡, 하고 웃었다. 적당한 동조와 긍정이었다.

"어쨌든 자동차 사건으로 학교 내에 퍼진 소문은 선일이 나서자 차츰 진정됐어. 자기네들끼리 있을 때야 여전히 욕하겠지만 그 뒤론 확실히 잠잠해졌다고나 할까."

"그래서 나도 의심하고 경계하는구나?"

"불행히도 그 뒤로도 두 번 더 어이없는 뒤통수를 맞았거든, 내가."

두 번이나 더 그런 일이 있었다니 선일이 어떤 식으로 화를 냈을지는 듣지 않아도 짐작이 갔다. 그의 얘기 들으며 도채는 씁쓸하게도 승모를 떠올렸다. 아마 승모도 유학생들 사이에 퍼진 이현의 무성한 소문을 들었을 것이다. 일면식도 없는 이현을 찾아갈 수 있었던 건 그런 소문에 대한 근거 때문이었을 거라는 생각이 들었다.

넌 한국인한테 호의적이라지? 몇 번 호의를 베푼 적이 있던데 이번엔 나를 도와주는 건 어째? 이현을 비웃는 사람들과 승모는 다르다고 생각한다. 그 생각엔 변함없다. 그러나 친구도 아니고, 지인도 아닌 그가 이현을 무작정 찾아갈 수 있었던 건 결국 그러한 소문에서 승모 또한 자유스럽지 못했다는 것이다. 도채는 막연한 소문만 듣고 도움을 청해야 했던 승모의 심정과 그걸 알면서도 또다시 거절하지 못한 이현의 속사정 앞에서 마음이 착잡했다.

"선일의 엄마는 애슐리라고 이모와 친구 사이야. 친언니의 갑작스런 사망 소식에 이모가 큰 충격에 빠졌을 때 아주머니가 이모를 위로하면서 나를 호적에 올리는 걸 권유했다고 해. 그게 서로를 사랑하고 위로하는 방법으로 좋지 않겠냐고. 이모는 아직 아기를 낳지 않은 신혼이었는데 고민 끝에 용기를 내서 나를 입양했지. 난 부모님이 돌아가신 지 1년도 안 돼서 할머니와 함께 미국으로 왔어."

"그랬구나. 쉽지 않은 결정일 텐데 이모님이 대단하시다."

"우리 이모라서가 아니라 누가 봐도 멋진 여성이야. 언젠가 기회가 되면 다 같이 만나면 좋겠다."

상상하지 않아도 숙희는 도채를 누구보다 따뜻하게 맞아 줄 것 같다. 이현을 입양한 후 어느 성도 상처가 보듬어질 때까지 출산을 미루던 그녀는 어느새 가임기가 훌쩍 넘어 버려 더 이상 아이를 가질 수 없게 되어 버렸다. 자연적인 현상이지만 그래서 늘 외롭고 가족에 집착하는 숙희다. 그 마음을 모를 리 없는 이현이기에 가정을 빨리 이루고자 하는 소망이 있다.

"내가 미국에 와서 처음 소개받은 친구가 선일이야. 당시엔 내가 영어를 할 줄 몰라서 쉽게 친해지지 못했어. 선일도 한국말을 못했거든. 둘이 친해진 건 이모가 빌려 오는 한국 드라마를 우연히 같이 보게 되면서부터였는데 선일이 유난히 관심을 가지고 집중해서 보는 거야."

"뭔지 알 것 같아. 자연스러운 끌림. 그런 것 아닐까?"

"끌림이라. 듣고 보니 그 단어가 정확한 것 같네. 자신이 태어난 고향이지만 한 번도 가 본 적 없는 낯선 곳에 대한 끌림일지도. 그렇게 선일은 비디오를 보면서 한국어를 익히고 난 향수병을 달랬어."

"그러면서 베스트 프랜드가 된 거구나."

"맞아. 선일은 외향적으로 차갑고 냉철해 보여도 실상은 그렇지 않아. 자기 사람이라고 판단하면 스스로 보호자 역할을 자처하는 녀석이야. 가족애가 강한 편이고 가족을 사랑하는 남자지. 선일을 아는 여자들은 그 점에 미치도록 빠지더라구. 거친 성향 속에 한없이 자상한 이중적인 모습에서 헤어 나오질 못하더라. 사실 자기가 사랑하는 여자한테는 목숨도 거는 녀석이 맞기도 해."

"그런 스타일이었어? 의왼걸. 바람둥이 같아 보였는데."

"바람둥이야. 여자 좋아하고 여자도 많이 따르지. 그런데 지금은
한 여자만을 사랑하는 바보야. 고등학생 때 파티에서 만난 여성에
게 흠뻑 빠져서 완전 미쳐 있지."

"정말?"

"사정이 있어 떨어져 지내는데 그 스트레스를 쇼핑으로 풀고 있
어. 된장남이라고나 할까."

이현은 그 말을 하며 아마 오늘은 선일이 여성 의류 매장을 휩쓸
고 있을 거라고 말했다. 어제 쥬얼리를 구매했으니 오늘은 분명 의
류일 거라고 덧붙였다. 그 말에 도채는 부러운 얼굴을 했다.

"부러워?"

"선물을 받는 게 부럽진 않아. 사랑하는 사람을 위해 한 남자가
쏟는 시간과 정성과 고심의 흔적들이 부러워. 그녀에게 어울릴 만
한 걸 찾느라 얼마나 고민할까. 그 모습이 상상돼서 그 여자가 부
러워."

이현은 그 말을 하는 도채를 사랑스럽게 쳐다보다가 손을 들어
그녀의 이마에 자신의 손등을 올렸다.

"감기 증상 없지?"

"없어."

"웃는 널 보니 어제 행동이 처음으로 후회된다. 아프면 웃지도
않을 텐데 그런 거 보기 싫거든."

"그렇게 잘 아는 사람이 빗속에다 날 방치했어?"

"알지만, 감기를 걸리게 해서라도 나를 밀어내려는 저 여자의 입을 막을 수 있다면 좋겠다는 생각에 참을 수 없었어."

솔직한 대답 속엔 애정이 어려 있었다. 그녀를 놓칠 생각은 추호도 없다는 의지도 엿보였다. 도채는 쑥스러운지 일부러 눈을 흘겼다.

"지금은 멀쩡해도 며칠 뒤에 갑자기 아플지도 몰라. 줄 게 없어서 감기를 옮겨 주려고 해?"

"그러게 말이야. 내가 왜 그랬을까?"

도채의 이마에 닿았던 손등이 그녀의 볼 쪽으로 내려왔다.

"그거 알아? 신기하게도 키스를 하자마자 쉬지 않고 터지던 내 기침이 싹 사라진 거. 정말 한순간에 딱. 그래서 바로 '이거야. 우린 이렇게 잘 맞아. 이런 여잔 세상에 다신 없어. 내 기침을 사라지게 하는 이 여잔 평생 만병통치약으로 잡아 둬야 해.' 라는 생각이 드는 거야. 그래서 계속, 열심히, 미친 듯이 키스했지. 근데 정말 그 뒤로 나 기침 안 해. 진짜로."

그가 놀랍지 않냐며 활짝 웃었지만 도채는 그런 변명에 속아넘어갈 리 없지 않냐는 표정으로 맞받아쳤다.

"말이 안 되는걸."

"시험해 볼래? 나 아직 열 좀 있거든. 이번에도 열이 사라진다면 너도 그만 인정해. 우리가 보통 관계가 아니라는 걸 말이야."

갑자기 돌변해 능청스럽게 다가오는 그의 입을 도채가 손으로 막았다. 그녀가 흘기고 있던 눈에 힘을 꽉 줬다.

"속을 것 같아?"

"원하는 것 같은데 왜?"

"내가 언제?"

"어젠 좋아했잖아."

"나란 여자, 단 한 번의 키스에 넘어갈 만큼 순진하지 않아."

"그럼 뭐가 무서워서 또 밀어내? 감기가 그렇게 무서워?"

"감기가 아니고 적극적인 네가 무서워."

"그러니까 믿고 시험해 봐. 우린 시시한 감기에 지지 않을 거야."

"그냥 감기에 져 버려. 그건 무슨 승부욕이니? 어린애처럼."

도채가 그의 입을 막은 채 자신으로부터 밀어냈다. 밀려나지 않으려고 머리에 잔뜩 힘을 주고 버티던 이현이 두 팔로 그녀를 안아 버리자 도채가 본능적으로 손을 내려 그의 팔을 잡아 쥐었다. 덕분에 이현은 그녀의 입술에 기습 뽀뽀 하는 기회를 획득했다. 한순간의 틈이 그를 우위에 서게 만든 것이다. 입술에 날렵하게 낙인을 찍어 버리는 그. 이현은 도채의 귓가에 대고 속삭였다.

"그것 봐. 넌 이미 틈을 보였다니까."

이현이 찡끗 윙크를 날렸다. 그 모습이 얄미우면서도 가슴을 흔들었다. 한순간 벌어진 일이 어이없으면서도 기분 좋은 건 그 때문일 것이다. 조금만 틈을 보여도 거침없이 밀고 들어오는 한 남자의 관심과 소유욕은 그녀가 사랑받고 있다는 걸 몸소 느끼게 한다. 아니라고 해도 떨어지지 않고 따라오는 시선은 마음을 두드리기에 충분하다. 집에 찾아온 남자에게 문을 열어 주지 않았다 하더라도 우린 문 앞에 누가 있는지는 알고 있는 것처럼. 문을 열기만 하면 그가 여전히 그 자리에 서서 기다리고 있다는 걸 아는 것처럼.

"난 몰라. 카페 안인데 너무 창피해."

슬며시 붉어지는 얼굴을 숙이는 그녀를 보고 이현은 뭐가 그리 좋은지 무척이나 크게 웃었다.

"도채. 그거 알아? 우린 참 자연스럽게 대화한다는 거. 대화의 폭도 넓고 아무 얘기나 편하게 주고받아. 아주 일상적인 대화들을 나누지만 하루가 다르게 깊은 유대감을 갖게 되는 느낌이야. 마치 오래 알고 지낸 연인처럼. 난 그 점이 참 좋아."

그런 것 같다. 도채도 그 점은 인정했다. 오늘만 해도 그에 대해 많은 것을 알았다. 누구나 그렇겠지만 그건 상대에 대한 경계를 허물고 친밀도를 급속도로 높여 주는 중요한 것이다. 그녀가 어제보다 오늘 훨씬 편하게 그를 대할 수 있는 것도 모두 이현의 노력 덕분이다. 도채가 공감한다며 고개를 끄덕이자 이현이 흡족한 미소를 지었다.

"저녁은 내가 머무는 호텔에 가서 먹자."

"친구 있잖아."

"다행히 그 친구라는 남자는 사치스러운 남자라서 스위트룸에 기거해. 거긴 게스트 3명의 숙소까지 함께 제공되는 곳이라서 난 독립된 공간을 따로 사용하거든. 마주칠 일은 전혀 없어. 그리고 오늘은 크리스마스이브잖아. 이런 날 녀석은 호텔에 있지 않아."

부담 가질 일이 없다는 걸 설명해 주고 이현은 그녀의 손을 잡고 일어났다.

"크리스마스를 겨냥한 건 아니지만 네게 줄 게 있어."

도채는 결국 이현에게 이끌려 호텔로 이동했다. 어제처럼 비가 오진 않았지만 거리는 어제보다 더 붐볐다. 대한민국의 모든 연인들이 밖으로 나왔는지 거리엔 온통 젊은 커플들뿐이었다. 이현과 도채는 두 손을 꼭 잡고 총총히 인파를 지나쳐 호텔로 향했다. 더딘 걸음으로 걷다 서다를 반복하며 움직였지만 조금도 짜증이 나거나 힘들지 않았다. 그건 그들이 수많은 커플들 사이에 합류했기 때문이 아니라 이미 커플이 되어 물결을 이루는 일원이 됐기 때문일 것이다.

이현이 상자 하나를 그녀의 두 손에 올려 주었다. 작지 않은 상자였다. 무게감도 있었다. 도채가 낯익은 상자 크기를 보며 내용물이 뭔지 알겠다는 표정을 지었다.

"눈치챘어?"

"당연하지."

이현의 물음에 도채는 보란 듯이 상자를 열었다. 상자를 열자 역시나 그녀가 짐작한 대로 새 운동화가 들어 있었다. 밝은 보랏빛이 명랑해 보이는 운동화였다. 보기만 해도 즐거워지는 칼라에 도채는 냉큼 운동화를 신었다.

"와. 딱 맞아."

벌떡 일어나 제자리를 걸어 보더니 그녀가 신기하다는 듯 외쳤다.

"내 발 치수 어떻게 알았어?"

"몰랐어. 짐작으로 산 거야. 기억나? 플러싱에서 같이 술 먹은 날. 술에 잔뜩 취한 네가 어딘가로 혼자 가 버렸잖아. 넌 모르겠지만 눈 위에 찍힌 네 발자국을 따라서 나도 걸었거든. 그날의 기억을 떠올려 매장에 가서 비슷한 신발 치수를 찾았어."

한 남자가 백화점 매장에 들어와 여성 신발을 찾는다. 눈길을 끄는 미남의 등장에 점원은 평소 영업적인 미소보다 더 친근한 미소를 날리며 그가 말한 신발을 서둘러 갖다 준다. 남자는 6사이즈, 6.5사이즈, 7사이즈를 나란히 놓고 한참을 고민하더니 점원에게 발치수를 묻는다. 혹시 흑심이라도? 점원은 당황하면서도 또박또박 자신의 치수를 알려 준다. 그가 6.5사이즈를 들고 와 한 번만 신어 달라고 한다. 가까이서 보니 반듯한 눈매 아래 번지는 미소가 미치도록 멋지다. 점원은 기꺼이 신발을 신어 준 후 시키지도 않았는데 남자 앞에서 워킹까지 해 보인다.

남자가 고개를 갸웃하더니 이번엔 6사이즈를 바꿔 신겼다. 갑자기 누가 점원이고 누가 손님인지 구분되지 않는다. 6은 점원이 평소에 신는 사이즈보다 작다. 그래도 그녀는 있는 힘껏 발가락을 구부리고 신발을 신어 맵시를 뽐냈다. 조금이라도 남자의 시선을 받기 위해서다. 남자는 부드러운 눈매로 한참 동안 점원의 발을 살피더니 다시 한 번 부탁했다.

"매장 직원 중에 6사이즈와 6.5사이즈를 신는 여성 점원이 또 없나요?"

그의 말에 옆의 매장 직원들이 기다렸다는 듯 우르르 몰려왔다. 그날 백화점 스포츠 코너는 남자 때문에 난리가 났다. 잠깐씩 미소 짓는 모습이 미치도록 싱그러운 이 남자가 사실 마음에 드는 여성에게 운동화를 선물할 생각인데, 발 사이즈를 몰라 고민이라고 털어놨기 때문이다. 여직원들은 남자의 로맨틱한 행동에 세상에서 들도 보도 못한 날카로운 비명을 지르며 운동화 치수는 물론 사랑에 대한 충고와 여성을 사로잡을 수 있는 방법을 알려 준다. 결국 여섯 여성의 도움으로 세 시간 만에 6.5의 사이즈를 선택해 매장을 나온 남자는 그녀 앞에 서 있는 이현이었다.

"신발 끈 풀어졌다."

그가 말했다.

"다시 꽉 묶어 줄게."

새 운동화라 어느새 끈이 풀어져 있다. 도채가 상체를 숙여 신발 끈을 묶으려 하자 그가 먼저 다가와 끈을 묶어 주었다. 자상한 그 모습에 묻지 않을 수 없었다.

"내게 굳이 신발을 선물해 주는 이유가 있어?"

"처음 널 봤을 때 높은 힐을 신고 있던 게 안쓰러워 보였어. 그 뒤로도 계속 발에 눈이 가더라구. 기회가 되면 편한 신발을 사 주고 싶었어."

그래. 기억난다. 그는 처음 자신의 집을 방문한 도채에게 물었다.

—괜찮아요, 발?

당시에 걱정하는 이현을 애써 외면한 건 옆에 있는 승모가 그걸 알아주길 바랐기 때문이다. 그런데 알아주길 바란 사람은 외면해 버린 마음을 이제 이현이 돌봐 주고 있다. 그때는 그것이 참을 수 없이 비참했는데.

도채는 신발을 벗어 다시 상자에 담았다.

"이거 환불해."

"응?"

"가서 환불하라구. 다시 가지고 가."

갑작스런 행동에 이현의 얼굴에 당혹감이 짙게 서렸다. 그는 진심으로 놀란 표정을 지으며 어정쩡하게 상자를 받았다.

"……왜? 마음에 안 들어?"

"그게 아냐. 한국에선 상대방한테 신발 사 주면 도망간다는 속설이 있단 말이야."

처음엔 무슨 말인지 알아듣지 못한 이현이 뒤늦게 진심으로 놀란 가슴을 쓸어내렸다.

"난 또 뭐라구. 미신 얘기하는 거야?"

"미신 아냐. 진짜야. 연인 사이엔 신발을 선물하면 안 돼."

태연한 이현과 달리 도채는 이제 아예 신발을 만지려고도 하지 않았다.

"그래? 하지만 난 그런 의미로 사 준 게 아니니까 괜찮지 않나?"

그가 상자에서 다시 신발을 꺼냈다.

"받기 싫다니까? 그냥 환불해."

"신고 도망갈 것도 아니잖아."

"속설대로 되면 어떡해?"

"당연히 그래선 안 되지."

신발을 꺼낸 이현이 도채 앞에 운동화를 처음처럼 놓아 주었다.

"그건 하나 사 줬을 때 얘기잖아. 열 개를 사 주면 어떻게 되는데?"

도채는 고개를 가로저었다. 속설에 신발 개수는 명시되어 있지 않으니 물어도 대답해 줄 수 있는 게 없다.

"그것 봐. 확실한 것도 아니잖아. 그깟 속설 뒤집어 버리면 돼.

우리가 그걸 뒤집는 최초의 커플이 되자."

세 시간 동안 총 여섯 여성의 조언 아래 심혈을 기울여 고른 운동화가 다시 도채의 발에 신겨졌다. 도채는 운동화를 직접 발에 신겨 주는 이현을 보며 문득 이런 말을 꺼냈다.

"이상해."

그녀가 그를 향해 말했다.

"정말 이상해. 당신은 나에게 스며드는 속도가 너무 빨라."

도채가 그를 빤히 내려 보았다.

"당신의 행동도 이상해. 짝사랑하던 과거의 나와 달라. 당신의 행동은 마치…… 이미 연인이 된 남자의 행동 같아."

이현에 대한 감정을 인정하기 시작하자 물결처럼 밀려드는 마음이 생각보다 컸다. 그것이 한순간 두렵고 불안해져 도채는 도움을 요청하듯 그를 향해 복잡한 얼굴을 내보였다. 그가 머리를 들어 도채의 얼굴을 쳐다보았다. 정직한 그였지만 지금의 표정만은 읽기 힘들었다. 수 초간 그녀를 보던 그가 중얼거렸다.

"이것 참. 너무 기쁘네."

웃음이 배어나는 입가를 잠재울 수 없다. 그녀의 신발 끈을 다 묶은 그가 활짝 미소 지었다. 그녀는 모르나 보다. 자신이 어떤 식으로 남자의 마음을 사로잡는지. 여자의 마음을 확인한 남자가 그 다음 순서로 어떤 행동을 하는지 추측이나 하는 걸까.

이현이 후련한 얼굴로 미소 짓자 도채는 또다시 아득한 그리움을 느낀 듯 그에게서 시선을 떼지 못했다. 담백한 웃음. 웃음이 많고 다양한 웃음의 맛을 지닌 남자다. 이런 남자를 계속 만난다면…….

이현이 일어나며 손을 뻗었다. 그녀의 얼굴에 닿은 손바닥이 따뜻하다. 이현은 몇 번 그녀의 볼을 쓰다듬다가 자신에게로 끌어당겼다.

포개지는 건 붉은빛의 여린 입술 두개. 빗속의 입맞춤이 불꽃을 흩날리는 격정의 마음이었다면 오늘은 인사를 하고 눈빛을 교환한 새내기 커플처럼 차분하고 조용했다.

'이런 남자를 계속 만난다면 적어도 외로워서 울진 않을 것 같아.'

도채가 거부 없이 그를 받아들이자 그녀의 뒤통수를 가볍게 감싸 쥔 그의 손에 점점 힘이 들어갔다. 드디어 그도 일말의 틈도 허용하고 싶지 않은 욕심을 드러내기 시작한 것이다. 도채의 상체가 그의 몸무게를 이기지 못하고 기우뚱 한쪽으로 푹 쓰러졌다. 이현의 한 손이 그녀의 머리를 보호하듯 잡고 있는 터라 바닥과의 부딪힌 타격은 없지만 그 바람에 이현과 자세가 바뀌어 한층 뜨거운 키스로 발전해 버렸다.

벅차오르는 마음은 어느 쪽이 더 큰 걸까. 쓰러져도 떨어지지 않는 모습은 두 사람이 느끼기에도 무섭도록 중독적이었다. 그런 두 사람이 아쉽게 입술을 뗀 건 단 하나의 목소리 때문이었다.

"취향 독특하다? 침대보다 바닥이 더 편한가 보지?"

선일이었다. 양손 가득 종이 쇼핑백을 든 채 그가 두 사람을 내려다보고 있었다. 그 뒤엔 개인 버틀러(Butler: concierge floors 는 호텔 상위 고객을 대상으로 개인 도우미 서비스를 제공)가 그보다 더 많은 쇼핑백을 들고 있었다. 문소리가 들렸나. 두 사람을 보고서도 자리를 피하거나 외면하지 않는 선일 때문에 이현은 아쉬움을 참으며 억지로 바닥에서 일어섰다.

"들어올 줄 몰랐는데 일찍 왔네."

"나도 네가 여기서 여자와 키스를 하면서 뒹굴고 있을 줄 몰랐다."

이현이 괜찮다며 도채를 일으켜 세웠다.

"이제라도 알았으니 모르는 척 피해 줘."

"지금 그러려고."

선일이 손에 든 쇼핑백을 캐리어에 담기 시작했다.

"자리 피해 주는데 짐은 왜 싸?"

"미국 간다."

"갑자기 무슨 말이야?"

선일은 대답하지 않았다.

"사해 만나러 갔었어?"

"그래. 근데 여기 없어."

"없다고? 그럼 어디 있는 건데?"

"어디든. 있는 곳으로 찾아가면 되니 별일 아냐."

선일은 자동잠금장치가 되어 있는 캐리어를 두 손으로 꾹 누르며 가방을 잡아 세웠다. 사해가 없는 한국엔 더 이상 머물 이유가 없다는 행동이다. 선일의 가방을 대기하고 있던 버틀러가 대신 들고 나갔다.

"바로 출발하게? 지금 가면 크리스마스를 전부 비행기 안에서 보낼 텐데?"

"커플들 사이에서 있느니 차라리 그게 낫지 싶어."

시크하게 등을 돌리고 나가던 선일이 도채를 향해 그러니까, 라고 덧붙였다.

"계속 진행해. 신경 쓰지 말고."

"계속할까?"

선일이 룸의 문을 열고 나가기 무섭게 이현이 두 팔을 벌려 그녀를 안아 버렸다. 웃음이 터진 건 민망하고 창피해서지만 그 속엔 다분히 갓 생긴 좋은 감정도 함께였다.

"나 지금 어떤 기분인지 알아?"

이현이 그녀를 안은 채 속삭였다.

"우리가 만난 시간이 비록 얼마 되지 않더라도 기분만큼은 세상에서 제일 오래 만난 연인 같아."

이현의 말에 도채도 조금은 동감했다. 이현이 그녀의 이마에 따뜻한 입맞춤을 해 주었다.

"메리크리스마스, 윤도채. 짝사랑하는 당신이 오늘을 함께할 수 있도록 허락해 줘서 정말 기뻐."

11

이현은 그로부터 6일을 더 머물다가 미국으로 돌아갔다. 이별을
예상 못 한 건 아니지만 그와 보낸 시간이 너무 달콤해 잠시 잊고
있었던 것도 사실이다. 얼마나 좋았으면 그랬을까 아무리 생각해도
미스터리다.

그와의 데이트는 총 9일. 미국에서 처음 찾아온 날, 감기에 걸려
서 콜록대며 만나러 온 날, 크리스마스이브, 그리고 나머지 6일. 도
합 9일을 만났고, 제대로 된 데이트를 한 건 겨우 7일이다. 이현은
떠나는 날까지 기다려라, 믿어 달라, 돌아오겠다, 라는 일체의 말을
해 주지 않았다. 마지막 날까지 언제나 그랬던 것처럼 그녀를 향해
진심 어린 마음을 보여 줬을 뿐이다. 공항으로 마중을 가진 않았
다. 그가 배웅받길 원치 않았다. 그래서 배웅은 그녀도 하지 않았
다. 어쩌면 도채는 현실적이지 못한 이번 만남이 이걸로 끝이 아닐

까 하는 생각을 했던 것도 같다.

그가 떠나고 14시간이 지난 후 전화가 왔다.

"지금 도착했어. 집에 가서 전화하면 너무 늦을 것 같아서."

밤 1시가 다 되어 가는 시각이었다. 그는 휴대폰이 방전돼서 입
국 심사를 마치자마자 공중전화로 전화를 건다고 말했다.

"잤어?"

잠이 올 리 없다. 그렇지만 이상하게 그 말을 내뱉지 못했다.

"내 전화 기다린 거냐고 물으면 아니라고 하겠지?"

"그런 거 묻지 마. 괜히 억지로 대답 강요하는 거 같아서 별로
야."

새초롬한 대꾸는 그가 떠난 것에 대한 섭섭함의 토로였다. 그 마
음을 모를 리 없는 이현이 자신도 섭섭한 마음을 감출 수 없다는
듯 말했다.

"벌써 보고 싶다."

보고 싶다는 말에 두 사람은 잠시 아무 말도 하지 못했다. 보지
않으면 죽을 것 같은 감정도 아닌데 이상하게 다시 보지 못한다고
생각하니 마음이 울적해졌다.

"이따 전화할게. 한국 시간으로 오후 1시, 괜찮지?"

"무리하지 말고 눈 좀 붙이고 나서 전화해."

"네 생각에 벌써부터 불면증이야. 전화할 테니 휴대폰 충전 확실
히 해 놔."

"응."

"대답 좀 크게 해 주면 안 될까? 목소리 듣고 싶어서 얼마나 힘

들게 참았는데 너무 감이 멀잖아. 떨어져 있다는 걸 느끼고 싶지 않아."

"아직도 안 들려?"

투정을 부리는 건 그녀여야 하는데 이현이 먼저 선수를 쳤다. 덕분에 들리네, 마네 옥신각신하던 도채가 끝내 서운함을 참지 못하고 투덜거리고 말았다.

"그러게 누가 그렇게 멀리 가 버리래? 너무 머니까 전화도 잘 안 들리잖아. 말이 미국이지 거기가 나한텐 얼마나 먼 곳인 줄 알아? 넌 너무 무책임해! 그 먼 거리에서 어떻게 연애를 하겠다고 여기까지 찾아온 거야? 네 감정에 충실하게 고백만 하고 가 버리다니 정말 이기적이야. 말은 안 했지만 원거리 연애도 부족해서 학교도 졸업하지 않은 어린 남자친구라니 정말 해도 너무해."

"그게 왜 너무한데?"

"나한텐 너무해!"

시작하자마자 떨어지는 건 짝사랑만큼 가혹한 일이다. 그걸 모르는 듯한 이현이 도채는 유난히 밉게 느껴졌다.

"도채. 방금 전 내 말 거짓말이야. 전화 잘 들려. 네가 너무 힘없이 전화를 받길래 기운 좀 내라고 장난친 거야. 우주 통신도 가능한 21세기인데 통신 불량은 말도 안 되지. 그게 기분을 망쳤어?"

그런 건 아니다. 도채는 베개에 얼굴을 묻은 채 웅얼거리듯 그렇지 않다고 대답했다.

"잠 좀 자고 이따 오후 1시에 전화할게. 꼭 받기다? 일이 있어서 못 받았다고 하면 안 돼. 그리고…… 오, 안 돼!"

갑자기 이현이 귀청이 떨어져라 소리쳤다.

"왜 그래? 무슨 일이야?"

하지만 이현은 대답하지 않았다. 대신 수화기를 통해 무언가가 연속적으로 달칵, 달칵, 넘어가는 소리가 났다.

"이현!"

"아, 정말. 당장 집에 가서 휴대폰부터 충전해야겠다. 여유 동전이 없어서 끊어질 뻔했어."

"소리 지른 이유가 그거야?"

"그거라니. 인사도 못 하고 이대로 끊길 뻔했는데. 가는 길에 비상용으로 국제전화카드도 하나 사야겠어."

그답지 않게 당황하며 소리 지른 이유가 겨우 그것 때문이라니, 뭔가 그 짧은 14시간의 공백이 채워지는 느낌이었다.

"놀랐어?"

그의 물음에 도채는 베개에서 고개를 들고 한 마디 해 주고 말았다.

"넌 늘 날 놀라게 해."

"하하. 그런가?"

"재미없어. 이런 거 하나도 재미없다구."

"다음부턴 재밌게 놀래 줄 테니 한 번만 봐줘. 끊기기 전에 서둘러 인사할게."

그는 여운을 남기며 그녀에게 굿나잇을 남겼다.

"잘 자, 도채."

전화가 끊겼다. 사방이 고요하다. 순간 물밀 듯 후회감이 밀려왔다. 장시간 비행이 많이 힘들었지? 피곤하진 않아? 라는 말을 제일 먼저 하고 싶었는데 대체 뭐라고 한 건지 한숨만 터졌다. 도채는 손에 휴대폰을 쥔 채 침대에 벌렁 누워 버렸다.

"사실 전화를 기다렸다고 왜 말하지 못했을까. 투정보다 그 말이 입안에서 맴돌았는데."

이불에 얼굴을 묻은 채 후회의 탄식을 늘어놓지만 이미 늦었다. 도채는 한참 동안 얼굴을 파묻은 채 일어나지 않았다. 후회와 실망 사이 그녀를 안정시켜 주는 예의 그 미소가 보고 싶어졌다.

"……나도 벌써 보고 싶다."

그녀도 그와 같은 마음이 되어 버리나 보다. 도채는 말간 새벽이 될 때까지 그 말만 중얼거렸다.

오후 1시, 그에게 온 전화 속 첫마디는 화상 통화에 관한 거였다.

"매일 한국 시간으로 밤 열 시에 만나. 시간 어기면 안 돼."

이현은 그녀가 가입해야 할 사이트와 메신저 주소를 알려 주고 내일까지 등록해야 한다고 말했다. 화상 통화를 위한 프로그램만 다운로드받으면 되니 사용 방법도 간단하다고 덧붙였다.

"1분이라도 늦으면 바람피우는 걸로 간주하고 엄벌에 처할 거야. 로그인했는데 얼굴 안 보이면 즉시 처벌하러 한국으로 갈 테니 알아서 해. 정말이야."

의기양양하게 엄포를 놓는 그는 장난스러웠지만 불상사로 프로그램 설치를 못 하게 될까 봐 도채는 그의 말을 메모하느라 혼자 바빴다.

"당분간만 화상 통화를 하는 것뿐이니 불편하더라도 좀 참아 줘."

"난 우리가 화상 통화를 꽤 오래 사용해야 될 거라고 생각하고 있는데."

"조금만 참아 준다면 그 기간을 내가 좀 단축해 보려고."

그가 하도 미안한 목소리를 내길래 도채는 괜찮다고 말했다. 보고 싶은 건 자신도 마찬가지니 그 마음으로도 충분하다고. 서로에 대한 새싹은 발아했지만 식물이 자랄 영양분은 그 어디에도 없는데 마음의 감정은 멈추지 않고 자라는 모양이었다. 이현은 도채의 말에 흥분하며 한동안 대화 대신 휴대폰에 맹렬히 키스를 날렸다.

그가 통화를 마치고 방에서 나오다가 숙희와 마주쳤다.

—나 다 들었다.

이현이 여행을 마치고 한국에서 돌아오자 그녀 또한 프랑스에서 돌아와 있었다. 부재가 길었고 아픈 이현과 통화 후 걱정스러운 마음에 일정을 당겨서 온 것이다.

—아직 안 주무셨어요?

—네가 누군가와 한국말로 통화하는 거 오랜만에 들어.

통화한 걸 들은 모양이다. 아니, 들은 게 아니라 염탐하고 있었을 것이다. 그녀는 종종 아들의 사생활을 침해할 만큼 사사건건 모든 걸 알고 싶어 하는 전형적인 한국 엄마니까.

—여자 친구예요. 한국인이라 한국말로 대화해요.

—역시! 정말 축하해. 드디어 여자가 생겼구나. 언제? 예쁘니?

—아주 예뻐요.

—어쩜. 학교에서 만났어? 어디 사는데?

—한국이요.

—유학생이구나?

—아뇨. 한국에 살아요. 지금 한국에 있어요.

이현의 말에 숙희의 표정이 이상해졌다. 한국에 있는 여자를 어떻게 만났는지 이해 가지 않는 얼굴이었다.

—나 잠깐 이해 안 되는데, 그게 가능하니? 그러니까 만나는 여자친구가 한국에 있다고?

—휴가를 한국에서 보내고 왔거든요. 그녀를 처음 만난 건 여기서지만 한국에 가서 다시 만나게 됐어요.

—그래서 장거리 연애를 하게 됐단 말이야?

—그렇게 됐어요.

—괜찮겠어? 졸업도 아직 안 했는데? 여자친구가 여기로 유학을 오기로 했니?

—아뇨. 그녀는 여기 올 계획 없어요. 제가 가야죠.

갑작스런 말에 숙희 표정이 또다시 변했다. 변화무쌍한 표정을 특기처럼 보이는 그녀가 품에 안은 새끼 강아지 몰리를 바닥에 내려놓았다. 정직한 아들은 언제라도 허튼소리를 하지 않는 타입이다.

—네가 한국으로 간다고?

—그렇잖아도 말씀드리려고 했는데, 저 한국 갈 겁니다.

─그게 무슨 소리냐? 난 네가 대학원에 진학할 거라고 알고 있었는데. 우리에게 그렇게 할 거라고 줄곧 얘기하지 않았어?

레오나드가 거실을 가로질러 걸어오며 물었다. 레오나드 엘루이. 숙희의 남편이자 이현의 아버지다. 그가 숙희의 발아래에서 안아 달라며 낑낑대는 몰리를 대신 안아 들었다. 짙은 청정 바다색을 그대로 옮겨 담은 듯한 푸른빛의 눈동자를 가진 그가 새끼 강아지를 가볍게 안아 들고 머리를 양껏 만져 주었다.

─대답해 봐라.

─맞아요, 아버지. 지금도 그 생각엔 변함없어요.

─그런데 한국에 간다니 무슨 소리지?

─순서를 바꾸는 거예요. 사회생활을 한 후 대학원에 갈까 해요.

그 말에 레오나드가 모두에게 소파에 앉을 것을 권했다.

─사회생활은 권장할 일이지. 하지만 조금은 갑작스럽구나. 얼마 동안 할 생각이냐?

─2년 정도요. 그 이상이 될지도 모르지만 일단 계획은 그렇게 잡았어요.

진학 예정이었던 터라 지금껏 학업에만 열중해 왔다. 갑자기 진로를 바꾸는 건 이현 스스로도 꽤 놀라운 일이었다. 그러나 한 번 결심을 하고 나자 지체하고 싶지 않았다. 취업엔 문제가 없을 것이다. 그동안 산학 공동연구 프로젝트도 꾸준히 참여했고 인턴 경험도 풍부하다. 오히려 졸업 전 입도선매되는 우수 학생들 중에 포함된 그였지만 학업을 위해 그가 거절했을 뿐이다.

─직장 생활을 한국에서 하고 싶단 말이지? 여자친구 때문에?

—그녀를 좋아하지만 그녀의 마음을 얻은 건 아니에요. 제대로 된 교제를 시작한 것도 아니구요. 그녀의 남자로 인정을 받기 위해선 무조건 한국으로 들어가야만 해요.

—아직 애인이 아니란 말이냐?

—저는 그렇게 될 거라고 확신하지만 그녀는 아직 아니니까요. 그녀는 남자친구와 헤어진 후 바로 교제를 시작한 터라 새롭게 누군가를 만나는 일에 대해 많이 두려워했어요. 제가 무작정 설득해서 잡아 놓긴 했지만 무조건 날 믿고 기다려 달라고 하기엔 나에 대해 알게 할 시간이 너무 부족했어요. 개강 준비 때문에 일단 귀국했으니까요. 이해하시겠어요?

—못 한 건 없다. 계속해 봐.

—그녀에게 믿음을 줘야 해요. 그 첫 번째로 제가 할 수 있는 일이 한국에서 함께 지내는 거라고 생각했구요. 다행히 전 상황을 바꿀 수 있는 기회가 있으니 그렇게 하려구요. 한국에 가서 내 마음을 확실히 보여 주고 그녀와 제대로 사귀어 보고 싶어요.

—뉴욕엔 세계 최고라고 불리는 500개의 회사들이 집결되어 있다. 한국에서 내로라하는 기업체들도 이곳으로 모이는 실정이야. 그런데 여기를 떠나는 게 더 가치 있다고 생각하는 거냐?

—네.

평소에도 성실하고 정직한 이현이었지만 지금은 더욱 진지했다. 아들의 말을 차분하게 듣던 레오나드의 얼굴이 아들과 동일하게 진지했다.

—졸업은 하고 가는 거지?

—물론이죠.

—직장을 한국으로 잡을 정도라면 가볍게 생각하지 않는 모양이지?

—놓치고 싶지 않아요. 처음 만난 날부터 그렇게 생각했어요.

—좋아하는 여자를 잡기 위해선 그 정도 액션도 취해 줘야 나중에 여자한테 말발이 서는 법이지.

레오나드가 아들 이현의 마음을 십분 이해하는 표정을 지었다. 과거 그 또한 연애할 때 숙희를 잡기 위해 한국에서 근무한 적이 있는 사람이었다.

—아버지는 허락한다.

—여보.

—그럴 만한 나이가 됐어.

—너무 갑작스럽잖아.

숙희가 성급한 허락에 제동을 걸었다.

—에이든은 그동안 대기업에서 인턴 경험을 꾸준히 쌓았어. 공부에만 매진하겠다고 해서 능력을 썩히는 건 아닌가 싶었는데, 이제 실력을 발휘할 기회가 왔다잖아. 막을 이유 없어.

—쉽게 결정짓지 마. 엄마 보러 프랑스에 오라고 해도 싫다던 애가 이제 갓 만난 여자친구를 위해 한국에 가겠다는데 그렇게 쉽게 결정이 나?

—여자한테 집중할 때도 됐지 뭘 그래? 에이든, 난 그동안 네가 마커스와 달리 가십이 너무 없어서 오히려 걱정했었다. 엄마는 걱정 말고 차근히 준비하도록 해. 필요한 게 있다면 도움을 줄 테니까.

―레오나드, 안 돼. 친척 한 명 없는 한국에 저 어린애를 혼자 어떻게 보낸다는 거야? 자상한 아빠가 되기 전에 제발 현실적인 걸 좀 보고 말해.

―어린애라니. 그건 에이든을 모욕하는 말이야. 그리고 에이든은 한국에서 태어났어. 향후 에이든의 정체성에도 도움이 될 거야. 이건 어쩌면 에이든을 성장시킬 수 있는 좋은 기회일지도 몰라.

―무슨 기회? 자기는 갑자기 왜 얘기를 그쪽으로 돌려?

부부가 툭탁거리기 시작했다. 그래도 발끈하는 숙희와 달리 레오나드는 개의치 않는 모습이었다. 매사 성인인 아들을 독립적인 시선으로 봐주지 못하는 숙희였다. 문화적 차이였지만 레오나드는 이참에 숙희를 위해서라도 아들을 어린아이 취급하는 오래된 습관을 잘라 내는 게 좋겠다고 판단했다. 그가 거두절미하게 승낙을 허락했다.

―에이든, 차분히 준비하도록 해. 한국에 가서 성장해서 오는 네 모습을 기대하마.

―허락해 주시는 거죠?

―물론이다.

―고마워요, 아버지.

―잘해 봐. 네가 좋은 여자라고 생각했다면, 그래서 놓치고 싶지 않다면, 네 자신을 믿고 열심히 그녀의 마음을 얻어 봐라. 취업은 스스로 할 수 있겠지?

―물론이죠. 그 정도 능력은 돼요.

―그럼 결정 났군.

—레오나드!

—허락해 줘. 대학원을 진학하지 않겠다는 것도 아니라잖아.

—그렇게 간단한 게 아니잖아. 나 완전 기분 나빠졌어. 난 저 아이의 엄마야. 엄마 의견 없이…… 레오나드!

레오나드는 슬그머니 방으로 들어가 버렸다. 숙희가 달려 들어가자 레오나드의 달래는 목소리와 철회를 촉구하는 숙희의 목소리가 범벅이 됐다. 혼자 남아 그 소리들을 듣고 있자니 절로 미안함이 생겨났다. 부부 싸움까지는 아니겠지만 의견 충돌은 좀 일어나겠는걸. 며칠간 냉전이 진행될지도 모르겠다. 그래도 머릿속으로는 벌써 한국에 있을 자신을 꿈꾸는 그였다.

—자, 이렇게 됐으니 이모가 못 가게 하기 전에 어서 서둘러 볼까.

이현은 그날 밤부터 부지런히 회사를 알아보기 시작했다. 졸업까진 아직 4개월이 남아 있고, 그 안에 발 빠르게 움직인다면 우수한 기업체 인사담당자에게 커버 레터와 이력서를 보낼 기회를 충분히 잡을 것 같다. 어쩌면 함께 프로젝트를 참여했던 교수들의 추천을 통해 한국에서 일할 수 있는 기회를 쉽게 만들 수도 있을 것이다.

거기까지 생각하자 가슴이 벅차올랐다. 그녀에게 한발 더 가까이 다가선 느낌이다. 그녀가 서 있는 계단 위까지 올라가기 위해선 앞으로 더욱더 부단히 움직여야겠지만 열심히 해 볼 생각이다. 계단 꼭대기에 서 있는 그녀만 기다려 준다면.

두 사람의 화상 통화는 순조롭게 이루어지지 못했다. 첫째 날은 도채의 컴퓨터 프로그램 오류로 인해 아예 영상이 보이질 않았고, 둘째 날은 목소리만 들리는 엉뚱한 상황이 발생했기 때문이다.

"알려 준 사이트에서 프로그램 설치한 거 맞아? 영상과 마이크 테스트는?"

"앗. 테스트해야 해?"

"그럼 영상이 잘 나오는지 마이크 소리가 나오는지 테스트를 먼저 했어야지. 하아, 오늘도 얼굴 못 보고 끊겠네."

30분이 넘는 시간 동안 이현이 하나하나 차근차근 설명해 주며 똑같이 프로그램을 다운로드받아 실행시킨 후에야 드디어 삼 일째 되는 날 화상 통화가 이뤄졌다.

"와우, 화질이 대단해. 거의 HD 수준이잖아?"

그의 말이 아니더라도 화면 입체감이 대단했다. 뚜렷하게 화면을 채운 도채의 얼굴을 보며 이현은 탄성을 내질렀다.

"마음에 들어. 너무 잘 보여. 얼굴 좀 가까이 대 봐."

그는 며칠 만에 보는 그녀의 얼굴에 열렬한 반응을 보였다. 도채가 그 반응에 보답하듯 모니터에 아예 얼굴을 박았다.

"잘 보여?"

도채의 장난에 이현은 아이처럼 좋아했다. 반가움과 그리움에 더 좋아하는 모습이었다.

"어머니가 프랑스에서 돌아오셨어. 일정보다 빨리 오셨는데 이건 어머니표 아침."

그가 모니터를 향해 샌드위치를 하나 들어 보였다. 내용물이 꽉 찬 큰 샌드위치였다.

"우와, 엄청 크다."

"그렇지? 이거 반 정도 크기면 점심까지도 배가 든든한데 늘 이렇게 크게 만들어 주시니 못 말려. 오늘은 아침을 먹으면서 통화하자. 바로 나가 봐야 하거든."

"약속 있어?"

"중요한 인터뷰가 있어. 이틀 내내 진행되는 거라서 내일은 통화 못 할지도 몰라. 그래도 시간을 내보도록 노력할게."

인터뷰라는 말이 낯설다. 정확히 어떤 건지 몰라 도채는 고개를 갸웃했다. 떠오르는 건 있는데 그게 맞는지는 모르겠다.

"중요한 일이라면 당연히 그래야지. 난 신경 쓰지 마. 얼굴이 좀 피곤해 보이는데 괜찮아?"

"밤새 인터뷰 준비했거든. 혹시 모를 실무진 테스트를 받을 수도 있어서 공부하느라 잘 못 잤어. 처음엔 실무진 인터뷰로 시작했다가 점점 직급이 높아지고, 마지막엔 임원진들과 일대일로 심층적 대화를 하기 때문에 철저히 준비하는 게 좋아."

"잠깐. 지금 말하는 인터뷰가 혹시 면접 인터뷰야?"

"맞아."

도채는 아무것도 모르면서 면접이라는 말에 깜짝 놀랐다.

"맙소사. 그럼 이렇게 전화만 하고 있으면 안 되잖아. 어서 준비해. 옷은 준비했어? 몇 시에 보는데? 넉넉하게 출발해야 하는데 늘 쩡거리는 거 아냐?"

"하하. 진정해. 준비 전부 끝났어. 통화하면서 커피 한 잔 할 시간까지 있으니 걱정 마. 기업체에서 보낸 픽업 차량이 도착하려면 아직 두 시간 정도 남았어."

미국은 한국과 면접 문화가 다르다. 공채처럼 따로 사람을 뽑는 기간도 없으며, 어느 정도 레벨이 되는 기업체에 지원하면 면접비는 기본이고 인터뷰 중 식사 시간이 되면 질 좋은 식사를 제공한다. 주거지와 거리가 먼 곳에 지원했다면 리무진 차량과 숙박 호텔까지 제공하니 그만큼 인재를 잡기 위해 기업체에서도 노력하는 문화다.

"그래도 면접 보러 다니는 거 생각보다 힘들어. 경험으로 말하는 거니 잘 먹고 잘 자고 충분히 쉬어 가면서 다니도록 해. 안 그러면 금방 지쳐 힘들어져."

취업 전선이 얼마나 치열한지 누구보다 잘 안다. 그녀도 말은 안 했지만 기업체에 이력서를 넣고 있는 중이었다.

"아참, 선물 고마워."

도채는 걱정스러운 마음을 잠시 접고 그와 통화할 때 꼭 말하고 싶었던 얘기를 꺼냈다.

"아주 근사해."

그가 보낸 선물은 프레피 펌프스 힐이었다. 미니멀한 슈즈로 우아하게 떨어지는 라인은 힐이지만 단정하면서도 여성스러운 디자인이었다.

"구두가 온 날, 즉시 구두를 신고 종일 거리를 활보했어. 딱히 약속도 없으면서 마치 모두에게 자랑하듯 열심히 길을 걷고 또 걸었어."

"잘했어."

"그거 알아? 네가 가고 난 후 나 이상한 행동들을 한다는 거."

"어떤 이상한 행동?"

"어느 날부터 뉴욕 날씨를 확인하고 있는 날 발견했어. 그리고 네가 전화할 시간이 다가오면 슬그머니 조용한 곳을 찾아서 미리 들어가 있어. 그러다가 벨이 울리면 목소리를 가다듬고 좀 늦게 전화를 받아."

"그건 왜?"

"네게 제일 예쁜 목소리를 들려주고 싶어서."

그가 웃었다. 그 웃음이 청명할 만큼 우아하게 퍼졌다.

"영화나 드라마 내용이 터무니없는 것만은 아닌가 봐. 보면서 말도 안 돼, 하던 커플들의 행동들을 지금 내가 하고 있으니까."

스스로도 놀라운 이 변화들을 어떻게 설명하면 좋을까. 그녀가 조금은 두려워했던 것처럼 이현은 너무나도 빠르게 그녀의 일상에 침투해 버렸다.

"네 친구 선일에게 들은 얘기가 있어. 네게 한국에 대한 트라우마가 있다는 얘기였는데, 그 거부감을 깨트린 사람이 나라고 알려 줬어. 나, 그 얘기 듣고 사실 얼마나 어깨를 으쓱했는지 몰라. 평범한 내가 누군가에게 있어 그렇게 의미 있는 존재라니, 사실 사람들한테 막 자랑하고 싶었어. 이제 말하지만 넌 나를 자랑스럽게 해."

"어떤 응원보다 기분 좋아. 널 으쓱하게 하는 남자가 되기 위해서 늘 분발할게. 오늘 면접은 따 놓은 당상이겠어."

"그래? 느낌이 좋아?"

"물론이지."

이현은 두 팔을 벌려 모니터를 와락 끌어안았다.

"진짜 보고 싶어 죽겠다."

모니터가 한순간 깜깜해진다. 도채가 마이크에 대고 안 보여! 라고 소리치면서 두 사람은 웃음을 터트리고 말았다. 자잘하지만 끊이지 않는 웃음들이 신뢰를 만들어 낸다. 하나의 커플이 탄생하기 위해선 주변 환경도 중요하다는 걸 이제 알았다. 우연이든 필연이든 타이밍이 주는 효과가 상당하다는 걸 말이다. 모든 게 다 상대를 잘 만나서 그런 것 같다는 착각이 드는 것처럼.

이현은 그 뒤로 총 네 개의 기업체와 인터뷰를 했다. 처음 지원한 곳은 본사 합격이 됐지만 그가 원하는 한국지사가 없어 지원을 포기했다. 두 번째 기업체는 이현의 프로필과 한국지사 근무가 맞지 않다는 결론을 보내 와 다시 그를 좌절시켰다. 세 번째와 네 번째 기업체가 그의 한국 근무 조건을 충족해 주었는데, 파견 형태의 근무 기간이 장기간이 아니라 단기간이라서 그를 고민에 빠지게 했다. 그사이 도채가 먼저 취업을 했고, 이현은 취업에 집중하느라 눈 코 뜰 새 없이 바빴다.

밤 10시로 약속되었던 화상 통화 시간은 변경됐다. 이현 또한 학기를 시작했고, 하루가 멀다 하고 발생하는 도채의 야근도 한몫했다. 장거리 연애의 단점이 부각되는 시기가 도래한 것이다. 도채는 컴퓨터 모니터가 아닌 살아 있는 그가 보고 싶어 미칠 것 같았다. 겨울이 차츰 물러간 날씨 탓이라고 하기엔 마음이 너무 싱숭생숭했다. 휴가를 내 그를 만나러 가려 했지만 갓 입사한 그녀에겐 며칠의 휴가를 내는 것도 여의치 않았다.

"그만둘까 봐."

전화 통화 중에 도채가 말했다.

"남자 때문에 두 번씩이나 회사를 관두겠다는 거야?"

"난 한다면 해. 두고 봐. 조만간 너희 학교 앞에서 널 기다리는 날 볼 수 있을 테니."

"자랑할 말은 아닌 듯한데요, 아가씨."

핀잔을 주자 도채는 의지를 불태웠다.

"왜? 내가 못 할 것 같아?"

떳떳하게 말하는 모습을 보니 정말 그럴 것 같다. 전적이 있으니 더 볼 것도 없지만 이현은 안 된다고 딱 잘라 말했다.

"미안하지만 자중해 줘. 졸업 전이라 시간이 나지 않아."

너무 냉정한 대답에 도채는 더 이상 투정하지 못했다. 허전함은 누가 만드는 걸까. 바쁘게 지내도 문득문득 느껴지는 외로움에 덜컥 겁이 나기 시작했다. 어느 날은 이대로 만나지 못하는 게 아닌가 싶어 밤잠을 설치기까지 했다. 그의 달콤한 속삼임이 깊은 날에는 오히려 전화를 끊고 더욱 괴로워 죽을 것 같았다. 다른 커플들처럼 주말에 만나 데이트도 하고 함께 여행을 가는 건 꿈도 꿀 수 없다는 게 속이 상했다. 무엇보다 보고 싶을 때 볼 수 없다는 사실이 제일 힘들다. 마음이 갈대처럼 흔들흔들 봄바람에 갈피를 잡지 못하는 나날은 언제까지 계속해야 하는 걸까. 그를 사랑하는데, 사랑할 그가 곁에 없으니 마음이 자꾸만 힘을 잃었다.

"도채, 난 널 믿어. 아무리 멀리 떨어져 있어도 네가 나를 기다려 줄 거라 믿어. 믿음이 약해지기 시작하면 걷잡을 수 없어. 그러니 약해지지 마. 어제 하루 일정 메일로 보내 놨으니 시간 되면 확인해 보고. 끊을게."

그녀의 투정이 시작되면서 이현은 자신의 하루 스케줄을 아예 그녀의 메일로 보내 주었다. 자신을 의심한다고 생각하는 모양이다. 그게 아니라고 했지만 그는 멈추지 않았다. 문득 이렇게까지 그녀에게 믿음을 주려는 남자를 믿지 못하는 자신이 어리석게 느껴졌다.

"너는 한결같은데 내가 문제였나 봐. 하긴, 난 짝사랑 체질이지. 그거 또 시작해야 하나 보다."

졸업을 앞두고 쉴 틈도 없는 그에게 어쩌면 그녀의 존재가 부담은 아니었는지 모르겠다. 반성하지만 뒤늦었다. 도채의 투정은 그 뒤로 줄어들었다. 자의든 타의든 그녀는 현명하게 대체해야 한다고 주문을 걸었다. 그로 인해 원거리 연예의 단점인 외로움을 이겨 내기 위해 노력했다. 그녀는 회사 일에 집중했고, 덕분에 처음에 느꼈던 불안감과 외로움은 서서히 희석되고 이제 그 자리엔 믿음이란 또 다른 풀이 자라나는 중이었다.

"대체 짝사랑은 어느 쪽이 하는 건지 알 수가 없네."

그렇게 3월이 가고 4월이 지나 5월이 됐다.

기다리던 5월. 5월은 미국 대학교들의 졸업식 시즌이다. 그것은 곧 이현의 졸업식도 함께라는 걸 의미했고, 드디어 그를 만날 수 있다는 걸 의미하기도 했다.

"드디어 내일이야. 기분이 어때?"

흥분한 건 이현보다 도채였다. 그녀는 화상 통화가 시작되자마자

들떠 축하 인사도 생략한 채 기분부터 물었다.

"글쎄. 이 기분을 뭐라고 표현할 수 있을까? 시원섭섭함? 그게 지금의 내 마음과 제일 잘 어울리는 단어 같아. 그런 의미에서 자기 입사한 회사 주소 알려 줄 수 있을까?"

"갑자기 회사 주소는 왜?"

"졸업 기념으로 선물 보내 주려고."

"선물은 내가 보내 줘야지. 졸업 선물 뭐 갖고 싶어? 보통 미국은 졸업생에게 어떤 걸 선물해?"

"내 선물 먼저 받고 해 주면 안 될까?"

"무슨 소리야? 내가 먼저 해야지."

"따로 받고 싶은 선물 있어서 그래."

자꾸 말을 안 하고 뜸을 들이는 모습이 수상하다. 도채는 설마, 하며 그를 다그쳤다.

"뭐야. 또 신발 산 거야?"

"이런, 들켰다. 소호에 새로운 신발가게가 생겼는데 독특한 빈티지 슈즈를 팔더라구. 그냥 지나칠 수 없어서 하나 샀어."

"더 이상은 안 돼. 보관할 곳도 없단 말이야. 신발장이 꽉 차서 방에 쌓기 시작했어. 아빠가 자기보고 미쳤대."

형체는 보이지도 않고 신발만 죽어라 보내는 남자를 윤 회장은 영 꺼림칙한 사람이라고 판단한 모양이었다.

"그건 곤란한데? 전에는 칭찬하시더니 마음이 그새 바뀌셨어?"

"선물이 너무 많이 오니까 그렇지."

"정 그렇다면 그만둘게. 선물이 부담이 된다면 그것만큼 가치 없는 선물은 없으니까. 어차피 신발 사 주면 도망간다는 속설은 뒤집었으니 마지막으로 하나만 더 보내자. 어때? 딱 하나만 더 받아줘."

이현의 고집스러움에 도채는 또 항복했다. 주소를 받아 적는 그의 모습이 모니터에 보인다. 그러나 도채는 숙인 고개 아래 그가 무엇을 계획하고 있는지는 눈치채지 못했다. 주소를 다시 한 번 확인한 그가 흡족한 표정으로 선물을 기대해 주면 좋겠다고 덧붙였다.

"곧 도착할 거야, 내 마지막 선물. 마음에 들면 좋겠다."

졸업식 당일은 짧게 통화했다.

졸업식이 끝난 후에도 각종 파티와 교내 모임, 송별회 등에 초대되어 유종의 미를 거두며 그는 바빴다. 졸업식은 하루지만 학교 내에서 벌어지는 축하 파티까지 포함하면 이틀간의 졸업식을 치르는 것과 동일했다. 그리고 3일 후 도채의 회사로 국제특급우편 하나가 도착했다. 그것은 CD 한 장이었다. 발신인을 확인하니 이현이 보낸 게 분명한데 내용물 안에는 편지도 없고 메모도 없었다. 회사 주소로 보낸다는 선물은 분명 신발이었는데 이상했다.

일단 궁금함에 자리로 돌아가 슬그머니 컴퓨터에 CD를 넣었다. 슬쩍 주변을 살피며 눈치 보는 것을 잊지 않은 그녀는 화면을 최대한 작게 만든 후 조심스럽게 플레이 버튼을 눌렀다. 순간 화면이 온통 하늘색으로 나왔다. 깜짝 놀라 플레이 버튼을 정지시켰다가 다시 작동했다. 자세히 보니 하늘색 졸업 가운을 입은 이현의 옷자락이었다. 카메라가 다시 제대로 위치를 잡자 그의 얼굴이 드러났다. 학사모를 머리에 쓴 그가 봄의 푸른 하늘을 닮은 하늘색 가운에 휘감겨 그녀를 불렀다.

"도채. 보여? 이제 곧 졸업식 시작이야. 졸업생들이 입장하기 시작하면 드디어 행사가 시작돼."

이현은 카메라를 한 바퀴 돌려 주변 상황을 보여 주었다. 인파가 가득한 캠퍼스 안은 한국의 졸업식처럼 혼잡하고 복잡했다.

"난 지금 들어가 봐야 해. 이제부터 촬영은 아버지가 하실 거야."

이번엔 이현이 아버지를 향해 영어로 부탁했다.

—잘하실 수 있죠?

—물론이지. 실력 발휘할 테니 염려 마라. 반가워요, 도채 양. 난 오늘 촬영기사담당이자 에이든의 아버지랍니다. 에이든이 도채에게 보내 줘야 한다며 졸업식 촬영을 부탁했어요.

레오나드는 카메라를 건네받은 후 여유롭게 인사를 했다. 그의 옆에는 늘씬한 몸매를 자랑하는 숙희도 함께였다. 졸업식이 끝나고 아들에게 건네줄 꽃다발을 품에 안고 있는 그녀는 이현의 삐뚤어진 학사모를 바로잡아 주느라 여념이 없었다. 이현이 사라지자 레오나드가 그를 따라가며 촬영을 시작했다.

CD를 통해 그의 졸업식을 보았다. 그녀도 그곳에 있는 것 같았다. 캠코더 카메라가 움직일 때마다 그녀도 같이 걸으며 이현을 볼 수 있었다. 학부 대표로 호명된 그가 강당에 올라가 졸업장을 받자마자 가족이 있는 곳을 향해 손을 흔드는 모습은 영락없는 소년처럼 보였다. 그에 화답하기 위해 같이 손을 흔드는 레오나드 덕에 카메라가 심하게 흔들리기도 했다.

떨어져 있어도 함께임을 이렇게 느끼게 해 주다니 그는 정말 최고의 남자다. 도채는 지금 있는 곳이 회사라는 것도 잊은 채 뜨거워지는 마음을 다잡으며 영상에서 눈을 떼지 못했다.

마지막엔 그녀를 위한 이벤트가 있었다. 학과 친구들이 윤도채란 그녀의 이름을 어설프게 발음하며 그들의 사랑에 대해 부러움과 행운을 비는 말들을 한 마디씩 해 주었다.

—카메라 보고 말하면 되나요? 오케이. 에이든, 드디어 우리가 졸업했다. 너와 함께 공부한 시간들 정말 좋았어. 밤새워 프로젝트 진행하던 게 어제 같은데 꿈만 같다. 여자친구가 생겼다고? 졸업과 동시에 땡 잡았네. 축하해. 앞으로 멋진 사랑해라.

—이름이 뭐라구요? 채미? 뭐요? 어느 나라 말이지? 너무 어렵군. 이름은 생략할게요. 사랑이라니, 더 할 말이 없죠. 있는 힘껏 사랑해요. 그것밖에 정답이 없으니까.

—에이든은 최고의 남잡니다. 당신이 어디의 누구든 당신은 최고의 행운아예요. 잊지 말아요.

—와우. 눈 높은 저 녀석을 사로잡다니 당신 대단한 미인인가 봐.

—사랑에 대한 한 마디…… 우리처럼만 사랑해라. 그럼 된다.

커플인 듯한 남녀가 카메라 앞에서 딥키스를 해 보였다. 짓궂은 친구들도 있었다.

—거짓말! 내 여동생과 열렬히 사랑할 때는 언제고 벌써 바람이냐? 이 자식, 가만 안 두겠어.

격한 액션을 취하며 카메라를 치는 남학생의 모습에 깜짝 놀랐다. 여대생들의 반응을 조금 달랐다.

—여자친구를 위해 찍고 있다구? 오, 하나님. 에이든을 차지한 여자라니 누군지 부럽네요. 잘 들어요, 여자친구. 우린 그를 사랑하는 교우로서 얼굴도 모르는 당신에게 그를 무작정 줄 수는 없어요. 먼저 얼굴을 보고 평가를 진행할 테니 오늘 저녁 당장 만납시다.

—이런 걸 왜 찍는 거죠? 난 할 말 없어요. 난 에이든을 차지하기 위해 뭉친 여성모임 회원이라구요.

더러 화를 내는 여학생도 있었다. 각양각색의 멘트에 보고 있는 도채는 즐거워 눈을 뗄 수 없었다.

—축하한다, 에이든. 누구보다 네 여자를 사랑하며 아끼도록 해. 그럼 그 여자는 절대 네 곁을 떠나지 않고 너의 사랑을 두 배로 갚을 거라는 우리 어머니 명언이시다.

—좋은 명언 가슴에 새기마.

마지막 친구의 모습 뒤로 이현의 목소리가 들렸다. 레오나드가 어느새 나타난 아들을 향해 축하 포옹을 해 준 뒤 그의 얼굴에 카메라를 들이밀었다. 이현이 졸업장을 들고서 주먹을 쥐어 보였다.

"지금 이 기분을 어떻게 표현하면 좋을지…… 이 순간을 얼마나 기다렸는지 넌 모를 거야. 그동안 널 보러 가고 싶은 마음을 꾹 참느라 무던히도 애썼는데 네가 그 마음을 조금이라도 알아주면 좋겠어. 그동안 기다려 줘서 고마워. 정말이야."

그가 뒤이어 다른 말을 했지만 이어지는 축하 인사에 파묻혔다.

—축하한다, 에이든.

—장해, 내 아들. 네가 정말 자랑스럽다. 널 너무너무 사랑해, 애야.

숙희가 이현을 안고 감동에 찬 목소리를 흘렸다. 이현이 그녀를 안으며 오히려 그녀에게 감사를 표했다.

—고마워요. 모두 이모 덕분이에요.

이현이 학사모를 숙희에게 씌워 주었다. 숙희는 벅찬 듯 입술을 파르르 떨었다.

—하늘나라에 있는 언니랑 형부도 널 자랑스러워할 거야. 모두 축복하고 있을 거야.

훌쩍이던 숙희가 감격했는지 끝내 눈물을 흘리자 레오나드가 두 사람을 든든하게 안아 주었다. 그 모습을 지켜보는 도채도 코끝이 찡해졌다. 그사이 카메라는 다른 사람의 손에 들어갔다. 도채는 마지막으로 카메라를 든 사람을 보고 자기도 모르게 반가움을 느꼈다. 선일이었다. 선일 또한 하늘색 가운을 입고 있었다. 레오나드에게 카메라의 용도를 설명 들은 선일이 갑자기 카메라를 자기 쪽으로 돌렸다. 그리고 기어이,

—녀석 솜씨 어때? 밤 실력 말이야.

라고 한 마디 했다. 카메라를 곧장 이현이 빼앗고, 툭탁거리는 두 사람의 목소리 사이로 화면도 곧 꺼졌다.

CD 내용은 그게 다였다. 드라이브에서 CD를 빼는 그녀의 손이 감동에 젖어 다분히 흔들렸다. 이런 상태라면 오늘 일은 끝난 거나 마찬가지다. 아니, 조퇴가 필요해. 도채는 은은히 번지는 감동을 가라앉히지 못한 채 종일 이현만 생각하다가 서둘러 퇴근했다. 뭔가 할 수 있지도 않지만 그냥 앉아 있고 싶지도 않았다.

뉴욕은 지금 새벽 4시다. 그는 자고 있겠지. 전화를 걸어 행복하

다고, 감동했다고 어서 빨리 말하고 싶은데 시차 앞에선 도저히 방법이 없다. 도채는 휴대폰을 열었다 닫았다를 반복하며 빌딩을 나왔다. 그리고 그 순간 빌딩을 완전히 빠져나오기도 전에 자리에서 우뚝 걸음을 멈추고 말았다.

"어떻게……."

그다. 그가 있었다. 그가 그녀를 보며 서 있었다.

"어떻게 여기에……."

그가 천천히 걸어왔다. 도채는 너무 놀라 그를 향해 걸어가지 못했다. 한 걸음씩, 천천히 다가오는 남자. 그녀가 아는 부드러운 미소를 보여 주는 남자. 그는 정말 이현이 맞았다. 그녀가 달리기 시작했다. 이현은 두 팔을 벌려 그녀를 맞았다.

화악!

그의 품에 그녀가 안착했다. 넓은 가슴으로 그녀를 안는 그의 두 팔이 어느 때보다 강하고 따뜻했다.

"이건…… 이건 정말 말도 안 돼!"

말이 되지 않았다. 정말 말이 되지 않았다. 도채는 믿기지 않는다며 그 말만 반복했다.

"어떻게 네가 여기 있지? 넌 미국에 있어야 하잖아."

"내가 올 줄 몰랐어?"

"올 거라고 생각했어. 하지만 이렇게 빨리 올 줄은……."

도채는 그의 품에 안겨 있으면서도 도저히 차분해지지 못했다.

"대체 언제 온 거야?"

"지금 막."

"어쩐지 어제 통화가 안 됐어. 난 모임 때문에 바쁜 거라고만 생각했었는데……."

"다 서프라이즈를 위한 연극이었지. 소포는 받았어?"

"받았어. 회사에서 다 봤어. 전부 다. 정말 감동이었어."

"일 안 하고 본 거야?"

"보라고 보냈는데 그럼 참아?"

그녀가 그의 품에서 화를 내다가 순식간에 표정을 바꾸었다. 아직도 얼떨떨했다.

"정말 서프라이즈야. 눈앞에 있는 대도 믿을 수가 없어. 태성이 말이 사실인가 봐. 남자는 보고 싶은 여자가 있으면 사막에서라도 헤엄쳐 찾아온다는 말."

"앞으로 더 놀랄 텐데 어쩌나. 나, 너 본격적으로 꼬시러 온 거야. 안 넘어오면 넘어올 때까지 괴롭힐 테니 각오해야 할걸."

도채는 그의 말을 듣지도 않고 손을 들어 그의 얼굴을 만졌다. 그가 맞다. 항상 모니터를 통해 보던 그가 아닌, 정말 살아 있는 이현. 이현이 자신의 얼굴을 만지는 그녀의 손을 잡았다.

"내 선물 마음에 들어?"

도채는 울컥거리며 이현의 품에 다시 한 번 와락 안겼다.

"최고야."

12

　두꺼운 외투와 털로 짠 목도리로 몸을 꽁꽁 감싼 모습을 봤던 게 어제 같은데 지금은 싱그러운 노란색 스카프를 목에 두르고 얇은 흰색 블라우스를 입는 계절이 되었다. 그사이 하나의 계절이 지났다니 감회가 새롭다.

　"졸업식 멋졌어. 카메라에 찍힌 부모님 모습도 봤어. 다 멋지신 분들 같아. 늦었지만 정말 축하해. 어쩌지? 바쁘다는 핑계로 나 아직 선물 준비도 못 했어. 필요한 거 있어? 지금 같이 사러 갈까?"

　사실은 졸업보다 자신의 앞에 나타나 준 이현이 고마워 흥분을 감추지 못하는 그녀였다.

　"한국엔 언제까지 있을 거야? 좀 오래 있을 거지? 바로 가진 않을 거지?"

　"10일 정도는 시간이 돼."

신이 나 활짝 웃던 얼굴이 조금 굳었다. 10일이라니, 헤어져 있던 기간에 비해선 너무 부족한 날이다. 그래도 도채는 애써 스스로를 다독였다. 그를 직접 본다는 것만으로도 감사할 일이다. 힘들게 시간 내준 그에게 투정을 부리고 싶진 않았다. 그녀는 재빨리 이번 주에 지인들과 약속된 스케줄을 전부 취소하고, 평소보다 일찍 일어나 두 시간 먼저 출근해서 야근하는 일이 없도록 해야겠다는 생각부터 발 빠르게 했다.

"잘 왔어. 요즘 날씨도 좋아서 데이트하기에도 딱이거든."

"그걸로 만족해? 난 너무 짧다고 생각하는데. 섭섭하지 않아?"

"섭섭하긴. 괜찮아. 그렇잖아도 인사과에 물어봤는데 신입사원이라도 여름에 짧게 휴가 받을 수 있대. 그때 내가 너 만나러 미국으로 가면 되니까 조금 참지, 뭐. 그리고 넌 취업 준비 때문에 바쁘잖아."

"바쁠 거 없어. 그러고 보니 축하받을 일 하나 더 있다. 나 취업했어."

"정말이야? 그런 말 없었잖아. 왜 진작 말 안 했어? 나 그 어떤 선물도 준비 못 했잖아."

"만나서 직접 얘기해 주고 싶어서 미룬 거야. 회사 어디게?"

"어딘데? 좋은 데야? 좋은 데지? 좋은 데구나?"

"여기야."

그가 검지로 자신이 서 있는 땅을 가리켰다. 도채가 여기? 라면서 그의 손가락이 가리키는 위치를 보다가 고개를 갸웃했다. 그러다가 점점 변하는 표정. 그녀가 혹시, 설마, 하며 점점 눈을 크게 뜨더니 나중엔 노려보듯 눈썹을 치켜뜨기까지 했다.

"한국이라고?"

"응. 나 한국 회사에 취업했어. 10일 후부터 출근해."

"까아악."

그녀가 이현의 가슴팍에 매달려 신이 나 소리쳤다. 제자리 뛰기하는 그녀 때문에 덩달아 이현의 몸도 출렁출렁 흔들렸다.

"비명 소리 듣기 좋은걸. 살다 보니 여자 비명 소리가 듣기 좋은 때도 있네."

그가 웃으며 자신의 말이 사실인 걸 확인시켜 줬지만 도채는 믿기지 않는지 좀체 진정하지 못했다. 혹여 그녀가 엎어질까 두 팔로 원을 그려 그녀를 감싼 이현이 싱그럽게 웃을 때 도채는 그에게 와락 안겨 들어왔다.

"아아, 감동이야. 나 눈물 날 것 같아."

속삭이는 목소리가 이현의 선택을 잘했다고 칭찬해 주는 것 같았다. 이현은 그제야 안심하며 그녀를 힘주어 안아 주었다. 이제야말로 그녀를 제대로 안아 줄 수 있을 것 같았다. 그녀의 얼굴을 제대로 보며 제대로 사랑할 준비를 마쳤다는 생각이 들었다.

두 사람의 봄날은 하루하루가 완벽했다.

이현은 매일 저녁 도채가 퇴근할 시간에 맞춰 회사 앞에 모습을 드러냈다. 보슬비가 이슬처럼 내리고 있었다. 첫 키스를 하던 날도 겨울비가 왔기에 비가 오는 날엔 유난히 이현이 그리웠다. 창가를 통해 내리는 보슬비를 보며 도채는 그가 빨리 보고 싶어 몇 번이나 로비로 달려 내려가는 생각만 했다. 기다리는 마음은 이현도 마찬가지였다. 퇴근 시간을 훌쩍 넘긴 8시가 넘어서야 도채가 나타나자 이현은 로비에서 그녀를 맞아 주었다. 그리고 신문지에 돌돌 말아 온 뭔가를 선물이라며 내밀었다. 뭔가 싶어 안을 들여다보니 빨간색 장미 한 송이다.

"비 맞을까 봐 숨겨 왔어."

그 말을 하는 이현이 어쩌나 로맨틱해 보이는지 도채는 맞장구치듯 신문지 속에 코를 박고 어깨를 내렸다가 쭉 올리며 있는 힘껏 향을 들이마시는 행동을 해 보였다. 다음 날은 그가 두 송이의 꽃을 가지고 나타났다. 그리고 다음 날은 세 송이, 그러다가 꽃다발, 꽃바구니로 진화하더니 나중엔 아예 양손 한아름 꽃을 가지고 와 회사 로비까지 꽃향기를 진동시켰다.

매일매일 꽃을 받아 오니 집에서도 눈이 휘둥그레졌다. 연애하는 남녀는 얼굴에서 표시가 난다지만 도채는 감추려고 해야 감출 수 없는 상황들의 나날이었다. 어제 받은 꽃이 시들기 전에 새로 받은 꽃이 꽃병에 또 꽂혔다. 보고 있기만 해도 절로 그의 마음이 느껴지는 연애는 상상보다 달콤하고 어깨를 으쓱하게 만들어 주었다.

"우리 도채가 연애하는 모양이구나. 혹시 신발 보내 주던 남자냐?"

과거보단 편해졌지만 아직 조금은 미묘하게 어색함이 남아 있는 윤 회장이 화려한 색감을 발산하는 꽃들을 보며 물었다.

"네. 맞아요. 그가 귀국했어요."

"그럼 언제 한번 소개 좀 해 주렴."

방이 화원보다 더 많은 꽃들로 가득 차 있다. 이 정도 정성이라면 부모가 나설 때가 된 듯싶어 윤 회장은 넌지시 물었다.

"아니에요. 아직 아빠한테 소개시켜 드리기엔 좀 그래요."

"오해 마. 아빠가 뭘 어떻게 하겠다는 게 아니라……."

"알아요, 아빠. 저도 다른 이유 때문이 아니라 사정이 있어서요. 그 사람 나이가 좀 어려요. 나를 위해 한국으로 들어와 취업하긴 했지만 사는 곳도 미국이구요. 그래서 그래요."

몰랐던 사실을 듣게 된 윤 회장은 꽤나 놀란 표정을 지었고 도채는 그럴 줄 알았다며 빙그레 웃었다.

"짝사랑 끝나자마자 새로 하는 사랑이 이렇다니 조금 놀라셨죠?"

"미국인에 연하라니 몰랐던 사실이구나."

"그래서 지금 그 사람을 소개시켜 드리기엔 서로 부담스러운 부분이 있을 것 같아요."

"넌 좋아하지 않는 거야?"

"아직은 별로예요."

도채는 깜찍하게 거짓말을 했다. 그러나 그 뒤에 하는 말은 진지하고 조심스러웠다.

"아시다시피 사랑에 서툰 저잖아요. 짝사랑은 그만뒀지만 아직 사랑의 단계 중에서 초급자인 인턴에 불과해요."

"인턴?"

"네. 인턴이요. 그러니 천천히 시간을 갖고 만나 보려구요. 그리고 하나씩 배워 보려구요. 어떤 사랑이 내게 맞는지, 어떤 사랑을 내가 하는지, 그리고 어떻게 사랑을 만들어 가는지."

윤 회장은 잘 이해하지 못하겠다는 표정을 지어 보였지만 도채는 그저 밝게 웃었다.

"그러니 걱정 마시라구요. 때가 되면 누가 됐든 멋지게 소개시켜 드릴 테니까요. 꽃과 선물을 잔뜩 해 준다고 해서 이 사람이 내 남자인지 아닌지는 알 수 없잖아요. 그동안 못 해 본 연애 실컷 하면서 이 사람이 내 남자가 맞는지 알아볼 생각이에요. 그러니 아빠도 모르는 척해 주세요."

언제 이렇게 사랑에 대해 확신이 서고 자신감을 갖게 됐는지 알 수가 없다. 윤 회장은 어설픈 참견을 했다가 민망함을 느끼며 입을 다물고 말았다.

"아참, 전에 제가 말씀드린 건 생각해 보셨어요?"

"응? 아아, 연수 가는 거 말이냐? 그렇잖아도 며칠 전 윤 사장하고 통화했다."

윤 사장은 태성의 아버지다. 윤 회장은 나이가 들자 남동생을 윤 사장이라고 불렀다.

"도채가 어학 공부를 하고 싶다고 하는데 어떻게 해야 하냐고 의견을 물었더니, 윤 사장이 대뜸 날 혼내더구나. 오히려 그런 건 자식이 말하기 전에 부모가 알아서 해 줄 문제라면서 지금이라도 네가 원한다면 공부하게 해 줘야 한다는 거야. 난 네 나이가 좀 있어서 연수를 갔다 오면 결혼 문제가 걱정스럽다고 했더니, 나보고 세대 차이 난다는군. 기껏 몇 년 공부한다고 할머니 되진 않으니 믿고 보내란다. 미국에 오면 자기네 집에서 거주시킬 테니 안전에도 위험이 없을 거래. 윤 사장이 그렇게까지 말하는데 아빠도 크게 말릴 이유는 없구나."

"작은아버지 댁에서 학교를 다니면 오히려 전 편하죠. 그렇게 해 주신대요?"

"뿐이겠니? 네가 오면 자기네 집 이 층 전부를 내주겠다지 뭐냐. 아직 태성이가 거기 사는 걸 뻔히 아는데 말이다. 하여튼 죽기 전에 딸 한 번 키워 보고 싶어서 지키지도 못할 약속을 어찌나 떠들던지."

삼형제들 중 딸을 낳은 건 윤 회장 한 명뿐이다. 작은아버지 댁만 해도 아들만 셋을 낳아 그 막내가 태성이다. 그러니 딸에 대한 로망이 아직 남아 있는 작은아버지는 도채가 어학연수에 대한 언급을 하자마자 두 팔 들고 적극 찬성을 하고 나선 것이다. 도채는 터져 나오려는 회심의 미소를 꾹 참았다. 예상한 대로였다.

"작은아버지께 감사드린다고 전화드려야겠네요."

"자기가 전화하겠다니 놔둬. 벌써부터 네가 다닐 학교 알아보고 있다더라."

"벌써요?"

"공부는 하루라도 빨리 시작하는 게 좋다고 우기는데 믿어 줘야지 별수 있겠니. 지금부터 준비해도 겨울 학기나 들어갈 수 있다고 하니 그런가 보다 하지. 그리고 윤 사장네 집에서 거주한다면 아빠도 너 믿고 보낼 수 있다."

윤 회장이 꽃에 파묻힌 딸을 바라보았다.

"집에 꽃이 있으니 좋구나."

"후리지아 한 다발 서재에 갖다 놓았으니 나중에 가 보세요. 아빠 후리지아 좋아하시잖아요."

"아주 좋아하지. 아직 후리지아가 남아 있나 보구나."

"올해 마지막이래요. 마지막 봄꽃이라 생각하고 한번 보세요. 향이 좋아요."

"네 덕에 오늘은 모처럼 서재에서 조용히 책을 봐야겠구나."

"그러면 좋죠. 아빠야말로 불철주야 바쁘시니 이럴 때만이라도 여유롭게 지내세요."

"누군진 모르지만 구두면 구두, 꽃이면 꽃. 나도 남자지만 네게 들이는 정성이 보통은 아니다."

"그러게요. 그래서 이번에 선물 하나 할까 하는데 마음에 들어 할지 모르겠어요. 저 그만 나가 볼게요."

"휴일인데 좀 쉬지, 아침부터 어딜 가니? 토요일인 어제도 출근했었잖아."

"브런치 약속이 있어서요. 오늘 늦을지도 몰라요."

늦게 올 거라며 기다리지 말라는 딸의 말을 듣는 부모의 심정이 어떤지 알고서 저런 말을 하는 건지, 도채는 철없는 고등학생처럼 한 마디 툭 던지고 빠르게 사라졌다. 봄꽃 마중 나가듯 발그레한 볼을 내밀고 사라지는 딸을 보자니 기분이 덩달아 좋긴 한데 방금 전 나눈 대화를 생각하자 마음이 또 그렇게 편치도 않다. 윤 회장은 꽃병에 꽂혀 있는 꽃에 살며시 코를 가져갔다.

"사내 녀석이 하루가 멀다 하고 꽃을 보내는 걸 보면 보통 좋아하는 게 아닌 것 같은데 하필 나이가 걸리는군. 그리고 국적도."

아버지로서 유일무이하게 걱정되고 조심스러운 부분이 도채의 남자에 대한 것이다. 그동안 딸과 벌어진 사이를 어떻게 풀어 왔는지는, 생각만 해도 진땀이 난다. 그런데 미국인에 연하남이라니 진심으로 깜짝 놀랐다. 한 번은 가능해도 두 번씩이나 딸의 연애사에 나설 생각은 없다. 그러니 부디 스스로 알아서 좋은 남자를 만나 주면 좋으련만, 그 마음을 아는지 모르는지 이번엔 연하에 외국인이라니 아찔하지 않을 수 있을까.

"나이 정도야 어떻게 해서든 대충이라도 넘어가 주려고 했는데 외국인 사위까지는 편하게 허락이 안 떨어지는군."

그래도 썰렁했던 집 안에 봄기운이 돌고 화원처럼 화사해진 딸의 방을 보고 있노라니 절로 마음이 너그러워지긴 했다.

"설마 갑자기 어학연수를 가겠다는 게 이 녀석 때문은 아니겠지?"

짝사랑하지 않는다는 도채의 말은 단호했지만 한편으로는 나름대로 불안했다.

"하긴. 전적이 워낙 요란했으니 불안하기도 하지. 하지만 요즘 도채를 보면 정말 연애를 하는 사람이 맞는 듯 아주 화사하고 보기 좋아. 얼굴만 봐도 누군가에게 사랑받고 있다는 게 보일 만큼 행복해 보여."

윤 회장은 딸의 방을 흐뭇하게 바라보다가 혹여 꽃향기가 날아갈까 걱정되듯 방을 나오면서 문을 꼭 닫아 주었다.

따사로운 햇살을 맞으며 그가 서 있다. 단색의 무지 그레이 카디

건 안에 화이트 라운드넥 티를 이너웨어로 걸치고 베이지 바지를 입은 그. 오늘도 어느 때와 다를 바 없이 외면하려야 외면할 수 없는 매력적인 모습으로 묵묵히 그녀를 기다리는 그는 볼수록 탐이 난다.

마침 신호등 앞에 서 있는 그녀를 보았는지 그의 입매가 조용히 호선을 그린다. 선글라스를 낀 눈은 어떤 웃음을 짓고 있을까. 길지 않는 신호등 앞에서 도채는 이현을 보며 손을 흔들어 자신의 존재를 알리는 대신 그를 따라 미소 짓는 걸로 그를 보았음을 알려준다.

신호등이 초록색으로 바뀌자 두 사람은 서로를 향해 걸어간다. 이현은 그녀를 향해서, 그녀는 이현을 향해서. 그리고 서로가 서로를 향해 겨우 한 발자국의 거리만 남겨 놓은 그 순간 그가 부드럽게 손을 뻗어 그녀의 어깨를 잡아 돌린 후 자신과 같은 방향으로 걷게 만든다. 그러면서 자신의 긴 팔에 안착한 그녀를 칭찬하듯 그녀의 머리 위에 짧은 입맞춤을 한다. 찰나적이지만 섬세하고 애정 깊은 입맞춤.

"좋은 아침이야."

마치 함께 침대에서 눈을 뜬 아내에게 말하듯 주말에 만날 때면 그는 늘 이렇게 첫인사를 한다. 싱그러운 아침에 어울리는 인사다. 들을 때마다 잔잔하고 귀에 사르륵 감기는 인사말. 누군가에겐 아무 의미 없는 말일지도 모르지만 도채에게는 자는 시간을 제외한 모든 시간을 공유한 듯 유대감을 만들어 주는 말이라 듣기 좋다. 이 말을 듣고 싶어 치장을 하고 멋을 내며 그를 만나는 걸지도 모른다는 생각을 할 만큼 애정하는 말이다.

나를 만나기 위해 그 먼 거리를 마다하지 않고 찾아와 준 생의 유일한 남자. 나와 함께하고 싶어 한국에 들어와서 일을 하고 있는 단 한 명의 남자. 믿어 달라는 말 한 마디 하지 않았지만 믿음을 주지 않고는 배길 수 없게끔 모든 걸 행동으로 보여 주는 이 남자를 그녀는 이제 사랑한다 말하고 싶다.

"우리는 오늘 저기 보이는 세 번째 집에서 브런치 먹을 거야."

그의 손이 그녀의 어깨에서 내려와 그녀의 허리를 안고 걷는다. 마찬가지로 그녀도 손으로 그의 허리를 잡은 채 그가 말한 곳을 바라본다.

"원래 꽃집이었는데 지금은 카페로 개조된 곳이야. 그래도 꽃을 들여오는 건 여전해서 분위기가 좋아."

"이제 나보다 서울 지리를 더 잘 알게 된 거야? 난 여기에 저런 곳이 있는 줄 몰랐는걸."

"오늘은 꽃을 사 오지 않았으니까 대신 꽃이 있는 곳으로 가려고."

"그러고 보면 너는 하나에 꽂히면 질릴 때까지 선물하는 버릇이 있어. 구두도 그렇고 이번 꽃도 그렇고."

그녀를 위해 시간이 나는 대로 열심히 지리 탐색을 하고 이곳저곳 분위기 좋은 곳을 찾아 애썼을 걸 생각하면 한없이 으쓱해지고 행복하지만 한편으로 그를 위해 지금껏 아무것도 해 준 것 없는 자신이 미안하다. 그래서 이제 오늘 그를 위해 선물 하나를 준비했다. 도채는 마음속에 숨겨 둔 그 말을 어서 들려주고 싶어 그를 독촉해 카페로 향했다.

"회사 일이 많아서 많이 힘들지?"

정오가 되기 전의 햇빛이 몹시도 따사롭다. 창가를 통해 들어오는 빛을 받으며 이현이 물었다.

"실력이 딸려서 그런가 봐. 원래 야근은 일 못하는 사람만 하는 거래."

"누가 그래?"

"우리 회사 부장이."

"부서에서 업무 분담을 제대로 안 해서가 아니고?"

"그걸 알면 토요일에도 나와서 근무하라고 당당히 말하지도 않겠지. 가끔 과장, 대리, 나, 이렇게 셋이서 부장 호출받고 회의실에 쪼르르 불려 가서 나란히 죄인처럼 고개 숙이고 있을 때가 있어. 그때 내가 제일 후회되는 게 한 가지 있는데 뭔지 알아?"

"뭔데?"

"아, 치사하고 더럽다. 이럴 줄 알았으면 공부 진짜 열심히 하는 건데 내 팔자야."

"하하하."

이현이 재미있다는 듯 웃었다.

"어느 날 부장이 그러더라구. 치사하면 승진하고 아니꼬우면 때려치우라구. 그 말에 회의실에서 나온 선임 대리가 나에게 말하기를, 아니꼽고 치사만 하겠냐? 더럽고 욕 나오지만 자기가 사표 쓰는 날이 부장 황천 가는 날이 될까 봐 두려워서 참는 거다, 라고 말하면서 우는 거야."

"저런."

"그 모습을 보니 이래저래 나도 마음이 심란해. 나야말로 특출나게 잘하는 것도 없고, 내세울 실력도 없는 처지라 어떡해야 하나 싶이. 그래서 좀 생각해 봤는데…… 나 어학연수 갈까 해."

드디어 말을 꺼냈다. 이현의 공감대를 불러일으키기 위해 사내에서 유일하게 부장에게 말대답하는 독하디독한 선임 대리를 울보로 만들었다. 그게 어느 정도 공감을 불러일으켰으리라는 예상하에 도채가 본론을 슬며시 꺼냈다. 그녀의 말에 고개를 끄덕이며 동조하던 이현이 갑작스럽게 흘러나온 연수라는 말에 조금 당황하는 빛을 보였다.

"어학연수?"

"요즘 직장인들은 언어 능력이 뛰어나서 2개 국어는 기본이잖아. 더 늦기 전에 도전해서 스펙 하나라도 쌓고 싶어."

공부를 하는 건 좋지만 함께 지내게 된 지 이제 겨우 두 달이다. 이현은 섣불리 대답하지 못했다. 다시 떨어지고 싶은 생각은 추호도 없다. 그런데 생각하지도 못했던 어학연수라니, 이현은 그답지 못하게 표정 관리를 못 했다.

"언어를, 그러니까…… 정확히 어떤 언어를 배우고 싶은 거야?"

"글쎄. 뭐가 좋을까?"

정확히 말해 주지 않는 그녀의 말에 그의 머릿속은 프랑스, 독일, 뉴질랜드 등 수십 개의 나라가 떠올랐다 사라졌다.

"바로 갈 건 아니지? 지금은 그냥 계획만 세운 거지? 나랑 상의 없이 벌써 연수 갈 곳의 비자를 신청하거나 그런 건……."

당혹감이 깊은 만큼 궁금증을 폭발시키는 그였다. 도채는 속이 상한 이현을 알면서도 아무것도 모르는 것처럼 명랑한 표정만 지었다.

"아직 그러진 않았어. 하지만 난 꼭 가고 말 거야. 이미 아빠도 허락하셨어."

"벌써 허락하셨다고?"

"그래. 그래서 너한테 말하는 거야. 너는 내가 언제쯤 가면 좋을 것 같아?"

기분 좋은 목소리로 묻는 무심한 말의 저의가 뭔지 도통 알 수가 없다.

"기간은 얼마가 좋겠어? 그래도 2년은 돼야겠지? 돌아가면 너도 다시 대학원을 다녀야 하고 할 일이 많을 테니까."

"지금 그게 무슨 말이야? 네가 연수를 가는데 왜 내가 대학원에……?"

"아직도 모르겠어? 나, 윤도채가 미국으로 어학연수를 가겠다고 말하고 있잖아. 네 파견 기간 끝나는 날에 맞춰서 나도 미국 갈 거라고."

"뭐?"

"나 미국으로 연수 갈 거야. 그것도 뉴욕으로. 우리 작은아버지가 벌써 내가 다닐 랭귀지 스쿨을 알아보고 계시대. 멋지지? 이런 서프라이즈 본 적 있어? 널 위해 내가 준비……."

뒷말을 거기서 끊겼다. 놀란 얼굴로 그녀의 입에서 나오는 말에 잔뜩 귀를 기울이고 있던 이현이 벌떡 일어나 그녀에게 미친 듯이 키스를 퍼부었다. 아아, 그래. 이걸 바랐나 봐. 사실은 이렇게 하고 싶었나 봐. 너의 키스를 받고 싶어서 결정을 미룰 수 없었던 거야.

"내 선물이 마음에 든 거야?"

아직도 장난기를 버리지 못하고 묻는 도채에게 이현은 더 이상 바랄 게 없다는 얼굴을 했다.

"최고야."

"나도 그래. 준비 마치는 대로 같이 떠나. 가서 함께 공부해, 우리."

이마를 맞댄 채 소곤거리는 도채의 말에 그가 반복적으로 고개를 끄덕였다.

"언젠가 이런 날을 꿈으로 꾼 적이 있어. 너와 함께 맛있는 식사를 하고 달콤한 후식을 먹은 후에 두 손을 꼭 잡고 식당을 나서지. 그리고 골목 어딘가에서 진한 키스를 하며 난 네게 고백해. 오늘 밤, 사랑을 나눌 수 있게 허락해 달라고. 그러면 넌 품에 안겨 웃으며 작은 목소리로 내게 속삭여."

"뭐라고."

"어디로 갈까, 좋은 사람?"

감동이 번지고 사랑이 교차한다. 이현의 고백에 도채가 활짝 웃었다. 아직 식당을 나서지 않았지만 앞으로의 미래가 그렇다면 그녀의 대답도 다르지 않다.

"어디든. 네가 원하는 곳으로."

그는 사랑에 대한 준비를 마쳤고 그녀는 이제 그 사랑을 인정했다. 늦지도 빠르지도 않다. 시작은 언제나 반이니까. 사랑은 이제 시작이니까.

두 사람은 이곳에서 사랑을 하고 또 다른 새로운 장소에서는 사랑을 견고하게 만들 것이다. 서로를 짝사랑하고 있으니까.

『미국 북동부에 강풍을 동반한 폭설이 몰아쳤습니다. 눈은 새벽에 그쳤지만 강풍과 한파가 계속되고 있어 뉴욕 일대 교통은 주 후반에나 정상화될 것으로 보입니다. 4천 편이 넘는 항공편이 결항됐고 승객 수천 명이 서른 시간 가까이 발이 묶여서…….』

휴대폰을 들고 TV에서 흘러나오는 기상 날씨를 들려주던 도채가 수화기에 대고 말했다.

"들으셨죠, 아빠. 폭설 때문에 꼼짝도 할 수 없어요."

"어떻게 방법이 없어? 그러게 미리 출발하라고 얘기했잖아."

"갑자기 폭설이 올 줄 알았나요? 하는 수 없죠. 이번 선 자리는 또 참석하지 못하겠어요."

도채는 과장스럽게 목소리에서 힘을 빼고 자신도 안타깝다는 듯 연기했다. 윤 회장이 화가 나는지 기어코 전화기에 대고 언성을 높였다. 스피커폰이 성량을 못 이기고 한순간 방 안을 화들짝 울렸다.

"너 뉴욕 간 지 벌써 3년 지났다! 연수는 그 정도면 할 만큼 했으니 그만 돌아와."

"아빠는 참. 나 대학 붙었잖아요. 물론 턱걸이로 겨우 붙었지만 내년이면 엄연한 대학생이 돼서 공부 시작해야 하는데 어떻게 들어가요?"

"학교 입학은 보류하라고 했잖아. 졸업하면 35살이 될 거다. 그때까지 결혼 안 하고 혼자 있을 거야?"

"결혼, 반드시 한다니까요."

"너 혼자 해? 다 늙어 노처녀 되면 누가 데려간다니? 내 당장 쫓아가 이놈의 윤 사장을 혼내 주든가 해야지. 대체 애를 데리고 있으면서 무슨 바람을 넣어 놨길래 공부하곤 담을 쌓은 애가 뒤늦게 공부한다고 이 난리를 치는 거야?"

"아빠. 작은아버지가 뭘 잘못했다고 그래요?"

"결혼하고 공부하면 누가 뭐라고 해? 해야 할 일을 안 하고 고집부리니까 그렇지!"

부녀가 계속 떨어져 지내느니 차라리 결혼시키는 게 낫겠다 싶은 윤 회장이었다. 3년은 너무 길었다. 이제 그만 적당히 돌아오면 좋으련만 도채는 좋은 혼처 전부 거절하고 4년을 더 있겠다고 하니 윤 회장도 더 이상 기다릴 수만은 없었다.

"만나는 남자가 있다면 솔직하게 얘기해라. 너도 거기서 3년이나 살았는데 그동안 데이트 한 번 안 한 건 아닐 테지. 누군가 있어서 중매 죄다 거절하는 거라면 아빠가 그 사람 한번 만나 볼 의향 있으니 허심탄회하게 말해다오."

"하아. 공부 좀 하겠다는데 다들 너무하시네요."

거짓말이다. 도채는 연수까지만 생각했을 뿐, 대학 입학은 염두에 두지 않고 있었다. 이 모든 건 윤 사장의 발 빠른 권유와 도움으로 이루어진 성과다. 그러나 뜻하지 않게 그것이 윤 회장의 마음을 바꾸는 계기가 될 줄 누가 알았겠는가. 도채도 예상하지 못한 의외의 결과였다.

"아빠. 그렇잖아도 어떤 남자가 자꾸 결혼하자고 프러포즈해서 힘든데 아빠까지 그러지 마요."

"그래? 남자가 있어?"

윤 회장이 기다렸던 답변인 양 시원하게 반색했다.

"전에 구두와 꽃 선물하던 남자요. 글쎄, 뉴욕에서 또 만났지 뭐예요."

"나이 어리다던 그 미국인 말이냐?"

"네. 아직도 내가 좋대요."

"그으래?"

"어쩔까요? 한번 만나 볼까요?"

"그럼 좋겠지만 전에 네가 별로라고 하지 않았어?"

"싫었는데 그사이 엄청 멋져졌어요. 얼마나 멋져졌는지 모두가 부러워하는 완벽한 남자가 되어 버렸어요. 한 번 눈길이 딱 마주치면 가슴이 철렁할 정도예요. 이제 그는 스물일곱의 근사한 남자가 됐고 나는 서른 살이 됐죠. 빠지지 않고는 못 배겨요. 뭐랄까. 그는 최고예요. 나한테 최고로 좋은 사람이에요."

도채는 칭찬을 멈추지 않는다.

"아빠. 그 사람, 지금 나한테 또 뭔가를 주려고 해요. 어떡하죠?"

"한결같구나."

"한결같아요? 내 눈엔 정상으로 보이지 않아요."

정상이 아니다. 지금 눈앞에 있는 이현은 기다리다 지쳐 미칠 것 같은 표정을 짓고만 있다. 윤 회장은 넌지시 독촉했다. 어차피 귀국하지 않겠다고 버티는 딸이라면 결혼은 반드시 시키고 볼 일이다.

"그럼 한번 만나 봐. 그 정도 멋지다면 너도 마음이 또 변할지 누가 알아?"

"연한데요?"

"요즘 그런 건 트랜드라더라."

"외국인인데요?"

물론 국적만이지만.

"네가 좋고 너랑 잘 맞는다면 그런 건 이제 대수롭지도 않아. 만나 봐."

"그러다 사랑하게 돼서 결혼하게 되면 어떡해요?"

"35살 때 가려는 것보단 낫지."

믿을 수 없는 말이었다. 버틴 효력이 나타나는 걸까. 윤 회장의 말에 놀란 도채가 눈앞의 이현을 쳐다보았다.

"……라고 하시는데?"

처음부터 스피커폰으로 윤 회장의 목소리를 함께 듣던 이현이 도채의 말뜻을 알아듣고 고개를 끄덕였다.

"그럼 슬슬 가족들이 모일 수 있는 자리를 만들어야겠다."

"언제?"

"네가 이거 받으면."

그가 도채 앞에 한쪽 무릎을 꿇고 앉았다.

"예비 장인어른 전화 때문에 중간에 끊겨서 미안. 아까 나 어디까지 말했지?"

"내 손에 반지를 끼워 주면서 결혼해 달라고 했어."

도채가 네 번째 손가락을 그에게 내밀어 보였다. 다이아몬드가 박힌 청혼 반지가 그녀의 손에서 반짝였다.

"벌써 거기까지 했나?"

"내 대답만 남은 거야."

"맙소사! 반지를 받았으면서 대답은 빠트렸단 말이야?"

"떨지 좀 마. 목소리가 염소 같잖아. 방금 전 일을 잊어버릴 만큼 그렇게 떨려?"

"당연하지. 처음 하는 프러포즈인데. 이건 예행연습이 없잖아. 네가 거절하면 모두 도루묵인데 누군들 안 떨 것 같아?"

이현의 말에 도채가 웃음을 터트렸다. 스피커는 아직 꺼지지 않은 상태다. 이제 그런 건 상관없다는 걸까. 아니면 지금의 상황에 몰입해서 전화를 끊는 걸 깜박한 걸까. 귓가에 들리는 느닷없는 상황에 놀란 윤 회장은 도채의 이름을 소리쳐 부르다가 이젠 두 눈만 껌벅이며 휴대폰에서 귀를 떼지 못할 뿐이다. 긴장이 되는 건 그도 마찬가지. 윤 회장은 뒤이어 들리는 소리에 마른침까지 삼켰다.

"다시 한 번 물을게. 도채, 이제 그만 나의 여자가 되어 주지 않겠어?"

목소리를 차분히 가라앉힌 이현이 다시 분위기를 잡고 간청했다.

"대답해 줘. 언제 나의 여자가 되어 줄 수 있는지. 언제 내 마음을 받아 줄 건지. 허락만 해 준다면 평생 당신을 짝사랑하면서 곁에 있고 싶어."

이현이 마지막으로 정중하게 물었다.

"네 대답은 뭐야?"

이현의 물음이 스피커를 타고 멀리 있는 한국의 윤 회장에게 전달되었다. 그러나 그게 다다. 윤 회장의 귀에는 더 이상의 말소리가 들리지 않았다. 도채가 청혼을 허락하는 말도 들리지 않았다. 이상했다. 어떻게 된 건가 싶어 한동안 귀 기울이던 그가 어느 순간 천천히 휴대폰의 통화 종료 버튼을 눌렀다. 아무리 그라도 그 이상은 실례인 듯싶다. 한 여성이 한 남성의 청혼을 입맞춤으로 허락하는 그 성스럽고 축복받는 순간을 엿듣는 건. 그러고 보니 한참 프러포즈를 받을 때 자신이 전화를 한 모양이다.

윤 회장은 휴대폰을 내려놓고 오랫동안 자리에서 꿈쩍하지 않았다. 싫다는 건 거짓말이었나 보다. 최고의 방법으로 청혼을 허락하는 모습이 그걸 증명하고 있었다.

"……녀석."

창밖으로 시선을 돌렸다. 폭설이 온다는 뉴욕처럼 서울도 소담스런 눈이 내리는 중이었다. 세상이 하나의 색으로 온전히 같아지는 계절.

"눈이 그치면 뉴욕으로 가 봐야겠군."

윤 회장은 함박눈들의 향연을 보며 이 계절이 가기 전에 자신도 새로운 커플 탄생을 축하하기 위해 그곳으로 가야겠다고 생각했다.

Epilogue

우리 부부의 아침은 남편인 내가 먼저 일어나면서 일상이 시작된다.

대학생인 아내는 나보다 조금 더 이른 시간에 일어나야 하지만 잠투정이 많아 쉽게 일어나질 못한다. 그사이 나는 부엌으로 가 커피를 내려 놓고 샤워를 한다.

타월을 걸치고 밖으로 나오면 향긋한 블랙 커피향이 은은하게 퍼져 있다. 아직도 자고 있는 아내는 소음에 조금 정신을 차린 듯하지만 내가 다가가 모닝 키스를 해 줄 때까지 일부러 눈을 뜨지 않는다.

나는 밤새 내려져 있던 통유리창의 블라인드를 올린다. 그리고 침대에 누워 있는 그녀에게 다가가 헝클어진 머리를 가지런히 만져 준 후 언제나처럼 모닝 키스를 해 준다. 때때로 컨디션이 좋은 날은 그녀가 날 받아 줘 이른 관계를 가지기도 한다. 그럴 때의 내 하루 일과는 최상의 날로 기록되기도 한다.

아내가 일어나면 밤새 어질러진 침대 위 정리는 내 몫이다. 아내는 눈을 뜨고 샤워를 마치고 나온 순간부터 시간 다툼을 벌여야 하기 때문이다. 모든 여자들이 그렇듯이 외출하기까지의 시간이 많이 걸리니까.

가끔 늦었다며 아내가 당황할 때면 나는 지원사격수가 되어 화장대에 앉아 화장을 하는 아내의 젖은 머리를 드라이어로 대신 말려 주곤 한다. 바쁜 일상 때문에 서로 얼굴을 볼 시간이 여의치 않으니 이렇게라도 아내의 얼굴을 느긋하게 보는 것이다. 원래 짝사랑하는 사람은 상대방을 힐끔거리는 게 습관되어 있는 법이다.

아내가 마스카라를 바르고 입술에 글로시한 립그로스까지 바르며 화장을 마칠 때 즈음 나는 커피잔을 들고 드레스 룸으로 걸어가 거울 앞에서 머리를 정리한다. 화장을 마치고 뒤따라 드레스 룸으로 온 아내는 내게 다가와 커피를 뺏어 마신다. 나는 얼마든지 양보하지만 쓴 커피를 마시지 못하는 그녀는 고작 두 모금을 마신 후 오늘의 옷을 골라 준다.

아내가 그날의 날씨에 맞춰 옷을 코디해서 건네주면 나는 그 앞에서 타월을 벗고 옷을 입는다. 겨울인 지금은 슈트와 어울리는 코트와 목도리 등을 아내가 코디해 준다.

아내는 이 시간을 유난히 좋아한다. 그녀는 오로지 옷을 갈아입는 내 몸에서 시선을 떼지 못한다. 가끔은 뭐가 좋은지 혼자 함박 미소를 짓기도 한다. 그래서 나도 굳이 감추지 않고 나의 몸을 보여 준다.

이번엔 아내가 옷을 갈아입기 위해 외출복을 고른 후 내게 나가라고 눈짓한다. 익숙해질 때도 됐지만 부끄러워한다는 걸 알기에 나는 못 이기는 척 자리를 피해 주고 서재에 가서 필요한 자료와 책을 가방에 넣고 나온다. 그렇게 모든 준비를 마치고 현관에서 기다리고 있으면 아내가 허둥지둥 드레스 룸에서 나와 거실과 방을 오가며 개인 소지품을 챙기러 다닌다.

외출 준비가 끝나면 아내는 현관 앞에 서 있는 나를 향해 자신의 모습을 보여 준다. 나는 아내의 옷차림을 본 후 빠르고 날렵하게 신발장에서 옷차림에 어울리는 구두나 운동화를 골라 준다. 연애를 시작할 때 한국의 속설을 모르고 신발을 선물했던 것이 영 마음에 걸려서다. 그래서 아직도, 여전히, 꾸준하게 아내를 위해 신발을 선물하는 나는 아내의 신발장만큼은 손수 채워 주고 있다.

오늘은 시크한 블랙 패딩을 걸친 아내를 위해 초록색 구두를 골랐다. 스타일리쉬한 칼라의 매치라고 자부한다. 앵글부츠를 꺼내 줄 거라고 생각했던 아내는 의외지만 만족스럽다는 듯 냉큼 구두를 신고 현관에 설치된 거울에 자신의 모습을 비춰 본다. 그 틈에 나는 아내의 옷매무새를 잡아 주고 목에 목도리를 해 준다. 아내는 자신이 추위를 덜 탄다며 목도리를 풀어 그의 목으로 옮겨 준다. 잠시 현관 앞에서 목도리가 누구에게 더 필요한지 이해시키느라 작은 소란이 일어난다.

결국 주차장으로 걸어 나올 때 내 목에는 숨도 못 쉴 만큼 목도리가 둘둘 말려 있다. 진 건 아니다. 아내가 목도리를 해 줄 동안

나는 그녀의 볼과 이마와 입술에 키스를 했으니까.

차문을 열어 주고 아내를 태운다. 아내는 키스로 인해 번진 립그로스를 다시 바른다. 장난으로 한 번 더 얼굴을 가까이 댔다가 혼이 났다. 나는 웃으며 운전내를 잡는다. 그리고 베스트 드라이버의 실력을 자랑하며 안전 운전을 시작한다. 아내는 두어 번 하품을 하는 듯하더니 금세 고개를 꺾고 잠이 들었다.

차량 안에는 새근거리는 아내의 소리와 라디오에서 흘러나오는 낯익은 음악 소리가 전부다. 나는 이 고요하고 평화로운 아침이 행복하다고 느끼며 음악에 따라 가사를 흥얼거린다.

『내게 말해 주세요. 언제 나의 사람이 될 수 있는지.

내게 말해 주세요. 당신은 언제쯤 내게 'YES'라고 말해 줄 건가요.

난 더 이상 기다릴 수 없어요.

그냥 말해 주세요. 당신을 사랑하는 내게.』

흥얼거림이 어느새 노래가 되고 차량 안은 내 목소리로 가득 채워진다. 어느새 눈을 뜬 아내도 노래의 후렴구를 흥얼거린다. 아내의 허밍과 나의 목소리가 합쳐져 하나의 완벽한 노래가 만들어졌다. 노래의 가사대로 나는 아내에게 구애하고 아내는 내게 어서 '나의 사람'이 되어 달라고 요청한다.

그때 아내가 뭔가를 본 듯 눈을 크게 떠 보이며 밖을 보라고 한다. 나는 아내의 손끝을 따라 밖을 보다가 기분 좋게 미소 지었다.

"눈이네. 올해 첫눈."

눈은 내게 있어 좋은 의미다.

"첫사랑은 첫눈이 올 때 이뤄진다더니 정말인가 봐."

내가 말하자 아내는 가만히 나를 응시하더니 고개를 끄덕여 동조한다. 언젠가 그녀도 과거의 첫사랑에게 그런 말을 한 적 있기 때문이다.

아내가 신뢰의 눈으로 기어를 잡고 있는 내 손을 가만히 감싸 쥐었다. 짝사랑하는 사람은 상대의 몸짓 하나에 흥분하기 마련이다. 나는 서둘러 차선을 바꿔 차량을 세운 후 아내의 두 손을 급하게 잡았다. 그리고 아내의 귓가에 소곤거리듯 속삭였다. 꽃다발 대신 부드러운 미소를 입가에 걸고, 연애편지 대신 감미로운 목소리로 마음을 읽어 내리며, 오늘도 당신을 여전히 짝사랑하고 있다고 고백했다. 그리고 마지막으로 맹세하듯 키스를 권유하자 아내는 나를 한 번 흘겨보았다.

"어제도, 오늘도, 레파토리가 똑같아."

그러나 말과 달리 두 눈을 꼭 감는 아내를 향해 나는 부드럽게 입맞춤을 시작한다. 아내의 말대로 언제나처럼.

"당신, 그거 알아?"

이번엔 그녀가 내게 물었다.

"첫눈이 올 때 고백을 하면 사랑이 이루어진다는 거."

"첫눈이 올 때 사랑 고백을 해 봤어?"

"아니. 그래서 이제 해 보려고."

귓가에 그만이 들을 수 있는 비밀 고백을 속삭였다. 이어 그도 고백했지만 내기를 하듯 서로 더 많이 사랑한다고 말하느라 누구의 목소리인지 구별하기가 어렵다.

아아, 좋은 사람.

우린 이렇게 살고 있다. 여전히 당신을 짝사랑하고 당신의 짝사랑을 받으면서 말이다.

— The End

Scarlet

스칼-렛

Scarlet

스칼렛